HILLARY YABLON

Nicht zu alt für diesen *Scheiß*

HILLARY YABLON

Nicht zu alt für diesen *Scheiß*

ROMAN

DEUTSCH VON PETRA LINGSMINAT

blanvalet

Die Originalausgabe erschien 2024 unter dem Titel
»Sylvia's Second Act«
bei Pamela Dorman Books/Viking.

FSC
www.fsc.org
MIX
Papier | Fördert
gute Waldnutzung
FSC® C014496

Penguin Random House Verlagsgruppe FSC® N001967

1. Auflage 2024

in der Penguin Random House Verlagsgruppe GmbH,
Neumarkter Straße 28, 81673 München
Redaktion: Beate de Salve
Umschlaggestaltung: © Sabine Kwauka
Umschlagmotiv: © Shutterstock.com
(Filip Bjorkman; art_of_sun; AriSys;
gomolach; vittaya pinpan; Marish); Sabine Kwauka
BSt · Herstellung: DiMo
Satz: satz-bau Leingärtner, Nabburg
Druck und Bindung: GGP Media GmbH, Pößneck
Printed in Germany
ISBN 978-3-7645-0884-5
www.blanvalet.de

1. KAPITEL

Ich geb's zu, ich habe Tagträume. Natürlich habe ich die. Wer hätte die nicht?

Wenn ich eine Liste meiner Tagträume anlegen würde, fielen mir folgende ein:

Ich als Läuferin. Da ich letzten Monat dreiundsechzig geworden bin, wäre das für meinen Körper wohl ein ziemlicher Schock, aber wäre das nicht herrlich, nach dem Aufwachen eine dieser süßen Laufshorts anzuziehen, in denen ich die jungen Mädchen heutzutage immer sehe? Tatsächlich habe ich mit dem Gedanken gespielt, damit anzufangen, nachdem meine Tochter Isabel dem Crosslauf-Team ihrer Highschool beigetreten war. Ich habe mir vorgestellt, dass wir gemeinsam joggen könnten, Mutter und Tochter, aber irgendwie war immer zu viel los. Izzy hatte Tausende Aktivitäten, und so saß ich, genau wie die anderen Hausfrauen Connecticuts, ständig im Wagen, um meine Tochter herumzukutschieren.

In meinen Tagträumen habe ich mir immer ausgemalt, Connecticut zu verlassen, und wenn es nur für eine Nacht wäre. Den Zug nach Manhattan zu nehmen und einen der »heißen neuen Läden« auszuprobieren, von denen die Leute dauernd redeten. In einer Bar ein Glas Wein zu trinken und dann …

Also gut, wenn ich ehrlich bin, habe ich fast jeden Tag davon geträumt, nachdem Izzy ausgezogen war, um aufs College zu gehen. Und jetzt träume ich davon, dorthin zurückzukehren und dieser schrecklichen Seniorenwohnanlage in Florida, in die mein Mann Louis unbedingt ziehen wollte, den Rücken zu kehren. Das Boca Beach Gables, abgekürzt BBG. Ich möchte da nicht falsch verstanden werden, es ist schon nett hier. Alles sehr hübsch, sehr edel, sehr pink. Aber ich hasse die Sonne. Ich hasse die Luftfeuchtigkeit. Und ich hasse es, wie sich die Tage leer und langweilig vor mir ausdehnen. Ich habe mich nie einsamer gefühlt.

Ich male mir aus, wie es wohl gewesen wäre, wenn ich, statt meinen Mann gleich nach dem College zu heiraten, im Ausland Karriere gemacht hätte, an irgendeinem aufregenden Ort. London zum Beispiel.

Und dann male ich mir aus, wie ich einen Baseballschläger nehme und ihn in Blanche Tellers Botoxgesicht schwinge. Möglicherweise weil Blanche in diesem Augenblick unbekleidet auf meinem Mann sitzt. Ihr Gesicht ist mir zugewandt. Weil ich ein glühender Fan von *Sex and the City* bin (ich habe mir die komplette Serie sechsmal angesehen), weiß ich, dass Blanche die Reverse-Cowgirl-Stellung eingenommen hat, die umgedrehte Reiterstellung.

Kurz stelle ich mir vor, wie ich in dieser Stellung auf Marcus sitze, unserem Indoorcycling-Fitnesscoach. Das ist das einzig Gute, was ich über das BBG sagen kann – das Personal ist ausgezeichnet. Marcus ist fantastisch. Ich tue so, als wüsste ich nicht, wie ich den Fahrradsitz einstellen muss, damit er mir hilft. Gerade kann ich seine Hände an meinem verlängerten Rücken spüren …

Mist. Ich habe mich wohl in meinem Tagtraum verloren, jedenfalls höre ich erst nicht, wie Louis und Blanche zu mir durchzudringen versuchen.

»… Sylvia!«, ruft Louis, »Herrgott, Sylvia! Sag doch was.«

Aber ich bin wie erstarrt. Ich kann die Lippen nicht bewegen. Und so schaue ich stattdessen nach links und begegne im Spiegel der Kommode meinem Abbild. Ich finde, ehrlich gesagt, dass ich ziemlich gut aussehe. Sosehr ich sie auch hasse, die Sonne Floridas hat meiner hellen Haut Farbe verliehen. Außerdem war ich gerade erst bei meiner Friseurin. Sie hat mich zu mehr Blond überredet und mir Strähnchen in mein schulterlanges Haar gemacht. Ich trage die Kombination aus Leinenhose und Baumwollbluse, die hier unten zu meiner Uniform geworden ist. Ich rede mir ein, dass das praktisch und zeitlos ist, aber tief im Innersten komme ich mir langweilig und altbacken vor. Ich liebe Kleider. Aber in Florida shoppen zu gehen, gibt mir irgendwie das Gefühl, alt zu sein. Als wäre ich ein Stück näher an Jogginghosen und weiße Sneakers herangerückt.

Ich fahre mir durch die Haare und runzle die Stirn. Wo war ich noch mal? Ach so. Ich stehe im Schlafzimmer meiner Wohnung mit Meerblick und starre auf Blanche Tellers nackten Körper. Sie sitzt nun *neben* meinem Ehemann im Bett, nicht mehr auf ihm. Louis hat die Laken um sich gewickelt. Typisch, er war schon immer ein Egoist.

»O Gott, Sylvia. Es ist nicht das, was du denkst«, sagt Blanche und zittert dabei ein wenig.

»Da bin ich aber froh. Ich dachte schon, du hättest Sex mit meinem Ehemann. Aber vielleicht habt ihr ja nur Bridge gespielt. Bloß ohne Kleider. Und ohne Karten.«

Blanche blinzelt. Ich kann den Blick nicht von ihren riesigen Möpsen abwenden. Sie stehen keck in die Höhe, und nach dem, was sie uns letzten Monat beim Ladys-Weinabend erzählt hat, sind sie vom besten Schönheitschirurgen Südfloridas frisch überarbeitet worden.

»Wie lange willst du noch nackt hier herumsitzen?«, frage ich sie.

»Es ist nur … Es tut mir so leid, Sylvia. Aber wärst du so nett?« Blanche verstummt, und ich folge ihrem Blick nach unten. Ich stehe auf ihrem BH. Automatisch bücke ich mich und hebe ihn auf. Er sieht aus wie ein kleines Zelt. Ich werfe ihn zu ihr hinüber.

»Danke«, sagt Blanche und zieht sich den BH an. Natürlich ist er durchsichtig. Unter der schwarzen Spitze sehen ihre Brustwarzen noch größer aus.

»Du lässt dir da unten alle Haare wegmachen?« Ich habe schon unter normalen Umständen keine Kontrolle über das, was aus meinem Mund kommt, und in Stresssituationen ist es noch schlimmer. Außerdem steht Blanche gerade auf, und ich kann sie von vorn sehen. »Ich frage nur, weil ich die Folge von *Sex and the City* gesehen habe, in der Carrie nicht weiß, was sie von Männern halten soll, die eine komplett rasierte Muschi wollen.«

Louis wirkt ziemlich empört. »Sylvia!«

»Was? Darf ich nicht Muschi sagen? Du schläfst doch mit einer Frau, von der du weißt, dass ich sie nicht leiden kann.«

»Du kannst mich nicht leiden?« Blanche sieht überrascht aus. »Ich dachte, wir wären Freundinnen.«

Am liebsten hätte ich ihr eine verpasst, funkle sie stattdessen aber nur wütend an. »Raus.«

»Du hast recht, tut mir leid. Ich, ähm … ich weiß nur nicht, wo meine Kleider sind.«

Natürlich weiß sie das nicht. Automatisch knie ich mich hin und fange an, unter dem Bett nach ihren Sachen zu suchen.

Louis hockt sich neben mich. »Sylvia«, er schluckt, »es tut mir so leid. Du brauchst das nicht zu tun.«

»Hilf mir nur, ihre verdammten Kleider zu suchen.« Meine Stimme klingt gedämpft, während ich mich auf dem Bauch weiter unter das Bett quetsche.

Louis seufzt und steht auf. Von meiner Position aus kann ich seine und Blanches Füße durch den Raum tappen sehen.

»Louis«, flüstert Blanche. Ich höre nicht, was sie sonst sagt, aber ich sehe, wie Louis' Füße den Raum verlassen.

Unter dem Bett ist es dunkel. Der Teppich ist stahlgrau – das wäre kaum meine erste Wahl gewesen –, und ich kann fast nichts sehen. Ich habe die Arme ausgebreitet und streiche damit langsam über den Boden. Schließlich bekomme ich etwas zu fassen. Es ist aus Spitze und obszön klein.

»Ich glaube, ich habe deine Unterhose gefunden«, rufe ich, während ich unter dem Bett hervorgleite.

Bevor ich aufstehe, sehe ich mich um. Die Luft ist rein. Verstohlen drehe ich Blanches Tanga um, um nachzusehen, welche Größe in der Taille eingedruckt ist. XXS.

Das Miststück!

Ich rappele mich auf die Füße und gebe Blanche ihr Höschen. »So, und jetzt raus.«

Blanche zieht es an und nickt. »Ich brauche nur noch mein Kleid. Oder du leihst mir ein Kleid von dir, wenn du mich loswerden möchtest …«

»Wir wissen beide, dass dir meine Kleider nicht passen.«

»Sei doch nicht albern. Wir haben praktisch dieselbe Größe.«

»Ich bin fünfzehn Zentimeter größer und dreißig Pfund schwerer als du.« Meine Stimme ist ausdruckslos.

»Du hast eine fantastische Figur.« Blanche winkt ab, als wären wir Freundinnen beim Lunch, die sich gegenseitig Komplimente machen. »Ich würde einiges darum geben, so groß und athletisch zu sein wie du.« Sie lügt. Sie liebt es, klein und feminin zu sein. Beim Anblick ihres flachen Bauches wird mir übel vor Neid. Das fehlte gerade noch: mit anzusehen, wie sie in meinen Sachen versinkt. Und ich würde eher sterben, als sie in einem von Louis' großen T-Shirts hinausspazieren zu lassen, als wären wir hier im Studentenwohnheim.

Ich schlucke. »Suchen wir einfach dein Kleid. Was meinst du, wo es sein könnte?«

»Am Deckenventilator«, sagt Louis, der gerade aus dem Wohnzimmer kommt. Er trägt immer noch nichts außer seinen Boxershorts und wirkt außer Atem. »Ich habe versucht, das Kleid mit der Fliegenklatsche herunterzuziehen, aber es hat sich dort oben gründlich verheddert.«

Ich blinzele. »Entschuldigung, hast du eben Deckenventilator gesagt?«

Louis nickt, und ich blinzle noch mal. Wie habe ich das auf dem Weg ins Schlafzimmer nur übersehen können? Außerdem … echt jetzt? Wie leidenschaftlich ist diese Sex-Session denn gewesen? Louis hat Rückenprobleme. Wann ist er zum Erotikakrobaten geworden?

Ich muss die beiden immer noch angestarrt haben, da Louis sich räuspert.

»Ich werde wohl den Gebäudedienst rufen müssen, damit er es runterholt«, sagt er schließlich.

Mit einem Mal fühle ich mich furchtbar gedemütigt. »Louis, ich kann eine Menge verkraften. Aber ich würde mich lieber anzünden lassen, als Derek vom Gebäudedienst zu rufen, damit er Blanches Kleid aus unserem Deckenventilator klaubt. Verdammt, gib mir einfach einen Kleiderbügel.«

Blanche reißt die Augen auf, doch Louis' Miene ist ausdruckslos. Bisher hat er mich erst einmal so erlebt, und zwar, als ich in den Wehen gelegen habe. Schnell holt er einen Bügel aus dem Schrank und reicht ihn mir.

Ich kratze die letzten Reste an Würde zusammen, die mir noch geblieben sind, straffe die Schultern und gehe ins Wohnzimmer.

Und da, direkt über der Couch, hängt Blanches Sommerkleid auf dem einen Einrichtungsgegenstand, den ich für unsere bereits voll ausgestattete Wohnung gekauft habe: dem Big Ass Fan. Der heißt wirklich so. Die Ventilatoren sind sehr schick. Riesig, handgefertigt, Holzdekor. Unserer verleiht der Wohnung normalerweise ein gewisses Bali-Flair, jetzt allerdings eher eine Bordellnote..

Blanche und Louis – beide immer noch in Unterwäsche, verdammt! – sehen mit großen Augen zu, wie ich vorsichtig auf die Armlehne des Sofas klettere, um an das Kleid zu kommen.

»Pass auf, Sylvie«, sagt Louis.

»Nenn mich nicht so. Lass dir bloß nicht einfallen, mich je wieder so zu nennen, du Scheißkerl«, stoße ich zwischen zusammengebissenen Zähnen hervor, während ich versuche, den Bügel genau im richtigen Winkel nach oben zu führen, um das Kleid herunterzuholen.

Ich verfehle mein Ziel.

Um mich zu beruhigen, hole ich tief Luft und stoße den Bügel noch einmal nach oben. Diesmal bekomme ich das Kleid zu fassen und wickle es langsam von den Flügeln des Ventilators.

Louis ist beeindruckt. »Du hast es geschafft! Wow!«

Kurzzeitig bin ich selbst ziemlich beeindruckt von mir, bis ich …

… von der Couch falle.

Blanche und Louis eilen herbei.

»Alles okay«, versichere ich und reibe mir das Bein. »Nichts gebrochen.«

»Ich hole Eis für dich«, sagt Blanche schnell und rafft das Kleid an sich.

Ich schließe kurz die Augen. Als ich ein *Klick-klack, Klick-klack, Klick-klack* höre, öffne ich sie wieder und sehe, wie Blanche auf hochhackigen Sandalen durch meine Wohnung hastet. Ich lehne den Kopf an die Couch und fange an zu lachen.

»Was gibt's da zu lachen?«, fragt Louis.

Ich deute auf Blanche, die gerade Eis in ein Handtuch wickelt und sich in unsere Richtung wendet.

»Schau sie dir an«, keuche ich. »Sie sieht aus wie eine alternde Stiefmutter in einem schlechten Porno.«

Louis blickt auf, als Blanche in Stilettos, BH und Höschen angestöckelt kommt.

Ich kriege mich gar nicht mehr ein.

Blanche sieht zu Louis.

»Hat sie sich den Kopf angeschlagen?«, fragt sie, doch daraufhin muss ich nur noch mehr lachen.

Blanche wirkt ehrlich besorgt, als sie sich vor mich hinkniet und mir das Eis überreicht. Dabei drückt sie ihren Megabusen gegen mich. O Gott, diese Möpse! Ich kann ihnen nicht entkommen.

Und so kapituliere ich. Ich umfasse ihre Brüste.

»Oh!« Schockiert zuckt sie vor mir zurück.

Aber ich lasse nicht los, sondern drücke ihre Brüste, als ob ich die Ware in der Obstabteilung prüfen würde.

»Wow«, murmele ich. »Viel natürlicher, als ich dachte.«

Das bringt Blanche so aus der Fassung, dass sie aufspringt und sich so schnell wie möglich ihr Kleid überstreift. Dann nimmt sie ihre Tasche und läuft aus der Wohnung.

Als die Tür ins Schloss fällt, sehe ich Louis an.

»Wenn ich gewusst hätte, dass sie homophob ist, hätte ich sie schon früher angegrapscht«, sage ich mit todernster Miene.

Louis wirkt einfach nur erstaunt. »Alles in Ordnung mit dir?«

»Nein, Louis, natürlich nicht. Ich habe soeben die Geliebte meines Mannes sexuell belästigt.«

»Sie ist nicht meine Geliebte, Sylvia. Es war nur das eine Mal. Lass dir erklären …«

»Zieh dich erst mal an.«

Louis blickt auf seine Boxershorts und verschwindet dann rasch im Schlafzimmer. Ich massiere mir kurz das schmerzende Bein, bis Louis in langen Hosen zurückkehrt.

Während er sich hastig ein Hemd überzieht, lehne ich den Kopf an die Couch und betrachte ihn. Er ist ein attraktiver Mann. Eins achtundachtzig. Das tägliche Golfen und die Stunden auf dem Tennisplatz halten ihn schlank und fit. Seine Haare sind schon vor zwanzig Jahren grau geworden, aber er hat immer noch jede Menge davon. Ich kann nachvollziehen, warum andere Frauen mit ihm ins Bett wollen.

Als er endlich angezogen ist, sieht er mich an und atmet hörbar aus.

»Sylvia, es tut mir leid«, entschuldigt er sich. »Es tut mir schrecklich leid.«

»Liebst du sie?«

»Natürlich nicht. Es war wirklich nur ein Ausrutscher.«

Warum sagen Männer derart dämlichen Quatsch? Die ganze Situation ist so erbärmlich, dass es fast schon komisch wirkt. Ich fange an zu lachen, bis mir aufgeht, dass vielleicht ich diejenige bin, die hier erbärmlich ist. Louis und ich haben seit … Ewigkeiten nicht mehr miteinander geschlafen, ich weiß nicht mehr, wann zuletzt. Waren wir seit unserem Umzug hierher miteinander im Bett? Ich zermartere mir den Kopf und versuche mich zu erinnern, während ich im Hintergrund immer wieder Louis' Stimme höre …

»… und als ich dann herausfand, dass wir alles verloren haben …«

Vielleicht in der ersten Woche? Das ist doch anzunehmen. Warum weiß ich das nicht mehr?

»… und ich glaube, ich stehe noch unter Schock, Sylvia. Aber mach dir keine Sorgen. Wir haben bis Ende Mai unsere Beiträge hier unten bezahlt. Ich lass mir was einfallen. Die Anwälte haben gesagt …«

»Was?« Ich sehe Louis an. Mir wird klar, dass er von etwas Wichtigem spricht.

»Ich habe gesagt, die Anwälte glauben, sie könnten einen Teil unseres Ersparten retten. Möglicherweise dauert es nur eine Weile.«

»Welche Anwälte? Wovon redest du?« Ich reibe mir die Stirn.

»Das habe ich dir doch gerade gesagt. Meine Altersvorsorge wurde von der Investmentfirma, die ich letztes Jahr mit der Anlage beauftragt habe, schlecht verwaltet.«

»Was soll das heißen? Ich dachte, wir hätten uns für eine sichere Anlageform entschieden?«

»Haben wir auch«, sagt er und läuft rot an. »Aber ich bin ein Risiko eingegangen. Ich habe es dir nicht gesagt, weil ich wusste, dass es dich beunruhigen würde. Aber die Rendite war einfach jenseits von Gut und Böse. Und sie hatten einen tadellosen Ruf, und … Scheiße, ich habe es vermasselt.« Er senkt den Blick.

»Louis«, sage ich ganz langsam. »Ist unser ganzes Geld weg?«

»Ja.« Seine Miene ist düster und schwer. »Ich habe es erst letzte Woche herausgefunden. Ich wollte möglichst schnell in Erfahrung bringen, wie schlimm es um uns steht, und da ist mir eingefallen, dass Blanche vor ihrem Ruhestand eine große Nummer bei JP Morgan war. Also habe ich die Sache mit ihr besprochen, und sie hat die Verbindung zu einem Anwalt hergestellt. Ich war wohl ziemlich fertig, und dann hat eins zum anderen geführt …« Seine Stimme verklingt.

»Also, damit ich das richtig verstehe: Wir haben alles verloren, doch zum Glück hat dir Blanche eine Schulter zum Ausweinen geboten und dir einen Anwalt besorgt. Und dann bist du versehentlich mit ihr ins Bett gefallen? Der Ausrutscher?«

Er nickt. »Mach dir keine Gedanken, ich bringe alles wieder in Ordnung.«

Ich sehe ihn lange an. Ich weiß, dass ich traurig sein sollte, vermutlich auch ein wenig verängstigt. Doch alles, was ich empfinde, ist eine wahnsinnige Erleichterung. Ich weiß genau, was ich jetzt tun werde.

»Louis«, sage ich. »Ich verlasse dich.«

2.
KAPITEL

Nachdem ich die Wohnung verlassen hatte, bin ich schnurstracks zu Evie gegangen. Sie hat einen Blick in mein Gesicht geworfen und darauf bestanden, dass wir sofort mit dem Trinken anfangen.

Evie ist meine einzige echte Freundin im BBG. Wir haben uns in meiner zweiten Woche hier kennengelernt und hatten sofort einen Draht zueinander. Das ist zwar erst ein Jahr her, aber es fühlt sich so an, als würden wir uns schon ewig kennen.

Wir haben am gleichen Tag Geburtstag. Sie ist gerade siebzig geworden. Anscheinend ist sie schon öfter siebzig geworden, aber ich tue so, als wüsste ich das nicht. Was kümmert es mich? Sie geht zwar am Stock – sie hat Arthrose in den Knien –, aber man sollte nicht so dumm sein, sie zu unterschätzen. Als ihr Ehemann Henry noch lebte, nannte er sie den General, was mich vermuten lässt, dass sie eine gute Ehe hatten.

»Wie haben sie sich angefühlt?«, fragt Evie, während sie einen großen Schluck von ihrem Cosmo nimmt. Wir sitzen im Moonlight's, der schicksten Bar hier. »Waren sie hart? Ein bisschen hart? Hast du sie gedrückt oder nur so darübergestrichen, als würdest du eine Katze streicheln?«

Natürlich redet sie von Blanches Möpsen.

Ich lasse mir meine Antwort so sorgfältig durch den Kopf gehen, als ginge es darum, den Sinn des Lebens zu beschreiben.

»Ich habe sie ordentlich gedrückt«, sage ich schließlich. »Und danach habe ich irgendwie nicht mehr losgelassen.«

Evie wirft den Kopf in den Nacken und lacht. Ein Grüppchen von Leuten, das in der Nähe steht, dreht sich zu uns um. Es ist fünf Uhr nachmittags, und die Happy Hour ist in vollem Gang. Wir hatten Glück, diese Nische zu bekommen. Andererseits sitzen wir schon seit halb drei an unserem Tisch, und zu diesem Zeitpunkt war die Bar bis auf ein paar passionierte Alkoholiker am Tresen praktisch verwaist.

Ich leere meinen Drink – vielleicht mein dritter? – und stoße die Luft aus.

Evie mustert mich aufmerksam und wird dann ernst. Sie fährt sich durch ihre fransigen blonden Haare. Die Leute verwechseln sie öfter mit Jane Fonda, und ich weiß, dass sie das entzückt. Tatsächlich hat sie einen gewissen Glamour, den man nur schwer beschreiben kann. Sogar ihr Gehstock ist eher stylisches Accessoire als geriatrisches Hilfsmittel.

»Sylvia, tut mir leid, dass das passiert ist. Was willst du denn jetzt tun?«

Bevor ich antworten kann, kommt ein neuer Kellner an den Tisch. Er ist jung, Ende zwanzig, und auf die Art attraktiv, wie es alle Menschen in den Zwanzigern sind. Zumindest in meinen Augen.

»Hallo, die Damen. Ihre Kellnerin Cassie hat eben Feierabend gemacht. Es ist mir eine Freude, Ihren Tisch zu übernehmen. Noch eine Runde?«

Evie nickt. »Und ob! Deswegen haben wir ja ein Uber genommen.«

»Sie haben ein Uber gebucht? Das ist ja erstaunlich!«

»Was ist daran erstaunlich? Dass zwei alte Ladys mit dem Smartphone umgehen können?« Evie kneift die Augen zusammen.

»Nein«, stammelt der Kellner. »Ich meine, es ist einfach großartig, wie hip Sie beide sind, und …«

Der Mann tut mir leid, aber Evie grinst nur. »Ich nehm Sie doch bloß ein bisschen auf den Arm, Herzchen.«

Nun reißt der Kellner die Augen auf. Er steht da und weiß nicht recht, wie er reagieren soll. Evie hat diese Wirkung auf Menschen.

»Bringen Sie uns unsere Drinks«, sagt sie und tätschelt ihm den Arm.

Er nickt etwas benommen und macht sich auf den Weg.

Ich lache, dankbar für diesen heiteren Moment. »Was würde ich nur ohne dich anfangen, Evie?«

»Mich interessiert mehr, was du jetzt anfängst, nachdem du herausgefunden hast, dass dein Ehemann ein fremdgehender Arsch ist, der euer gesamtes Geld verloren hat.«

Ich atme tief durch und sehe zur Decke. Die Wahrheit ist, dass die ganze Erleichterung, die ich empfunden habe, inzwischen schierer Panik gewichen ist. Dennoch versuche ich, ruhig zu bleiben.

»Vielleicht ist es nicht ganz so schlimm«, sage ich schließlich. »Ich weiß nicht, wie es mit meiner Ehe weitergeht, aber was die Finanzen betrifft … Louis hat gemeint, er würde alles in Ordnung bringen. Und es ist ja nicht so, als ob wir vollkommen pleite wären. Im Friseursalon heute wurde meine Kreditkarte akzeptiert, und ich konnte auch problemlos einkaufen und tanken. Es hört sich nur schlimm an, aber das wird alles in Ordnung kommen.«

Evie schüttelt den Kopf. »Stell dich den Tatsachen. Die Lage ist schlimm, und das war sie vorher auch schon. Du hast in einem Leben festgesteckt, das du hasst.«

»Das ist nicht … ganz wahr.« Doch noch während ich das sage, weiß ich, dass Evie recht hat. Mein Leben ist ein einziger Schlamassel. Mein Ehemann macht mich ganz krank, und wir haben kein Geld. Irgendwann werden unsere Kreditkarten auslaufen, und ich habe keine Ahnung, wie lang das noch dauern wird. Mir steigen Tränen in die Augen.

»Ach, Sylvia«, sagt Evie, als ich anfange zu weinen.

»Ich begreife nicht, wie ich so dumm sein konnte«, schluchze ich. »Die Investitionen waren immer Louis' Sache, aber ich habe die Rechnungen bezahlt und unser Budget im Blick behalten. Als wir hierhergezogen sind, hat er alles auf online umgestellt, und es schien einfacher, die ganze Sache ihm zu überlassen. Er ist schließlich Steuerberater!« Die Tränen fließen nun heiß und schnell. »Ich bin so ein Klischee. Ich gehöre zu den dämlichen Frauen, die man in einer Kurzserie sieht und für die man keinerlei Mitleid übrig hat, weil man insgeheim findet, dass sie sich alles selbst zuzuschreiben haben.«

»Das ist nicht wahr.« Beim Sprechen reibt Evie mir den Arm.

Ich lege den Kopf in die Hände und weine. Wieder drehen sich die Leute zu uns um. Inzwischen habe ich Schluckauf. Ich habe beim Weinen schon immer hässlich ausgesehen. Natürlich ist das auch der Moment, in dem der attraktive junge Kellner mit unseren Drinks kommt. Schweigend lädt er sie auf unserem Tisch ab.

Evie reicht mir meinen Cosmo. »Sylvia, einen Silberstreifen am Horizont gibt es aber doch: Es ist der Tritt in den Hintern, den du gebraucht hast, um dein Leben zu ändern.«

»Tritt in den Hintern?«, wiederhole ich und stöhne, dann schütte ich den Drink in mich hinein. »Eher eine Kugel in den Kopf.« Schließlich bekomme ich meinen Atem wieder unter Kontrolle und wische mir mit einem Taschentuch über die Augen.

Evie nimmt meine Hand. Es überrascht mich, wie fest ihr Griff ist. »Eine Kugel im Kopf wäre Krebs oder ALS oder die Nachricht, dass dein Kind eine Überdosis irgendeiner Designerdroge genommen hat, von der du noch nie gehört hast.«

Ich starre meine Freundin an. Ich weiß, dass sie von ihrem Sohn spricht, und sie redet nie über ihren Sohn.

Ich schlucke. »Evie, ich …«

»Was ich damit sagen will, Sylvia«, unterbricht sie mich, »du stehst an einem Scheideweg. Du hast jetzt zwei Möglichkeiten: Entweder ertrinkst du in Selbstmitleid, oder du nutzt diese Gelegenheit und bringst dein Leben auf die Reihe. Ich würde sonst was dafür geben, wieder dreiundsechzig zu sein. Du hast noch so viel Zeit vor dir, und ich werde nicht zulassen, dass du sie verschwendest.«

So habe ich sie noch nie erlebt. Es macht mir Angst.

»Evie, dir bleibt doch auch noch Zeit. Du bist so jugendlich. Du buchst dir sogar ein Uber!«

Doch Evie hat den Blick auf den Tisch gesenkt. Sie legt die Cocktailserviette dreimal zusammen und zieht dabei die Falte fest nach. Dann starrt sie auf ihre Hände. Ich habe sie nie spielen hören, aber anscheinend war sie mal eine brillante Pianistin. Ihre Finger sind immer noch lang und anmutig, doch die Haut ist dünn und faltig, zerfurcht vom Lauf der Zeit.

»Du kannst fürs Erste auf meinem Sofa schlafen, immerhin war das ein ziemlicher Schock. Aber dann wirst du so stark sein, wie du es tatsächlich bist, und dir dein Leben zurückerobern. Vielleicht wirst du die Welt bereisen. Paris, Argentinien und Neuseeland besuchen.«

Ich nehme noch einen Schluck von meinem Drink. »Ich wollte immer schon reisen«, gestehe ich. »Louis hatte nie Lust dazu. Er hat Angst vorm Fliegen. Und er hasst Hotels. Wie kann man nur Hotels hassen, bei all den frischen Handtüchern und den Shampoofläschchen? Bevor wir hierhergezogen sind, wollten wir eigentlich an die Amalfiküste reisen. Aber Louis hatte einen Albtraum, in dem das Flugzeug abgestürzt ist, und deshalb hat er die Reise gecancelt. Stattdessen sind wir nach New Jersey ans Meer gefahren.«

Ich schiebe mir das Haar aus dem Gesicht und denke daran, wie wütend ich an dem Tag gewesen bin. Ich hatte drei Monate lang Italienisch gelernt. Meine Tochter Isabel hatte mir dabei geholfen, eine App auf mein Smartphone herunterzuladen, und ich war inzwischen ziemlich gut.

Wieder steigt heißer Zorn in mir auf. Wieder füllen sich meine Augen mit Tränen. Ich trinke mein Glas aus. Wie aufs Stichwort bringt uns der Kellner die nächste Runde.

»Geht auf mich«, sagt er und lächelt mir zu. »Ich hasse es, eine schöne Frau weinen zu sehen.« Er geht, und Evie nickt ihm beifällig nach.

Ich blinzle die Tränen zurück. Es gefällt mir, wenn man mich als schön bezeichnet. Selbst wenn es jemand tut, der jünger ist als meine Tochter und auf ein gutes Trinkgeld hofft. Ich greife nach meinem Drink.

»Moment«, sagt Evie. Dann hebt sie ihr Glas, um einen Toast auszusprechen. »Auf die Weltreise. Du bist eine freie Frau, gesund, und du hast einen Reisepass.«

Ich nicke. Das stimmt. Ich habe mir für Italien einen neuen Reisepass ausstellen lassen. Er ist ganz frisch und wirkt sehr offiziell. Ich bewahre ihn bei meinem Schmuck auf, weil ich ihn zu besonderen Gelegenheiten gern betrachte.

Ich nehme einen großen Schluck von meinem Drink und verliere mich in einem Tagtraum, wobei ich großzügig den Umstand ignoriere, dass ich kein Geld habe. In meinem Traum sitze ich in einem Jumbojet. Ich trage eines dieser lässig-eleganten Reiseoutfits, die ich in der *Vogue* gesehen habe – einen leichten Kaschmirpullover, eine Hose von Donna Karan, Ballerinas. Aus meiner Goyard-Tasche schaut oben die *New York Times* heraus. Ich habe mir eben Feuchtigkeitsspray ins Gesicht gesprüht, weil jeder weiß, dass die Luft im Passagierraum die Haut austrocknet. Die Stewardess bringt mir Champagner, und ich sage: »Danke, Darling.«

»Sylvia.« Evies Stimme bricht in meinen Traum, und ich merke, dass ich aus einem mittlerweile leeren Glas trinke. Wow, das ist aber schnell leer geworden. Mir ist ein bisschen schwindelig.

»Alles okay?« Evie wirkt besorgt, doch ich nicke nur. Mir geht es besser als okay. Ich reise um die Welt. Ich fühle mich großartig. Ich fühle mich erstklassig. Ich fühle mich frei.

Ich übergebe mich.

Zumindest hat es etwas Jugendliches, in einer Bar zu kotzen.

Am nächsten Morgen liege ich auf Evies Sofa und starre an die Decke. Gott sei Dank hat sie keinen Ventilator.

Vorsichtig setze ich mich auf. Ich weiß nicht, was mehr wehtut, mein hämmernder Kopf oder mein pochender Rücken. Oder mein Ego. Ich verziehe das Gesicht und verfluche den Umstand, dass meine Erinnerungen an den gestrigen Abend – trotz meines alarmierenden Alkoholpegels – peinlich vollständig sind.

Es war, als hätte noch keiner gesehen, wie sich jemand in einer Bar übergibt. Na ja, vielleicht hat noch keiner gesehen, wie es jemand in meinem Alter tut.

»Sylvia«, ruft Evie.

Ihr Stock klopft leise auf den Boden, als sie das Wohnzimmer betritt. Über ihrem Pyjama trägt sie einen Kimono, und dafür, dass sie den ganzen Abend getrunken hat, sieht sie viel zu gut aus. Allerdings wurden wir schon vor sechs Uhr aus der Bar geworfen, also hatte sie wohl genug Zeit, um sich gründlich auszuschlafen.

»Evie«, entgegne ich stöhnend. »Warum um alles in der Welt hast du keinen Kater?«

»Ich stamme von angelsächsischen Protestanten ab, ich kann was vertragen.«

Ich zwinge mich dazu, mich vollständig aufzurichten, und

streiche mit der Hand über den Seidenpyjama, den Evie mir geliehen hat. Evie setzt sich in den Sessel neben dem Sofa und stellt den Fernseher an. Es ist erst halb sechs, aber sie hat Apple-TV, daher findet sie schnell eine Folge *Sex and the City* für uns. Der Vorspann muntert mich immer auf. Ich fange an, im Rhythmus mit dem Kopf zu nicken, aber bei der Bewegung wird mir übel. Die Morgensonne fängt gerade an, sich einen Weg durch die Vorhänge zu bahnen.

»Was macht dein Kopf?«, fragt Evie und reicht mir ein Glas Wasser und zwei Aspirin.

»Tut weh, genau wie mein Magen. Und ich kann diese Wellen der Demütigung einfach nicht stoppen.« Ich lasse die Tabletten ins Glas fallen und sehe zu, wie das Wasser zu schäumen beginnt.

»Du hattest guten Grund, deinen Kummer in Alkohol zu ertränken. Das fand der Rausschmeißer auch.«

Ich zucke zusammen. Himmel. Wer hätte gedacht, dass es im Boca überhaupt Rausschmeißer gibt? Doch sobald ich mich übergeben hatte, kam einer zu uns und trug mich hinaus, damit der Kellner und die Putztruppe sauber machen konnten.

»Er war sehr nett«, räume ich ein.

Sie pausiert die Folge von SATC und nickt mir zu. »Er hat dich hinausbefördert, als wärst du eine Prinzessin. Ich kann nicht fassen, dass er tatsächlich wusste, wer Blanche ist.«

»In der Tat«, sage ich und denke daran, wie ich dem Rausschmeißer in meiner beschämten, besoffenen Benommenheit alles erzählt habe.

Während Evie uns ein Uber bestellte, setzte er sich freundlich zu mir auf das Pflaster und erzählte mir, dass er schon öfter beobachtet habe, wie Blanche in der Bar auf Männerfang ging.

Evie schüttelt den Kopf. »Der arme Ehemann. Ich überlege immer wieder, ob sie ihn wohl schon betrogen hat, bevor er Alzheimer bekam.«

»Du und Henry habt sie doch kennengelernt, gleich nachdem sie hergezogen waren. Wirkten sie damals glücklich?«

»Schwer zu sagen. Edward war ein ziemlicher Wichtigtuer, und Blanche war eben Blanche. Botox und Möpse.«

Evie und ich sitzen einen Augenblick still da. Auf einmal empfinde ich Mitleid mit Blanche und schäme mich. Es muss schrecklich sein, den eigenen Ehemann so leiden zu sehen. Hätte ich mich reifer verhalten sollen? Statt Blanche aus der Wohnung zu werfen, hätte ich sie beiseitenehmen und ihr in mitfühlendem, aber entschiedenem Ton sagen sollen: »Blanche, auch wenn es dein Benehmen nicht entschuldigt, weiß ich doch, dass dich die Krankheit deines eigenen Mannes schwer mitnimmt und du deswegen mit meinem im Bett gelandet bist.«

Was hätte Jesus getan?

Allerdings bin ich jüdisch.

Andererseits war Jesus das wohl auch.

»Sylvia, Blanche mag es in letzter Zeit nicht leicht gehabt haben«, sagt Evie, und es scheint, als habe sie meine Gedanken gelesen. »Aber nur weil ihr Mann krank ist, gibt ihr das noch lange keinen Freifahrtschein. Und nichts ändert etwas an dem Umstand, dass Louis fremdgegangen ist. Du musst das abhaken und nach vorne schauen.«

Ich seufze. Ich weiß, dass sie recht hat. »Können wir zuerst unsere Folge zu Ende sehen?«

Evie drückt die Play-Taste der Fernbedienung, und SATC geht weiter. Wir beugen uns vor und entfliehen unserem eigenen Leben, während Carrie, Samantha, Miranda und Charlotte beim Brunch über Oralsex diskutieren.

3.
KAPITEL

Nachdem ich mich von Evie verabschiedet habe, hocke ich nun in meiner Wohnung neben dem Bett auf dem Boden – ich kann mich nicht dazu überwinden, mich aufs Bett zu setzen – und starre meinen Reisepass in der Schmuckschatulle an. Ich halte ihn mir an die Nase. Wie ich den Geruch liebe, so neu und frisch.

Schließlich stecke ich die Schmuckschatulle und den Pass in eine kleine Reisetasche und schließe den Reißverschluss. Mein großer Koffer steht offen neben mir auf dem Fußboden; ich bin fast fertig mit Packen. Kurz entschlossen sehe ich meine Zeitschriften durch, die ich in einer Kiste neben dem Bett aufbewahre. *Vogue, Town & Country, Elle, W* und eine Auswahl europäischer Modemagazine stapeln sich darin. Ich liebe es, mich in den Hochglanzseiten zu verlieren. Manchmal benutze ich beim Lesen eine Lupe, Louis hat sich immer darüber lustig gemacht …

Ich gehe meinen Stapel durch, lege fünf meiner Lieblingsexemplare in den Koffer und packe weiter. Es gibt nicht mehr viel zu tun. Vor dem Umzug habe ich den Großteil meiner Winterklamotten aussortiert. Schließlich wussten wir, dass die Wohnung um einiges kleiner sein würde als unser altes Haus, und wer braucht in Florida schon Schals, Handschuhe und Wintermäntel? Isabel und Bunny – Izzys Schwiegermutter – haben sich die Sachen ausgesucht, die sie haben wollten, und den Rest habe ich einem Heim für obdachlose Frauen gespendet.

Hm. Wie kalt es jetzt wohl im Norden ist? Ich blicke ins Leere, und fast kann ich die zartorangenen Blätter im Herbstwind wirbeln sehen. Unwillkürlich sehne ich mich nach einem meiner gemütlichen Cardigans und ertappe mich dabei, wie ich auf meinem Smartphone das Wetter in Connecticut abrufe.

In dem Moment bekomme ich eine SMS. Sie ist von Louis.

Ist es okay, wenn ich früher komme?

Ich verziehe das Gesicht. Ich hatte ihn gebeten, die Wohnung zwischen ein und vier Uhr nicht zu betreten. Ich hatte mir überlegt, dass ihm das nicht schwerfallen dürfte, da er um die Zeit sein wöchentliches Tennismatch hat und danach mit den Jungs ein Bier trinken geht.

Ich tippe ein: Wann früher?

Er antwortet sofort: Jetzt?

Ich verspüre einen Anflug von Ärger und antworte nicht gleich.

Schon pingt eine weitere SMS.

Ich stehe vor der Tür.

Ich beiße die Zähne zusammen und stehe auf. Energisch gehe ich zur Eingangstür und öffne sie. Louis hat ein Dutzend Tulpen in der Hand.

»Hi.«

Ich verschränke die Arme vor der Brust. »Was ist mit deinem Match?«

»Das habe ich abgesagt. Stattdessen bin ich eine ganze Weile spazieren gegangen und habe darüber nachgedacht, wie sehr ich dich liebe.« Er hält mir den Strauß hin. »Deine Lieblingsblumen.«

Ich starre die herrlichen Tulpen an. Sie sehen teuer aus. »Ich dachte, wir wären pleite.«

»Ich habe sie in einem Beerdigungsinstitut geklaut.«

Trotz allem muss ich lachen. Louis ist schon immer komisch gewesen.

Er sieht mir in die Augen. »Es tut mir so leid, Sylvia. Fürchterlich leid.«

»Du kannst mir nicht einfach Blumen bringen und glauben, damit wäre alles wieder okay.«

»Was kann ich sonst tun? Einen Juwelier ausrauben? Einen Pralinenladen überfallen?«

»Ach, Louis. Das ist nichts, was sich mit Blumen, Ohrringen oder Trüffeln in Ordnung bringen ließe.«

Louis tritt von einem Fuß auf den anderen. Mir wird bewusst, dass er immer noch auf dem Gang steht, und mache Platz, damit er in die Wohnung kann. Nachdem ich die Tür geschlossen habe, stehen wir uns einen Moment im Flur gegenüber. Schließlich nehme ich die Blumen.

»Also, die sollte man nicht verkommen lassen.« Ich gehe in die Küche, um sie ins Wasser zu stellen. Louis folgt mir.

»Hast du wirklich gepackt?«

Ich nicke.

Er stößt den Atem aus. »Du ziehst vorläufig zu Evie?«

Ich nicke noch einmal.

Louis sieht mich an. »Dann habe ich die Blumen praktisch für mich selbst besorgt?«

Ich zucke mit den Achseln. »Ich könnte sie ja mit zu Evie nehmen.«

»Wie sehr hasst sie mich denn jetzt?«

»Wenn es dich beruhigt, ich glaube nicht, dass sie dich je sonderlich gemocht hat.«

»Ich weiß.« Er lächelt traurig. »Aber warum? Mich mögen doch alle.«

Das stimmt. Louis ist einer dieser Menschen.

»Ich glaube, sie wusste, dass es zwischen uns nicht mehr ganz stimmt.«

Louis schüttelt den Kopf und legt die Hand aufs Herz.

»Das ist nicht wahr, Sylvia«, beteuert er. »Ich liebe dich. Ich liebe dich seit dreiundvierzig Jahren, jeden Tag.«

»Wir sind doch erst seit einundvierzig Jahren verheiratet.«

»Ja, aber davor waren wir schon zwei Jahre zusammen«, erinnert er mich und blickt mich triumphierend an.

Ich hebe eine Augenbraue. In seiner Stimme liegt eine Leidenschaft, wie ich sie schon lange nicht mehr gehört habe.

»Was kann ich tun, um die Sache geradezubiegen? Denn ich werde nicht aufgeben. Du bedeutest mir alles. Ich weiß, dass ich Mist gebaut habe. Ich dachte, ich hätte das Geld clever angelegt. Ich wollte dich überraschen, aber dann endete es in einer Katastrophe, und ich bekam es mit der Angst zu tun. Ich hätte dir die Wahrheit sagen sollen. Stattdessen habe ich versucht, es hinzubekommen, ohne dass du etwas davon erfährst, und das hat eine noch schlimmere Entscheidung nach sich gezogen. Der Tag mit Blanche war ein einmaliger Ausrutscher. Vorübergehende Unzurechnungsfähigkeit.«

Ich stehe immer noch in der Küche und stütze mich ein wenig auf der Arbeitsfläche ab. Louis hat alles gesagt, was ich mir je hätte wünschen können. Er klingt leidenschaftlich und ehrlich. Mir schwirrt der Kopf.

Louis kommt näher und nimmt sanft meine Hand. »Ich bin kein Idiot, Sylvia. Ich weiß, dass du hier nicht glücklich bist. Ich habe den Umzug erzwungen. Ich dachte ehrlich, dass es toll werden würde. Dass du es wunderbar finden würdest.«

»Aber ich habe dir doch rundheraus gesagt, dass ich nicht umziehen will.«

»Ich dachte einfach, dass es dir schon gefallen würde, wenn du es erst einmal ausprobiert hättest.«

»Und warum hast du unsere Italienreise gecancelt?«

»Was?«

»Du wusstest, wie sehr ich mich auf die Reise gefreut hatte. Du wusstest, wie lange ich sie geplant hatte. Aber du hast sie einfach abgesagt, als hätte das alles keine Bedeutung.«

Louis wirkt verwirrt. »Warum bringst du das jetzt ins Spiel?«

»Weil diese Italienreise für alles steht, was passiert ist. Es ist, als wäre ich nur ein Anhängsel, und du tust, was immer du willst. Du hast unser Geld hinter meinem Rücken angelegt und alles verloren. Du hast mich betrogen. Klar, jetzt sagst du genau das, was du sagen solltest. Aber wie soll ich davon auch nur irgendetwas glauben?«

Louis' Kinn zuckt ein wenig. Er öffnet den Mund und schließt ihn wieder. Etwas in mir schreckt zurück.

Ist er …

Ist er etwa sauer auf mich?

Misstrauisch kneife ich die Augen zusammen. Ich kenne diesen Mann einfach zu gut.

Louis beißt sich auf die Wange und richtet den Blick auf einen Punkt hinter meiner Schulter. Das tut er immer dann, wenn er versucht, nicht die Beherrschung zu verlieren.

Ich entziehe ihm meine Hand.

Die plötzliche Bewegung überrascht ihn, und er räuspert sich.

»Schau her, Sylvia«, sagt er dann ganz langsam. »Ich habe dich schon verstanden. Du hast das Gefühl, dass ich mich nicht genug um dich gekümmert habe, und dafür entschuldige ich mich. Aber in Zukunft wird es besser.«

»Ich will die Scheidung.« Die Worte sind raus, bevor ich noch weiter darüber nachdenken kann. Doch sobald ich sie ausgesprochen habe, weiß ich, dass es die Wahrheit ist.

»Sei nicht albern«, fährt Louis mich an. »Wir können uns

nicht scheiden lassen, das können wir uns momentan nicht leisten.«

»Dann warten wir eben, bis wir es uns leisten können. Jetzt ziehe ich erst einmal aus.«

»Und was willst du tun? Mein Gott, Sylvia. Das hier ist keine Folge von *Sex and the City*, wo du shoppen gehst, dich umstylen lässt und ein ganz neues Leben anfängst. Du bist keine junge Frau mehr. Du hast kein Geld. Du kannst nichts. Was hast du denn vor? Auf Evies Sofa hausen, bis sie tot umfällt?«

Ich schlage Louis ins Gesicht.

Verblüfft sieht er mich an. Seine Wange ist knallrot, und er starrt mich an, als wäre ich eine Außerirdische.

»Was ist denn mit dir los?«

»Was mit mir los ist? Du bist es doch, der …«

»Hallo? Huhu! Louis? Die Tür war offen.«

Ich spanne alle Muskeln auf einmal an. Das kann jetzt nicht sein. Das kann einfach nicht sein.

Und doch ist es so.

Selbst Louis wirkt entsetzt, als Blanche die Küche betritt und abrupt stehen bleibt. Sie sieht mich und erstarrt. Dann wendet sie sich an Louis.

»In deiner SMS hast du geschrieben, ich soll kommen. Dass sie gepackt hätte.«

Louis knirscht mit den Zähnen. »Ich habe geschrieben, dass du *nicht* kommen sollst und dass sie hier gerade packt.«

Blanche wirkt ehrlich verwirrt, als sie ihr Smartphone aus der Tasche nimmt und aufs Display schaut. Angestrengt kneift sie die Augen zusammen.

»Blanche, hast du die Nachricht etwa ohne deine Brille gelesen?« Louis' Stimme klingt angespannt.

Ich drehe mich um und sehe Blanche an. Die errötet und steckt ihr Handy ein.

Schließlich ergreife ich das Wort. »Louis, warum schickst du ihr überhaupt Nachrichten?«

Doch sobald ich die Frage gestellt habe, kenne ich auch schon die Antwort.

Ich schlucke. »Das war gar keine einmalige Sache.«

Louis blickt zu Boden.

Ich schüttelte den Kopf. Ich bin so blöd.

Bevor ich etwas sagen kann, klingelt unser Festnetzanschluss. Wir alle zucken zusammen. Es klingelt noch einmal. Wie ferngesteuert nimmt er ab.

»Hallo?« Eine Pause tritt ein, und er atmet aus. »Isabel, nein, alles in Ordnung.« Noch eine Pause. »Ich weiß nicht, warum Mom nicht an ihr Handy geht. Wahrscheinlich hat sie zu tun.«

Louis sieht mich flehend an. Er will nicht, dass ich Isabel erzähle, was los ist, das ist mir bewusst. Ich strecke die Hand nach dem Hörer aus.

Blanche schleicht sich zwischenzeitlich aus der Wohnung.

Ich gebe Louis mit einer Geste zu verstehen, dass er mir das Telefon geben soll, doch stattdessen spricht er hastig in den Hörer.

»Um ehrlich zu sein, sind Mom und ich gerade sehr beschäftigt. Können wir dich später zurückrufen?«

Unglaublich. Ich gehe ins Schlafzimmer, wo ich einmal tief durchatme und dann den Hörer neben dem Bett abhebe.

»Hi, Izzy.« So. Jetzt nehme ich auch am Gespräch teil.

»Mom? Was ist los? Warum gehst du nicht an dein Handy?«

»Es ist alles in …« Louis' Stimme ist scharf, doch ich unterbreche ihn.

»Tut mir leid, Süße. Mir geht es im Moment nicht so gut.«

»Warst du beim Arzt?«

»Dabei kann mir kein Arzt helfen. Es ist … also, die Sache ist ein bisschen schwer zu erklären. Aber nichts, weswegen du dir Sorgen machen müsstest.«

Ich höre, wie Louis mit angespannter Stimme versucht, das Thema zu wechseln.

»Wie geht es dir, Liebling? Sind Todd und die Mädchen okay?«

»Ich wurde zur Partnerin ernannt, und die Zwillinge wurden aus der Kinderbetreuung geworfen. Toddy meint, es wäre unsere Schuld. Dass wir zu viel arbeiten und die Mädchen sich deswegen so aufführen.« Ihre Stimme ist ruhig, aber ich höre ein leises, unterschwelliges Zittern heraus.

Louis und ich schweigen einen Moment.

»Izzy, das mit deinem Job ist wunderbar«, sage ich schließlich. »Wir sind so stolz auf dich. Mach dir keine Sorgen wegen der Kinderbetreuung, es gibt jede Menge andere Einrichtungen, in die sie gehen können.«

Durchs Telefon kann ich fast hören, wie Louis ein wenig lächelt.

»Deine Mom hat recht«, pflichtet er mir bei. »Und mir gefällt es, wenn meine Enkelinnen lebhaft und ungestüm sind. Sie haben eben Temperament.«

»Es gibt keine andere Kinderbetreuung«, platzt Izzy heraus. »Das ist die einzige zweisprachige Einrichtung in der Gegend, die sich an der Reggio-Pädagogik orientiert. Ich weiß, ihr habt keine Ahnung, was das heißt, aber es ist wichtig. Die Mädchen müssen dorthin, damit wir sie danach im richtigen Kindergarten unterbringen können. Sonst werden ihnen alle voraus sein.« Izzys Stimme schraubt sich immer höher.

»Atme erst einmal tief durch, Liebling«, sage ich. »Ich glaube schon, dass es da draußen viel Konkurrenz gibt, aber am Ende wird sich schon alles finden. Du könntest doch sogar privat etwas aufziehen, wenn es sein müsste. Engagiere deine eigenen Erzieherinnen. Ich habe darüber gerade erst einen Artikel in der *New York Times* gelesen.«

»Ich will nicht, dass meine Mädchen zu den merkwürdigen Kindern gehören, die zu Hause unterrichtet werden.«

Louis seufzt. »Vielleicht hat die Kinderbetreuung auch überreagiert. War es wirklich so schlimm?«

»Everly hat einem kleinen Jungen eine Dose Seifenblasen ins Gesicht geworfen, und dann hat Emerson ihn mit dem Kopf gerammt. Ich habe die Kinderärztin angerufen, und die hat mich an eine Kinderpsychologin verwiesen. Dann hat sie gefragt, ob die Mädchen zu Hause Gewalt mit ansehen müssen.« Isabels Stimme bricht, und sie fängt an zu weinen. »Es war demütigend. Als wären wir irgend so ein trashiges Paar aus dem Fernsehen, das sich gegenseitig verprügelt.«

Louis sagt etwas Beruhigendes, doch ich unterbreche ihn. »Vielleicht haben die anderen Kinder es ja auch verdient?«

Isabel schnieft, dann folgt ein kurzes Schweigen.

»Mom, ist mit dir alles in Ordnung?«

»Deiner Mutter geht es gut, Liebling.«

Ich schneide eine Grimasse in Richtung Hörer. Wenn Louis noch einmal an meiner Stelle antwortet, könnte ich ihn wirklich umbringen. Tatsächlich finde ich es ein wenig besorgniserregend, wie schnell mir dieser Gedanke in den Kopf geschossen ist, und plötzlich überkommt mich der starke Drang, mich so weit wie möglich von hier zu entfernen. Es wäre für uns alle das Beste.

»Isabel, Liebes, möchtest du, dass ich zu dir zu Besuch komme? Ich könnte dir mit den Mädchen helfen, während du alles regelst.«

Louis atmet scharf aus. »Sylvia, das ist im Moment keine tolle …«

Doch Isabel unterbricht ihn. Ihre Stimme ist hoch und klingt kindlich, als sie ruft: »Oh, Mom! Würdest du das wirklich tun?«

4.
KAPITEL

Als ich in dem Uber sitze, das Evie für mich bestellt hat, schaue ich aus dem Fenster und sehe zu, wie die Palmen im Licht der untergehenden Sonne zu dunklen Silhouetten werden. Seit ich die Wohnung mitsamt meinem Gepäck verlassen habe, sind drei Stunden vergangen. Sobald ich Evie alles erzählt hatte, entschieden sie und ich, dass ich direkt zum Flughafen fahren sollte, bevor ich den Mut verlor. Um der Wahrheit die Ehre zu geben: Wir machen uns wohl beide ein wenig Sorgen, in welche Schwierigkeiten ich geraten könnte, wenn ich noch einen Tag bleiben würde. Louis zu ohrfeigen ist mir ein bisschen zu leichtgefallen. Und obwohl es sich in dem Moment recht gut anfühlen würde, würde ich es doch vorziehen, den Vater meines Kindes nicht umzubringen. Ich glaube nicht, dass mir das Gefängnis gut bekäme.

Mein Handy piept, eine SMS von Louis.

Bitte komm zurück

Es ist, als hätte er meine Gedanken gelesen.

Ich lösche die Nachricht und stecke mein Handy ein. Ich weiß, dass Louis nicht wirklich geglaubt hat, ich würde gehen. Doch wie Evie sagte: Hier geht es nicht um ihn, es geht um mich. Und so hole ich einmal tief Luft, was einen reinigenden Effekt hat. Als mein Uber die Ausfahrt zum Fort Lauderdale Airport nimmt, wiederhole ich im Stillen mein Mantra für diesen Trip:

Was ich nicht tun werde:

Meiner Tochter sagen, dass ihr Vater ein fremdgehender, lügnerischer Mistkerl ist.

Piep!

Noch eine SMS. Ich hole mein Handy heraus und lese:

Das ist doch lächerlich. Hör auf, dich wie ein Kind zu benehmen.

Wütend fange ich an zu tippen, doch dann halte ich inne und reinige mich erneut innerlich, diesmal mit:

Was ich nicht tun werde:

Mich auf einen SMS-Krieg mit Louis einlassen.

Googeln: »Wie wird man am besten eine Leiche los.«

Googeln: »Wie viel Verständnis bringen Geschworene einer Frau Anfang sechzig entgegen?«

Mein Uber-Fahrer hält vor dem Terminal von American Airlines und holt meinen Koffer heraus. Als ich meine Tasche nehme und mich zur Flughafenhalle wende, tritt ein Gepäckträger auf mich zu.

»Darf ich die Koffer für Sie einchecken, Madam?«

»Nein danke«, sage ich. »Ich muss erst noch ein Ticket kaufen.«

Ich rolle mein Gepäck in den Flughafen und stelle mich am Schalter an. Evie hat netterweise angeboten, mir das Ticket zu kaufen, aber ich kann meine Freundin nicht dauernd um etwas bitten. Während ich darauf warte, bedient zu werden, fahre ich mit meinen Mantras fort.

Was ich tun werde:

Ruhig bleiben und daran denken, dass alles, was wir durchmachen, Teil unseres Lebenswegs ist.

Gelassen bleiben und daran denken, dass wir aus unseren Fehlern lernen.

In mir ruhen und daran denken, dass nichts so schlimm ist wie …

Verdammt.

»Was soll das heißen, meine Kreditkarte ist gesperrt?« Ich stehe jetzt am Ticketschalter und starre die Angestellte von American Airlines an. Auf ihrem Namensschild steht Marjorie. Sie hat einen stählernen Blick und im ganzen Gesicht kein einziges Lachfältchen. Selbst ihr brombeerroter Lippenstift sieht irgendwie gemein aus.

»Tut mir leid, Madam«, sagt Marjorie. Aber sie klingt ganz und gar nicht so, als täte es ihr leid. Sie blickt hinter mich auf die wachsende Zahl von Menschen in der Schlange. »Vielleicht sollten Sie zur Seite treten und das mit Ihrer Bank besprechen. Bestimmt lässt sich das klären.«

»Klar ist nur, Marjorie, dass mein Ehemann ein erstklassiges Arschloch ist.« Die Worte sprudeln mir über die Lippen, ehe ich sie unterdrücken kann.

Marjorie hebt eine Augenbraue, als wollte sie andeuten, dass ich mir die Worte sparen kann, aber das ist mir egal. Ich bin so wütend, dass meine Haut pulsiert.

»Er ist ein manipulativer, untreuer Mistkerl. Tut mir leid. Sicher interessieren Sie sich nicht für meine persönlichen Probleme. Warum sollten Sie auch? Wenn Sie mich anschauen, sehen Sie eine weitere Rentnerin aus Südflorida, die nur Kleider trägt, die man in die Reinigung geben muss, und denken: *Was für Probleme könnte diese Frau haben, außer dass ihr der Nagellack am Zeh abgeplatzt ist?* Nun, Marjorie, mein Problem besteht darin, dass mein Mann recht hat: Ich bin ein Dummkopf, ich kann ihn nicht verlassen. Ich komme ja nicht mal aus dem Staat Florida heraus. Sehen Sie, Louis will nicht, dass ich unsere Tochter besuche. Er hat panische Angst, ich könnte ihr erzählen, dass er unser Erspartes in den Sand gesetzt und mit der Wanderhure des Boca Beach Gables geschlafen hat. Deshalb hat er die Kreditkarte sperren lassen. Aber ich bin selbst schuld daran, schließlich habe ich mein Leben schon vor langer Zeit in seine Hände gegeben. Ich bin alt und tauge zu nichts mehr. Louis gewinnt, ich verliere.«

Sie sieht mich einen langen Augenblick an, während ich tief Luft hole. Mich auf diese Weise einer Fremden zu offenbaren, ist merkwürdig befreiend. Während ich dastehe und mich umzuorientieren versuche, wird mir bewusst, dass Marjorie meine Mastercard genommen hat und auf ihrem Keyboard herumtippt.

Ich bin verwirrt. »Ich dachte, Sie hätten gesagt, dass meine Karte gesperrt ist.«

Sie tippt weiter. »Aber Sie haben Flugmeilen, oder nicht?«

Ich lächele traurig. »Wir haben bloß Silber-Status. Unsere Meilen reichen nicht, um davon einen Flug zu bezahlen, der noch am selben Tag geht.«

Sie tippt auf ein paar weitere Tasten auf ihrem Keyboard. Obwohl sie immer noch nicht lächelt, wirkt sie plötzlich gar nicht mehr so gemein.

»Für mich sieht es so aus, als hätten Sie mehr als genug Meilen.« Mit einem letzten Klicken erwacht der Drucker neben ihrem Computer zum Leben und spuckt einen Boardingpass und einen Gepäckschein aus. Marjorie überreicht mir beides, dann nimmt sie meinen Koffer, kennzeichnet ihn und wuchtet ihn auf das Förderband. »Gate F4. Boarding in einer Stunde. Der Nächste.«

Sie blickt zu dem hinter mir wartenden Fluggast, aber ich

bewege mich nicht. Ich kann nicht aufhören, diese wunderbare Frau anzustarren. Ich liebe Marjorie!

»Ich weiß nicht, was ich sagen soll«, beginne ich bescheiden. »Sie haben meinen Glauben an die …«

»Madam?«, sagt Marjorie. »Könnten Sie bitte weitergehen?«

Nun ja, nicht jeder kommt mit Gefühlsausbrüchen zurecht, das kann ich respektieren. So feierlich wie ich kann nicke ich ihr zu und gehe weiter in Richtung Security.

Gott, ich liebe Flughäfen. Ich weiß, die meisten Leute hassen sie. Die langen Schlangen, die Verspätungen … Ja, die ausufernde Sicherheitskontrolle, bei der einem eine Fremde mit Händen in Latexhandschuhen über den Hintern fährt, ist auch nicht gerade mein Fall. Aber ich liebe das Surren der Trolleys, wenn sie durch die Gänge rollen. Ich liebe es, Familien zu sehen, die gemeinsam irgendwohin unterwegs sind, die kleinen Kinder, die ihre Schoko-Trinkpäckchen festhalten. Ich liebe die jungen Paare, die mit ihren Rucksäcken irgendwo vor einem verlassenen Gate auf dem Boden liegen und schlafen.

All diese Dinge nehme ich wahr, während ich praktisch zu meinem Gate schwebe. Unterwegs sehe ich einen Zeitschriftenladen. Ich hätte gern ein Modemagazin, eine Flasche Wasser und vielleicht ein paar Schokomandeln, aber dann fällt mir ein, dass ich jetzt offiziell pleite bin. Ich beiße mir auf die Lippe. Wie viel Geld habe ich eigentlich dabei?

Rasch verlasse ich den Zeitschriftenladen und betrete die Damentoilette. Ich gehe in eine Kabine und verriegele die Tür. Eben noch habe ich mich so gut gefühlt, aber nun zittern mir die Hände, als ich meine Tasche an die Kabinentür hänge und meinen Geldbeutel herausnehme. Langsam zähle ich die Banknoten. Achtundachtzig Dollar. Ich öffne das Münzfach. Ein rascher Blick sagt mir, dass ich noch über siebenundvierzig Cent verfüge.

Ich schließe kurz die Augen. Achtundachtzig Dollar und siebenundvierzig Cent.

Ich hole tief Luft. Nein, ich werde nicht auf einer Flughafentoilette eine Panikattacke bekommen. Ich weigere mich. Es wird schon alles gut gehen. Dank Marjorie, meinem neuen Lieblingsmenschen, ist bisher ja auch alles gut gegangen.

Ich blicke auf die Uhr und stelle fest, dass es fast Zeit für das Boarding ist. Also atme ich noch einmal tief durch und rücke meine Bluse zurecht, dann verlasse ich die Kabine und wasche mir am Becken die Hände. Dabei fällt mein Blick noch einmal auf meine Armbanduhr, und ich frage mich, wie viel ich wohl dafür bekäme. Es ist ein wunderschönes Stück. Vintage Cartier. Weißgold mit winzigen Diamanten auf dem Zifferblatt. Ich fasse neuen Mut. Bestimmt ist sie ein paar Hunderter wert. Ich werde das durchstehen. Jawohl.

Als ich zu meinem Gate gehe und mich zum Boarding anstelle, piept mein Handy. Es ist Louis.

Ruf mich an. Sofort.

Gerade als ich dem Handy die Zunge rausstrecke, nimmt die Servicemitarbeiterin meinen Boardingpass entgegen. Unsere Blicke treffen sich, und ich werde flammend rot. Ich gebe mir Mühe, die Zunge lässig wieder in den Mund zu ziehen.

»Sitznummer 14A«, sagt die Mitarbeiterin, ohne mit der Wimper zu zucken. »Angenehmen Flug.«

Während ich die Gangway hinuntergehe, tippe ich auf meinem Smartphone auf Wählen.

Louis geht gleich beim ersten Klingeln dran.

»Sylvia? Wo bist du?«

»Ich steige grade ins Flugzeug«, antworte ich brüsk, während ich den Passagierraum betrete und meinen Platz suche.

»Isabel hat angerufen und gesagt, du hättest ihr eine Nachricht hinterlassen, dass du kurz vor Mitternacht am JFK eintriffst.«

»Das stimmt. Ich habe ihr gesagt, sie soll mir einen Schlüssel hinlegen, ich würde mich dann selbst reinlassen und direkt ins Gästezimmer gehen. Willst du sonst noch etwas wissen?«

»Wie hast du das Ticket bezahlt?«

»Ach ja, du hast die Kreditkarte sperren lassen. Vielen Dank dafür, das war sehr reif von dir. Ich habe Flugmeilen verwendet.«

Er schweigt einen Moment. Ich kann ihn förmlich denken hören.

»Und wie willst du das Taxi zu Isabel bezahlen?«, fragt er schließlich.

»Evie hat mir die Uber-App aufs Smartphone geladen. Sie teilt ihren Account mit mir. Ich zahle es ihr zurück, sobald ich kann. Ich muss jetzt Schluss machen, Louis. Das Flugzeug hebt gleich ab.«

»Warte! Sylvia, was wirst du Izzy erzählen?«

Ich verziehe das Gesicht. Natürlich ist es das, was ihm Sorgen bereitet.

»Ich werde Izzy die Wahrheit sagen.«

»Aber die Wahrheit lässt mich schlecht dastehen.«

»Ja, nun. Wessen Schuld das wohl ist? Tschüss.«

Ich lege auf und schalte das Telefon aus. Dann lehne ich den Kopf an die Kopflehne und schließe die Augen.

Goodbye, Florida.

5. KAPITEL

Mein Blick stellt sich auf die strahlend weiße Zimmerdecke ein. Als ich mich tiefer ins Kissen zu kuscheln versuche, wird mir bewusst, dass ich von etwa zehn Kissen in verschiedenen Formen und Größen umgeben bin, alle in fein abgestimmten Weißtönen. Ich befinde mich in Isabels und Todds Gästezimmer. Ich bin hier gegen zwei Uhr morgens eingetroffen und sofort ins Bett gefallen.

Ein Blick auf die elfenbeinfarbene Uhr auf dem Nachttischchen verrät mir, dass es halb acht ist. Die Sonne spitzt durch die weiße Jalousie und wirft etwas Glanz auf die weißen Wände. Ich muss an das ermüdende Gespräch denken, das ich kürzlich mit meiner Tochter geführt habe, als sie sich zwischen den Farben »Gletscher« und »Iglu« nicht entscheiden konnte. Ich betrachte die Farbe genauer und versuche mich zu erinnern, was sie letztendlich genommen hat, gebe es aber schließlich auf. Wie ich Isabel kenne, hat sie das Unternehmen dazu überredet, eigens für sie einen neuen Weißton zu kreieren.

Obwohl ich mich vor Erschöpfung ganz schwer fühle, recke ich die Arme. Und dann fällt mir ein, dass meine Enkelinnen schon auf sein müssten. Ich lege den Kopf schief und warte darauf, das Getrappel kleiner Füßchen zu hören. Hm, nein, nichts. Das ist ungewöhnlich. Das Gästezimmer befindet sich in der ersten Etage und ganz hinten über der Garage, aber das Haus ist dermaßen hellhörig, dass ich – trotz der enormen Wohnfläche von vierhundertsechzig Quadratmetern – alles mitbekomme, wenn ich hier zu Besuch bin.

Jedenfalls höre ich immer noch nichts, auch nicht, als ich die Ohren spitze. Ich will mich schon aus dem Bett quälen, als ich auf dem anderen Nachttisch eine Karte und eine kleine Karaffe mit Orangensaft entdecke. Bei meiner Ankunft stand das noch nicht da.

Ich lächele in mich hinein. Isabel muss sich wohl hereingeschlichen haben, nachdem ich eingeschlafen war. Noch einmal lächeln muss ich bei dem Gedanken, dass ich eine Tochter habe, die eine Karaffe besitzt. Ich lege auch Wert auf ein schönes Zuhause, aber Isabel hebt das Ganze auf ein ganz neues Level. Früher habe ich mir Sorgen gemacht wegen ihres Perfektionismus, und manchmal tue ich das immer noch. Aber vielleicht ist sie einfach nur hoch motiviert, denke ich, während ich auf die andere Bettseite rutsche und dabei eine Kissenlawine auslöse. Ich nehme die Karte.

Hoffe, du hattest einen guten Flug. Todd und ich nehmen den Tag frei und machen ein verlängertes Wochenende. Wir sind mit den Mädchen unterwegs, damit du etwas Ruhe hast. Bis später dann zum Brunch hier zu Hause.

Wow. Den Freitag freigenommen hat Isabel sich nicht mehr seit … Hat sie sich je einen Freitag freigenommen? Seit Jahren arbeitet sie sieben Tage die Woche in ihrer Kanzlei, genau wie Todd in seiner Computerfirma. Sie waren immer noch nicht in den Flitterwochen, dabei war die Hochzeit vor fünf Jahren. Die Mädchen verbringen die Wochenenden meist bei einem Babysitter oder bei Todds Eltern, die zwanzig Minuten entfernt leben. Etwas muss ernsthaft im Argen liegen. Ich denke daran, wie bekümmert Isabel gestern am Telefon geklungen hat. Sie hat tatsächlich geweint!

Ich beiße mir auf die Lippe und will anfangen, mir Sorgen um sie zu machen, stelle aber fest, dass ich im Moment schon zu viele eigene Sorgen habe. Worauf ich mir noch mehr Sorgen mache. Mir tut der Kopf weh.

Hör auf, befehle ich mir. Ich bin hier, um meinen wunderschönen Enkelinnen dabei zu helfen, alle Schwierigkeiten zu überstehen, in denen sie sich gerade befinden mögen. Ich bin hier, um meiner brillanten Tochter dabei zu helfen, sich über ihren beruflichen Aufstieg zu freuen. Ich bin hier, um meinem lieben, reizenden Schwiegersohn bei allem zu helfen, bei dem er Hilfe braucht.

Und ich bin hier, um zu vergessen, dass ich der Geliebten meines Mannes dabei geholfen habe, ihre Unterhose zu finden.

Wieder öffne ich die Augen und sehe auf die Uhr. Halb elf. Ich fühle mich wie neugeboren, als ich das Geschirrklappern aus der Küche höre. Und der Duft! Ich kann die frischen Bagels und den dampfenden Kaffee praktisch schon schmecken.

Hastig schwinge ich die Beine aus dem Bett und gehe ins angrenzende Badezimmer. Der Ablauf im Waschbecken sitzt ein wenig fest. Das ist seltsam … Ich schiebe den Fingernagel darunter und lockere den Stopfen. Es überrascht mich, dass Izzy nicht schon längst einen Klempner gerufen hat.

Ich zucke mit den Schultern, wasche mir rasch das Gesicht und kämme mir die Haare, wobei ich mir einen Augenblick Zeit nehme, um die neuen Highlights noch einmal zu bewundern. Ich wirke dadurch wirklich jugendlicher, und die Stufen um mein Gesicht lassen mich ein wenig schmaler aussehen. Natürlich könnte das auch auf den Mangel an ordentlichen Mahlzeiten und das Fehlen alkoholbedingter Wassereinlagerungen zurückzuführen sein. Aber wie dem auch sei, ich nehme es dankbar an.

Ich lege etwas Lipgloss auf und tupfe mir Concealer unter die Augen. Rasch durchsuche ich meinen Koffer und wähle die wärmste Hose, die ich dabeihabe, dazu einen Kaschmirpulli. Für den Oktober in Connecticut bin ich eine Spur zu dünn angezogen, aber Isabel und ich haben dieselbe Figur. Ich kann mir also noch immer etwas von ihr borgen, falls mir zu kühl werden sollte.

Als ich einmal zu Besuch war und das Haus für mich allein hatte, habe ich mich an Izzys Kleiderschrank geschlichen und eines ihrer Armani-Kostüme anprobiert. Es war von einem herrlichen Mitternachtsblau und hat mir gepasst wie angegossen. Nun ja, über dem Hintern hat es ein wenig gespannt, aber heutzutage ist das ja nicht unbedingt etwas Schlechtes. Dann habe ich so getan, als führte ich bei einer Vorstandssitzung im Esszimmer den Vorsitz. Bisher habe ich das noch keinem erzählt. Nicht mal Evie.

Ich atme tief durch und rufe: »Guten Morgen!«, während ich den Flur praktisch hinunterhüpfe. Mir war vorher nicht klar, wie sehr ich mich darauf freue, meine Tochter und meine Enkelinnen zu sehen.

»Grandma!« Zwei kichernde Bündel kommen auf mich zugeschossen. Ich knie mich hin, um Everly und Emerson in die Arme zu schließen. Ihre weichen, honigblonden Locken kitzeln mich an der Nase.

Dann stehe ich auf und lasse mich von ihnen zur Küche ziehen. Ich liebe es, wie es sich anfühlt, wenn ihre Patschhändchen meine Finger umklammern.

»Habt ihr Mädchen heute Morgen schon einen Abenteuerausflug gemacht?«, erkundige ich mich.

Everly hängt sich an meine Hand, während Emerson drauflos plappert: »Wir waren im Park, und dann waren wir einkaufen. Mommy und Daddy haben Bagels gekauft. Und Lulu und Grampy haben Wein gekauft. Grandma, was ist eine Hure?«

Mir bleibt der Mund offen stehen. Ich will schon fragen, woher sie das Wort hat, doch in dem Moment betreten wir die Küche, und bei der Szenerie, die mich dort erwartet, verschlägt es mir die Sprache. Auf der Kücheninsel aus weißem Marmor ist ein Festmahl für zwanzig Personen aufgebaut: Bagels, Brotaufstriche, geräucherter Fisch, Gebäck, Kaffee und Saft stehen dort bereit. Im Essbereich dahinter sitzen Isabel, Todd, Todds Eltern Bunny (ein Spitzname für Betty, keine Ahnung, warum) und Marty an dem riesengroßen Tisch aus Glas und Chrom.

Automatisch weiche ich einen Schritt zurück. Ich hatte keine Ahnung, dass Isabel einen Überraschungsbrunch geplant hat. Sie hasst Überraschungen, und sie weiß, dass ich Überraschungen ebenfalls nicht leiden kann. Verlegen streiche ich mir über die Hose und versuche, das Gefühl abzuschütteln.

Ist doch nett, rede ich mir ein. *Das ist deine Familie.*

Isabel eilt auf mich zu. »Emmy, es reicht! Geh mit Everly fernsehen.«

»Noch mehr fernsehen?«, fragt Emerson erwartungsvoll, und Everly schlingt begeistert die Arme um sich.

Normalerweise wacht Isabel wie ein General über die Fernsehzeiten, aber jetzt nickt sie. Entzückt traben die Mädchen ins Fernsehzimmer.

Isabel wendet sich mir zu und umarmt mich. »Guten Morgen, Mom. Wie fühlst du dich?«

»Prima, danke. Was für eine reizende Überraschung, euch alle zu sehen.«

Und das meine ich auch so. Wirklich. Ich will nicht, dass Izzy mich undankbar findet, deshalb setze ich ein Lächeln auf, gehe in die Küche und hole mir eine Tasse. Doch während ich mir Kaffee eingieße, drängt sich mir der Gedanke auf, wie seltsam es doch ist, dass alle anderen noch am Tisch sitzen. Sollten sie nicht herkommen und mich begrüßen? Stattdessen schauen sie mich nicht einmal an.

Das heißt, bis auf Izzy. Sie starrt mich regelrecht an.

»Alles okay, Liebes?« Verlegen fasse ich mir ins Gesicht.

»Oh ja, gut, gut. Wie geht es dir?«

»Ähm, prima.« *Das hast du mich doch eben erst gefragt!*

Ich nehme einen Schluck Kaffee und mustere sie. Mit ihren vierunddreißig Jahren ist sie eine hübsche junge Frau. Sie hat sich erst im Lauf der Jahre zum schönen Schwan entwickelt, was als Teenager schwierig war, aber in jedem Fall besser als umgekehrt. Sie hat dasselbe dichte, wellige Haar wie ich. Ihre Augen sind so dunkel wie die ihres Dads, und sie hat unglaubliche Wimpern. Im Moment jedoch wirkt ihr Gesicht verquollen, und so betrachte ich sie noch aufmerksamer.

Sie spürt meinen Blick und wendet sich sofort ab.

»Alle freuen sich, dich zu sehen. Gehen wir ins Esszimmer?«, fragt Izzy, und dann umarmt sie mich noch einmal, einfach so. Das ist seltsam.

Ich will sie schon fragen, was los ist, doch da kommt Todd in die Küche und küsst mich auf die Wange.

»Du siehst großartig aus.« Er drückt meinen Arm.

Okay, jetzt mache ich mir doch Sorgen. Ich stelle meine Tasse ab. Ich bin stolz auf meine brillante, fähige Tochter und meinen Schwiegersohn, aber wenn die beiden etwas nicht sind, dann warmherzig. In Anbetracht des sterilen Gästezimmers und dieser ganz in Weiß und Metall gehaltenen Küche kann man meiner Tochter mit Fug und Recht einen geradezu klinischen Einrichtungsstil attestieren. Dieser Mangel an Herzenswärme durchzieht auch alle anderen Aspekte ihres Lebens. In ihrer Kanzlei nennt man sie nicht ohne Grund den »Terminator«. Keine Ahnung, wie man als Patentanwältin zu einem solchen Ruf kommen kann.

Und Todd … Nun, Todd ist ein Computergenie. Er ist ein lieber Kerl, ein Mann der leisen Töne und kann stundenlang voller Leidenschaft über Reisen mit Lichtgeschwindigkeit reden. Er ist groß – eins fünfundneunzig – und sich seiner Körpergröße oft peinlich bewusst. Motorisch ist er nicht sonderlich geschickt und muss immer wieder betonen, dass er kein Basketballspieler ist.

»Na schön«, sage ich schließlich und blicke zwischen Izzy und Todd hin und her. »Was ist hier los?«

Doch bevor einer von beiden etwas sagen kann, kommt Bunny in die Küche und stürmt wie ein Footballer auf mich zu.

»Oh, Sylvia, du armes Ding! Dieser Louis ist doch das Letzte!«

Was? Ich versuche mich aus dem Wirbelwind von leuchtendem Lippenstift und überreichlich Parfüm herauszuwinden, doch Bunny hält mich eisern umklammert.

»Marty und ich kennen Leute«, flüstert sie mir ins Ohr. »Wenn es nötig sein sollte, können wir uns um diese widerliche Hure kümmern.«

»Okay, Mrs. Soprano. Schalt mal 'nen Gang zurück«, sagt Marty, als er den Raum betritt und seine Frau sanft von mir wegzieht. »Hallo, Sylvia. Es hat uns so leidgetan, von deinen Schwierigkeiten zu hören.«

Ich starre Marty an. Tatsächlich habe ich ihn sehr gern. Er hat ein freundliches Wesen, was interessant ist, da er seit vielen Jahren der Anwalt einer der berüchtigtsten Mafiafamilien in New York ist.

Ich muss wohl eine ganze Weile geschwiegen haben, da Bunny Marty mit dem Ellbogen anstößt, der daraufhin von Todd zu Izzy und wieder zurück schaut.

»Ihr habt ihr nicht gesagt, dass wir es wissen?«

»Was wissen?« Es ist, als ob mir ein Eiszapfen über den Rücken streicht. Ich wende mich an Izzy, die Todd ansieht, der wiederum auf den Boden starrt. Wenn noch eine Person meinem Blick ausweicht, fange ich an zu schreien.

»Was gesagt?«, hake ich nach.

Marty wirft mir einen gefühlvollen Blick zu, während er mir ein Glas Wasser hinhält, doch Bunny nimmt ihm das Glas aus der Hand.

»Sie braucht etwas Stärkeres«, beschließt sie und kippt das Wasser aus. Dann greift sie nach dem Wein und schenkt mir ungefähr einen Dreiviertelliter Chardonnay ein.

»Würde mir vielleicht irgendwer sagen, was hier los ist?«, frage ich angespannt.

Izzy stößt den Atem aus. »Dad hat mich und Todd gestern Abend angerufen und uns alles erzählt. Bunny und Marty waren zum Essen hier. Ich habe mich fürchterlich aufgeregt, deswegen haben sie alles mitbekommen.«

»Glaub mir, sobald ich das Wesentliche gehört hatte, habe ich Louis selbst angerufen«, versichert Bunny, und ihre Nasenflügel beben. »Hast du dieser Frau wirklich die Hupen gedrückt?«

Ich trinke das ganze Glas Wein aus. Dann lasse ich mich auf einen der Barhocker sinken. Er ist aus Metall, kalt und tut mir am Hintern weh.

»Nur damit ich das richtig verstehe: Dein Vater hat gewartet, bis ich im Flugzeug sitze, und dich dann angerufen, um dir alles zu erzählen?«

Todd und Izzy sehen so unbehaglich aus, dass ich nur noch wütender werde. Auf Louis natürlich.

Marty räusperte sich. »Bunny? Lass uns mal nach den Mädchen sehen.«

Doch Bunny rührt sich nicht vom Fleck und legt den Arm um mich. »Mit dem richtigen Make-up und ein paar neuen Klamotten haben wir Louis bald so weit, dass er dich anfleht, zu ihm zurückzukehren, Sylvia.«

Ich schaue mir Bunnys lila Yogahose mit dem Strasslogo an und kann nicht fassen, dass es so weit mit mir gekommen ist.

Bunny drückt mir ein letztes Mal die Schulter. »Ich bin für dich da«, versichert sie und verlässt dann zum Glück mit Marty das Zimmer.

Nun sind nur noch Isabel, Todd und ich im Raum. Ich sehe Izzy an und frage: »Was hat dein Vater gesagt?«

Izzy wirft Todd einen Blick zu. »Er hat gemeint, er hätte ein paar Fehlinvestitionen getätigt und dann eine Frau kennengelernt, mit der du ihn im Bett erwischt hättest. Danach habe ich irgendwie abgeschaltet, aber ich glaube, er hat noch was von einem Deckenventilator und irgendeiner Grapscherei erzählt.«

Todd schluckt. »Das fasst es in etwa zusammen.«

»Wie fies von ihm.« Mein Gesicht brennt, und eine Träne läuft mir die Wange hinab.

Louis war immer besessen davon, was die Leute wohl von ihm denken könnten, daher verstehe ich, dass er seine Version zuerst erzählen wollte. Aber warum den Deckenventilator erwähnen? Oder die Grapscherei? Ging es ihm darum, mich zu demütigen?

Izzy beißt sich auf die Lippe. »Ich glaube ja, dass er ziemlich viel getrunken hatte. Als ich ihn heute Morgen angerufen habe, schien er erstaunt darüber, dass wir überhaupt schon miteinander gesprochen haben.«

»Oh«, sage ich und wische mir über die Augen. Ich will den Wein, greife aber stattdessen nach dem Schwarz-Weiß-Gebäck. Ich beiße so heftig ab, dass Krümel auf die Arbeitsplatte spritzen, und ich sehe, wie Izzy zusammenzuckt. Mist. Ich versuche die Krümel mit einer Serviette zusammenzufegen, doch dabei landen sie nur auf dem glänzend weißen Fußboden.

Todd hält mich vom Saubermachen ab. »Izzy kann ruhig mit ein paar Krümeln leben. Das wird ihr guttun.«

Ich lege den Keks hin. »Es geht mir nur so gegen den Strich, dass ihr das Ganze auf diese Weise herausgefunden habt. Ich bin hergekommen, um euch zu helfen, und nun reden wir über mein Drama.«

Izzy nimmt einen Schwamm und wischt die Krümel auf. »Ach, Mom, du kannst doch nichts dafür. Todd und ich sind stinksauer auf Dad.«

Ich kann mir nicht helfen, das muntert mich ein wenig auf. »Wirklich?«

»Natürlich! Wie kann er es wagen, so verantwortungslos mit deiner Zukunft zu spielen? Das Geld war schließlich für euren Lebensabend bestimmt! Ehrlich, das widert mich an!« Izzy wirft den Schwamm in die Spüle.

Ich sehe, wie Todd kurz den Blick abwendet, und verspüre einen leisen Stich. Todd verehrt Louis, der ihn immer wie einen eigenen Sohn behandelt und darauf bestanden hat, dass er »Dad« zu ihm sagt. Für ihn muss das einfach schrecklich sein.

»Ihr beide braucht nicht wütend auf ihn zu sein. Wir sind schon eine ganze Weile nicht mehr glücklich. So ist das Leben. Die Leute lassen sich andauernd scheiden.«

Doch Izzy wirkt entsetzt. »Mom, vergiss die Scheidung. Du und Dad, ihr steckt in ernsthaften Schwierigkeiten. Ihr braucht einen tragfähigen Plan, um euer Geld zurückzubekommen. Ich habe schon jemanden in der Kanzlei beauftragt, sich mit der Sache zu befassen. Ich weiß nicht, wie viel wir retten können, aber wir müssen es zumindest versuchen. Todd und ich wollen mit Dad darüber reden, ob er nicht wieder anfangen könnte zu arbeiten.«

Mir wird schwindelig. Izzy redet wie ein Wasserfall.

Todd hebt die Hand. Mit Krisen ist er schon immer gut zurechtgekommen. »Beruhigen wir uns erst mal. Die gute Nachricht ist, dass die Senioreneinrichtung bereits bis Ende Mai bezahlt ist, und zwar einschließlich der Mahlzeiten. Ihr habt also eine Wohnung und etwas zu essen, das ist großartig. Izzy und ich können euch bei den Nebenkosten unter die Arme greifen.«

»Aber ich will nicht in Florida leben.« Meine Stimme klingt irgendwie so, als wäre ich hier das Kind.

Izzy atmet ganz langsam ein. »Mom, wir wissen, dass das schlimm für dich ist. Dad hat ganz offensichtlich eine Krise. Das alles ist ekelhaft und schäbig. Wie wäre es damit: Bleib ein paar Wochen bei uns, und jag ihm einen gehörigen Schrecken ein. Lass ihn glauben, er hätte dich verloren. Anschließend kannst du dann nach Florida zurück und für alles eine Lösung finden.«

»Verdammt, seid ihr beide übergeschnappt?«

Beiden bleibt der Mund offen stehen. Es kommt nicht oft vor, dass ich laut fluche, aber ich rege mich auf.

»Isabel, mir ist bewusst, dass dein Vater und ich uns in einer ungewöhnlichen Situation befinden. Im Moment wäre eine Scheidung vielleicht wirklich nicht die beste Lösung. Aber ich gehe nicht nach Florida zurück. Ebenso wenig werde ich irgendwelche Spielchen spielen, um deinem Vater Stoff zum Nachdenken zu geben.«

Izzy tätschelt mir die Schulter. Es fühlt sich an, als versuchte sie, mir auf diesem Weg etwas Vernunft beizubringen.

»Aber was bleibt dir denn anderes übrig?«

»Ich suche mir einen Job, genau wie dein Vater.« Sobald ich das gesagt habe, fühle ich mich schlagartig besser. Natürlich werde ich genau das tun. Warum bin ich nicht schon früher darauf gekommen?

Ich hasse die Blicke, die sich Todd und Isabel eben zuwerfen.

Todd räuspert sich. »Was für einen Job genau?«

Noch bevor ich antworten kann, schüttelt Izzy den Kopf. »Ich weiß, dass es sich hart anhört, aber es hat eben seinen Preis, wenn man bisher ein müßiges Leben geführt hat.«

Ich zucke zurück. »*Ein müßiges Leben?* So siehst du das also? Dann lass dir gesagt sein, dass es nichts Luxuriöses an sich hatte, im Supermarkt einkaufen zu gehen, die Sachen aus der Reinigung zu holen oder dir das Pausenbrot einzupacken. Was meinst du wohl, wer jeden Abend nach dem Essen staubgesaugt hat? Wer hat die Wäsche gewaschen? Wer hat dich zur Bibliothek gebracht und dir bei der Ausleihe geholfen, wenn du eine Hausarbeit anfertigen musstest? Ich kann mich nicht erinnern, irgendwelches Personal gehabt zu haben. Klar, einmal die Woche kam eine Putzhilfe. Anna war wunderbar. Aber wer hat wohl die Toilette geputzt, wenn dein Vater beim Abendessen mal wieder zu viele Milchprodukte zu sich genommen hatte?«

»Schon gut«, sagt Izzy beschwichtigend. »Aber, Mom, abgesehen von den paar Aufträgen als Hochzeitsplanerin vor einigen Jahren hattest du nie einen Job. Wie willst du da jetzt einen finden? ›Ich habe meine Tochter zu vielen Crosslaufturnieren gefahren‹ eignet sich eher nicht für den Lebenslauf.«

Als Todd murmelt: »Mein Gott«, geht Isabel auf ihn los.

»Dann muss also ich hier die Schurkenrolle übernehmen, ja?«, keift sie, und vor Zorn werden ihre Augen ganz dunkel. »Du warst doch derjenige, der gesagt hat, wir können sie nicht in eine ihrer Fantasiewelten abtauchen lassen.«

Es fühlt sich an wie ein Schlag ins Gesicht. Ich wende mich Todd zu. Er wird rot. Ich sehe, wie er sich den Kopf zermartert nach etwas, was er sagen könnte, doch diesmal hebe ich die Hand.

»Ich weiß, dass es nicht einfach ist, in meinem Alter einen Job zu finden«, sage ich steif. »Und doch passiert es ständig. Ich könnte wenigstens in einem Laden arbeiten. In meinem *müßigen Leben* habe ich weiß Gott gelernt, wie man Kleider zusammenlegt.«

Izzy seufzt. »Dann suchst du dir einen Job bei Gap und kassierst den Mindestlohn, bist täglich zehn Stunden auf den Beinen?«

»Ja, warum nicht? Ich bin schließlich in ausgezeichneter Verfassung. Toi, toi, toi.«

»Und wo willst du wohnen? Auch wenn wir dich sehr gern bei uns haben, ist unser Gästezimmer doch keine Dauerlösung. So froh ich auch um deine Hilfe bei den Mädchen bin, irgendwann werden sie wieder in die Kinderbetreuung gehen.«

»Ich würde nicht im Traum daran denken, dir zur Last zu fallen«, entgegne ich kühl. »Ich suche mir eine Wohnung. Wenn ihr mich jetzt bitte entschuldigen würdet? Die Befragung ist zu Ende.«

Mein Herz schlägt so schnell, dass ich befürchte, ich könnte zusammenbrechen, wenn ich noch einen Moment länger bleibe. Und so gehe ich ohne ein weiteres Wort aus der Küche und über den Flur zurück.

Sobald ich das Gästezimmer betreten habe, schließe ich die Tür hinter mir. Ich bekomme sie kaum zu, ehe mir die Tränen aus den Augen laufen. Ich lasse mich aufs Bett sinken und versuche die Gesichter von Isabel und Todd aus dem Kopf zu bekommen. In ihren Mienen hatte so viel unverhohlenes Mitleid gelegen! Und noch etwas. Etwas Schlimmeres.

Sie waren verärgert, wird mir klar. Als hätte ich das alles irgendwie verdient.

Eine neue Welle von Schluchzern überrollt mich. Ich habe mich noch nie so gedemütigt gefühlt. Ich stecke den Kopf zwischen die Knie und versuche mich zu beruhigen. Kann es überhaupt noch schlimmer werden?

»Sylvia?«

Ich blicke auf und sehe Bunny. Sie hat eine Art Werkzeugkiste aus Metall dabei, außerdem eine Flasche Wein.

»Ach, du Ärmste!« Bevor ich sie noch aufhalten kann, hat sie sich neben mich aufs Bett gesetzt. Sie stellt die Kiste auf den Boden und reibt mir über den Rücken. »Ich könnte Louis umbringen.« Dann, mit gesenkter Stimme: »Marty und ich kennen ein paar Leute. Wir haben *Verbindungen.*«

Ich wische mir über die Augen und lache ein wenig. Eine Welle der Zuneigung überrollt mich. Bisher habe ich Bunny immer recht streng beurteilt. Stimmt schon, ihr Lippenstift ist etwas zu dick aufgetragen, und ihre Kleider würden sich an einem schlanken Teenager weitaus besser machen als an dieser fünfundsechzigjährigen stämmigen Frau. Aber wer bin ich schon, darüber zu urteilen? Die Modepolizei? Seien wir doch ehrlich: Ich habe das letzte Jahr nichts als Beige in allen Schattierungen getragen.

»Ich weiß nicht mal mehr, wer ich bin«, sage ich.

»Das verstehe ich«, erwidert Bunny, und als ich ihr in die Augen sehe, glaube ich ihr.

Dann schüttelt sie den Kopf. »Ich habe dein Gespräch mit Todd und Isabel mitbekommen. Ich bin so enttäuscht von den beiden. Du kannst zu mir und Marty kommen und so lange bei uns wohnen, wie du willst.«

Plötzlich wäre ich am liebsten wieder in Tränen ausgebrochen. »Oh Bunny, das ist so lieb. Ich kann euch aber nicht so zur Last fallen.«

»Unsinn, wir sind schließlich eine Familie«, erinnert sie mich. Dann hebt sie ihre Kiste hoch und öffnet sie. Das gesamte Angebot von Nordstroms Kosmetikabteilung quillt heraus. »Marty hat jede Menge geschiedene Freunde. Kennst du Harold schon? Er ist reizend. Sicher würde er wahnsinnig gern mit dir ausgehen.«

Bunny ist schon dabei, mir die Augen zu schminken, und ich lasse es zu. Das Gefühl, wie die weichen Borsten über meine Lider streichen, hat etwas Beruhigendes. Sie redet und redet, und ich bin mir nicht ganz sicher, was sie sagt. Aber es ist mir auch egal. Ich halte die Augen geschlossen und denke an gar nichts.

Also gut, vielleicht ist Bunny ein bisschen weit gegangen. Aber nach einer Flasche Wein kann das schon mal vorkommen. Wir waren über eine Stunde im Gästezimmer, und tatsächlich war es ziemlich lustig mit ihr. Als sie schließlich ihren Handspiegel nimmt, schnappe ich nach Luft.

»Ich hatte keine Ahnung, dass blauer Lidschatten so lebendig wirken kann.« Meine Aussprache ist verwaschen, das höre ich, als ich weiterrede. »Bunny, ist es schlimm, dass ich in der letzten Woche mehr Alkohol getrunken habe als im ganzen letzten Jahr? Wow. Ist das unter dem Lidschatten goldener Eyeliner?«

»Allerdings! Und es ist normal, so viel zu trinken, Syl. Du durchlebst ein Trauma. Deswegen musst du nachsichtig mit dir sein. Und jetzt schau dir mal mein Werk an. Deine Wangenknochen sind hinreißend. Siehst du, dass ich dein Gesicht und die Lippen etwas dezenter geschminkt habe, als Ausgleich zu den dramatischen Augen?«

Ich betrachte mein Spiegelbild genauer. Der türkisblaue Lidschatten umgibt etwas, was wohl Smokey Eyes in Gold und Schwarz sein sollen. Aber ich verstehe, was Bunny mit dem dezenteren Gesicht meint. Das apricotfarbene Rouge ist weniger schillernd, als ich dachte, aber der bräunliche Puder, den sie als letzte Schicht aufgetragen hat, verleiht mir eine unvorteilhafte gelbliche Blässe. Ich sehe aus, als wäre ich von einem Showgirl aus Las Vegas einbalsamiert worden.

Ich wende den Blick vom Spiegel ab und lächele Bunny an.

»Ich fühle mich wunderschön«, behaupte ich. »Danke.«

»Man muss mit Farben experimentieren. Auch ein paar mischen, um den richtigen Ton zu finden.« Bunny stellt ihre Kiste auf den Boden und legt sich, auf einen Ellbogen gestützt, auf das Fußende meines Bettes. Wir sehen aus wie zwei halbwüchsige Mädchen bei einer Pyjamaparty.

»Was sagst du also, Syl? Marty und ich kennen jede Menge Männer. Ein bisschen Spaß würde dir guttun.«

»Und mit Spaß meinst du Sex?«, frage ich und kneife ein geschminktes Auge zusammen.

»Warst du je mit jemand anderem zusammen als mit Louis?«

Ich werde rot und wende den Blick ab.

Sie reißt die Augen auf. »Aha, wusste ich es doch! Marty schuldet mir fünfzig Ocken!«

»Du und dein Mann habt eine Wette auf mein Sexleben abgeschlossen?« Vermutlich sollte ich empört sein, aber merkwürdigerweise fühle ich mich geschmeichelt.

Bunny grinst. »Marty glaubt, dass du als Jungfrau in die Ehe gegangen bist. Ich verstehe schon, wie er darauf kommt. Du wirkst so mondän und reserviert. Aber Männer sind blind. Ich kann das Wilde hinter deinen langen Hosen und den Twinsets sehen. Ich wette, du hast eine ganze Schublade voll Seidenhöschen, die du nie anziehst, von denen du aber behauptest, du hättest sie für eine besondere Gelegenheit gekauft.«

Mir bleibt der Mund offen stehen. »Wie kannst du das nur wissen?«

Sie lacht und blickt zu meinem Koffer. »Na komm, zeig sie mir.«

»Du willst meine Unterwäsche sehen?«

»Nur das gute Zeug. Von La Perla. Agent Provocateur.« Sie blinzelt mir zu. »Vielleicht etwas Trashiges von Victoria's Secret?«

Ich schnappe nach Luft. Das ist ja, als wäre sie eine Spionin.

Bunny kichert. »Wie ich Marty immer sage: Ich durchschaue die Leute. Und jetzt zeig her.«

Als ich vom Bett aufstehe und zu meinem Koffer gehe, denke ich an das letzte Mal, wo ich etwas Besonderes gekauft habe. Es war vor etwa einem Monat. Evie hatte mich überredet, zu Saks zu gehen. Dort habe ich an einer Schaufensterpuppe einen exquisiten kleinen Body entdeckt. Himmel, denke ich und beiße mir auf die Lippe. Jetzt kommt es mir wie ein Vermögen vor. Hundertfünfzig Dollar. Evie konnte nicht fassen, dass ich so etwas gekauft habe. Sie hat sich gar nicht mehr eingekriegt vor Lachen, und dann beschloss sie, sich auch einen zu besorgen. Am nächsten Tag erzählte sie mir, sie hätte den Body den ganzen Abend in der Wohnung getragen. Ich habe gelogen und behauptet, das hätte ich auch gemacht.

Ich nehme den Body aus dem Koffer und wickle ihn aus dem Seidenpapier. Das Preisschild ist noch dran. Ich halte ihn in die Höhe.

»Oh!«, kreischt Bunny. »Er ist hinreißend! Genau die richtige Mischung aus frech und hübsch.« Sie streicht über das schwarze Satinoberteil und den roten Spitzenbesatz.

»Es ist schwer, rote Spitze zu finden, die richtig verarbeitet ist«, sage ich, als wäre ich Expertin in Sachen Unterwäsche. »Gott, er ist wunderschön. Was ist nur los mit mir? Warum habe ich ihn noch nie getragen?«

»Gute Frage«, sagt Bunny.

»Und wenn ich ihn anziehe und dann lächerlich aussehe?«

Bunny schüttelt den Kopf. »Unsinn. Komm, zieh ihn an. Jetzt sofort.«

Ich lache, doch Bunny kneift die Augen zusammen und steht auf. Sie wird nicht lockerlassen, aber ich habe durchaus meinen Stolz.

»Bunny, ich weiß zu schätzen, was du tust. Trotzdem habe ich nicht die Absicht, am helllichten Nachmittag im Gästezimmer meiner Tochter in einen Body zu schlüpfen.«

»Sylvia, mir ist scheißegal, welche Tageszeit wir haben. Du bist jung und sexy. Ich lasse nicht zu, dass Louis dir das Gefühl gibt, weder das eine noch das andere zu sein. Und jetzt zieh den verdammten Body an.« Sie stemmt die Hände in die Hüften. »Sonst tue ich es.«

»Bunny, lass uns erst mal runterkommen. Wir haben eine Menge getrunken …«, beginne ich, doch da zieht Bunny bereits die Hose herunter.

Ich reiße die Augen auf. Lässt sich jetzt jede Frau über sechzig die Schamhaare entfernen, frage ich mich, als ich Bunnys bloße Oberschenkel in ihrem Bikinislip betrachte. Der Slip ist aus Baumwolle und wirklich süß, pink mit weißen Herzchen. Ich denke an meinen eigenen beigefarbenen Taillenschlüpfer und werde traurig.

Doch Bunny verschwendet keine Zeit. Sie zieht ihr Veloursweatshirt aus und nimmt mir den Body aus der Hand. Dann reißt sie das Etikett ab und will schon hineinschlüpfen, als ich laut rufe: »Okay! Du hast gewonnen! Ich ziehe ihn an.«

Sie lächelt triumphierend und wartet darauf, dass ich mich ausziehe. Ich wende mich von ihr ab und lege langsam meine Kleidung ab.

»Du brauchst nicht so schüchtern zu sein, Syl. Du bist weiß Gott besser in Form als ich.«

»Von wegen«, widerspreche ich, auch wenn das nicht stimmt. Bunny hat einen dicken Bauch und große, schwere Brüste. Gleichzeitig wirkt sie so, wie sie dasteht – die Hände auf den Hüften – und unerschrocken auf mich wartet, unbestreitbar sexy.

Ich ziehe mir den Body über und drehe mich schließlich zu ihr um.

Sie klatscht in die Hände. »Er ist hinreißend«, haucht sie. »Du bist hinreißend.«

Ich kann mir nicht helfen, vielleicht ist es nur der Wein, aber ich fühle mich tatsächlich hinreißend.

Bunny streckt die Hand aus und berührt den seidigen Stoff an meinem verlängerten Rücken.

»Ich muss mir auch so einen besorgen«, meint sie.

»Mach das. Er ist besser, als ich dachte.«

Bunny hört nicht auf, mich zu streicheln. Ich fange an zu kichern. Es kitzelt. Sie streichelt mich noch mehr, und ich kichere immer lauter, bis …

»Mom?«

Verdaaaammt. Wenn ich doch bloß eine Zeitmaschine hätte. Dann könnte ich in die Vergangenheit zurückreisen und die Tür abschließen.

Langsam drehe ich mich um und sehe Isabel in der Tür stehen. Ihre Miene ist merkwürdig, als sie die Szenerie in sich aufnimmt: Bunny, immer noch in Höschen und BH, die mich streichelt, während ich kichernd dastehe, in einem Body und mit obszön viel Make-up im Gesicht.

»Es ist nicht das, was du denkst«, sage ich und gehe auf sie zu. Hoppla. Versehentlich habe ich mein Weinglas umgestoßen.

»Scheiße!«, rufe ich aus, und Bunny wirft schnell eine Decke über das Malheur.

Normalerweise würde Isabel einen Herzanfall bekommen – wir haben *Rot*wein getrunken –, aber sie verschwendet kaum einen Blick auf ihre gebleichten Eichendielen.

»Ich komme später wieder«, sagt sie nur, während sie rückwärts aus dem Zimmer geht und dann schnell die Tür schließt.

Ihre Schritte entfernen sich rasch, und Bunny sieht mich an. Wir schweigen einen Moment.

»Tut mir leid, meine Tochter ist ziemlich prüde. Das hat sie wohl von mir.« Schnaufend setze ich mich aufs Bett. Dieser ganze Tag ist wie ein merkwürdiger Traum.

Bunny setzt sich neben mich und legt eine Hand auf meinen Oberschenkel. »Ich empfinde etwas für dich, Sylvia.«

Oder wie ein verrückter Albtraum.

Bunny liebkost mein Bein. Ich bin wie erstarrt.

»Keine Sorge, Marty weiß Bescheid und hat kein Problem damit. Ich schlafe nie mit anderen Männern.«

»Das klingt vertretbar.« Meine Stimme ist belegt. Ich starre auf Bunnys Finger, die nun meinen Oberschenkel massieren. Ich habe keine Ahnung, was ich tun soll. Einerseits würde ich gern an die Decke springen. Andererseits ist Bunny eine erstaunlich gute Masseurin, und ich empfinde das hier als ziemlich wohltuend.

Gott, bin ich betrunken!

Vorsichtig stehe ich auf. »Bunny, danke für das Umstylen, die netten Worte und das gastfreundliche Angebot. Ich bin wirklich gerührt.«

Wenn ich alles leicht und höflich halte, wird es hoffentlich so sein, als wäre das alles nie passiert.

Bunny lächelt und beginnt sich anzuziehen.

»Natürlich, Syl«, sagt sie, und ihr Ton ist ebenfalls lässig. »Und es ist uns ernst damit, du bist uns immer willkommen«, fügt sie hinzu, während sie die Hose hochzieht. »Wir haben jede Menge Platz und würden uns freuen, dich bei uns zu haben.«

Der Eyeliner ist wie Beton. Vor einer Dreiviertelstunde ist Bunny gegangen. Ich habe geduscht und stehe nun am Waschbecken und versuche, mein Gesicht sauber zu schrubben. Ich habe Reinigungsmilch verwendet, Lotion, Vaseline und noch mal Reinigungsmilch. Nun inspiziere ich mich im Badezimmerspiegel und entdecke immer noch ein wenig Gold im Augenwinkel. Während ich mich bemühe, es mir vom Gesicht zu kratzen, frage ich mich, ob ich wohl mit einer Frau schlafen könnte.

Es gibt eine Folge von *Sex and the City*, in der Samantha etwas mit einer atemberaubenden Lesbe namens Maria anfängt. Einen Augenblick stelle ich mir vor, ich wäre eine atemberaubende Lesbe. Ich trage maßgeschneiderte Westen und gehe in Georgia-O'Keefe-Ausstellungen. Ist das anstößig? Wenn das eine Lesbe hören könnte, würde sie mir vorwerfen, dass ich in Klischees denke?

Irgendwie bekomme ich überhaupt nichts richtig hin.

Ich starre in mein blasses Gesicht und atme tief durch. Was für ein Tag. Ich hatte keine Ahnung, was mit Bunny los ist. Oder mit Marty. Vielleicht haben sie deswegen eine so gesunde Beziehung. Sie erhalten sich die Würze. Und wenn ich ehrlich bin, betrachte ich das Ganze als Kompliment. Es ist wunderbar, begehrt zu werden. Und ihr Haus ist groß und schön, dort hätte ich es sehr bequem. Ich könnte ein paar Wochen bleiben, während ich einen Plan für meine Zukunft ausarbeite.

Aber dann stelle ich mir vor, wie ich in ihr Wohnzimmer trete und sie in der Verrenkungsstellung aus *The Joy of Sex*, Band 14 erwische. Ich würde wie angewurzelt stehen bleiben und mich aufgeregt entschuldigen. Sie würden lächeln und mich fragen, ob ich nicht Lust hätte mitzumachen.

O Gott, das wäre … Nein, ich kann einfach nicht dort wohnen. Ich ziehe den Morgenmantel fester um mich und gehe ins Schlafzimmer, wo ich auf Isabel stoße, die im Sessel am Fenster sitzt.

»Mom«, sagt sie, als sie mich sieht. »Wir müssen reden.«

»Natürlich«, erwidere ich und setze mich auf das frisch gemachte Bett.

Die Decke ist festgesteckt, und von der Weinlache auf dem Boden steigt der Geruch nach Bleichmittel auf. Meine Güte, sie hat wohl den gesamten Raum gereinigt, während ich unter der Dusche war.

»Isabel«, fange ich an, »was du zwischen mir und Bunny beobachtet hast … Das waren nur zwei Frauen, die zu viel getrunken haben. Es war völlig unschuldig, und …«

»Reden wir später darüber.« Isabels Miene besagt, dass sie mit *später* »nie« meint.

Ich nicke. »Also gut. Was möchtest du dann besprechen?«

»Ich möchte mich dafür entschuldigen, wie ich mich in der Küche angehört habe.«

Hat Isabel sich je entschuldigt? Ich räuspere mich und bin plötzlich sehr bewegt. »Oh, Izzy. Ich weiß, du warst nicht mit Absicht grausam. Das alles war ein schrecklicher Schock – für uns alle.«

»Ich entschuldige mich nicht für das, *was* ich gesagt habe, Mom. Ich entschuldige mich dafür, *wie* ich es gesagt habe. Ich weiß, dass ich harsch bin. Aber ich habe keine Ahnung, wie ich mich sonst verhalten soll. Vor allem dir gegenüber.«

»Vor allem mir gegenüber?«, wiederhole ich perplex.

Sie seufzt. »Du sagst, du willst dich scheiden lassen und unabhängig sein. Aber das ist ein Hirngespinst. Du weißt nicht, wie du allein leben sollst, und ich mache mir Sorgen, dass du dich in eine noch schlimmere Lage hineinmanövrieren könntest. Der verantwortungsbewusste Weg wäre, nach Florida zurückzukehren. Selbst wenn du und Dad in getrennten Zimmern schlaft und jeder sein eigenes Leben führt. Das wäre in Ordnung, das geht mich nichts an. Aber dass du jetzt dauernd davon redest, dir einen Job und eine Wohnung zu suchen, das ist einfach grotesk. Es ist ein Wunschtraum. Du weißt doch gar nicht, wie man allein zurechtkommt. Hast du zum Beispiel auch nur die leiseste Ahnung, wie man eine Krankenversicherung beantragt? Bei Dad bist du mitversichert. Wenn du ihn verlässt, was wirst du dann tun? Auf die staatliche Krankenversicherung hast du erst in zwei Jahren Anspruch.«

»Ich werde über meinen Job versichert sein.«

Isabel springt fast vom Sessel auf. »Was für einen Job? Du hast keinen Job. Und selbst wenn du etwas bei Gap oder sonst einer Modekette bekommst, werden sie dich nicht über die Firma versichern. Meine Güte, Mom. Weißt du eigentlich, wie gefährlich es ist, in deinem Alter ohne Krankenversicherung dazustehen?«

Bevor mir eine Antwort einfällt, fängt Isabel an, auf und ab zu gehen, als stünden wir vor Gericht.

»Vor zehn Jahren hast du mit Gesellschaftstanz angefangen und nach dem zweiten Mal beschlossen, dass das nichts für dich ist. Dann wolltest du dich bildhauerisch betätigen und hast mein Kinderzimmer in ein Studio verwandelt, das nie auch nur ein Fitzelchen Ton gesehen hat. Du dachtest daran, ein Kinderbuch zu schreiben. Eine Konditorei zu eröffnen. Und dann war da das Geschäft mit der Hochzeitsplanung. Lara Poll spricht heute noch kein Wort mit mir.«

»Sie war eine Horrorbraut, neben ihr hatte ich überhaupt keine Zeit mehr für meine anderen Kundinnen. Tatsächlich musste ich meine ganzen anderen Kunden sogar aufgeben, um ihren Wünschen gerecht zu werden.«

»Das ist ja gerade der Job, Mom. Mit Horrorbräuten fertigzuwerden ist die hohe Kunst der Hochzeitsplanung.«

Mein Gesicht brennt. Ich weiß, dass Isabel immer noch wütend ist wegen Lara Poll, ihrer besten Freundin aus Kindertagen.

Nachdem Isabel geheiratet hatte, war mir bewusst geworden, dass ich ihre sündhaft teure Hochzeitsplanerin durchaus tatkräftig bei der Organisation der ganzen Angelegenheit unterstützt hatte. Es war Schicksal. Ich hatte nach einem beruflichen Betätigungsfeld gesucht, und die Töchter von Freundinnen sowie die Mädchen aus der Nachbarschaft engagierten mich zu einem sehr günstigen Preis. Ich war gut darin, und es machte mir Spaß. Ich erinnere mich immer noch an meine Klientinnen – Sydney,

Madison, Grace und Toni. Und dann an meine letzte Klientin, Lara Poll.

Zu dem Zeitpunkt, da Lara sich verlobte, hatte ich mir bereits einen guten Ruf erarbeitet. Sogar Isabel war beeindruckt.

Ein Tag ist mir besonders in Erinnerung geblieben. Izzy und ich waren zusammen shoppen, und mir ist ein wunderbares Hemdblusenkleid von Armani aufgefallen. Es war businessmäßig, aber schick. Izzy hatte jede Menge elegante Kostüme im Schrank und ermutigte mich, das Kleid für mich zu kaufen, um es zur Hochzeit zu tragen.

»Mom, du bist wirklich gut in deinem Job«, argumentierte sie. »Du hast dir etwas Fantastisches verdient.«

Aber ich konnte nicht, es war einfach so teuer. Ich weiß noch, dass ich sagte: »Vielleicht nachdem ich Laras Hochzeit über die Bühne gebracht habe. Als kleine Belohnung.«

Lara sollte eine der schönsten Hochzeiten bekommen, die man sich vorstellen konnte. Die Lokalzeitung wollte einen Artikel darüber bringen. Ich wusste, dass es für mich der entscheidende Karrieresprung sein würde.

Doch leider machte Lara während der Planung ihrer Hochzeit einen Persönlichkeitswandel durch. Sie rief mich mindestens vierzigmal am Tag an. Sie bekam einen Wutanfall bei der Brautkleidanprobe. Sie bekam einen Wutanfall beim Probeessen. Und sie bekam mitten in der Nacht einen Wutanfall in meinem Vorgarten, worauf die Nachbarn die Polizei riefen. Es war aufreibend, und in dem Moment beschloss ich, dass mir nichts anderes übrig blieb, als unsere Vereinbarung zu lösen.

Natürlich habe ich Isabel das alles erklärt, dennoch war sie außer sich vor Zorn, und im Nachhinein denke ich, dass sie vielleicht recht hatte. Lara war schließlich meine Kundin. Und nachdem sich die Sache herumgesprochen hatte, wollte mich keine andere Braut mehr engagieren. Außerdem verklagte mich

Lara wegen Vertragsbruchs, und mein Anwalt riet mir, Schadensersatz zu leisten, um einen teureren Rechtsstreit zu vermeiden. Die ganze Sache hat mich am Ende also eher Geld gekostet. Louis hat mich damals sehr unterstützt, das muss ich ihm lassen.

Das sage ich jetzt zu Isabel, hier in ihrem Gästezimmer, Jahre später.

Sie starrt mich an und schnaubt leise. »Natürlich hat Dad dich unterstützt. Er hat dich in deinen Wahnvorstellungen doch immer ermutigt.«

»Die Hochzeitsplanung war ein echter Beruf, Isabel. Keine Wahnvorstellung.«

»Schön, keine Wahnvorstellung. Aber definitiv ein Misserfolg.«

Ich mache den Mund auf und wieder zu. Meine Augen brennen.

Isabel sieht es und hört auf, hin- und herzulaufen. »Schau, ich will mich nicht mit dir streiten. Ich liebe dich, und du hast ein paar schreckliche Tage hinter dir. Hören wir auf, über Dinge wie Hochzeitsplanung und Jobs zu reden. Bleib einfach ein paar Tage hier – oder auch ein paar Wochen. Und mach dir keine Gedanken, wie du mir bei den Mädchen helfen könntest. Ich habe mit einer Agentur gesprochen und eine Nanny eingestellt, die nächsten Montag Vollzeit hier anfängt und bleibt, bis ich die Sache mit der Kinderbetreuung geregelt habe. Ich bin deinem Rat gefolgt und habe jemanden gesucht, der das Sprachbad fortsetzen und mit der Lesevermittlung beginnen kann.«

»Ich weiß nicht recht, ob ich das wirklich so gesagt habe. Und ich helfe dir sehr gern.«

Isabel schüttelt den Kopf. »Ich will nicht, dass du mir hilfst. Ich will, dass du dir selbst hilfst. Sieh mal, ich will nicht gemein klingen, aber du musst einsehen, dass du nicht hingehen, dir einen neuen Job suchen und ein ganz neues Leben anfangen kannst. Das hier ist keine Folge von *Sex and the City*. Dein Leben besteht nicht aus Brunch im West Village und High Heels. Du bist Sylvia Fisher und lebst mit deinem Mann Louis in Boca Raton. Verstehst du, was ich sagen will?«

Ich starre Isabel an. Gott, sie sieht auf einmal uralt aus, und mir wird klar, dass sie mich niemals verstehen wird. Aber ich will auch nicht mehr streiten, also nicke ich.

»Ja, Isabel, das verstehe ich.«

Isabel schließt kurz die Augen, dann verlässt sie das Zimmer. Nachdem sie die Tür hinter sich geschlossen hat, stehe ich auf und sperre ab. Immer noch im Morgenmantel, setze ich mich wieder aufs Bett. Ich brauche jetzt Ruhe. Ich muss nachdenken.

6.
KAPITEL

Es wird schon alles klappen.

Es reicht jedoch nicht, daran zu glauben, ich muss auch tätig werden.

Ich habe den ganzen Nachmittag und Abend im Gästezimmer verbracht, schweigend, wie ein Mönch. Ich musste den Alkohol, die Scham und den Zorn aus dem Körper spülen.

So geht es nicht mehr weiter. Isabel hat einige Argumente vorgebracht, die ich nicht entkräften konnte. Ich will mit meinem Leben nicht so umgehen, als wäre es ein einziger Witz. Ich muss mich selbst ernst nehmen. Was will ich wirklich?

Mich daran erinnern, wie es ist, Sex zu genießen. Ein Jahr lang in London leben. Eine Sonnencreme finden, die zu meiner Haut passt …

Nach Manhattan ziehen und wieder als Hochzeitsplanerin anfangen.

Ich lächele in mich hinein. Genau das will ich tun.

Jetzt ist es nach zehn Uhr abends, und alle liegen im Bett. Ich habe mich in Isabels Büro geschlichen, um mir ihren Laptop und einen Block auszuleihen. Inzwischen sitze ich am Küchentisch und esse ein Erdnussbuttersandwich. Um mich herum ist es komplett dunkel bis auf das Leuchten des Bildschirms und der Kerze, die ich angezündet und mitten auf den Tisch gestellt habe – ein Symbol dafür, dass ich vorhabe, bis tief in die Nacht zu recherchieren. Ich verspüre prickelnde Erregung im Bauch, dem Gefühl beim ersten Tritt eines Babys nicht unähnlich. Irgendetwas wächst in mir heran. Ein neues Leben.

Und dieser Schritt ist nicht irgendeine Fantasterei. Nein, er will gründlich bedacht, vorbereitet und sorgfältig ausgeführt werden. Zu all diesen Dingen bin ich in der Lage.

Ich nehme einen großen Bissen von meinem Sandwich und tippe dann Folgendes in die Suchmaschine ein: Was braucht man für einen Umzug nach New York City?

Ergebnisse ergießen sich über den Bildschirm. Ich scrolle hinunter und klicke auf ein paar Links, öffne die Webseiten Rently.com und Craigslist.com. Ich fange an zu lesen und greife nach dem Block und einem Stift. Oben auf die Seite schreibe ich sorgfältig:

LISTE FÜR SYLVIAS UMZUG
1) Geld

Das unterstreiche ich dreimal und mache dann Unterkategorien auf:

A) Miete, alles in allem: $3.000
B) Lebensmittel und Nebenkosten, ein Monat: $1.000
C) Anfängliche Notfälle: $500

Die Notfallkategorie ist mir selbst eingefallen. Ich habe ein gutes Gefühl dabei. Was, wenn ich einen Unfall habe und mir den Knöchel verstauche? Was, wenn mein Kühlschrank kaputtgeht und das Essen für eine ganze Woche verdirbt? Was, wenn Louis meinen Handytarif kündigt?

Hm, wie viel kostet ein Smartphone im Monat? Ich kaue einen Moment auf meinem Stift herum und denke nach. Louis hat für uns ein Familienpaket gebucht. Hoffentlich kann er den Vertrag nicht kündigen, ohne sein eigenes Handy aufgeben zu müssen.

Andererseits könnte er mit dem Anbieter etwas aushandeln. Ich muss mich auf alles gefasst machen.

Ich nehme noch einen Bissen von meinem Sandwich, dann schreibe und lese ich weiter, schreibe noch etwas. Es gibt sogar einen Blog, in dem jemand seinen ganzen Umzug nach New York dokumentiert hat! Zugegeben, diese Person ist zweiundzwanzig und hat in Stanford gerade ein Wirtschaftsstudium mit Schwerpunkt Mikroökonomie abgeschlossen. Trotzdem kann ich ihre Erfahrungen ja als Blaupause nutzen.

Ich versuche es mir auf Izzys minimalistischem Küchenstuhl aus Chrom bequem zu machen und wappne mich für eine lange Nacht.

Am nächsten Morgen wache ich um halb sechs auf und bin furchtbar unruhig. Eins ist klar – bevor ich nach New York ziehen und meine Karriere neu starten kann, brauche ich Geld. Ich bin zu aufgeregt, um im Bett zu bleiben, und verlasse Isabels Haus, um spazieren zu gehen.

Die Luft ist frisch und zum Glück nicht feucht, als ich in die Hauptgeschäftsstraße von Ainsebury einbiege und das Café Beaux Mots betrete, den trendigen Coffeeshop des Vororts. Es hat gerade eben aufgemacht, und ich schnappe mir einen Ecktisch am Fenster.

Eine Kellnerin bringt mir eine Karte. »Kaffee?«

Ich lächele und will mir schon einen doppelten Latte bestellen, halte dann jedoch inne. Mir fallen fast die Augen aus dem Kopf. Sechs Dollar für einen normalen Filterkaffee, neun Dollar für etwas Ausgefalleneres!

Ich schlucke. »Erst einmal nehme ich ein heißes Wasser mit Zitrone.«

Die Kellnerin nickt und geht. Ich atme tief durch. War das Leben schon immer so teuer?

In diesem Sinne greife ich in die Tasche und hole mein Handy heraus. Ich rufe Evie an. Es klingelt nur einmal, bevor sie drangeht.

»Sylvia, ich habe deine Nachrichten bekommen. Ich kann gar nicht glauben, dass das alles passiert ist.« In Evies Stimme schwingen sowohl Ehrfurcht als auch ein Lachen mit.

Bevor ich letzte Nacht zu Bett gegangen bin, habe ich Evie eine lange Nachricht geschickt, in der ich ihr vom Brunch über Bunny bis zu meinem Gespräch mit Isabel alles haarklein berichtet habe. Irgendwie dachte ich, es wäre leichter, alles aufzuschreiben, als es laut auszusprechen und dadurch noch einmal durchleben zu müssen.

»Ich weiß.« Ich lächele schief. »Was für ein Tag.«

»Bunny finde ich ja ziemlich bezaubernd, aber … Ich will dich wirklich nicht beleidigen, Liebes, aber es klingt, als wäre deine Tochter eine ziemliche Zicke.«

»Nein, Evie.« Ich schüttle energisch den Kopf. »Izzy hat nicht ganz unrecht. Im Laufe der Jahre hatte ich eine Menge hochtrabende Ideen, die ich aber nie weiterverfolgt habe. Doch diesmal ist es anders. Ich weiß, was ich will.«

Ich richte mich auf, als die Kellnerin Wasser und Zitrone vor mir abstellt. Es freut mich, dass ich etwas so Vernünftiges geordert habe.

Oh, ist das Zimt?

Ich blicke zum Nachbartisch, wo ein paar frühmorgendliche Radfahrer plaudern und neue Energie tanken. Sie haben glasierte Zimtschnecken und Kaffee bestellt.

Mir läuft das Wasser im Mund zusammen. Ich kann nicht aufhören, dorthin zu schauen, während ich meine Zitrone ausdrücke.

»Sylvia? Bist du noch dran?«, dringt Evies Stimme in meine Gedanken.

»Ja, ich bin noch da.«

»Dann darf ich daraus schließen, dass die Weltreise, über die wir geredet haben, in die Kategorie ›hochtrabende Ideen‹ fällt?«

»Ach, Evie, ich würde furchtbar gern reisen. Aber ja, ohne festes Einkommen und ohne Ersparnisse scheint es mir im Moment ein wenig unrealistisch zu sein.«

Ich nehme einen Schluck von meinem heißen Zitronenwasser. Köstlich, sage ich mir.

Evie seufzt. »Nun, das ist wirklich schade. Ich wäre nämlich mitgekommen.«

Ich richte mich auf meinem Stuhl auf. »Du würdest es in Erwägung ziehen, Boca zu verlassen?«

»Nach Henrys Tod hatte ich das ohnehin vor. Ich hatte hier unten nie echte Freunde.« Evie hält inne, ihre Stimme ist trocken. »Man hat mir gesagt, dass ich im Umgang ein wenig schwierig wäre.«

Ich lächele. »Du bist die missverstandenste Peron, die ich kenne.« Ich lege den Kopf schief. »Und trotzdem bist du geblieben? Warum?«

»Ich wusste nicht, wohin ich gehen sollte. Und dann bist du hergezogen, und das Leben war wieder erträglicher. Aber jetzt bist du fort, Sylvia, und seitdem habe ich das Gefühl, als würde ich nur hier herumsitzen und auf den Tod warten. Ich bin total deprimiert.«

Ich kann mir Evie nicht deprimiert vorstellen, dazu ist sie zu lebhaft. Sie kleidet sich schick und verlässt das Haus nie ohne Lippenstift aufzulegen. Selbst wenn sie nur zur Gymnastik geht.

Tatsächlich stelle ich mir gerade vor, wie meine Freundin vor ihrem Kleiderschrank steht und sich überlegt, ob sie heute Wassergymnastik oder Tai Chi machen soll. Sie nimmt den Badeanzug heraus, legt ihn dann aber beiseite. Stattdessen wählt sie die hinreißende purpurrote Yogahose, die sie kürzlich gekauft hat. Sie zieht sie an und bewundert ihre schlanke Gestalt. Dann jedoch verzieht sie das Gesicht. Was kommt nach Tai Chi? Noch ein Eistee? Noch ein fein gehackter Salat? Sie setzt sich aufs Bett und fängt an zu weinen …

»Sylvia? Hallo? Bist du schon wieder weg?«

Ich wische mir über das Gesicht und stelle fest, dass ich diejenige bin, die weint.

»Evie, komm mit mir«, platze ich heraus.

»Wohin? Ich dachte, du willst nicht reisen.«

»Ich ziehe nach New York. Das ist mein großer Plan, das ist es, was ich dir erzählen wollte. Ich habe alles durchdacht. Du musst mitkommen. Wir werden zusammenwohnen und Manhattan gemeinsam erobern.«

Warum habe ich nicht früher daran gedacht? Es ist perfekt. Ich wünschte, ich könnte Evies Gesicht sehen, während sie das alles verdaut.

Sie schweigt.

Ich räuspere mich. »Evie?«

Immer noch nichts.

Ich atme tief durch. »Evie, bevor du Nein sagst, denk darüber nach. Ich habe schon ziemlich viel recherchiert. Als Startkapital brauchen wir nicht mehr als viertausendfünfhundert Dollar pro Nase. Weniger, wenn wir in Queens wohnen«, füge ich hastig hinzu.

Ich weiß, dass ich schnell rede, aber ich will, dass das alles vernünftig klingt. Ich will, dass Evie mitkommt. Bisher war mir nicht klar, wie sehr ich mir das wünsche. Ich kneife die Augen zu.

Was, wenn sie mich für verrückt erklärt? Ich öffne ein Auge. Mist. Das will ich mir einfach nicht noch einmal anhören.

»Sylvia«, sagt Evie schließlich.

Ich spüre die Anspannung im Magen. »Ja?«

»Nach Queens aber nur über meine Leiche.«

7.
KAPITEL

Ich kann es nicht fassen. Es wird genauso sein wie in *Sex and the City*. Laut aussprechen würde ich das natürlich niemals. Ich will nur sagen, dass Evie und ich beide Fans der Serie sind, warum also sollten wir nicht bei Sample Sales Designerklamotten shoppen, Mimosas trinken und hinreißende Schuhe tragen?

Mit ihrem Gehstock kommen für Evie natürlich nur flache Schuhe infrage, und mir machen manchmal die Knie Probleme. Aber auf dem Markt gibt es ja zum Glück jede Menge fantastische und doch vernünftige Schuhe. Eigentlich passt das genau: Fantastisch und doch vernünftig – das ist mein neues Mantra.

Es ist kurz vor Mittag, und ich habe ein Uber in einen fragwürdigen Teil der Stadt genommen. Ich gehe den Bürgersteig entlang auf der Suche nach einer Adresse, die auf dem regulären Stadtplan nicht zu finden war. Meine Handtasche fest an die Brust gepresst, biege ich in eine Gasse ein.

Ich weiß, ich muss vernünftig bleiben, aber ich bin so aufgeregt. Evie und ich haben eine Stunde miteinander telefoniert und Pläne geschmiedet. Wir wollen uns am Montagmorgen in Manhattan treffen. Das gibt mir heute und morgen Zeit, viertausendfünfhundert Dollar aufzutreiben und mich dann von Isabel zu verabschieden, ohne mir anmerken zu lassen, dass Dramatisches im Busch ist.

Evie hat angeboten, mir das benötigte Geld zu leihen, aber

ich habe entschieden abgelehnt. Auf keinen Fall. In Boca mag es ihr finanziell gut gehen, aber das hier ist auch für sie ein großer Schritt. Mit ihrer Rente kommt sie in Florida sehr viel weiter als in New York. Außerdem widerspricht es dem Geist meiner Unternehmung, ein Darlehen aufzunehmen. Schließlich will ich doch auf eigenen Füßen stehen.

Ja, viertausendfünfhundert Dollar sind eine Menge Geld, aber ich habe einen Plan.

Wie aufs Stichwort entdecke ich mein Ziel. Auf einem winzigen Schild im Fenster steht: »One Shop Pfandleihe«. Ich linse durch die schwarzen Metallstäbe vor der Eingangstür. Hinter dem Tresen steht ein Mann mittleren Alters, und ich winke ihm zu. Er gibt mir mit einer Geste zu verstehen, dass ich auf die rechte Seite schauen soll. Ah, eine Türglocke. Ich drücke auf den Knopf, und das Summen vibriert unter meinem Finger.

Kurz darauf ertönt ein weiteres Summen, und das Sicherheitstor springt auf. Mit heftig pochendem Herzen betrete ich den Laden.

Pfandleihen sind definitiv nicht der Stoff, aus dem Träume gemacht sind. Sie bieten eher eine gesunde Dosis Realität. Ich stehe vor der Schmuckauslage und studiere die Artefakte, die das Leben irgendwelcher Leute ausgemacht haben. Wie traurig und verängstigt diese Leute gewesen sein müssen. Niemals hätte ich mir vorstellen können, einmal in einer Hinterhofpfandleihe zu stehen und darauf zu hoffen, dass ein Mann namens Joey die Antwort auf meine Probleme ist.

»Sie können alles auf den Tresen legen«, sagt Joey und wischt seine Lupe sauber.

Während ich meinen Schmuck arrangiere, betrachte ich unwillkürlich die Stücke, die zum Verkauf stehen. Mein Blick fällt direkt auf einen Verlobungsring mit gelbem Diamanten. Er ist riesig. Locker fünf Karat, und der Schliff ist exquisit. Tatsächlich habe ich das Gefühl, den Ring schon einmal gesehen zu haben.

Lara Poll.

Auf einmal bin ich ganz wacklig auf den Beinen.

Das ist nicht ihr Ring, sage ich mir. Sie hatte einen gelben Diamanten und hat dann verlangt, dass er gegen einen rosa Diamanten ausgetauscht wird, nachdem sie das Zitat irgendeines Promis gelesen hatte, dass »gelbe Diamanten völlig passé« seien.

Joey nimmt das erste Stück in die Hand und legt es unter sein Mikroskop. Bei der Arbeit zwirbelt er an seinem Bart. Ich habe das Gefühl, dass es ein wenig dauern könnte. Leise trete ich einen Schritt zurück, aber ich kann nicht aufhören, den gelben Diamanten anzustarren.

Lara Poll.

Ich weiß selbst nicht so genau, warum, aber seit Isabel das Thema einmal aufgebracht hat, muss ich immer wieder an sie denken. Das Töpfern, die Konditorei und der Gesellschaftstanz sind mir egal. Ich kann akzeptieren, dass es mir mit all diesen Vorhaben nicht sehr ernst war. Aber das mit der Hochzeitsplanung macht mir zu schaffen. Izzy hat gesehen, wie sehr mir das lag. Tatsächlich sollte sie ja Laras Trauzeugin sein, deshalb hat sie aus nächster Nähe mitbekommen, wie Laras Benehmen von Tag zu Tag schockierender wurde. Ich habe sogar versucht, mit ihr darüber zu reden, doch Izzy arbeitete damals gefühlt eine Million Wochenstunden in der Kanzlei und tat die Sache mit einem Achselzucken ab.

»Das gehört zum Job, Mom. Es ist ihr großer Tag.«

Die Sache ist die, dass Lara jeden Tag zu ihrem großen Tag machte. Sie tauchte um sieben Uhr morgens bei mir auf und wich mir von da an nicht mehr von der Seite.

Für die sechs Monate, in denen ihr neues Haus renoviert wurde, waren sie und ihr Verlobter zu ihren Eltern gezogen –

die in derselben Straße wohnten wie ich. Zuerst schien das ideal zu sein: Wir konnten zusammen über Zeitschriften und Katalogen brüten und gemeinsam zu Terminen fahren. Es ermöglichte es mir, Lara das Maß an persönlicher Aufmerksamkeit zu schenken, das ich all meinen Bräuten zukommen lassen wollte.

Und Lara begann sich mir zu öffnen. Die traditionelle Hochzeit im Country Club, zu der ihre Eltern sie drängten, war nicht nach ihrem Geschmack. Sie wollte etwas, was bei den Leuten Bewunderung und Begeisterung hervorrief. Also habe ich recherchiert und eine fabelhafte Location gefunden: ein Wellnesshotel in New Hampshire, dessen Ballsaal aus einer wunderbaren modernen Scheune bestand, deren Dach sich öffnen ließ. Alles passte. Ich konnte schon neue Klienten annehmen, weil die Presse überschwänglich über die bevorstehende Traumhochzeit berichtete. Die Lokalzeitung wollte unter der Überschrift »Luxushochzeiten abseits ausgetretener Pfade« eine Doppelseite darüber bringen.

Lara war so oft bei uns zu Hause, dass Louis widerstrebend witzelte, er würde ihr bald Miete berechnen. Sie kam mit zum Supermarkt, sie blieb zum Essen, sie begleitete mich zu meiner jährlichen Mammographie. Es wurde ein wenig intensiv. Vor allem, als sie auch noch bei der Beerdigung meiner Tante auftauchte. In Chicago.

Ich ignorierte die Wutanfälle. Ja, Laras Benehmen war alarmierend, aber ich dachte mir, wenn sie erst einmal verheiratet wäre, sei ohnehin Schluss damit.

Und dann ist es passiert.

Um drei Uhr nachts an einem Dienstag, drei Wochen vor dem großen Tag, setzte Lara meinen Rasen in Brand.

Wie, muss man sich fragen, konnte es nur dazu kommen?

Nun, sie klingelte bei uns, und ich sagte Louis, dass wir sie nicht reinlassen würden. Ich war am Limit. Wir müssten eine Grenze ziehen, argumentierte ich, und er war mehr als einverstanden. Und so ignorierten wir das Läuten und hofften, dass sie wieder gehen würde. Ich zog die Bettdecke über den Kopf, um den Lärm auszublenden.

Etwa zehn Minuten später rochen wir Rauch. Wir liefen zum Fenster und sahen, wie Lara Streichhölzer anzündete und auf unseren Rasen fallen ließ. Im Gebüsch lag eine leere Wodkaflasche. Es war Wahnsinn. Sie glotzte wütend zu mir nach oben, und das blonde Haar hing ihr strähnig ums Gesicht, wie in einem Horrorfilm. Ich dachte, wir müssten sterben. Ich klammerte mich an Louis fest, und er rief den Notruf.

Später auf der Polizeistation wurden wir gefragt, ob wir Anzeige erstatten wollten. Louis sagte Ja, aber ich überredete ihn, die Sache fallenzulassen.

»Machen wir es nicht noch schlimmer, als es schon ist.« Ich habe versucht, nett zu sein.

Lara kam nach nur einer Stunde wieder frei. Ihre Mutter war mit der Ehefrau des Bürgermeisters befreundet und hatte vermutlich ein paar Anrufe getätigt …

Jedenfalls sagte ich Lara am Nachmittag desselben Tages, dass ich nicht länger als Hochzeitsplanerin für sie arbeiten könne. Ich hätte das Gefühl, dass meine persönliche Sicherheit bedroht sei und dass sie sich therapeutische Hilfe suchen solle.

Als ich Isabel von dem Vorfall erzählte, hatte ich eigentlich erwartet, dass sie auf meiner Seite sein würde.

Doch das war ganz und gar nicht der Fall.

Ich schließe die Augen und werde in Gedanken in meine Küche zurückversetzt. Isabel steht dort, ihr Blick ist streng.

»Was dachtest du denn, was das für ein Job ist?«

»Ich dachte, ich würde eine Hochzeit planen. Auf Brandstiftung war ich nicht gefasst.«

»Mein Gott, Mom. Weißt du eigentlich, wie oft mir mein Chef schon eine Tasse mit heißem Kaffee an den Kopf geworfen hat?«

»Was? Hast du ihn der Personalabteilung gemeldet? Das ist ja völlig inakzeptabel.«

Isabel lacht nur, ihre Stimme ist dunkel. »Die Personalabteilung ist für Leute, die es nicht können oder nicht wollen. Weißt du, wie ich damit umgehe? Ich lerne, dem Kaffee auszuweichen, hole einen Lappen und wische den Boden. Und dann entschuldige ich mich wortreich für das, was ich getan habe und das meinen Chef so in Rage gebracht hat.«

Mit diesen Worten drehte Izzy sich damals um und verließ den Raum.

Ich war so durcheinander. Musste man sich wirklich so verhalten, wenn man in der Welt vorankommen wollte? Bestimmt nicht. Aber Izzy hat wochenlang kein Wort mehr mit mir gesprochen. Ich dachte mir, sie braucht Zeit, um sich zu beruhigen. Schließlich hatte Lara sie von der Hochzeit ausgeschlossen und redete kein Wort mehr mit ihr.

Ich versuchte, Izzy meine Seite der Geschichte darzulegen, aber sie wollte nichts davon hören. Denn damit nicht genug! Lara brachte es fertig, die Leute glauben zu machen, dass sie das Opfer war. Ich hätte sie so gestresst, dass sie Zolpidem und Lorazepam hätte einnehmen müssen, um schlafen zu können. Sie behauptete, sie sei nicht ganz bei sich gewesen, als sie unseren Rasen in Brand gesteckt hatte. Sie sei eine arme, verletzliche Braut, die von ihrer geldgierigen Hochzeitsplanerin zu einer verschwenderischen, völlig überzogenen Hochzeit gedrängt worden sei. Der Stress, den ich ihr gemacht hätte, habe sie zu den Drogen greifen lassen.

Wenn ich daran denke, zitterte ich noch immer vor Wut. Geldgierig? Ich hatte für meine Dienste noch keinen Cent gesehen. Aber irgendwie trug Lara den Sieg davon. Alle Bräute, die bei mir gebucht hatten, zogen sich zurück. Ich war gezwungen, Lara Tausende Dollar zu zahlen, um eine größere Klage abzuwenden. Danach heuerte sie Verena Simmowitz an, eine meiner Konkurrentinnen vor Ort. Verena hatte von den Details des Events keine Ahnung, doch ich traf mich unter vier Augen mit ihr und gab ihr all meine Notizen und Kontakte.

Die Zeitung brachte trotzdem einen Artikel über Laras wunderschöne Hochzeit. Der Fokus lag auf »Laras emotionaler Reise«. Verena strich die Lorbeeren für meine Arbeit ein, bekam einen Artikel in *Luxury Brides* und betreibt inzwischen eine Agentur an der Madison Avenue.

Und ich? Ich stehe in diesem Augenblick in einem Pfandleihhaus, um mein Tennisarmband zu verkaufen.

Ich atme langsam aus. Nein, ich kann nicht verbittert sein. Es widerstrebt mir einfach nur, dass ein winziger Teil von mir erkennt, dass Izzy mit einer Sache recht hatte.

Mir kam zu Ohren, dass Lara sich nicht beruhigt hatte. Am Morgen der Hochzeit schlug sie Verena ins Gesicht und brach ihr die Nase. Doch Verena besorgte sich etwas Eis und machte einfach weiter. Einen Monat später ging sie zu einem erstklassigen Schönheitschirurgen, und danach sah sie besser aus als vorher.

Ich wende mich von dem gelben Diamantring ab.

Es reicht, sage ich mir. *Hör auf, in der Vergangenheit zu leben.*

Ich muss positiv bleiben. Und so bemerke ich, während ich mich umsehe, dass Joeys Laden trotz seiner Lage ziemlich nett aussieht. Adrett und aufgeräumt.

Dann blicke ich auf meinen Schmuck und sage mir, dass all das nur irgendwelches Zeug ist. Ich habe teurem Schmuck nie viel abgewinnen können. Tatsächlich hatte ich immer das Gefühl, ich würde mich verkleiden, wenn ich die Platinkette angelegt habe, die ich auf Wunsch von Louis bei Geschäftsessen trug, damit die Mandanten sahen, dass er das Geld hatte, seine Frau zu verwöhnen. Hier im Laden zu stehen ist weniger deprimierend als reinigend. Alles eine Sache der Einstellung.

Und so atme ich tief durch und versuche nicht allzu verzweifelt auszusehen, während Joey meinen Schmuck unter die Lupe nimmt. Er ist ein ruhiger Mann in den Fünfzigern, und den Beurteilungen im Internet zufolge macht er faire Angebote.

Hat er gerade gegähnt?

Das kann ich mir nicht vorstellen. Bestimmt hat er nur seinen Mund gedehnt.

Ich versuche einen Blick auf die Eintragungen zu erhaschen, die er in sein kleines Notizbuch gemacht hat, aber er gibt sich da ziemlich geheimnisvoll.

Ist es heiß hier drin? Mein Nacken ist jedenfalls schweißnass. Ich knöpfe meine Strickjacke auf und sehe mich in einem kleinen Spiegel hinter dem Tresen. Wie viele andere privilegierte Frauen wohl schon in diesen Spiegel geschaut haben? Nach Madoff und all den anderen Anlagebetrügern? Und wie ist es diesen Frauen ergangen?

Bilder aus den Abendnachrichten fallen mir ein, wo man Frauen in Pelzmänteln bei der Ausgabe von Lebensmittelmarken sieht.

Ich spüre, wie mir die Tränen kommen. Egal wie sehr ich mich bemühe, ich bekomme einfach nichts hin. Es sind die Lara Polls dieser Welt, die gewinnen, nicht die Sylvia Fishers.

Ich schließe kurz die Augen und versuche die Tränen zurückzudrängen. Es wird nicht mehr geweint. Kein Selbstmitleid. Keine Alkoholexzesse und keine bisexuellen Unterwäschepartys mehr. Ich muss der Realität ins Auge blicken. Und meine Realität besteht aus Louis, Boca und Blanche.

Ich atme aus. Gerade als ich endlich etwas sagen will, nimmt Joey die Brille ab und sieht mich an.

»Ich kann Ihnen zehntausend Dollar dafür geben.«

Zehntausend Dollar. Zehn*tausend* Dollar. Zehntausend gottverdammte Dollar!

Ich habe das Wort »gottverdammt« in meinem ganzen Leben noch nie verwendet, aber als ich Isabels Auffahrt hinaufgehe und das Haus durch die Garage betrete, würde ich es am liebsten von allen Dächern schreien.

Ich schleiche mich in mein Zimmer. Es ist früher Nachmittag, und die Mädchen halten Mittagsschlaf.

Wie benommen lege ich meine Tasche auf die Kommode. Wo soll ich das viele Geld unterbringen? In meinem Koffer? In einer Reisetasche? Oder in einem dieser Stahlkoffer mit Handschelle am Griff, den ich an meinem Handgelenk befestige?

Okay, das hier ist kein Gangsterfilm mit Al Pacino. Im Moment trage ich keine zehntausend Dollar Bargeld mit mir herum. Ich öffne die Handtasche und hole den Scheck heraus, den Joey mir ausgestellt hat. Er hat mir angeboten, das Geld direkt aufs Konto überweisen zu lassen, aber mir wurde klar, dass ich erst ein eigenes Konto eröffnen müsste, wenn ich das Geld nicht mit Louis teilen wollte.

Ich höre Izzy und Todd in der Küche rumoren. Seit gestern habe ich mit keinem der beiden mehr gesprochen. Ich hasse diese Spannung zwischen uns, und die Erinnerungen an Lara Poll, die in den letzten Stunden hochgekommen sind, haben mich nur noch mehr erschüttert. Sicher, das alles ist lange her. Ich hatte gedacht, dass Izzy und ich längst darüber hinweg sind. Aber dass sie es nun wieder angesprochen hat, zeigt mir, dass sie immer noch wütend ist. Was mir wirklich wehtut. Immerhin ist sie meine Tochter. Sie sollte auf meiner Seite sein.

»Mom? Bist du angezogen?« Isabels Stimme an der Tür katapultiert mich in die Gegenwart zurück.

»Eine Sekunde. Ich probiere gerade Bikinis mit eurem Nachbarn Mr. Curtis an.«

»Sehr witzig«, sagt Izzy, als sie die Tür öffnet und hereinkommt. »Du siehst glücklich aus. Was ist passiert?«

Mir wird bewusst, dass Izzy recht hat. Ich habe ein Lächeln im Gesicht, als ich den Barscheck spüre, den ich in der Hand halte. Diskret stecke ich ihn wieder in die Tasche und sehe meine Tochter an. Ich würde ihr so gern von meinem Tag erzählen. Ich will, dass sie stolz auf mich ist. Aber ich sehe den zögerlichen, beinahe ängstlichen Ausdruck in ihren Augen, und so zucke ich nur mit den Schultern.

»Ich werde für ein paar Wochen meine Freundin Evie besuchen.«

»Lebt Evie nicht in Boca?«

»Ja, aber jetzt ist sie in New York auf Verwandtenbesuch, und sie hat mich gefragt, ob ich Lust hätte, zu ihr zu kommen«, lüge ich. »Sie weiß, wie die Dinge mit deinem Vater stehen, und ich glaube, sie würde sich auch über meine Gesellschaft freuen.«

Ich wende den Blick ab. Ich bin eine schlechte Lügnerin, und sobald ich erst einmal Fuß gefasst habe, werde ich Isabel und Todd die Wahrheit erzählen. Sie werden so beeindruckt sein, wenn sie meine Erfolge sehen. Ich werde einen Beruf haben, eine Wohnung, ein ganz neues Leben.

»Mom? Hörst du mir zu?«

Ich zucke ein wenig zusammen. In meiner Vorstellung ist Izzys Stimme so viel sanfter.

»Tut mir leid, ich bin ein bisschen müde«, behaupte ich. »Was hast du gesagt?«

»Ich finde es großartig, dass du deine Freundin besuchen möchtest. Wann willst du los?«

»Am Montagmorgen. Wenn du nichts dagegen hast, würde ich mir gern deinen Laptop ausleihen, um alles zu organisieren.«

Ich beiße mir auf die Lippe. Wird Isabel es merkwürdig finden, dass ich das online machen will?

Stattdessen zeichnet sich Erleichterung auf ihrem Gesicht ab. »Natürlich! Eigentlich könnte ich ihn dir gleich ganz überlassen. Mein Büro hat für mich einen neuen bestellt.«

»Bist du sicher?« Wow. Ein eigener Computer, der Tag wird immer besser.

»Ich hole ihn«, sagt Isabel.

Gerade als sie aus dem Zimmer gehen will, fällt mir etwas ein. »Izzy, warte.«

Sie dreht sich zu mir um.

»Ich weiß, dass das viel verlangt ist, aber es wäre mir lieber, wenn dein Vater nicht erfahren würde, dass ich Evie besuche«, sage ich leise. »Ich brauche jetzt ein wenig Abstand, um alles in Ruhe zu überdenken.«

Izzy nickt. »Verstehe. Ich verrate kein Wort. Himmel, ich bin beinahe neidisch. Ich würde so gern ein paar Tage nach New York fahren und Todd hier alles managen lassen.«

Ich blinzle überrascht.

Izzy errötet ein wenig. »Es ist ja nicht so, als würde ich das wirklich tun.«

»Izzy, ist das wahr?« Ich versuche in ihrer Miene zu lesen. »Du willst weg von hier?«

»Natürlich nicht.« Sie macht eine abwehrende Handbewegung. »Ich bin gerade beruflich aufgestiegen, und mit den Mädchen wird sich auch alles wieder einspielen. Außerdem habe ich sie für einen Kinder-Programmierkurs angemeldet.« Ich will etwas sagen, doch sie unterbricht mich.

»Mom, es ist alles in Ordnung. Sogar perfekt. Hab du viel Spaß mit Evie. Dad kann ruhig ein wenig leiden. Und jetzt komm. Du brauchst ein paar wärmere Sachen zum Anziehen. Du kannst dir etwas von mir leihen. Du weißt, wie gern ich ausmiste.«

Isabel geht hinaus, und ich bleibe leicht erschüttert von diesem Gespräch sitzen. Aber ich bekomme einen Laptop, Kleider und fast so etwas wie die Unterstützung meiner Tochter. Das ist doch bestimmt ein gutes Zeichen. Und so sage ich nichts und folge Isabel in ihr Zimmer. Die Sache ist die, ich habe entschieden, dass sie gestern sowohl recht als auch unrecht hatte. Sicher, ich habe Pläne gemacht, aus denen nichts geworden ist. Aber ich lebe nicht mehr in Boca Raton. Ich lebe nicht länger mit meinem Mann Louis zusammen. Und was mein Alter betrifft? Da hat sie absolut recht. Ich bin dreiundsechzig. Und ich habe festgestellt, dass ich mein Leben noch vor mir habe.

New York: Here I come.

8.
KAPITEL

Es passierte eine Katastrophe nach der anderen. Wir sind nun seit einer Woche in Manhattan und wohnen immer noch in einem Airbnb in Harlem, was anfangs hip klang, sich dann aber als Vorhof zur Hölle entpuppt hat. Es ist keine ganze Wohnung, sondern ein geteiltes Zimmer. Wenigstens kostet es nur sechsundsiebzig Dollar die Nacht. Evie und ich waren täglich von früh bis spät auf Wohnungssuche und haben sämtliche Viertel der Insel abgegrast, aber nichts gefunden.

Ich kann sehen, dass Evie allmählich die Zuversicht verliert. Seit dem Lunch hat sie kaum einen ganzen Satz von sich gegeben. Eigentlich hat sie noch nicht einmal gegessen. Schweigend hat sie neben mir auf der Parkbank gesessen, während ich einen Hotdog von einem Straßenverkäufer verzehrt habe.

Mir ist klar, dass ich einen Plan brauche, um sie aufzumuntern, weswegen ich sie in die Damenabteilung des Bergdorf Goodmans führe. Wenn jemand schöne Kleider liebt, dann ist das Evie.

»Wir gehen fantasieshoppen«, verkünde ich munter. »Wir probieren Sachen an, kaufen aber nichts.«

Merkwürdigerweise war es Isabel, die mich in das Konzept eingeführt hat. Nach meinem Umzug nach Boca kam sie zu Besuch und sah, wie deprimiert ich war. Sie sagte, dafür gäbe es nur ein Mittel. Dann führte sie mich in die Designerläden am Bel Harbor, und wir verbrachten den Nachmittag damit, uns zu verkleiden.

Ich fragte sie, seit wann sie das tut, und sie gab zu, dass sie damit bereits in der Highschool angefangen hatte, als sie wegen der Abschlussprüfung in Stress geriet.

Es ist merkwürdig, wenn einen die eigenen Kinder überraschen.

Ich lächele ein wenig über diese Erinnerung und wende mich dann Evie zu. Ich winke ihr, mir in die Prada-Abteilung zu folgen. Dort hängt ein violetter Hosenanzug aus Seide, der an ihr umwerfend aussehen würde. Ich nehme ihn und schwebe hinüber zu Balenciaga, wo ich ein schwarzes Cocktailkleid in A-Linie mit Hufeisenschnallen an der Taille entdecke. Es ist Liebe auf den ersten Blick.

»Probieren wir die mal an«, hauche ich Evie zu, während ich die Bügel umklammere.

Evie streckt die Hand aus, um die Kleider anzufassen, reißt sie aber gleich wieder zurück, als fürchtete sie, sich zu verbrennen.

»Nein«, sagt sie. »Das ist deprimierend. Und ich komme mir dumm dabei vor. Ich akzeptiere, dass ich sparen muss. Aber ich werde nicht so tun, als hätte ich in meinem Leben noch nie ein Designeroutfit gekauft.«

Mir wird bange, aber ich will nicht streiten. Gerade als ich die Kleider wieder zurückhängen will, höre ich eine Männerstimme sagen: »Wagen Sie es bloß nicht!«

Ich drehe mich um und entdecke den schönsten Mann, den ich je gesehen habe. Er ist klein, vielleicht eins fünfundsechzig, und unglaublich dünn. Bei ihm sieht das aber irgendwie gut aus. Seine glatte Haut strahlt vor Jugend und vermutlich dank erstklassiger Pflegeprodukte. Seine Augen wirken gefühlvoll, eine Matrix grüngoldener Tiefen.

Der junge Mann nimmt mir die Kleiderbügel aus den Händen und blickt seelenvoll von mir zu Evie.

»Wenn ich die Damen nicht in diesen Outfits sehen darf, könnte ich sterben«, behauptet er.

Ich sehe Evie an und lächele hoffnungsvoll, doch die kneift die Augen zusammen.

»Wir können uns diese Kleider nicht leisten. Bei uns können Sie keinen Verkauf abschließen, mein Lieber.«

»Ich arbeite nicht auf Kommission. Mein Name ist Reese. Ich bin Leiter der Einkaufsberatung und muss heute bis spätabends bleiben, um die neuen Bestände auszupacken. Ich bete schon den ganzen Tag zum Universum, damit es mir zwei Traumfrauen schickt, die die neue Garderobe vorführen, und mir scheint, meine Gebete wurden erhört.«

Ich schlucke. »Bitten Sie uns gerade, zu bleiben und alle neuen Kleider anzuprobieren?«

»Allerdings.«

Ich hätte ihn beinahe umarmt, als Evies Stimme ihn scharf unterbricht. »Was soll das alles? Wollen Sie uns verarschen?«

Ich sehe meine Freundin verstohlen von der Seite an. Sie ist oft ein wenig derb, aber eigentlich immer auf eine gut gelaunte Art. Das hier ist anders. Das ist krass.

Reese scheint Evies Gemütszustand zu erfassen und spricht offener. »Ich habe mitbekommen, wie sich die Damen am Aufzug unterhalten haben. Demnach sind Sie eben erst hergezogen, und es läuft nicht so gut. Das interessiert mich. Ich habe noch nie erlebt, dass zwei ältere Damen nach Manhattan ziehen statt fort von hier.«

Evie hebt eine Braue. »Ältere Damen?«

Reese hebt ebenfalls eine Braue. »Reife, mondäne Frauen.«

»Sylvia und ich sind Großmütter, die versuchen, wie Dreißigjährige auszusehen. Finden Sie nicht, dass das lächerlich ist?«

»Es ist herrlich.«

Evie mustert ihn von Kopf bis Fuß. »Warum sind Sie so nett?«

»Meine Mutter ist letzten Monat gestorben.«

»Das tut mir leid«, mische ich mich ins Gespräch ein.

Ich lege Evie eine Hand auf den Ellbogen, um ihr zu verstehen zu geben, dass die Befragung vorbei ist, doch sie schüttelt mich ab.

»Ja, das ist sehr traurig. Ich verstehe trotzdem nicht, warum Sie wollen, dass wir Kleider anprobieren, die wir nicht kaufen können.«

»Als meine Mutter im Krankenhaus lag, habe ich ihr jeden Tag etwas Neues mitgebracht. Einen Schal von Hermès, eine Tom-Ford-Sonnenbrille … Warum jemandem, der im Krankenhaus liegt, eine Sonnenbrille bringen? Weil sie einfach hinreißend war. Ich bin weder Arzt noch Priester noch Sozialarbeiter, und ich nehme auch keine Tiere auf. Aber ich liebe es, Leuten das Gefühl zu geben, dass sie schön sind.«

Ich sehe, dass Evie den Mund öffnet, um wieder etwas Bissiges zu sagen.

»Es reicht.« Meine Stimme überrascht sogar mich selbst, aber ich begegne Evies Blick und halte ihm stand. »Es reicht«, wiederhole ich ruhig. Dann wende ich mich an Reese. »Mein Name ist Sylvia Fisher. Danke für die großzügige Einladung. Ich würde sie sehr gern annehmen.«

Ich strecke die Hand aus. Reese ergreift sie, doch statt sie zu schütteln, haucht er einen Kuss darauf.

Und so stehe ich nun in dem dekadenten Ankleideraum des Luxuskaufhauses – der größer ist als die Wohnungen, die Evie und ich besichtigt haben – und trage etwas aus der neuesten Abendkollektion von Dolce & Gabbana. Es ist ein figurbetontes Kleid aus irgendeinem Metallic-Gewebe mit tiefem V-Ausschnitt. Meine Brüste waren noch nie so entblößt. Ich weiß nicht, woraus dieses Kleid gearbeitet ist, aber die NASA sollte anfangen, Leute aus der Haute-Couture-Szene abzuwerben.

Ich drehe mich vor dem dreiteiligen Spiegel im Kreis, während Evie und Reese noch einmal anerkennend pfeifen.

»Wenn ich sterbe, will ich darin begraben werden. Kann ich das testamentarisch festlegen?«

»Ich wüsste nichts, was dagegenspräche.« Reese reicht mir ein Glas Champagner. Er hat ein Tablett mit Speisen und Champagner aus dem ladeneigenen Café heraufgebracht und stellt alles auf einem großen Beistelltisch ab.

Ich nehme einen Schluck. Himmel, ist der gut!

»Ich hätte gern noch etwas davon, Reese.« Evie hebt ihre leere Sektflöte, und Reese kommt der Bitte nach.

Nachdem wir uns in den Umkleideraum begeben hatten, entschuldigte Evie sich dafür, eine solche Spielverderberin gewesen zu sein, und versprach, ihre Haltung zu ändern. Oder es zumindest zu versuchen. Als ich jetzt zu ihr hinübersehe, sitzt sie entspannt auf einer plüschigen Chaiselongue in einem Paar schenkelhoher Stiefel und einem Mod-Kleid von Roberto Cavalli.

»Und, wie sieht der Plan für die Wohnung aus?« Reese steckt sich ein Stück Quiche in den Mund.

Ich nehme mir ebenfalls ein Stück und kaue langsam, genieße den buttrigen Boden und die köstlichen Aromen. Ist das Salbei? Ich sollte ebenfalls mit Salbei kochen. Das klingt so romantisch.

Ich nehme noch einen Bissen und verliere mich in einem Tagtraum. Evie und ich sind zur Gala an der Met geladen. Ich trage genau dieses Kleid. Mein Haar ist zu einem Knoten aufgesteckt, doch der Wind weht mir ein paar Strähnen ums Gesicht. Ich will sie schon beiseitestreichen, als ein attraktiver Fremder nach meinem Arm greift. Sanft hält er ihn fest. »Nicht. Der Wind tanzt mit Ihnen. Sie müssen ebenfalls tanzen.«

Ich sehe den Mann an. Wie Harrison Ford in jüngeren Jahren. Er trägt einen Smoking und riecht nach Whiskey und Zimt.

»Ich will mit Ihnen schlafen«, sagt er. »Gleich hier, auf der Treppe.«

Ich lache, merke dann jedoch, dass er es ernst meint. »Würden man uns da nicht verhaften?«

Er wirkt untröstlich, doch ich versuche, positiv zu bleiben.

»Vielleicht könnten wir ein bisschen herumknutschen?«, schlage ich vor. »Und uns dann irgendwohin zurückziehen?«

Sofort beginnt er zu strahlen. Er nimmt mich in die Arme, und plötzlich beginnt Musik zu spielen. Wir wirbeln so über das Pflaster, als hätte ich niemals Arthrose gehabt. Der Mann streicht mir über den Rücken und lässt die Hände dann auf meinem Hinterteil ruhen. Er rückt mit dem Gesicht an mich heran, seine Bartstoppeln kitzeln mich bereits an der Wange. Ein Prickeln überläuft mich, als …

»Sylvia! Erde an Sylvia.«

Ich wende mich Evie zu und werde rot. »Entschuldigung. Was habe ich verpasst?«

Auf Evies Gesicht liegt ein Strahlen, wie ich es seit unserer Ankunft in der Stadt nicht mehr gesehen habe. Hoffnung keimt in mir auf, als es aus ihr hervorsprudelt: »Reese hat gerade erklärt, dass wir das mit der Wohnungssuche ganz falsch aufgezäumt haben. Wir sollten nicht nach Mietwohnungen schauen, sondern uns etwas zur Kurzzeitmiete suchen.«

»Was ist der Unterschied?«

Reese lächelt. »Es gibt jede Menge reiche Leute, die ihre Wohnungen nicht verkaufen wollen, aber wegen einer vorübergehenden Versetzung in eine andere Stadt oder familiärer Notfälle kurzfristig wegmüssen. Die Mieten, die sie verlangen, sind meist günstig. Man bekommt eine schöne Wohnung auf Zeit und kann währenddessen auf etwas Besseres sparen.«

»Wenn Sie sagen, jede Menge reiche Leute«, fängt Evie langsam an, »wie viele meinen Sie da genau? Gibt es spezielle Immobilienanzeigen für Kurzzeitvermietungen? Und wie schön sind die Wohnungen?«

Evie und ich beugen uns gespannt vor, während Reese spricht.

»Zwei große Pfefferminztee, bitte.«

Evie und ich stehen gerade im Starbucks, was Teil unserer Abendroutine geworden ist. Nach Reese' Unterweisung hat Evie darauf bestanden, dass wir sofort nach diesen Kurzzeitvermietungen forschen. Der Meinung war ich auch.

Ich blicke zu Evie hinüber. Bereits seit wir das Kaufhaus verlassen haben, ist sie mit ihrem Smartphone zugange. Sie ist eine Frau mit einer Mission. Es ist schön, sie so motiviert zu sehen.

Der Kassierer tippt die Preise ein, und ich lächele ihn an.

»Das hier ist eine neue Karte. Sagen Sie mir bitte, wenn sie nicht korrekt aktiviert ist.« Ich führe meine nagelneue Visa-Debitkarte in das Lesegerät ein und warte.

Evie neben mir sieht von ihrem Mobiltelefon auf und rollt mit den Augen. »Du hast die Karte doch noch heute Morgen hier eingesetzt.«

»Ich weiß. Aber ich tue gern so, als wäre diesmal das allererste Mal.«

Der Kassierer reicht mir den Bon und unseren Tee. Vergnügt stecke ich das Stück Papier in meinen Geldbeutel, und dann begeben Evie und ich uns zu den Toiletten.

Als wir davor warten, tippt und wischt Evie noch ein wenig auf ihrem Smartphone herum.

»Ich habe bei sieben Angeboten ein Lesezeichen gesetzt. Ich maile die Besitzer an und mache für uns einen Termin. Wir fangen um neun Uhr morgens mit der Suche an.« Beim Gurgeln einer Klospülung sieht Evie auf und rümpft die Nase. »Vielleicht sollten wir um acht anfangen. Je eher wir dieser Situation entfliehen, desto besser.«

»Ich habe so das Gefühl, als würde sich das Blatt für uns wenden«, sage ich zuversichtlich, als die Toilettentür aufgeht und eine anständig wirkende junge Frau herauskommt. Ich zeige Evie das Daumen-hoch-Zeichen. Endlich ein gutes Omen.

Heute Morgen haben wir diese Starbucks-Toilette benutzt, nachdem ein feister Geschäftsmann mit Zeitung unter dem Arm herausgetreten war. Allein bei der Erinnerung daran wird mir schon schlecht. Aber was blieb uns anderes übrig? Besser als das Badezimmer in unserem Airbnb ist es allemal.

Und so atmen Evie und ich tief durch und betreten die Toilette, die zu unserem persönlichen Badezimmer geworden ist. Es handelt sich um eine einzelne barrierefreie Toilette mit großem Waschbecken. Mit einem Blick überzeuge ich mich, dass die Papierhandtücher aufgefüllt worden sind. Noch ein gutes Omen.

Evie und ich stellen unseren Tee ab und beginnen uns zu waschen.

Ich lege ein Stück Fußboden mit zwei Lagen Papierhandtüchern aus, hole mein Neccessaire aus der Tasche und stelle es auf die Handtücher. Evie stellt ihren Waschbeutel neben meinen.

Wir nehmen unsere Zahnbürsten und drücken Zahnpasta darauf. Beim Putzen und Ausspülen wechseln wir uns am Waschbecken ab.

Während Evie zur Zahnseide greift, hole ich ein paar Babyfeuchttücher und wische mir unter der Bluse die Achseln. Dann reinige ich mir mit einem frischen Tuch Hals und Brust.

Evie drückt sich etwas von ihrem Clinique-Gesichtsreiniger in die Hände und massiert ihn ins Gesicht ein, sorgfältig darauf bedacht, dass beim Abwaschen kein Wasser auf ihren Pulli spritzt. Dann bietet sie mir etwas von ihrer regenerierenden Kollagennachtcreme an, und ich streiche mir ein bisschen was davon unter die Augen.

Danach benutze ich die Toilette. Evie kehrt mir den Rücken zu, sodass ich fast ungestört pinkeln kann. Ich hocke mich über die Schüssel und versuche, auch den letzten Tropfen herauszupressen. Die Toilette dabei nicht zu berühren ist meine tägliche Po straffende Gymnastikübung geworden. Allerdings halte ich mich dazu immer noch an dem behindertengerechten Stützgriff fest.

Ich spüle und gehe ans Becken, um mir die Hände zu waschen. Währenddessen geht Evie pinkeln.

Dann packen wir unsere Sachen ein, streichen unsere Kleider glatt und nehmen unseren Tee in die Hand.

Wir verlassen die Toilette und die Starbucks-Filiale, dann gehen wir zur Ampel an der 110th Street. Während wir darauf warten, dass sie auf Grün schaltet, wendet Evie sich an mich.

»Wenn du mir einmal gesagt hättest, dass wir voreinander pinkeln und uns wie obdachlose Frauen waschen, hätte ich gesagt, du spinnst.«

»Ach, komm schon. Es ist, als wären wir wieder Collegegirls.« Ich versuche, das leichthin zu sagen, weiß aber, dass Evie immer so wird, bevor wir unser Airbnb betreten.

Schweigend gehen wir unseren Flur entlang – wir wohnen im Erdgeschoss –, als Konstantinos, ein zweiundfünfzigjähriger Tourist aus Griechenland, aus dem Waschraum kommt. Er raucht eine Zigarette und trägt nichts als Gummibadelatschen. Sein wolliges Brusthaar ist vollgesogen mit Wasser und Mambo-Kölnischwasser, insgesamt eher eine bedauerliche sensorische Kombination.

Er lächelt uns zu. *»Kalinichta.«*

»Gute Nacht«, murmeln Evie und ich, angestrengt bemüht, nicht nach unten zu blicken, und dann laufen wir in unser Zimmer und sperren die Tür zu. Evie schaltet das Deckenlicht ein, das einen Raum erleuchtet, der nicht viel größer ist als unsere begehbaren Kleiderschränke in Boca.

Ich stelle meine Tasche oben auf das Etagenbett – jawohl, wir schlafen in Stockbetten – und warte darauf, dass Evie sich auf den einsamen Stuhl setzt. Einen Tisch gibt es nicht, nur einen Stuhl. Sie muss sich hinsetzen, damit ich genug Platz habe, um meinen Koffer zu öffnen und den Pyjama herauszunehmen.

»Evie«, sage ich, während ich in meinen Schlafanzug schlüpfe. »Wenn du nach Florida zurückwillst, könnte ich das verstehen.«

Ich klettere auf das obere Bett und bleibe auf der Decke. Ich wickle meinen gemütlichsten Pulli um mein Kissen. Wir misstrauen beide dem hiesigen Bettzeug. Schließlich lege ich mich hin und linse hinunter zu Evie, die nun genügend Platz hat, um selbst zu Bett zu gehen.

»Ich weiß, Sylvia. Und noch einmal, es tut mir leid, so eine Spaßbremse zu sein.« Evie bewegt sich in dem engen Raum sehr vorsichtig, damit sie nicht ausrutscht. »Ich fühle mich schuldig, weil ich so viel anspruchsvoller bin als du.«

»Ach, Evie, ist schon okay. Ich hätte auch gern einen Aufzug. Außerdem machst du wirklich alles mit. Ich weiß, dass du dir etwas Besseres leisten könntest als ich.«

Ich beiße mir auf die Lippe. Mir ist klar, dass Evie finanziell mehr Spielraum hat als ich. Wenn auch nicht so viel, wie ich gedacht hatte.

»Es geht nicht nur um den Aufzug, Sylvia«, sagt Evie, während sie sich in ihr Bett sinken lässt und den Kopf auf das Kissen legt, das sie ebenfalls mit einem ihrer Pullis präpariert hat. »Ich brauche eine richtige Wohnung. Wenn ich noch eine weitere umgebaute Einzimmerwohnung sehe, die nicht größer als ein Schrank ist, könnte es sein, dass ich aus dem Fenster springe. Aber das geht ja auch nicht, weil vermutlich Gitterstäbe davor sind.«

Ich muss lachen, doch Evie seufzt nur. »Ich will eine funktionstüchtige Küche, keine Herdplatte mit Minikühlschrank.

Zwei Schlafzimmer. Dass wir hier in einem Stockbett schlafen, kommt mir lächerlich vor. Und ich will ein Badezimmer, das so groß ist, dass man die Toilette benutzen und trotzdem die Tür schließen kann.«

Ich schlucke. Diese Liste von Luxusgütern deprimiert mich. Ich bin mir nicht sicher, ob wir all diese Dinge realistisch erwarten können.

Aber ich will wirklich nicht, dass Evie aufgibt, also versuche ich, positiv zu bleiben.

»Das mit den Kurzzeitvermietungen klingt vielversprechend.«

Ich höre, wie Evie auf ihrem pulliumwickelten Kissen nickt. »Wollen wir es hoffen.«

9.
KAPITEL

Als Evie und ich am nächsten Morgen auf dem Rücksitz eines Taxis sitzen – es ist das erste, das wir uns seit unserer Ankunft in New York geleistet haben –, fühle ich mich schmutzig. Unsicher fasse ich mir an den Kopf.

»Riecht mein Haar?«, frage ich.

Evie kräuselt die Nase. »Was?«

»Mein Haar. Ich glaube, es riecht nicht gut.« Ich schnuppere an meinen Fingern und strecke sie dann Evie entgegen.

Meine Freundin schiebt ihre überdimensionale Chanel-Sonnenbrille ein wenig nach unten und blickt mich über den Rand hinweg an. Heute ist sie von Kopf bis Fuß auf Jane Fonda gestylt: schwarzer Hosenanzug, dazu die flachen Schuhe von Valentino, die sie nur zu speziellen Gelegenheiten trägt, weil sie auf die Fußballen drücken, und ihre Filmstarsonnenbrille.

»Sylvia, wir haben diese Woche eine Menge durchgemacht – wir helfen einander beim Pinkeln! –, aber ich werde nicht an deinen Fingern riechen, da ist bei mir Schluss. Dein Haar ist bestimmt in Ordnung«, versichert sie, doch mir dreht sich vor Sorge der Magen um.

»Wir haben uns beide seit fast einer Woche nicht mehr richtig die Haare gewaschen, Evie. Wahrscheinlich riechen wir beide schrecklich. Niemand wird uns eine Wohnung vermieten.«

Ich krame die Puderdose aus meiner Tasche und lasse sie aufschnappen, um mein Erscheinungsbild zu prüfen. Mein Haar ist zu einem Nackenknoten zusammengedreht. Ich trage mein Jackett von Eileen Fisher, dazu eine schwarze Krepphose. Evie und ich hielten es für das Beste, uns für den heutigen Kurzzeitvermietungsparcours schick zu machen. Wir wollen aussehen wie verantwortungsbewusste, stilvolle Frauen, denen man ein Zuhause anvertrauen kann.

Natürlich wäre das vergebliche Liebesmühe, wenn wir wie Hundefutter riechen.

Als hätte sie meine Gedanken gelesen, tätschelt Evie mir die Hand. »Wir riechen einwandfrei. Außerdem waschen sich die Franzosen oft monatelang nicht die Haare. Und wer wäre schicker als die Franzosen?«

Ich klappe die Puderdose zu. »Komm mir bloß nicht mit den Franzosen und ihren natürlichen Ölen. Vielleicht sind wir zu alt für natürliche Öle. Vielleicht sind wir völlig vertrocknet. Vielleicht sind wir dem Tod schon zu nahe, um noch gut zu riechen. Vielleicht …«

»Himmel noch mal, Sylvia«, unterbricht Evie mich flüsternd. »Unser Taxifahrer isst ein Sandwich mit gegrilltem Rindfleisch.«

Oh. Ich schaue auf und sehe, dass unser Fahrer tatsächlich an einem triefenden, fleischigen Sandwich kaut. Evie fährt das Fenster herunter, und ich tue es ihr nach. Beide schweigen wir einen Moment.

»Tut mir leid, Evie. Ich weiß nicht, wie mir das entgehen konnte.«

»Du bist nervös, und das bin ich auch. Diese Wohnung, die wir uns gleich ansehen, klingt einfach perfekt, und keine von uns beiden will eine Enttäuschung erleben.«

Ich seufze. »Zwei Schlafzimmer, eine modernisierte Küche, ein richtiges Wohnzimmer …«

»Ein Aufzug, ein Portier, ein Badezimmer mit Dusche und Wanne«, fährt Evie fort. Dann räuspert sie sich. »Die Miete ist ein bisschen hoch, aber wir kämen schon klar, wenn wir anderswo sparen würden. Und ich hoffe, dass der Eigentümer mit sich handeln lässt. Er hat nur zwei Tage, um jemanden zu finden.«

Ich will gerade antworten, als mein Handy klingelt. Ich sehe, dass es Louis ist. Mein Finger schwebt über dem Display, und ich will den Anruf wegdrücken, doch in letzter Sekunde nehme ich das Gespräch doch entgegen.

»Hi, Louis.«

»Sylvia! Hi. Hallo. Danke, dass du bereit bist, mit mir zu sprechen.«

Ich rutsche auf meinem Platz herum, verärgert über mich selbst. Ich hätte nicht drangehen sollen. Aber wenn ich nervös bin, tue ich immer Dinge, bei denen ich mich dann noch schlechter fühle. Ich beiße die Zähne zusammen.

Evie wirft mir einen Blick zu. *Alles in Ordnung?*

Ich zucke mit den Achseln. *Ja.*

Ich räuspere mich. »Was willst du, Louis?«

»Es ist so schön, deine Stimme zu hören. Wie geht es dir?«

Ich sage nichts. Stattdessen schaue ich aus dem Fenster. Wir sind vom Highway abgefahren und stehen nun in der 62nd Street im Stau. Ich liebe Manhattan am Morgen. Leute in Businesskleidung gehen energisch den Bürgersteig entlang. Bald werde ich eine von ihnen sein. Ich werde eine schicke Handtasche dabeihaben und die Art von Outfit tragen, die mich durch den Tag und notfalls auch den Abend bringt, falls ich ein spätes Meeting habe.

Oder ein Date.

Ich schließe kurz die Augen und stelle mir vor, dass ich mit einer Bulldogge von Mann ausgehe, vielleicht mit einem Bezirksstaatsanwalt. Zur Arbeit trägt er einen Anzug, an den Wochenenden jedoch Jogginghose. Er hat einen dicken, maskulinen Hals und ein dröhnendes Lachen. Ich stelle mir vor, dass wir in seiner Wohnung sind. Er zieht mich zu sich auf den Fernsehsessel herab, sodass ich rittlings auf ihm sitze. Dann streicht er mir so ungestüm über den Rücken, dass ich befürchte, er könnte meine Bluse von Brunello Cucinelli zerreißen.

»Sylvia«, flüstert er. »Du machst mich noch verrückt. Ich brauche dich. Jetzt sofort.«

Tröööt!

Mir wird bewusst, dass ich lustvoll aus dem Fenster starre – und einen anderen Taxifahrer an. Er zwinkert mir zu und hupt noch einmal.

Ich wende mich ab und höre, wie Louis meinen Namen ruft. »Sylvia? Hallo? Bist du noch dran?«

Selbst Evie sieht mich mit erhobenen Augenbrauen an.

Ich fächele mir Luft zu und räuspere mich. »Ich bin da, Louis.«

»Und, geht es Isabel, Todd und den Mädchen gut? Ist alles okay?«

»Alles in Ordnung.« Ich kneife die Augen zusammen, weil mir wieder einfällt: »Natürlich wäre alles noch besser, wenn du dich nicht betrunken und ihnen brühwarm von unseren privaten Problemen erzählt hättest. Meine Tochter muss nun mit der Vorstellung leben, wie ihre Mutter deine Geliebte belästigt hat.«

Vor Scham fängt mein Gesicht wieder an zu brennen.

»Es tut mir so leid, Sylvia. Es ist mir wirklich peinlich, dass ich das gemacht habe. Meine Therapeutin meint, es sei ein Hilferuf gewesen.«

»Deine Therapeutin?«

»Ich gehe zweimal die Woche zu ihr.« Plötzlich explodiert Louis' Stimme im Hörer, und er redet wie ein Wasserfall. »Das BBG hat eine hervorragende therapeutische Versorgung. In unseren Beiträgen für die Mitgliedschaft und den Unterhalt sind fünfundzwanzig Therapiesitzungen enthalten, deshalb bin ich zur hauseigenen Psychologin gegangen. Rebecca – so heißt sie –

hofft, dass du nach deiner Rückkehr dazukommst, zur Eheberatung.«

»Das ist prima für dich, Louis«, erwidere ich. Ich spreche sehr langsam, weil ich gleichzeitig versuche, das alles zu verarbeiten. »Ich bin froh, dass du zur Therapie gehst. Aber ich werde nicht nach Florida zurückkehren.«

»Ich weiß, dass du hier unten nicht glücklich bist. Aber wir müssen erst einmal abwarten und unsere Finanzen in Ordnung bringen. Danach ziehe ich gern in Betracht, irgendwo anders zu leben. Wir werden neu anfangen.«

»Das ist das Problem, Louis: Du hörst mir nie zu. Ich fange bereits neu an. Tatsächlich fühle ich mich wie neugeboren.«

Wie um etwas zu beweisen, atme ich tief durch … und hätte mich wegen des Geruchs im Taxi beinahe übergeben. Wer, bitte schön, isst morgens um Viertel vor neun Grillfleisch? Ich bringe das Gesicht ans offene Fenster und versuche mich zu beruhigen.

Louis indessen schlägt eine andere Tonart an. »Wovon lebst du denn? Kommen Todd und Isabel für dich auf?«

Ich versteife mich. »Das geht dich nichts an.«

»Du hast hier unten Kost und Logis. Es ist selbstsüchtig, sie um Unterstützung zu bitten, Sylvia.«

Evie, die alles mitgehört hat, kann nicht mehr an sich halten.

»Was für ein Arschloch«, murmelt sie.

Ich starre auf meine Hand. Ich halte das Smartphone so fest umklammert, dass ich befürchte, es könnte zerbrechen.

»Louis«, sage ich langsam, »wie kannst du es wagen? Als ich das letzte Mal nachgesehen habe, warst du derjenige, der schuld ist an diesem ganzen Schlamassel. Aber nur dass du es weißt, ich komme selbst für mich auf.«

»Wie?«

»Ich habe einen Job.«

Am anderen Ende der Verbindung wird es still, und auch Evie

sieht mich irritiert an. Ich recke ein wenig das Kinn. Ich weiß, theoretisch habe ich keinen Job. Aber ich werde einen bekommen.

»Als was denn?«, fragt Louis schließlich. Er klingt benommen. »Wo bist du, Sylvia?«

»Ich bin genau dort, wo ich immer sein wollte. Auf Wiedersehen, Louis«, sage ich und beende das Gespräch.

Evie nimmt die Sonnenbrille ab. »Gut gemacht.«

In diesem Moment hält das Taxi vor einem ansehnlichen Wohnblock. Wir sind da.

Meine Hände zittern immer noch, als ich auf den Bürgersteig trete. Ich warte, bis Evie vorsichtig herübergerutscht und ebenfalls ausgestiegen ist.

Sie legt mir die Hand auf den Arm. »Geht es dir gut?«

Ich sehe mich in der hübschen Nachbarschaft um und nicke mit neuer Entschlossenheit.

»Mir geht es ausgezeichnet«, versichere ich. »Ich werde gleich meine erste Wohnung ohne Mann mieten. Legen wir los, Evie.«

Ich drehe mich um und wende mich dem Haus zu. Evie folgt mir.

Nun, jetzt verstehe ich, warum die Leute so erpicht auf Kurzzeitvermietungen sind. Nachdem Evie und ich das Haus betreten haben, sind wir durch die Eingangshalle gegangen – es gibt eine Eingangshalle! –, mit dem Aufzug nach oben gefahren, und nun stehen wir vor Apartment Nummer 424. Die Tür ist ein Stück weit offen, und ein halbes Dutzend Leute tummelt sich bereits in der Wohnung.

Evie steht da und verzieht schmerzlich das Gesicht. »Oh, Sylvia, die Wohnung bekommen wir nie. Der Eigentümer wird jede Menge Angebote bekommen.« Sie schüttelt den Kopf. »Ich komme mir so verdammt blöd vor. Ich dachte, er würde mit uns verhandeln.«

Ich kneife die Augen zusammen. »Nur Mut, Evie.«

Dann straffe ich die Schultern und betrete die Wohnung. Tatsächlich sind schon eine Menge Leute da, die meisten davon in den Dreißigern, alle makellos gekleidet. Ihre Handtaschen, Anzüge und Kostüme legen nahe, dass sie entweder hervorragende Jobs haben oder Eltern, die ihnen bei der Miete unter die Arme greifen. Aber ich lasse mich nicht aufhalten. Das hier ist mein neues Zuhause. Ich spiele hier auf Sieg, wie man so schön sagt.

Ich gehe durch die offen gestaltete Wohnung. Die Küche ist klein, aber hochwertig. Es gibt sogar einen Entsafter aus glänzendem Edelstahl. So etwas habe ich mir immer mal gewünscht.

Die Möbel im Wohnzimmer sind modern, aber geschmackvoll. Ich entdecke eine herrliche Ledercouch und den größten Flachbildfernseher, den ich je gesehen habe. Ein Lächeln huscht über mein Gesicht. Das ist perfekt. Evie und ich werden hier Abende mit ausländischen Filmen veranstalten. Nicht dass ich viele ausländische Filme sehen würde, aber ich könnte damit anfangen. Wir würden Barolo trinken und etwas Exotisches servieren, zum Beispiel Ratatouille.

Evie tritt neben mich. »Die Miete beträgt sechstausend Dollar im Monat.« Ihre Stimme ist leise und beinahe entschuldigend.

Ich drehe mich zu ihr um. »Was? Du hast doch gesagt, sie läge nur knapp über unserem Budget.«

Sie wird rot. »Ich dachte, wir könnten verhandeln.«

»*Verhandeln?* Evie, sechstausend Dollar, das ist das Doppelte von unserem Budget.« Ich versuche meine Stimme zu drosseln, doch ich bin am Boden zerstört.

»Tut mir leid. Ich wollte diese Wohnung so gerne, dass ich dachte …« Sie verstummt. Ich mache den Mund auf und dann wieder zu. Ich kann erkennen, dass Evie sich schrecklich fühlt, und ich weiß nur zu genau, was es heißt, sich in einer Fantasie zu verlieren. Dann höre ich das Tappen von Evies Stock und sehe, dass sie unterwegs zum Ausgang ist.

Rasch laufe ich ihr nach und hole sie im Eingangsbereich ein. »Evie, geh nicht.«

Sie sieht mich an. »Es tut mir leid, Sylvia. Ich hätte uns nicht herbringen sollen. Sieh dir all diese Leute an. Ich bin so eine Idiotin.«

»Du bist keine Idiotin, Evie. Du bist eine Optimistin. Und weißt du was? Das bin ich auch.« Ich kneife die Augen zusammen. »Wir werden diese Wohnung bekommen. Komm mit.«

Ich stelle mich mitten ins Wohnzimmer und deute zum Fernseher.

»Hat der HD?«, will ich wissen. Meine Stimme ist laut und übertönt die verhaltenen Gespräche. Alle drehen sich zu mir um.

Evie tritt langsam neben mich. Sie versucht, meinen Blick aufzufangen, aber ich lächele nur und warte auf …

»Ich habe ihn letzten Monat gekauft«, sagt ein junger Mann, der auf uns zukommt. »Hi, ich bin Raphael Hunter. Mir gehört die Wohnung.«

Ich strecke die Hand aus. »Sylvia Fisher. Und das ist meine Freundin Evelyn Neiss.«

Raphael schüttelt erst mir die Hand, dann Evie.

Ich lächele ihn an und senke die Stimme. »Können wir irgendwo in Ruhe miteinander reden?«

Raphael wirkt ein wenig verwirrt, führt uns aber durch den Flur zu einem der Schlafzimmer. Wir treten ein, und ich nicke beifällig. Der Raum bietet genug Platz für ein großes Doppelbett und einen Toilettentisch.

»Ist das andere Schlafzimmer genauso groß?«, frage ich.

Raphael schüttelt den Kopf. »Es passt nur ein kleineres Doppelbett hinein. Aber es hat ein eigenes Badezimmer.«

Ich lege den Kopf schief und sehe Evie an. »Nun, Evelyn, was meinst du: Reicht ein kleineres Doppelbett?«

Evie starrt mich an. »Ähm, ja?«

Ich wende mich wieder Raphael zu. »Wie ich sehe, interessieren sich ziemlich viele Leute für die Wohnung.«

Er nickt. »Ich muss für ein Jahr nach London, um dort eine neue Abteilung unserer Firma zu leiten. Für mich bedeutet das einen Aufstieg, und das ist großartig. Aber ich soll bereits nächsten Montag dort anfangen, was hart ist. Daher vermiete ich zu einem recht günstigen Preis.«

»Ja, sechstausend im Monat ist relativ günstig, je nachdem, wie man es betrachtet«, pflichte ich ihm bei. »Aber wissen Sie, wie schwierig es ist, den Gestank von Marihuana aus einer Ledercouch herauszubekommen?«

»Wie bitte?« Raphael legt den Kopf schief, als hätte er mich akustisch nicht ganz verstanden.

»Und das ist nur der Rauch. Wenn Wasser aus der Bong verschüttet wird, gibt das ekelhafte Flecken. Meine Tochter hat in unserem Haus in Connecticut einmal eine Party geschmissen, während wir unterwegs waren. Danach war das ganze Haus ruiniert. Bongwasser auf dem Teppich im Schlafzimmer, und auf meinen Lieblingspolsterhocker hatte sich jemand erbrochen – den lila Fleck habe ich nie mehr rausbekommen. Die Böden haben selbst dann noch geklebt, als wir sie von einer Reinigungsfirma haben putzen lassen. Die Farbe an den Wänden ist abgeblättert, mein Klavier war kaputt, diverse antike Vasen wurden zerbrochen. Essen stand tagelang draußen herum, worauf wir auch noch ein Nagetierproblem bekamen.«

Raphael wirkte angeekelt. »Was genau wollen Sie damit sagen?«

Ich lächele charmant. »Ich will sagen, dass Evelyn und ich die Einzigen sind, die Ihnen anbieten, Ihre Wohnung so zu pflegen, wie sie es verdient. Im Augenblick sind wir die Einzigen in Ihrer Wohnung, die über fünfunddreißig sind. Wir haben unser ganzes Leben der Führung unserer Haushalte gewidmet – und allem, was dazugehört. Wir haben Erfahrung, gehen früh zu Bett, und wenn wir etwas einwerfen, dann sind es Tabletten gegen unsere Arthrose.«

Aus dem Augenwinkel sehe ich, dass Evie anfängt zu strahlen. Raphael hingegen hängt mir förmlich an den Lippen, und so bemühe ich meinen mütterlichsten Tonfall.

»Der einzige Haken ist der, dass Evie und ich zugegebenermaßen über ein anderes Budget verfügen, als Sie sich erhofft haben«, fahre ich fort. »Daher muss ich Sie fragen, Raphael: Wenn Ihr Zuhause Ihre erste große Investition darstellt, lohnte es sich dann nicht, ein wenig der Miete gegen sehr viel mehr Seelenfrieden einzutauschen? Die Leute drüben im Wohnzimmer mögen zahlungskräftiger sein als wir, aber sie werden Partys schmeißen. Sie werden Alkohol trinken. Sie werden Drogen nehmen. Sie werden vergessen, das Geschirr abzuwaschen. Wer weiß, ob die überhaupt einen Staubsauger besitzen, während Evelyn und ich Erfahrung mit Dysons und Dampfmopps haben. Haben Sie schon einmal einen Dampfmopp benutzt? Eines von Gottes Wundern. Und Ihre Böden sind so schön.«

Eine lange Pause tritt ein, in der Raphael alles zu verarbeiten scheint, was ich gesagt habe. Er schaut von Evie zu mir und dann wieder zurück.

»Könnten Sie fünftausend Dollar im Monat aufbringen?«, fragt er schließlich.

Ich lächele. »Sagen wir viertausend, und Ihre Wohnung wird am Ende noch schöner sein als bei Ihrer Abreise.«

Die gute Nachricht ist, dass meine Bewerbungsstrategie, uns als verantwortungsbewusste ältere Damen zu präsentieren, funktioniert hat.

Die schlechte Nachricht ist, dass es bei Raphaels wunderschöner Wohnung nicht geklappt hat.

Sobald wir ihm die viertausend Dollar im Monat angeboten hatten, schenkte er Evie und mir ein angespanntes Lächeln, schüttelte uns die Hand und sagte, er würde sich melden. Ich hätte mich gern in dem großen Schlafzimmer verbarrikadiert und eine Dusche genommen, doch Evie erinnerte mich daran, dass es ein ernsthafter Rückschlag für unsere Finanzen wäre, wenn wir Kaution stellen müssten. Also sind wir gegangen.

Die folgenden acht Stunden haben wir damit zugebracht, uns Kurzzeitvermietungen anzusehen. Aber, wie gesagt, meine Strategie hat am Ende Früchte getragen. Weder bei Raphael noch bei den folgenden drei Wohnungen, die wir besichtigt haben, aber Nummer fünf war ein Volltreffer. Und statt die geforderte Miete von dreitausendfünfhundert im Monat konnten wir die Besitzer auf zweitausendsiebenhundertfünfzig herunterhandeln. Damit blieben wir noch unter unserem Limit!

Was macht es da, dass es ein Sechsparteienhaus ohne Aufzug ist? Wir sind im Hochparterre, was bedeutet, dass Treppen für uns kein Thema sind. Das Badezimmerfenster ist direkt über den Mülltonnen, aber wenigstens gibt es dort überhaupt ein Fenster. Und es fühlt sich an, als sei es Schicksal, dass wir im West Village gelandet sind. Laubbäume säumen den Wohnblock, und jedes Haus in der Straße hat diese steinernen Treppen, auf denen man an einem warmen Sonntagnachmittag sitzen und die Leute beobachten kann.

Was die Wohnung selbst angeht, so hat sie zwei Schlafzimmer. Nun ja, ein richtiges Schlafzimmer und ein »Bonuszimmer« mit einem brandneuen Futon, der ziemlich bequem ist. Evie hat angeboten, das Zimmer zu nehmen, aber mir macht es wirklich nichts aus. Ich habe schon tausend Ideen, wie ich es mir schick-gemütlich machen kann.

Die Eigentümer – ein reizendes junges Paar, das ein Jahr lang an der Universität von Madrid unterrichten wird – waren so nett, uns gleich einziehen zu lassen. Gleich heißt heute. Sie hatten ihre Sachen bereits gepackt und wohnen zurzeit noch bei ihrer Familie in New Jersey. Unser Zusammentreffen war wirklich Schicksal.

Inzwischen ist es kurz nach halb sieben am Dienstagabend. Ich richte gerade mein Schlafzimmer her – das erste in über vierzig Jahren, das ich nicht mit jemandem teilen muss – und denke über stimmungsvolle Beleuchtung nach. Vielleicht könnte ich mir ein paar dieser Laternen kaufen, die man von der Decke herabhängen lässt. Die werden keinen Platz wegnehmen, denke ich, während ich eine Steppdecke über den Futon lege und die Kissen aufschüttle. Neben dem Futon steht eine kleine Kommode, die gleichzeitig als Nachttisch dient. Die Böden sind aus hellem Holz und die Wände in einem fröhlichen Zitronengelb gestrichen.

Ich gehe ins Wohnzimmer, um meine restlichen Kleider im Flurschrank – es gibt einen Flurschrank! – unterzubringen, und dabei fällt mir auf, dass an den Wänden weder Gemälde noch Drucke hängen. Stattdessen haben die Eigentümer ihre Wohnung mit Büchern, Uhren und Weltkarten geschmückt. Evie und ich werden das Ganze definitiv ein wenig aufpeppen. Ich möchte da nicht falsch verstanden werden, ich lese furchtbar gern, und es ist immer praktisch zu wissen, wie spät es ist; auch Geografie finde ich faszinierend. Aber wenn wir im West Village von Manhattan wohnen, brauchen wir einfach ein wenig mehr Pfiff. Samantha aus *Sex and the City* zog nach Downtown, und ich weiß genau, dass sie ihr Liebesnest nicht mit Karten geschmückt hat. Aber ich will mich nicht beschweren. Die Wohnung ist perfekt. Die Couch ist neu, und der Fernseher hängt neben einer Reihe von Einbauregalen an der Wand. Die Küche ist winzig, aber groß genug, um einfache Mahlzeiten zu kochen. Es gibt einen altmodischen Klapptisch, an dem Evie und ich essen können, und trotz des bedauerlichen Ausblicks verfügt die Dusche über einen hervorragenden Wasserdruck. Das Licht ist nicht zu schlecht, und es gibt genügend Ablageflächen. Tatsächlich will ich gerade losziehen und eine dringend benötigte Dusche nehmen, als ich einen Knall höre. Ich fahre herum und sehe Evie mit einer Flasche Veuve Cliquot im Wohnzimmer stehen. Aus der offenen Flasche steigt leichter Nebel auf wie Himmelswölkchen.

»Die habe ich für besondere Gelegenheiten aufgehoben«, sagt Evie, während sie in die Küche geht und die Schränke nach Gläsern durchforstet. Sie entdeckt ein paar Sektflöten und gießt uns beiden ein, dann hebt sie das Glas. »Auf dich, Sylvia. Du warst großartig heute.«

Ich erröte und versuche, das Kompliment abzuwehren, doch Evie schüttelt den Kopf. »Du bist von Wohnung zu Wohnung besser geworden. So selbstsicher habe ich dich noch nie erlebt. Und jetzt machen wir uns ausgehfertig. Zur Feier des Tages lade ich dich zum Essen ein.«

Oh, unser erster Abend in der Stadt. Ich lege die Hände um die Sektflöte und widme mich einer sehr wichtigen Frage.

»Was sollen wir anziehen?«

»Glaubst du, wir haben es übertrieben?«, frage ich Evie und zupfe an meiner Seidenbluse mit Leopardendruck, die gerade so dünn ist, dass man meinen BH sehen kann. Ich habe sie bei einer meiner Lingerie-Expeditionen gekauft und eigentlich geplant, sie – wie üblich – zusammengelegt in Seidenpapier und mit intakten Etiketten aufzuheben. Aber als ich an diesem Abend ausgepackt habe, überkam mich etwas. Ich habe dieses wunderschöne Oberteil entdeckt und erkannt, dass ich es nicht länger ungetragen verwahren will.

»Was übertrieben?«, fragt Evie, die gerade die Speisekarte studiert.

Es ist kurz nach acht, und wir sind im Wild One, einem hippen Fischrestaurant, das die besten Cocktails der Stadt serviert – zumindest wenn man einer App Glauben schenkt, auf die Evie schwört. Bisher wurde ich nicht enttäuscht. Der Speiseraum ist luftig, die Beleuchtung sexy. Hinter der Bar sitzt ein Pianist am Flügel. Das Publikum besteht aus einer bunten Mischung schöner Leute, angesichts derer ich mich unsicher und alt fühle. Ich sage etwas in der Art zu Evie, während ich mich vorbeuge, um mich hinter der Speisekarte zu verstecken.

»Gibt es ein Alterslimit, ab dem man keine Animalprints mehr tragen darf? Sehe ich aus wie eine dieser armseligen Frauen, die mit ihrer Tochter wetteifert, indem sie sich ein Bauchnabelpiercing machen lässt? Kannst du durch meine Bluse meine Nippel sehen?«

»Einmal tief durchatmen, Sylvia.«

Ich öffne den Mund, um Luft zu holen, sehe mich jedoch genötigt, sofort weiterzureden. »Ich mache mir einfach nur so große Sorgen, dass … uumpf!«

Evie streckt die Hand über den Tisch und hält mir den Mund zu. Erschrocken reiße ich die Augen auf. Als ich versuche, etwas zu sagen, drückt sie noch fester zu. Mit flammendem Gesicht sehe ich mich um.

»Niemand achtet auf uns«, versichert mir Evie. »Und jetzt sag mir, wo die selbstbewusste Sylvia von heute geblieben ist. Ich liebe diese Frau. Könntest du sie bitte zurückholen?«

Ich nicke. Evie nimmt die Hand von meinem Mund und lehnt sich zurück. In diesem Augenblick kommen unsere Drinks. Ich greife nach meinem schäumenden Cocktail und nehme einen großen Schluck. Er ist süß und würzig, und ich werde definitiv noch mindestens zwei davon brauchen.

Evie blickt zur Kellnerin hoch. »Zuerst nehmen wir die Jakobsmuscheln und den kurz gebratenen Thunfisch mit Jalapeños. – Finden Sie, dass meine Freundin und ich so aufgebrezelt albern aussehen?« Evie deutet auf mein Outfit und dann auf ihres. Sie trägt ein Smokinghemd, das im Bund einer butterweichen schwarzen Lederhose steckt.

Die Kellnerin betrachtet uns einen Augenblick und sieht dann an sich selbst herunter: Ihre winzige Schürze ist über einem rosa Tutu gebunden, dazu trägt sie durchbrochene Strumpfhosen, Kampfstiefel und ein Neil-Young-T-Shirt.

»Ich verstehe die Frage nicht«, sagt sie schließlich.

Evie lächelt. »Genau. Danke, meine Liebe.«

Die Kellnerin geht.

Evie beugt sich vor. »Sylvia, nimm dir eine Minute Zeit, und führ dir vor Augen, was in der letzten Woche alles passiert ist. Du hast deinen untreuen Ehemann verlassen, du hast deiner Tochter die Stirn geboten, und du bist nach New York gezogen. Du hast all das geschafft, und jetzt fragst du dich, ob du zu alt für Animalprints bist? Hör auf mit dem Scheiß, meine Liebe. Das Einzige, wofür du zu alt bist, ist, herumzusitzen und Zeit zu verschwenden.«

»Ach, Evie. Ich will so gerne die selbstsichere Person sein, die ich heute Nachmittag war. Ich will sie die ganze Zeit über sein«, gestehe ich und fange an, mir mit der Gabel in die Finger zu stechen. »Aber ich habe solche Angst. Was unternehme ich wegen dem Job? Kann ich wirklich wieder als Hochzeitsplanerin arbeiten? Ich meine, wie fange ich das überhaupt an?«

Evie denkt einen Moment nach, dann hellt sich ihre Miene auf. »Ruf Reese an. Er hat doch gesagt, dass er dich mit Freuden all den Bräuten empfehlen würde, die im Bergdorf Goodman nach einem Kleid für die Hochzeit suchen.«

Ich schüttele den Kopf. »Die Bräute, die im Bergdorf einkaufen, wollen eine Planerin aus der ersten Liga, nicht irgendeine alte Lady, die vor Jahren irgendwelche Vorstadthochzeiten geplant hat.«

»Vergiss nicht, Sylvia, dass ich auch einen Job brauche. Wenn du mit dreiundsechzig schon eine alte Dame bist, dann kann ich mit siebenundsiebzig alle Hoffnung begraben. Willst du mir das sagen?«

Mir bleibt der Mund offen stehen. Evie hat mir nie verraten, wie alt sie wirklich ist. Natürlich wusste ich, dass sie über siebzig sein muss, aber mir war nicht klar, dass sie schon auf die achtzig zugeht. Meine Güte, sieht sie gut aus!

Evie kann offenbar meine Gedanken lesen.

»Das sind die Gene«, meint sie achselzuckend. »Meine Mutter war eine Schönheitskönigin. Habe ich dir das je erzählt?«

Ich schüttele den Kopf.

Sie lacht und nimmt einen großen Schluck von ihrem Drink. »Es wird schon alles klappen, Liebes. Wirklich. Verdammt, wir haben doch schon eine Wohnung gefunden. Jetzt suchen wir uns beide noch einen Job und werden überwältigenden Erfolg haben. Da bin ich mir sicher.«

»Du hast gut reden, du brauchst ja niemandem etwas zu beweisen.«

»Was du damit sagen willst, Sylvia, ist, dass ich niemanden habe.«

Evie setzt ihren Drink ab und starrt einen Moment ins Leere. Sie lacht nicht mehr.

Ich habe nie wirklich darüber nachgedacht, wie einsam ihr Leben sein muss. Innerhalb der letzten beiden Jahre hat sie sowohl ihren Ehemann als auch ihren Sohn verloren. Sie hat einen Enkelsohn, aber der lebt an der Westküste. Evie schickt ihm Geschenke, doch ihre Schwiegertochter hat ihr klargemacht, dass sie nichts in ihrem Leben haben möchte, was sie an Evies Sohn erinnert. Ich weiß das nur von verschiedenen Klatschtanten, die ebenso lang im BBG wohnen wie Evie. Die Wahrheit ist, ich habe sie nie danach gefragt, und selbst jetzt taste ich mich nur vorsichtig heran.

»Tut mir leid, Evie. Du bist so stark, dass ich manchmal einfach vergesse, wie viel du verloren hast.«

»Ja, nun. Ab einem gewissen Alter haben wir wohl alle etwas verloren. Meine Güte, ist dieser Pianist beschissen.«

Damit gibt sie mir zu verstehen, dass das Thema beendet ist. Ich drehe mich um und folge Evies Blick bis nach hinten, wo ein junger Mann, vielleicht Ende zwanzig, einen populären Song auf dem Flügel spielt. Ich erkenne das Lied zwar nicht, weiß aber, dass ich es schon im Radio gehört habe …

»Das ist Coldplay«, sagt Evie, »aber in der falschen Tonart, und im Takt ist er auch nicht. Doch sieh dir all das Trinkgeld in seinem Glas an. Keine Qualität zu fordern ist eine Schande.«

Evies Finger bewegen sich wie von selbst auf ihrer Seite des Tisches. Während sie spielt, ist es, als reisten ihre Hände in der Zeit zurück. Ihre krummen Knöchel und die papierdünne Haut an den weichen, langen, anmutigen Fingern, die sich gekonnt durch die Luft bewegen … Ich weiß, dass sie einige Jahre lang Profipianistin war und danach an einem College in Boston unterrichtet hat, bis sie dann vor etwa sieben Jahren ins BBG gezogen ist. Aber auch dort soll sie noch auf Dinnerpartys und Ähnlichem gespielt haben, einfach zum Spaß, bis sie urplötzlich damit aufgehört hat.

Mir wird bewusst, dass ich sie nie danach gefragt habe, also räuspere ich mich.

»Warum hast du aufgehört, Klavier zu spielen, Evie? War es die Arthritis?«

»Ich habe aufgehört, als Julian die Überdosis genommen hat.«

Oh, vielleicht ist das Thema doch noch nicht beendet.

Ich weiß nicht recht, was ich sagen soll, und so lasse ich Evie weiter Klavier auf dem Tisch spielen. Als sie aufhört, legt sie die Hände flach hin. Wir sagen beide nichts.

Die Kellnerin kommt mit unseren Vorspeisen und einer zweiten Runde Drinks. Evie und ich greifen beide danach. Ihre Augen sind trocken, aber in diesem Moment sind es die traurigsten Augen, die ich je gesehen habe. Es wirkt, als hätte sie einfach keine Tränen mehr übrig für ihre Trauer.

Sie seufzt. »Als wir Julian verloren haben, habe ich mit der einen Sache aufgehört, die mir die liebste war. Henry hat dasselbe gemacht, er gab das Golfspielen auf. Ist das nicht albern? Unser Sohn starb, also habe ich mein Klavier einer Grundschule geschenkt, und Henry gab seine Golfschläger seinem besten Freund Arthur. Und das war es dann. Es ist beinahe komisch.«

»Es ist überhaupt nicht komisch, Evie.«

»Nein. Nein, wohl nicht.« Evie wendet den Blick lange ab und sieht mir dann in die Augen. »Erzähl mir von der Horrorbraut, die deinen Rasen angezündet hat.«

»Von Lara Poll? Warum?«

»Hast du deren Hochzeit nicht einer Kollegin übergeben? Hat die nicht wahnsinnig profitiert von deiner harten Arbeit und deinen Leiden? Mir scheint, dass diese Frau dir einen Gefallen schuldig ist.«

Ich lasse mir das einen Moment durch den Kopf gehen. Vielleicht hat Evie da nicht unrecht. Ich fange an, vor mich hin zu nicken. Dann fällt mein Blick auf Evies Hände, die immer noch auf dem Tisch liegen. Ich nehme sie und halte sie fest.

»Ich bin so glücklich, dass wir das gemacht haben«, sage ich.

Sie drückt meine Hände. »Ich auch.«

10.
KAPITEL

Okay, sag es nicht. Sag nicht, dass Verena das alles dir zu verdanken hat, denke ich, während ich auf dem zartlila Sofa des schicksten Wartezimmers, das ich je gesehen habe, hin und her rutsche.

Eine Empfangsdame namens Miku lächelt mir über ihren Schreibtisch aus geschnitzter Eiche hinweg zu. Ihr seidiges schwarzes Haar weist ein paar lila Strähnchen auf und ist zu einem Kranz geflochten.

»Es dauert nur noch ein paar Minuten, Mrs. Fisher. Kann ich Ihnen etwas zu trinken anbieten? Cappuccino? San Pellegrino? Aloe-Vera-Saft?«

Ich verziehe das Gesicht. Ekelhaft. Das BBG hat in seinem Fitnesscenter ebenfalls angefangen, Aloe-Vera-Saft anzubieten. Alle haben gemeint, es regt die Kollagenbildung an und hilft gegen Verstopfung. Ich sage nichts dergleichen. Stattdessen erwidere ich Mikus Lächeln.

»Nein danke, nichts.«

Miku wendet sich wieder ihrem Computer zu, doch in diesem Moment klingelt das Telefon.

»Verena Hearts Büro, Miku am Apparat«, meldet sie sich mit einer kehligen Stimme, die nicht so recht zu ihrer schmalen Gestalt passen will.

Ich schüttele den Kopf. Als ich sie das letzte Mal gesehen habe, war Verena Heart noch Verena Simmowitz, eine siebenundvierzigjährige Hochzeitsplanerin mit einem Büro in einer Ladenzeile in Connecticut. Nun hat sie ihr Büro im zweiten Stock eines schicken braunen Sandsteinhauses an der Madison Avenue, Ecke 72nd Street.

Mein Dinner mit Evie gestern Abend hat mich so inspiriert, dass ich Verena eine E-Mail geschickt und um ein Treffen gebeten habe. Als ich sie kurz vor Mitternacht an die Adresse auf ihrer Webseite geschickt habe, war ich mir nicht mal sicher, ob sie überhaupt antworten würde, aber beim Aufwachen erwartete mich die Nachricht, dass ich heute Vormittag vorbeikommen könnte.

Und so sitze ich nun um neun Uhr morgens hier in ihrem Wartezimmer. Alles ist so wunderschön, dass ich am liebsten weinen würde. Die Sitzgelegenheiten, alle in verschiedenen Lilatönen gehalten, stehen um einen Couchtisch aus Baccarat-Kristallglas und Bronze im neoklassizistischen Stil des 19. Jahrhunderts. Er ist echt, keine Nachbildung. Ich weiß das, weil ich früher, gefühlt in einem anderen Leben, gern das Lifestylemagazin *Town & Country* gelesen habe.

In der Ferne sprudelt und zischt eine Espressomaschine. Ich atme tief ein. Es riecht nach handverlesenen Kaffeebohnen und Mandel-Biscotti. Ich schaue auf die Wände, an denen natürlich Verenas eindrucksvollste Hochzeiten zur Schau gestellt werden. Eine Hochzeit im Plaza, eine in den Hamptons, und dann natürlich ein riesiges Schwarz-Weiß-Foto von Lara Poll, wie sie ihren Brautstrauß wirft.

Es schnürt mir die Kehle zu.

Ich versuche, das Gefühl abzuschütteln. Das ist doch albern. Die Sache liegt ewig zurück. Aber als ich neben Laras Foto die gerahmte Titelseite der *Luxury Brides* sehe, wird mein Gesicht heiß vor Zorn.

Hör auf, sage ich mir. *Verena konnte doch nichts dafür. Sie hat dir den Auftrag nicht abgejagt. Du hast ihn ihr übergeben.*

Klar, als *Luxury Brides* Laras Hochzeit zur Titelgeschichte machte, hat Verena all die Lorbeeren geerntet. Aber es wäre auch seltsam gewesen, wenn sie die Journalisten korrigiert hätte: »Eigentlich war es ja Laras ehemalige Hochzeitsplanerin Sylvia Fisher, die das alles auf die Beine gestellt hat. Ich habe erst in letzter Minute übernommen, weil Lara und Sylvia gerade in einen Rechtsstreit verwickelt sind.«

Oder? Wäre das wirklich so schwer gewesen?

Also gut, ich bin ungerecht. Verena war einfach zur richtigen Zeit am richtigen Ort. Außerdem hat sie Talent und arbeitet hart. Und so schaue ich mich noch einmal um und erinnere mich an meine Mantras:

Ich bin die Architektin meines Erfolgs.

Meine Fehler definieren mich nicht.

Ich bin kein Glas Nutella – ich kann nicht jeden glücklich machen.

»Willst du mich verarschen, Dan? Das fragst du mich ausgerechnet jetzt?«

Ich reiße die Augen auf, drehe mich um und entdecke eine furchtbar dünne junge Frau Anfang dreißig. Sie kommt gerade mit einem jungen Mann ins Büro. Er entschuldigt sich bereits. »Bitte, Ashton, hör mir zu.«

Doch Ashton kehrt ihm den Rücken und lässt sich auf einen kleinen lilablauen Zweisitzer mir gegenüber fallen. Sie zückt ihr Handy und versinkt darin, versucht, die Welt um sie herum auszuschließen.

Dan sieht zu Miku hinüber, die ihm verhalten zunickt. Dann greift sie rasch zum Telefon und flüstert etwas in den Hörer. Ich versuche zu lauschen, werde aber abgelenkt, als die Tür wieder aufgeht und ein anderer Mann eintritt, diesmal jemand in meinem Alter. Er ist nicht sonderlich groß, vielleicht eins siebzig, und hat den Körperbau eines Langstreckenläufers, was plausibel erscheint, wenn man sein »NYC Runner's Club«-Shirt und die Jogginghose von Adidas betrachtet. Er ist kahlköpfig, trägt eine Brille und sieht so aus, als würde er die Printausgabe der Zeitung lesen, nicht die Onlineversion. Er wirkt ziemlich ansehnlich, was aber leider durch die finstere Miene ruiniert wird.

Er sieht zwischen Dan und Ashton hin und her und seufzt. »Warum bin ich noch mal hier?«

»Na, herzlichen Dank für deine wunderbare Unterstützung, Dad.« Ashton blickt von ihrem Handy auf und wirft ihrem Vater einen wütenden Blick zu. »Da bitte ich dich einmal, zu einem Termin zu kommen, weil ich dachte, dass du auch an dieser Hochzeit beteiligt sein möchtest. Aber wenn du die ganze Zeit nur meckern willst, gehst du besser gleich wieder. Haben Sie dem Ganzen noch etwas hinzuzufügen, Lady?«

Ich zucke zusammen. »Wie bitte?«

Ashton richtet ihren wütenden Blick nun auf mich. »Sie haben eben mit den Augen gerollt.«

Ich sehe, wie der Vater spöttisch grinst und Dan auf seine Füße starrt. Doch während ich mir auf der Suche nach einer entwaffnenden Bemerkung noch den Kopf zermartere, naht auch schon die Rettung.

»Ashton, Dan! Wie reizend, Sie zu sehen. Und Mr. Morris, was für eine Freude.« Wir alle drehen uns um und sehen eine junge Frau, die in der Tür zwischen Hauptbüro und Wartezimmer steht. Sie lächelt warmherzig und fragt: »Kann ich Ihnen irgendetwas anbieten, während Sie auf Verena warten? Sie ist noch unterwegs bei einem Lieferanten.«

Sie alle schütteln den Kopf und blicken zu Boden. Himmel. Ich habe ganz vergessen, dass sich manche Hochzeiten eher anfühlen wie ein Begräbnis. Aber ich schüttele den Gedanken ab, als sich die junge Frau mir zuwendet.

»Sylvia?«

»Das bin ich!«, antworte ich munter und springe auf.

Dann verziehe ich das Gesicht. Ich wirke eifrig. Zu eifrig.

Doch die junge Frau lächelt nur und reicht mir die Hand. »Ich bin Verenas Assistentin Molly.« Sie deutet auf die kabellosen Ohrhörer, die junge Leute heutzutage wie Ohrringe tragen. »Ich war gerade in einem Krisengespräch mit einem Floristen. Tut mir leid, dass Sie warten mussten. Gehen wir hinein. Tolle Schuhe übrigens.«

Ich folge Molly durch die Tür und verspüre einen gewissen Nervenkitzel, als ich auf meine Kitten Heels aus Schlangenlederimitat von Diane von Fürstenberg hinuntersehe. Ich weiß nicht, warum, aber ich möchte, dass Molly mich mag. Sie kann nicht älter als sechsundzwanzig sein, aber sie wirkt wie eine Frau, die während ihres Studiums der Astrophysik als Supermodel gearbeitet hat, um sich über Wasser zu halten. Ihr schwarz-cremeweißes Kleid von Chloé passt zu ihrer schwarz-weiß gemusterten Brille von Prada, und sie hat die Kunst der hohen Absätze eindeutig gemeistert. Sie führt mich den Flur entlang, und der bloße Anblick ihrer schlanken Waden lässt meine Besenreiser schmerzhaft auflodern. Aber ich zwinge mich, mich ein Stück aufzurichten. Ich bin schließlich wegen eines Jobs hier.

Wir kommen an einem Besprechungsraum, einer kleinen Küche und einem Büro mit Vorzimmer vorbei. Molly öffnet die Glastür zum Vorzimmer, und ich sehe einen Arbeitsplatz, der ebenso komplex wirkt wie das Hauptquartier einer Militäroperation. Mollys Schreibtisch, auf dem der größte Apple-Computer steht, den ich je gesehen habe, ist mit rosa, gelben und grünen Haftnotizzetteln zugepflastert. An den Wänden hängen riesige Kalender mit farbkodierten Pins, mit denen Namen, Zahlen und Bilder befestigt sind. Die Bilder zeigen alle möglichen Dinge von der Rose bis zum Zebra, manches hochzeitsbezogen, anderes weniger. Verblüfft starre ich die Wand an.

Molly bemerkt meinen Blick und erklärt: »Verena hängt gern Bilder auf, damit die Bräute ihren großen Tag visualisieren können.«

Ich nicke, als würde das alles erklären, trotz des Umstands, dass ich gerade auf ein Foto von Charmin-Toilettenpapier schaue. Was um alles in der Welt hat das zu bedeuten?

Hm. Vielleicht hat die Braut darauf bestanden, dass die Toiletten des Veranstaltungsorts mit Qualitätstoilettenpapier für die Gäste ausgestattet werden?

Ich deute auf die Tür hinter Molly. »Ist das Verenas Büro? Ich freue mich so darauf, sie nach all der Zeit wiederzusehen. Wann kommt sie denn?«

»Das ist ihr Büro, aber sie ist unterwegs und den Rest des Tages ist sie leider völlig ausgelastet mit ihren Terminen.« Molly nimmt an ihrem Schreibtisch Platz und bedeutet mir, mich ihr gegenüber auf den Stuhl mit der geraden Rückenlehne zu setzen. Während ich Platz nehme, fiept ihr Handy. Sie wirft einen Blick darauf und seufzt. »Also, Sylvia. Sie und Verena haben früher zusammengearbeitet. Erzählen Sie mir davon«, bittet sie mich, während sie eine Antwort tippt.

»Wir haben nicht so sehr zusammen als viel eher nebeneinanderher gearbeitet.«

Ich halte kurz inne. Molly tippt immer noch. Ich hasse es, wenn Leute das tun. Louis macht das auch. Und meine Tochter.

Ich atme tief durch und warte darauf, dass Molly fertig wird, doch sie wedelt mit der Hand.

»Reden Sie ruhig weiter, ich höre zu. Ich muss mich nur rasch um ein Anproben-Fiasko kümmern.«

Ich beiße die Zähne zusammen und bemühe mich, meinen freundlichen Ton beizubehalten. »Nun ja, wie gesagt, wir haben in Connecticut in der Nähe voneinander gearbeitet. Wir waren Kolleginnen.« Das muntert mich ein wenig auf. Das Wort »Kollegin« verleiht mir eine gewisse Professionalität. »Wie Verena weiß, verfüge ich über weitreichende Erfahrung mit verschiedenen Arten von Hochzeiten und natürlich auch mit Bräuten. Ich kann Ihnen auch versichern, dass …«

»Wie reizend«, unterbricht Molly mich. Offenbar ist sie endlich fertig mit ihrer Nachricht. »Sie waren die Hochzeitsplanerin von nebenan.«

Ich erröte. »Nicht direkt. Nun ja, gewissermaßen. Meine Klientinnen kamen alle aus der Nähe. Aber ich habe Hochzeiten im ganzen, ähm, Nordosten geplant.«

Molly lächelt mich wieder an. Ist das herablassend gemeint?

Ich räuspere sich. »Ich will ja nicht unhöflich sein, Molly, aber wann ist Verena da? Ich hatte gehofft, mit ihr persönlich zu sprechen.«

»Verena hat extrem viel zu tun. Ich führe die ganzen Erstgespräche für sie. Die gute Nachricht ist, dass wir nach einer zweiten Assistentin suchen. Die schlechte Nachricht ist, dass wir so viele Bewerberinnen haben.«

»Verstehe.« Ich presse die Lippen zusammen.

»Aber lassen Sie sich nicht entmutigen. Ich finde es sehr inspirierend, dass Sie als Assistentin wiedereinsteigen wollen. Und als ich Ihrer E-Mail entnommen habe, dass Sie und Verena sich schon seit Jahren kennen, wollten wir höflichkeitshalber Kontakt zu Ihnen aufnehmen.«

»Höflichkeitshalber?« Unglaublich. Verena lässt mich von ihrer Assistentin abwimmeln. Es ist wie ein Schlag ins Gesicht. »Was soll das heißen? Ist das etwa ein Pseudobewerbungsgespräch?«

»Natürlich nicht. Wir würden nie so verschwenderisch mit Ihrer Zeit umgehen«, sagt Molly, nun ernst geworden. »Fangen wir doch gleich mit dem offiziellen Teil an. Beschreiben Sie bitte in ein paar Worten Ihre größte berufliche Stärke.«

»Also«, fange ich an. »Ich war immer gut in einer …«

Fiep!

Mollys Handy unterbricht mich. »Reden Sie weiter, ich höre zu«, sagt sie, während sie erneut auf dem Smartphone herumtippt.

Leck mich. Ich streiche mir eine Haarsträhne hinters Ohr. »Meine größte berufliche Stärke ist die Handyetikette. Und meine größte berufliche Schwäche ist anscheinend meine mangelhafte Impulskontrolle.«

Ich stehe auf, greife über den Schreibtisch und nehme Molly das Smartphone aus der Hand.

Sie starrt mich fassungslos an. »Was machen Sie da?«

»Ich habe es satt, Ihnen dauernd auf die Stirn zu starren, während wir uns unterhalten. Das ist unhöflich, respektlos und, wenn ich ehrlich bin, auch ein bisschen grotesk. Ich hoffe sehr, dass Sie Ihre Klientinnen nicht genauso behandeln.« Molly öffnet den Mund, doch ich schüttele den Kopf. »Unterbrechen Sie mich nicht. Auch wenn ich dieses Gespräch ›aus Höflichkeit‹ zu schätzen weiß, hätte ich doch erwartet, die Höflichkeit würde gebieten, dass Verena mich persönlich empfängt. Ich finde allein hinaus. Auf Wiedersehen.«

Ich lege Mollys Handy auf den Schreibtisch und marschiere aus dem Büro. Ich gehe den Flur hinunter und betrete das Wartezimmer. Dort steht Ashton, mit tränenüberströmtem Gesicht.

»Tut mir leid, Ashton, ich habe es nicht so gemeint.«

Dan versucht, sie in die Arme zu nehmen, doch sie stößt ihn weg. Hilflos schaut er zu Ashtons Vater, der nur mit den Schultern zuckt und mit den Füßen wackelt, vermutlich, um die Waden zu dehnen.

Ich blicke zu Miku, die gerade ein Paar mittleren Alters zum Besprechungsraum führt. Ich halte ihnen die Tür auf, und Miku nickt dankend.

»Ich mache Ihnen Ihre Lattes«, sagt sie zu dem Paar. »Molly wird gleich bei Ihnen sein.«

Ihre Stimme klingt gut gelaunt, doch als die drei im Büro verschwinden, ist offensichtlich, dass sie das Paar aus dem Warteraum haben will.

Ich schließe die Tür hinter ihnen. Ashtons Vater seufzt.

»Meine Güte, Ashton. Dan wollte doch nur helfen.«

Dan nickt. »Du bist so gestresst. Ich fand eine Strandhochzeit romantisch. Nur du und ich. Dann könnten wir diesen ganzen dummen Hochzeitsquatsch vergessen.«

Ashton atmet so scharf ein, dass ich mir Sorgen mache, sie könnte sich eine ihrer hervorstehenden Rippen verrenkt haben.

»Dieser ganze dumme Hochzeitsquatsch«, wiederholt sie. Ihre Stimme ist angespannt und leise. »Dann bin ich wohl auch dumm. Eine dumme, zickige, verrückte Monsterbraut, bloß weil mir der Unterschied zwischen Rosen und Pfingstrosen nicht scheißegal ist und ich will, dass dieser eine Tag etwas Besonderes wird, verdammt noch mal.«

Bevor Dan etwas erwidern kann, geht die Tür auf, und Ashton rauscht hinaus.

Dan lässt sich auf den Zweisitzer zurücksinken und sieht ihren Vater an.

»Frank, was soll ich denn jetzt tun?«

Frank zuckt mit den Schultern. »Meine Tochter hat offensichtlich entschieden, wie eure Hochzeit aussehen soll. Du wirst dabei nicht gefragt. Gewöhn dich dran. So ist das eben in der Ehe.«

»Nur weil Ihre Ehe mies ist, heißt das nicht, dass das bei den beiden genauso sein muss«, platze ich heraus, bevor ich mich noch bremsen kann.

Beide drehen sich zu mir um und sehen mich an. Frank öffnet den Mund, um etwas zu erwidern, steht dann jedoch auf und stürmt genau wie seine Tochter hinaus.

Dan sieht so hilflos aus, dass ich nicht anders kann, als mich neben ihn auf das Sofa zu setzen.

»Darf ich ehrlich sein, Dan?«

Dan blinzelt, offensichtlich aus dem Gleichgewicht gebracht, weil er plötzlich eine völlig Fremde praktisch auf dem Schoß sitzen hat. Diese Sofas sind kleiner, als ich dachte.

»Lieben Sie diese Frau?«, fahre ich dennoch fort. »Möchten Sie den Rest Ihres Lebens mit ihr verbringen? Und ihrem Vater?«, füge ich noch hinzu.

Dan blinzelt noch einmal. »Wer sind Sie denn?«

»Ich bin Sylvia, und das ist nicht mein erstes Hochzeitsrodeo. Ich will Ihnen helfen. Aber erst muss ich wissen – lieben Sie sie?«

Dan seufzt. »Ja. Sehr.« Er blickt zu Boden. »Sie ist sonst nicht so. Im Moment macht sie einfach eine schwere Zeit durch. Ihre Eltern lassen sich scheiden. Es ist alles so verdammt beschissen.« Er hält inne. »Entschuldigen Sie die Wortwahl.«

Unwillkürlich muss ich lächeln. Dieser junge Mann ist zumindest höflich.

»Sie brauchen sich nicht zu entschuldigen«, sage ich und tätschele ihm den Arm. »Es ist wirklich verdammt beschissen, dass ihre Eltern sich ausgerechnet jetzt scheiden lassen, wo Sie Ihre Hochzeit planen. Aber so ist das Leben. Ich habe vor Kurzem meinen Mann beim Sex mit einer anderen Frau überrascht. Es war schrecklich. Sie waren beide so … nackt.«

Bei der Erinnerung verziehe ich das Gesicht.

Dan sieht aus, als wüsste er nicht recht, was er sagen soll.

Ich räuspere mich. »Mir ist klar, dass das jetzt *too much information* war, wie meine Tochter sagen würde. Worauf ich hinauswill: Kinder sollten nicht ins Kreuzfeuer ihrer Eltern geraten. Das ist nicht fair. Ashton hat seit ihrer Kindheit von diesem Tag geträumt, und nun fühlt sich das alles freudlos und spannungsgeladen an. Können Sie sich vorstellen, wie es ihr dabei ergehen mag?«

Dan macht große Augen. »Deswegen dachte ich ja, dass wir vielleicht heimlich heiraten sollten. Irgendwo, wo es kein Drama gibt.«

»Was für ein wunderbarer und umsichtiger Vorschlag. Ashton will aber eine richtige Hochzeitsfeier. Das jetzt aufzugeben, nur weil ihre Eltern nicht miteinander klarkommen, ist traurig.«

»Was soll ich tun?«

Ich betrachte die tiefen Ringe unter Dans Augen. »Haben Sie versucht, mit ihren Eltern zu reden?«

»Was soll ich ihnen denn sagen? Dass sie alles kaputtmachen? Dass ihre Tochter die Dusche anstellt, weil sie nicht will, dass ich sie weinen höre? Dass sie sich vom freundlichsten und bodenständigsten Mädchen der Welt in eine Furie verwandelt hat, die Kellnerinnen anschreit, sie sollen sich verpissen, weil sie ihr zu viel Eis ins Wasser getan haben?«

»Ja. Nun ja, so was in der Art. Sie müssen ehrlich zu ihnen sein.«

Dan schüttelt den Kopf. »Vielleicht sollten wir das alles verschieben. Heiraten, nachdem ihre Eltern Ordnung in ihr Leben gebracht haben.«

»Wann soll die Hochzeit denn sein?«

»In zwei Monaten. Aber Ashton trifft keinerlei Entscheidungen. Es ist, als würde sie die Hochzeit zwar unbedingt wollen, sie aber gleichzeitig auch sabotieren. Ich weiß nicht mal, ob sie ein Kleid hat.«

Ich mache ein langes Gesicht. Dan bemerkt es.

»Genauso schauen Molly und Verena auch immer. Aber dann lächeln sie und sagen, ich solle mir keine Sorgen machen. Ist das normal? Organisiert Verena eine Hochzeit, selbst wenn die Braut überhaupt nichts ausgesucht hat? Meine Schwester sagt, dass wir in Schwierigkeiten sind. Ich habe ehrlich keine Ahnung. Was meinen Sie?«

»Es tut mir leid, Dan.« Ich seufze. »Es klingt, als wäre die Situation ziemlich kompliziert. Aber Verena ist eine fähige Planerin, und wenn sie sagt, Sie brauchen sich keine Sorgen zu machen, dann sollten Sie ihr trauen. Das gehört alles zum Job.«

Ich tätschele Dan ein letztes Mal den Arm.

»Suchen Sie Ashton«, rate ich ihm. »Entschuldigen Sie sich für Ihren Vorschlag, heimlich zu heiraten. Erklären Sie ihr, dass Sie verstehen, warum sie will, dass dieser Tag besonders ist, und versprechen Sie ihr dann, dass Sie alles tun werden, um sie zu unterstützen. Sie sind ihr Fels in der Brandung. Und sie ist der Ihre. Denn das macht eine Ehe aus – zwei Leute, die versprechen, sich zu helfen und zu lieben und füreinander da zu sein. Sie ist nicht allein. Das sagen Sie ihr am besten zweimal. ›Ashton, du bist nicht allein.‹«

Leicht hypnotisiert von meiner eigenen Ansprache schnappe ich nach Luft und beobachte, wie Dan meine Worte langsam vor sich hin sagt. Sein Gesicht beginnt zu strahlen, und ich empfinde diesen speziellen Anflug von Erleichterung und Aufregung, der sich immer dann einstellt, wenn die Dinge plötzlich einen Sinn ergeben.

Langsam stehe ich auf. Ich bin eine Hochzeitsplanerin. Das ist meine Berufung.

Meine Freude ist so groß, dass es einen Moment dauert, bis ich mitbekomme, dass jemand meinen Namen ruft.

»Sylvia Fisher? Bist du das?«

Ich drehe mich um und stehe Verena von Angesicht zu Angesicht gegenüber.

»Was machst du hier?«, fragt sie. Dann sieht sie Dan an, der immer noch mit sich selbst spricht. »Alles in Ordnung? Wo ist Ashton?«

Dan lächelt. »Sie hatte einen kleinen Zusammenbruch, aber ich weiß, wie ich ihr helfen kann. Danke, Sylvia. Ich werde genau das tun, was Sie mir geraten haben.«

Dan rennt hinaus, und ich bleibe mit Verena allein zurück. Sie sieht mich verblüfft an.

»Mein Gott, es ist so lang her. Du siehst umwerfend aus. Was ist da gerade passiert?«

Meine Miene verdüstert sich. »Hör auf, Verena. Ich weiß, dass du Molly gesagt hast, dass sie mich abwimmeln soll. Ist schon gut. Es war von Anfang an vermessen zu glauben, dass du mir helfen würdest. Und was deine Klienten angeht ... Gern geschehen.«

Ich verlasse den Raum und gehe zum Aufzug. Ich drücke auf den Knopf. Die Tür gleitet auf.

Ich trete ein und merke, dass ich zittere. Ich habe noch nie so vielen Leute in so kurzer Zeit die Meinung gesagt. Ich bin in Stimmung, es der ganzen Welt zu zeigen. Ich fühle mich, als wäre ich sieben Meter groß.

Als ich aus dem Aufzug trete und das Gebäude verlasse, schreite ich über den von Bäumen gesäumten Bürgersteig wie eine Amazone. Ich bin jetzt auf Krawall gebürstet und würde laut brüllen, wenn ich nicht so zurückhaltend wäre. Außerdem bin ich mir nicht sicher, ob ich weiß, wie man brüllt.

»Sylvia! Bitte warte!«

Ich drehe mich um. Es ist noch einmal Verena. Ihr einst krauses kastanienbraunes Haar hat sie zu einem perfekten Bob glätten lassen. Sie streicht darüber, immer noch keuchend.

»Ich habe keine Ahnung, warum du in meinem Büro warst. Ich hätte Molly gefragt, aber ich bin buchstäblich die Treppe hinuntergerannt, um dich noch zu erwischen. Und wir wissen beide, wie sehr ich Sport hasse.«

Ich erinnere mich flüchtig, wie ich Verena einmal gefragt habe, ob sie Lust hätte, mit mir zum Aerobic zu gehen. Darauf hat sie eine Dose Dr. Pepper aufgerissen, sich eine Zigarette angezündet und gelacht.

Plötzlich bin ich völlig verwirrt. Ich versuche, in ihrem Gesicht zu lesen.

»Du weißt wirklich nicht, warum ich hier bin?«, vergewissere ich mich.

Verena schnauft. »Schau her, Sylvia. Ich bin eine dieser nervtötenden Personen geworden, die immer zu tun haben. Aber du hast mir eben zwei Stunden vorehelicher Beratung für Ashton und Dan erspart, also lass uns zurück in mein Büro gehen. Und wenn es nur ist, weil ich unbedingt wissen will, was los ist.«

Verena lehnt sich in ihrem Sessel zurück und schüttelt bewundernd den Kopf.

»Gut gemacht, Sylvia. Zum Teufel mit dem Typen. Die meisten Leute hätten nicht den Mut, ihren Ehemann nach all den Jahren zu verlassen.«

Ich erröte bei dem Kompliment.

Wir sind wieder in Verenas Büro. In ihrem richtigen Büro, möchte ich hinzufügen, das erschreckend asketisch ist. Die gläserne Schreibtischplatte ist bis auf einen Laptop, ein Notizbuch und einen Stift komplett leer. Ich sitze ihr auf einem schlichten Lederstuhl gegenüber. Auf einer Seite des Raums bietet eine Fensterfront einen beruhigenden Blick auf die Baumwipfel. Man merkt kaum, dass man in der Stadt ist. Die anderen drei Wände sind kahl. Keine Regale, keine Whiteboards, keine gerahmten Zeitschriften. Es gibt weder Teppiche noch Lampen. Das einzige andere Möbelstück ist ein Minikühlschrank hinter Verenas Schreibtisch.

Verena dreht sich um, öffnet den Kühlschrank und holt zwei Glasflaschen Root Beer heraus. Eine davon bietet sie mir an.

»Ich erinnere mich an deine Vorliebe für Softdrinks«, sage ich, während ich das Getränk lächelnd entgegennehme.

Verena öffnet ihre Flasche. »Immer noch besser als meine Vorliebe für Wodka. Und jetzt erzähl. Was am Scheitern deiner Ehe hat dich dazu inspiriert, deine Karriere als Hochzeitsplanerin neu zu starten?«

Ich beiße mir auf die Lippe. »So habe ich das noch nicht gesehen.«

Verena lacht. »Das braucht dir nicht peinlich zu sein. Ich finde es toll. Sieh mich an. Ich war viermal verheiratet. Die ersten beiden Male zählen nicht, für mich waren sie das Ergebnis vorübergehender Unzurechnungsfähigkeit, gekoppelt mit lähmendem Alkoholismus. Aber die beiden anderen Hochzeiten fanden in nüchternen Episoden statt und haben meinen schlimmsten Verdacht bestätigt – ich bin einfach nicht für die Ehe gemacht.«

»Das ist doch bestimmt nicht wahr.«

»Oh doch. Ich habe eine tief sitzende Angst vor Intimität und außerdem selbstzerstörerische Tendenzen. Aber das geht nur mich und meine überbezahlte Therapeutin etwas an. Trotzdem gilt, dass ich Hochzeiten liebe, schon immer. Der Schuster geht eben barfuß.«

Verenas Augen blitzen. Ich muss lachen und nehme einen Schluck Root Beer. Das süße Getränk weckt schöne Kindheitserinnerungen in mir. Es ist, als würde ich Karneval feiern oder an einem heißen Sommertag durch den Rasensprenger hüpfen. Ich nehme noch einen Schluck. Sicher, Geld und Erfolg haben Verena aufpoliert. Ihre Zähne sind gebleicht, und ihre Haut hat das Strahlen von Hundertdollarhautcremes. Sie ist noch immer pummelig, aber das zusätzliche Gewicht lässt sie jünger aussehen. Und sie hat es in etwas verpackt, was nur ein maßgeschneidertes Kostüm und flache Schuhe von Chanel sein können. Ihr Look ist kultiviert und gleichzeitig zugänglich. Ich kann mir vorstellen, dass sich die Klienten bei ihr gut aufgehoben fühlen.

»Ja?«, fragt sie und legt den Kopf schief.

»Ich wusste nicht, dass du ein Alkoholproblem hast. Oder geschieden bist.«

Ich zucke ein bisschen zusammen – so direkt hatte ich eigentlich nicht sein wollen –, aber Verena lächelt.

»Ach, das war in einem anderen Leben. Das schwarze Loch meiner Zwanziger und Dreißiger. Als wir uns kennengelernt haben, war ich Single, seit ein paar Jahren trocken und in den Vierzigern.« Sie hält kurz inne. »Du warst immer nett zu mir, Sylvia. Andere Frauen in der Stadt dachten, ich wäre eine übergewichtige Spinnerin mit einer großen Klappe. Kein Ehemann, keine Kinder … Ich bin die Jüngste von sechs Geschwistern. Ich habe all meine Nichten und Neffen gedrängt, ja gezwungen, mich ihre Hochzeiten planen zu lassen, um mir einen Namen zu machen. Und dann hast du mir Lara übergeben. Das war ein Geschenk. Ich habe mich immer gefragt, warum du dir die Mühe gemacht hast, eine andere Planerin für sie zu suchen. Warum nicht einfach zusehen, wie die Hochzeit floppt?«

»Ich kannte Lara seit vielen Jahren. Sie war die beste Freundin meiner Tochter. Ich konnte sie nicht im Stich lassen.«

»Blödsinn.«

»Wie bitte?«

»Du wolltest nicht, dass *Luxury Brides* den Artikel darüber cancelt. Du hast gehofft, dass er deine Rettung wäre. All die Klientinnen, die nach dem Fiasko mit Lara weggeblieben sind, würden ihn lesen und in Scharen zu dir zurückkehren.«

Ich will schon widersprechen, seufze dann aber. »Das ist wohl wahr. Zumindest teilweise. Aber die Dinge haben sich dann ja anders entwickelt.«

»Ja, allerdings.« Verena blickt auf ihre Uhr. »Schau, ich kann Molly keinen Vorwurf machen, dass sie deine Mail nicht an mich weitergeleitet hat. Es ist ihre Aufgabe, mir das Leben zu erleichtern, und das heißt, dass sie jeden vorab unter die Lupe nimmt, der sich bei uns bewirbt. Ich brauche einen zweiten Assistenten, der mir das Leben noch mehr erleichtert, und im Moment gibt es einfach zu viele Leute, die erfahrener sind als du.«

Ich will dagegenhalten, doch ich habe gerade einen großen Schluck Root Beer genommen. Ich versuche, ihn hinunterzuschlucken, aber meine Kehle ist wie zugeschnürt. In meinen Augen brennen Tränen.

Das ist lächerlich. Brich bloß nicht in Tränen aus. Wage es bloß nicht, jetzt zu weinen. Du bist ein Profi.

»Weinst du etwa?«

Verdammt. Eine Träne läuft mir die Wange hinab. Ich wische sie mit der Hand weg. »Ich habe Allergien.«

Verena beobachtet mich einen Moment. »Ich auch.« Sie nimmt eine Packung Taschentücher aus ihrer Louis-Vuitton-Tasche und gibt sie mir. »Ich war noch nicht fertig. Ja, es bewerben sich Leute mit mehr Erfahrung, daher war es aus Mollys Sicht nur folgerichtig, dich abzuwimmeln. Aber ich mag dich, Sylvia. Mehr noch, ich vertraue dir.« Verena sieht über meine Schulter hinweg, als würde sie durch die Wand in Mollys Büro blicken. »Ich kann schon sehen, wie Molly das Messer wetzt, das sie mir irgendwann unweigerlich in den Rücken rammen wird. Ihr ist das gar nicht bewusst. Aber jede junge Person, die ich einstelle, verrät mich irgendwann, um eigene Wege zu gehen. Die meisten von ihnen scheitern. Warum? Weil es ihnen an Biss fehlt. Sie erwarten, dass alles scheißinstagrammäßig perfekt ist, weil das die Welt ist, in der wir leben. Aber ich will Biss. Ich will Loyalität. Ich will die Frau, die herausfindet, dass ihr Ehemann ein fremdgehender Mistkerl ist, und ihn verlässt und neu anfängt.« Verena sieht mir jetzt direkt in die Augen. »Hier ist mein Angebot: Nachdem du schon Kontakt geknüpft hast, stelle ich dich befristet als meine Assistentin für Dans und Ashtons Hochzeit ein. Wenn alles gut geht, mache ich dich zur Vollzeitassistentin.«

Mir bleibt der Mund offen stehen, und ich bekomme kaum noch Luft. Während ich mir über die Augen wische, suche ich nach den richtigen Worten, um meiner Dankbarkeit Ausdruck zu verleihen.

Doch Verena hebt eine Hand. »Die Karten auf den Tisch: Ashtons Eltern stecken gerade mitten in einer fiesen Scheidung. Ihre Mom hat sich in einem Lyrik-Workshop eingeschrieben und angefangen, mit dem Leiter zu schlafen, der gerade einmal einunddreißig Jahre alt ist. So alt wie Ashton. Natürlich ist Ashtons Vater außer sich vor Zorn. Es ist hässlich. Außerdem ist die Bezahlung schlecht. Weil du zur Probe bei mir anfängst, bekommst du keine Überstundenvergütung und bist auch nicht krankenversichert. Meine Bräute haben jederzeit Zugang zu uns, rund um die Uhr. Das gehört zu meinem Profil, so habe ich mein Geschäft aufgebaut. Und ich will nichts von verrückten Bräuten hören, von Familiendramen oder in Brand gesetztem Rasen. Was auch passiert, du kümmerst dich darum. Kriegst du das hin?«

Ich atme aus. »Ja, das kriege ich hin«, sage ich. Und dann, ich kann nicht anders: »Ja, Verena, ich will.«

11. KAPITEL

Es ist offiziell: Ich habe einen Job. Vier Stunden ist es her, dass ich Verenas Angebot akzeptiert habe, und jetzt sitze ich im Besprechungsraum, während Miku überlegt, wie man in Mollys Büro zwei Arbeitsplätze unterbringen kann. Ich hatte panische Angst, dass Molly sich über meine Anwesenheit ärgern könnte. Doch als sie zurückgekommen ist, hat sie mich herzlich umarmt und gesagt, sie könnte es gar nicht abwarten, dass ich ihre Büronachbarin werde. Dann versprach sie, mich zum nächsten Sample Sale mitzunehmen, bei dem Jill Stuart vertreten ist, weil ich für einen ihrer Zottelröcke eine Niere geben würde.

Natürlich behalte ich Verenas Kommentar über Messer im Rücken im Hinterkopf. Ja, Molly genießt es, ein wenig Macht zu haben. Das hat sich zum Beispiel gezeigt, als sie mir heute Nachmittag befahl, den Lunch zu holen. Aber das hat mir nichts ausgemacht. Ich fand es toll, zum Deli an der 3rd Avenue zu gehen. Ebenso toll fand ich es, dem Mann hinter dem Tresen zu sagen, dass ich für meine Kolleginnen bestelle. Ich hatte ein Ziel. Und Kleingeld. Verena kommt für den Lunch auf, wenn wir während der Arbeit im Büro essen.

Es fängt also großartig an.

Der Besprechungsraum ist irgendwie sowohl groß als auch intim. Um den großen Nussbaumtisch stehen insgesamt acht Stühle: drei auf jeder Seite, jeweils einer an Kopf- und Fußende. Ich sitze auf der linken Seite in der Mitte. Hinter mir stehen auf einer niedrigen Konsole ein paar Wasserflaschen, flankiert von zwei kleinen Vasen mit Hortensien. Eine längliche schwarze Pendelleuchte erhellt den Raum von oben. Auf dem Tisch habe ich mein Handy, meinen Eiskaffee, meinen guten alten Notizblock und zwei Stifte – einer schwarz, einer rot – aufgereiht, damit ich mir Notizen machen kann, während ich mich durch Dans und Ashtons Hochzeitsunterlagen arbeite. Miku hat sie für mich ausgedruckt und in ein dunkellila Ringbuch eingelegt. Ich lese jede Seite sorgfältig durch, tauche ein in Dans und Ashtons Welt. Es beginnt mit einem Ausschnitt aus der *New York Times* mit der Verlobungsanzeige: Kennengelernt haben sich die beiden beim Aufbau von Jurten in Peru, dann waren sie ein Jahr zusammen und haben sich schließlich auf dem Gipfel des Kilimandscharo verlobt.

»Abenteuerlustig und altruistisch«, schreibe ich. Das bringt mich auf Dans Einfall mit der heimlichen Hochzeit – das hier klingt tatsächlich nach einem Paar, das sich heimlich davonmachen oder sich zumindest während einer Wildwassertour irgendwo in Norwegen das Jawort geben würde. Aber vielleicht ist dafür ja die Hochzeitsreise da.

Ich vertiefe mich wieder in den biografischen Teil der Unterlagen. Ashton ist ein Einzelkind und in Old Westbury aufgewachsen, einem vornehmen Teil von Long Island. Ihr Vater Frank ist in der Finanzbranche tätig und pendelt jeden Tag in die City. Ihre Mutter Nina ist Innenarchitektin und hat schon überall auf der Welt gearbeitet, doch in letzter Zeit tritt sie kürzer, um sich anderen kreativen Projekten zu widmen. Zum Beispiel der Lyrik.

Mir dreht sich der Magen um. Ich habe ein schlechtes Gewissen wegen meiner unhöflichen Bemerkungen Frank gegenüber. Ich muss mich bei ihm entschuldigen. Allerdings wusste ich nicht, dass seine Frau mit jemandem ins Bett geht, der so jung ist wie seine Tochter. Wie würde ich mich wohl fühlen, wenn

Blanche dreißig Jahre jünger wäre? Allein das Wissen, dass sie dreißig Pfund leichter ist als ich, weckt blanke Mordlust in mir.

Ich widme mich wieder der Lektüre. Dan arbeitet in der Marketingabteilung eines Lifestyle-Unternehmens, das sich auf vegane Kleidung spezialisiert hat, Ashton unterrichtet Restorative Yoga und studiert gleichzeitig Soziale Arbeit. Wunderbar. Allerdings kann ich mir nicht vorstellen, dass die beiden sich von ihren Gehältern eine Wohnung in der East 85th Street leisten können. Und tatsächlich: Wie sich herausstellt, ist die Eigentumswohnung die Zweitwohnung von Ashtons Eltern, die sie dem Paar zur Verlobung geschenkt haben.

Ich schüttele den Kopf. Man braucht wirklich reiche Eltern, um in dieser Stadt zu leben. Entweder das oder teure Schmuckstücke, die man über vierzig Jahre hinweg zu Hochzeitstagen und Geburtstagen geschenkt bekommen hat und sie dann verscherbeln kann.

Dans Familie ist da bodenständiger. Er ist in Wilmet aufgewachsen, einem hübschen Vorort von Chicago, und hat eine ältere Schwester. Die Eltern sind glücklich verheiratet und mischen sich gern ein, schreibt Verena. Nun, wenigstens leben sie fast zweitausend Meilen entfernt.

Was die Hochzeit selbst angeht, so ist als Datum der 17. Dezember festgelegt, das ist in zwei Monaten. Als Location ist der Ballsaal des Plaza Hotels ausgewählt, was mich überrascht. Eine Hochzeit im Hotel ist für dieses Paar doch zu bieder, zu »drinnen«. Aber der Umstand, dass es überhaupt einen Veranstaltungsort gibt, ist schon mal ein Pluspunkt. Nach allem, was ich sehe, allerdings unser einziger. Dan hat nicht gescherzt: Sonst liegt überhaupt nichts vor. Es gibt kein Farbkonzept, keine Gästeliste, keine Menüfolge, keine Torte, keine Blumen, keine Musik. Kein Kleid.

Wieso gibt es noch kein Kleid? Das Schönste an jeder Hochzeit ist doch das Kleid. Und nach allem, was ich gehört habe, will

Ashton unbedingt eine perfekte Hochzeit. Dennoch hat sie keinerlei Entscheidungen getroffen. Irgendetwas ist hier ganz und gar nicht in Ordnung.

Ich lege den Stift hin und denke laut nach. »Was ist los mit diesem Mädchen? Wo ist ihre Mutter?«

Ich stelle diese Frage reflexartig und bin sofort beschämt. Warum bin ich so schnell dabei, Nina zu verurteilen und Frank in Schutz zu nehmen? Weil sie ihm die Hörner aufgesetzt hat? Klar, ich kann nachempfinden, wie es ist, betrogen zu werden, aber vielleicht war Frank ja einfach ein lausiger Ehemann. Vielleicht ist es ihm irgendwann nicht mehr aufgefallen, wenn seine Frau beim Friseur war. Vielleicht hat er ihren Wunsch zu reisen abgetan und erklärt, die Küste in New Jersey sei doch auch nicht viel anders als die Mittelmeerküste. Vielleicht hat er immer die Augen verdreht, wenn sie ein neues Restaurant ausprobieren wollte.

Ich kneife die Augen zusammen. Vielleicht muss ich mich doch nicht bei Frank entschuldigen. Dieser Lyrik-Workshop-Leiter ist vielleicht genau das, was Nina braucht. Was interessiert da sein Alter? Samantha aus *Sex and the City* hat sich auch in einen jüngeren Mann verliebt. Ein umwerfendes Model mit riesengroßem Herzen – und einem ebensolchen Schwanz.

Ich erröte. Wann hätte ich je das Wort *Schwanz* verwendet? Aber es hat etwas Erregendes. Etwas Machtvolles. Ich kann nicht widerstehen und spreche es in der verglasten Abgeschiedenheit des Besprechungsraums laut aus, wenn auch mit gesenkter Stimme: »Ob Ninas Lyrik-Lover wohl einen großen Schwanz hat?«

Die Tür geht auf, und Ashtons Stimme durchschneidet die Luft: »Fragen Sie sie doch selbst. Sie brennt bestimmt darauf, Ihnen alles haarklein zu erzählen.«

Ich fahre herum und sehe Ashton, die von Miku ins Besprechungszimmer geführt wird. Mentale Notiz: Nächstes Mal den Platz gegenüber der Tür nehmen.

Miku bleibt gnädigerweise neutral.

»Verena hat Ashton angerufen und ihr mitgeteilt, dass Sie zum Team stoßen«, sagt sie und sieht mir in die Augen. »Verena ist noch mit einer anderen Klientin unterwegs. Melden Sie sich, wenn einer von Ihnen etwas braucht.«

Mein Gesicht brennt, als Miku den Raum verlässt und Ashton sich auf einen Stuhl mir gegenüber fallen lässt.

»Meine Mom redet nur zu gern über ihr neues Sexleben. Einfach fantastisch.« Sie fasst ihr Haar zu einem lockeren Pferdeschwanz zusammen. Sie trägt weite Fitnesssachen, und ihr Gesicht ist noch blasser als zuvor.

»Es tut mir leid«, sage ich ruhig. »Ich wusste nicht, dass jemand reinkommt.«

»Das ist offensichtlich.«

Ich atme tief durch. Ich habe diesen Job noch nicht mal einen Tag, ich kann ihn nicht schon wieder verlieren.

»Fangen wir von vorn an«, sage ich deshalb und schenke Ashton mein wärmstes Lächeln. »Es ist schön, Sie offiziell kennenzulernen. Ich bin Sylvia.«

Ich strecke die Hand aus, doch Ashton rollt nur mit den Augen.

»Aha. Dan findet Sie toll, aber mein Dad kann Sie nicht leiden. Und ich glaube, ich mag Sie auch nicht.«

»Nun ja. Ab hier kann es ja nur noch aufwärtsgehen.« Ich probiere es mit einem weiteren Lächeln.

Ashton schaut finster. »Warum hat Verena Sie eingestellt?«

»Möchten Sie heiraten?«

»Wie bitte?«

Ich beuge mich über den Tisch. »Mein gesamter Job besteht im Moment aus Ihrer Hochzeit. Aber ich kann Sie nicht reinen Gewissens zu etwas drängen, wenn ich nicht davon überzeugt bin, dass Sie es auch wirklich wollen.«

»Sie meinen, wenn ich alles abblase, brauchen Sie sich nicht mehr mit mir herumzuschlagen.«

»Ganz im Gegenteil. Ich will Ihnen unbedingt helfen.« Ich seufze. »Als sich meine Tochter verlobt hat, haben wir stundenlang in Zeitschriften geblättert, Bilder ausgeschnitten und darüber diskutiert, was besser ist, Meerjungfrau oder Godet, Spitze oder Seide. Wir haben sogar Pro-und-Kontra-Listen für das Brautkleid gemacht. Und das war nur das Kleid. Wir haben in vier verschiedenen Bäckereien Torten probiert und an jeder Blume gerochen. Was ich sagen will, Ashton: Von all den Dingen, die bei der Hochzeitsvorbereitung Spaß machen, haben Sie noch überhaupt nichts gemacht. Warum nicht?«

Ashton steigen die Tränen in die Augen, doch sie reckt störrisch das Kinn und schweigt.

»Dan wirkt auf mich reizend und freundlich«, mache ich weiter. »Aber wenn Sie nicht bereit sind …«

»Hören Sie auf. Ich will heiraten, okay?«

»Nicht okay. Wovor haben Sie solche Angst?«

»Sie sind eine Hochzeitsplanerin, nicht meine Scheißtherapeutin.«

»Eine Hochzeitsplanerin ist eine Scheißtherapeutin.«

Ashton zuckt zusammen. Meine Güte, die Leute reagieren wirklich empfindlich, wenn eine Frau über sechzig Kraftausdrücke verwendet. Es ist wie eine Superpower.

Ich atme tief durch und lasse meine Stimme weicher klingen, bleibe aber fest, mein Mantra immer vor Augen. Ich bin der Kapitän auf diesem Schiff.

»Warum kann eine Braut, die so darauf erpicht ist zu heiraten, keine Entscheidungen treffen? Irgendetwas ist da doch im Busch. Reden Sie mit mir, Ashton. Natürlich bin ich für Sie eine Fremde, aber manchmal sind Fremde die besten Zuhörer.«

Ashton öffnete den Mund, um zu antworten, und schließt ihn

dann wieder. Sie wendet den Blick ab und starrt an die Wand. Dass sie nicht aus dem Zimmer stürmt, ist schon ein Sieg. Ich beiße mir auf die Wange, um nicht noch etwas zu sagen.

Sie fährt sich mit einer Hand durch die Haare, und mein Blick fällt auf den schlichten Verlobungsring. Ich glaube, er hat nicht einmal einen Diamanten. Ich lege den Kopf schief, um besser sehen zu können. Nein. Der Ring besteht nur aus zwei winzigen, ineinander verschlungenen Goldbändern. Interessant.

Ich nehme mir einen Augenblick Zeit, um diese junge Frau richtig zu betrachten. Trotz des grauen Teints ist ihr Gesicht sehr hübsch. Hohe Wangenknochen und große, weit auseinanderstehende Augen. Sie trägt kein Make-up. Ihr Haar ist dicht, glänzend und komplett natürlich. Sie trägt die Art von lässiger Sportkleidung, in der ich heutzutage alle jungen Mädchen herumlaufen sehe, aber ich kann keine Designerlogos entdecken, etwa von Alo oder Lululemon. Ich betrachte ihren Leinenbeutel mit dem Aufdruck *New York Public Library*, den sie vermutlich umsonst bekommen hat, und stelle fest, dass sie für jemanden, der so reich ist, nichts Protziges an sich hat.

»Ich kann nicht kochen«, sagt Ashton schließlich.

Ich runzele die Stirn. »Wie bitte?«

»Backen kann ich erst recht nicht«, fährt sie fort, als wäre das alles ganz logisch und nachvollziehbar und als führten wir ein Zwiegespräch. »Ich hatte mein Leben lang Haushälterinnen, und am College hatte ich den Wäscheservice, was ziemlich peinlich ist, aber meine Mom hat ihn für mich gebucht, und ich habe keine Einwände erhoben. Im Grunde kann ich weder kochen noch putzen noch Wäsche machen.«

Ich nicke langsam, versuche sie zu verstehen. »Denkt Dan etwa, Sie wären eine Haushaltsgöttin?«

Endlich lacht Ashton einmal. »Himmel, nein. Er zieht mich liebend gern mit dem einen Mal auf, als ich unsere Mikrowelle gesprengt habe, weil ich Popcorn machen wollte. Er findet es sexy, dass ich nicht weiß, was eine Knoblauchpresse ist.«

Ich lächele, bin aber sehr verwirrt.

Ashton merkt das. Sie seufzt. »Schauen Sie, Sylvia, normalerweise bin ich keine solche Zicke. Ich mag nicht mal das Wort. Ich bin nur … ist es heiß hier drin?« Ihre Stimme verklingt, und auf ihrer Stirn bilden sich Schweißperlen.

Hinter mir auf der Konsole steht eine Batterie von Fiji-Wasserflaschen. Ich nehme eine und reiche sie ihr.

»Danke.« Ihr läuft der Schweiß nun in Strömen herunter. Sie zieht ihr Sweatshirt aus und wischt sich damit über das Gesicht. Ihre Brüste quellen auf eine Weise über das eng anliegende Top, die äußerst ungemütlich wirkt. Es sieht aus, als hätte sie das Oberteil zwei Nummern zu klein gekauft, was ich merkwürdig finde. Sie öffnet die Flasche, nimmt einen Schluck und verzieht dann das Gesicht.

»Haben Sie heute schon etwas gegessen?«, frage ich sanft. »Ich weiß, dass sich Bräute allen möglichen merkwürdigen Diäten unterwerfen, aber Sie müssen auf sich achten.« Ich öffne meine Tasche und fange an, Sachen auszupacken. »Ich habe einen Müsliriegel, ein paar Pistazien, getrocknete Aprikosen … Oh! In der Küche ist noch ein halbes Thunfischsandwich …«

»Nein!«, fährt Ashton mit heiserer Stimme dazwischen. »Bitte hören Sie auf, von Essen zu sprechen. Mir geht es gut. Ich bin nur ein wenig dehydriert.«

Sie nimmt noch einen Schluck Wasser. Er ist so winzig, als stünde sie in der Sahara und müsste die letzten Tropfen rationieren.

Mein Handy piept, es liegt auf dem Tisch neben mir.

Wir werfen beide einen Blick darauf. Eine SMS leuchtet auf. Und dann noch eine. Und noch eine. Alle von »Louis Fisher, Flachwichser«. Evie hat neulich Louis' Kontaktdaten auf meinem

Smartphone geändert. Jetzt laufe ich puterrot an, während Ashton die schweißnasse Stirn runzelt.

»Entschuldigung«, stammele ich. »Ich stelle es auf lautlos.«

Meine Hände fühlen sich schwerfällig und alt an, als ich mich mit dem Passwort abmühe, während pausenlos neue SMS eintreffen. Was, um alles in der Welt, kann Louis nur wollen? Verdammt, warum kann er nicht eine lange SMS senden, statt bei jedem einzelnen Einfall auf »Senden« zu drücken?

»Vielleicht sollten Sie antworten.« Ashtons Stimme klingt belegt, als fiele ihr das Reden schwer.

Schließlich entsperre ich das Handy und aktiviere den Vibrationsmodus. Ich werde jetzt auf keinen Fall mit Louis reden. Vor allem, da Ashton aussieht, als könnte sie jeden Moment umkippen. Ihr Gesicht ist kalkweiß, und ihr Atem geht flach.

Ich greife nach meiner Tasche und hole die Notfallration heraus, ein dunkles Snickers, das ich extra in einem Brillenetui transportiere, damit es nicht zerdrückt wird.

»Ich mache mir Sorgen um Sie. Beißen Sie mal ab.« Ich reiße den Riegel auf und halte ihn ihr vors Gesicht. Der Geruch von karamellisierten Nüssen und Schokolade steigt mir in die Nase.

»Herrgott noch mal, ich habe keinen Hunger!« Ashton rafft ihre Sachen zusammen und läuft aus dem Zimmer.

Ich lasse das Gesicht in die Hände sinken. Gerade als sie anfängt, sich mir zu öffnen, gehe ich hin und halte ihr einen Schokoriegel unter die Nase. *Verdammt, Sylvia.* Hochzeitsplanung für Anfänger: Jede Braut verspürt den Druck, bei ihrer Hochzeit schlank zu sein. Traurig, aber wahr.

Erinnerungen stürmen auf mich ein. Die verrückten Entschlackungskuren, das Fasten, eine Braut, die nur rosa Essen zu sich nahm und sich von Grapefruit, Krabben und Erdbeermarmelade ernährte. Auch wenn es mir nicht gefällt, gehört es zu meinem Job, mit niedrigem Blutzucker und durch Hunger hervorgerufenen Stimmungsschwankungen fertigzuwerden. Tatsächlich ist das die »Kunst an dem ganzen Scheiß«, wie Izzy vor nicht allzu langer Zeit meinte.

Sie hatte recht. Und so richte ich mich auf, beiße von dem Anstoß erregenden Snickers ab und zwinge mich, Ashton fünf Minuten zu geben, in denen sie sich beruhigen kann, ehe ich sie suchen gehe und mich bei ihr entschuldige.

Mein Mobiltelefon vibriert schon wieder. Herrgott. Ich nehme noch einen Bissen von dem Schokoriegel und hole dann das Handy aus der Tasche. Diesmal entsperre ich es mit Leichtigkeit. Was zum Teufel will dieser Mann? Wenn er mir bloß mitteilen möchte, dass seine Therapeutin ein paar seltsame Mutter-Sohn-Konflikte aufgedeckt hat, kann ich einfach nicht …

Mir bleibt das Herz stehen. Mein Hals schwillt vor Panik zu, und in meinen Ohren rauscht es dumpf, als ich lese:

Die Gläubiger haben sich gemeldet.
Sie wurden über dein neues Konto informiert.
Woher hast du das ganze Geld?
Warum hast du mir nicht gesagt, dass du es hast?
Ich habe mich in deinen Bank-Account eingeloggt.
Ich habe deine Benutzer-ID erraten.
Ich habe dein Passwort erraten.
Du solltest dir etwas Komplizierteres ausdenken.
Ich konnte dein gesamtes Konto abräumen.

Es folgen weitere SMS, doch die Buchstaben verschwimmen mir vor den Augen. Die Brust wird mir so eng, dass ich das Stück Schokoriegel in meinem Mund nicht hinunterbekomme, also spucke ich es in die Hand. Die speichelbedeckte Schokoladenpampe rutscht mir über die Handfläche. Mit der sauberen Hand packe ich Handtasche und Handy und laufe aus dem Besprechungszimmer.

Eiligst begebe ich mich in die Toilettenräume. Gott sei Dank ist der Flur leer. Gott sei Dank hat Verena ein Einzel-WC im Büro. Es ist ein sehr entspannender Ort. Ein Aufsatzwaschbecken aus Granit ist auf einer Marmorplatte montiert, die Toilette ist eines dieser High-Tech-Modelle, die einem auch den Po waschen, und in der Luft liegt ein dezenter Fliederduft. Die Wände sind schwarz, und zu beiden Seiten des Spiegels über dem Waschbecken ist jeweils eine bernsteinfarbene Leuchte installiert. Ich gehe um die Ecke und sehe die Tür. Ich klemme mir das Smartphone unter den Arm und drücke die Klinke herunter. Ich brauche unbedingt einen ruhigen Ort, um meine Bank anzurufen. Und Louis. Und einen Auftragskiller …

»Was zum Teufel …« Ashton sieht auf.

»Es war offen«, flüstere ich, schleudere den Schokoriegel in den Müll und trete die Tür mit dem Fuß zu. Ich bemerke kaum, dass Ashton auf dem Boden kniet, den Kopf über der Toilettenschüssel, die sich gleich rechts neben dem Waschbecken befindet.

»Könnte ich bitte etwas Privatsphäre bekommen?« Ashton hustet. Sie nimmt gar nicht wahr, in welcher Verfassung ich mich befinde, was vermutlich auch gut ist.

Ich tue so, als hätte ich sie nicht gehört, und drehe das Wasser auf. Dann seife ich mir gründlich die Hände ein und lasse den kühlen Schaum über meine Haut rinnen. Es ist so beruhigend. Wasser läuft mir über die Handgelenke, und ein steter Strom aus Schokolade verschwindet im Abfluss.

»Echt jetzt? Sehen Sie nicht, dass ich mich hier übergebe?« Ashton hebt den Kopf und wischt sich über die Stirn.

Ich drehe mich um und schaue sie an. »Kein Wunder. Sie sind schwanger.«

Ihr bleibt der Mund offen stehen. Ich kann sehen, dass sie widersprechen will, doch in diesem Moment erfasst sie eine neue

Welle der Übelkeit. Das Wasser läuft noch, und ich nehme ein Handtuch aus einem kleinen goldenen Korb neben dem Waschbecken und tränke es damit. Dann knie ich mich neben sie und lege ihr das Handtuch in den Nacken.

»Das sollte helfen.« Ich setze mich ganz hin und reibe ihr den Rücken. »Sagen Sie nichts, das macht es nur schlimmer. Atmen Sie einfach nur.«

Ashton legt den Kopf an die kühlen Fliesen neben der Toilette. Die Muskeln an ihren Schulterblättern senken sich, als sie erst ein-, dann ausatmet.

»Sie sind wirklich gut darin.« Sie seufzt ein bisschen.

Ich knülle etwas Toilettenpapier zusammen und tupfe ihr einen Spritzer Erbrochenes vom Kinn. Dann massiere ich sie weiter. Es stimmt. Louis hat mich immer gebeten, ihm die Füße zu massieren.

Louis. Wieder dreht sich mir der Magen um. Wie konnte er mir das bloß antun? Bestimmt wollte er mir nur Angst machen. In Wirklichkeit kann er mir das Geld doch nicht wegnehmen.

Ich atme noch einmal tief durch. Ich muss hier weg. Nachdem ich Ashton ein letztes Mal über den Rücken gerieben habe, stehe ich langsam auf.

»Wohin gehen Sie?« Ashtons Stimme klingt kindlich.

»Sie haben um etwas Privatsphäre gebeten. Wir können morgen weiterreden. Und herzlichen Glückwunsch.« Ich ringe mir ein Lächeln ab. »Ein Baby. Wie wunderbar.«

Ich öffne die Tür und will hinausgehen, als ich vom Ende des Flurs Verenas kehlige Stimme höre.

»Frank! Ich bin so froh, dass Sie hier sind. Ich gehe Ashton und Sylvia suchen, wir treffen uns dann im Besprechungsraum.«

Bevor ich noch irgendetwas erfassen kann, springt Ashton auf und zieht mich in die Toilette zurück. Sie macht die Tür zu und schließt diesmal auch ab, dann lässt sie sich wieder zu Boden sinken und setzt sich mit dem Rücken zur Tür, sodass ich nicht hinauskann.

Mir klappt die Kinnlade herunter. »Was machen Sie da?«

»Keiner weiß, dass ich schwanger bin. Meine Eltern nicht, Dan nicht, Verena auch nicht. Sie dürfen es keinem erzählen. Ich lasse Sie hier nicht raus, bis Sie mir das versprochen haben.«

Jemand klopft an die Tür. »Hallo?«, ruft Verena von draußen. »Sylvia? Bist du da drin?«

Ich will schon antworten, doch Ashton ist schneller. »Ich bin es, Ashton. Ich komme gleich.«

»Tut mir leid, Sie gestört zu haben, Liebes. Wissen Sie, wo Sylvia ist?«

Ich öffne wieder den Mund, erkenne dann aber, dass ich nicht antworten kann. Warum sollte ich mit Ashton zusammen auf die Toilette gehen? Wir sind keine Teenager auf dem Schulball. Das hier ist lächerlich. Was soll ich sagen?

Als hätte Ashton meine Gedanken gelesen, ruft sie: »Ich habe Sylvia gebeten, mir aus der Saftbar gegenüber einen Smoothie zu holen.«

»Prima! Ich schicke ihr eine SMS, dass wir im Besprechungsraum sind. Wir sehen Sie dann dort, wenn Sie so weit sind.«

Wir beide warten, bis Verenas Schritte in der Ferne verklingen. Dann ziehe ich den Blazer aus und fächele mir mit der Bluse vor der Brust Luft zu.

»Ashton, ich werde Ihr Geheimnis für mich behalten, bis wir die Dinge näher besprochen haben. Aber hier ist unser Plan für jetzt: Ich kann nicht ohne Smoothie reinkommen, nachdem Sie behauptet haben, ich sei unterwegs, um Ihnen einen zu besorgen. Also gehen Sie als Erste. Sagen Sie Verena und Ihrem Vater, dass ich angerufen und Ihnen mitgeteilt habe, dass der Smoothie, den Sie wollten, nicht vorrätig ist. Und dass ich gleich komme. Verstanden?«

Ashton lächelt ein bisschen schief. »Das macht irgendwie Spaß.«

Mir dröhnt der Kopf. Ashton und ich haben uns innerhalb von zwanzig Minuten von »Ich glaube, ich mag Sie auch nicht« zu Komplizinnen entwickelt, die meine Chefin belügen. Andererseits ist sie schwanger und verängstigt. Und ich habe sie eben massiert und Erbrochenes von ihrem Kinn gewischt.

»Bis gleich da drin.« Ashton zieht ihr Sweatshirt an und tritt ans Waschbecken, um sich zu säubern. Als sie fertig ist, gibt sie mir ein Daumen-hoch-Zeichen.

Ich recke ebenfalls den Daumen. Nachdem ich sie förmlich hinausgeschoben habe, schließe ich die Tür und sperre ab. Endlich allein. Ich atme tief durch und greife zum Mobiltelefon.

Es vibriert in meiner Hand. Mist. Es ist Verena.

Im Besprechungszimmer mit Ashton und Frank.

Zitternd antworte ich: Bin gleich da.

Ich hole noch einmal tief Luft und wähle Louis' Nummer. Es klingelt nur einmal.

»Sylvia, sei nicht sauer.« Louis' Stimme klingt so vertraut – und so weit weg.

»Ich bin nicht nur sauer, ich könnte dich umbringen! Wo ist mein Geld?« Ich umklammere die Marmorplatte unter dem Waschbecken so fest, dass meine Finger beinahe brechen.

»Lass mich dir alles erklären.«

»Ich habe es satt, mir von dir Dinge ›erklären‹ zu lassen. Wo ist mein verdammtes Geld?«

»Die Gläubiger waren da. Ich musste das Konto auflösen, sonst hätten sie es beschlagnahmt. Woher hast du überhaupt so viel Geld?«

»Ich habe meinen Schmuck verkauft. Du willst nicht, dass das

Geld auf einem Konto liegt? Von mir aus. Überweise es zurück, ich verstecke es unter der Matratze.«

»In New York kann man keine sechseinhalbtausend Dollar unter der Matratze verstecken.«

Er klingt so selbstzufrieden!

Ich rolle mit den Augen. »Ja, Louis. Du hast die Bewegungen auf meinem Konto gesehen und daraus geschlossen, dass ich in Manhattan bin. Bravo.« Ich versuche möglichst ruhig zu bleiben, doch in mir kocht es. »Wie konntest du mir das antun?«

»Du kannst nicht einfach gehen und ein neues Leben anfangen. Du hast Pflichten.« Louis schnalzt mit der Zunge.

Ich beiße die Zähne zusammen. Ich sehe ihn förmlich vor mir, wie er in unserem Wohnzimmer steht und einen Tennisball zwischen den Fingern dreht, während er nachdenkt. Bestimmt hat er keinen einzigen Scheißtag seines Tennisturniers verpasst, an dem er immer teilnimmt, damit er sich wieder wie fünfundzwanzig fühlen kann.

Möchte ich wieder fünfundzwanzig sein?

Der Gedanke bringt mich aus dem Gleichgewicht. Ich starre mein Spiegelbild über dem Waschbecken an. Mir klebt das Haar am Kopf, und in den feinen Fältchen um meine Augen hat sich Wimperntusche verfangen. Ich reiße etwas Toilettenpapier ab und betupfe damit das Make-up. Es verschmiert ein wenig, was entfernt an Smokey Eyes erinnert. Ich schüttele mein Haar aus. Es landet kurz unterhalb meiner Schultern und wirkt wie vom Wind zerzaust. Zumindest beschließe ich, es so zu sehen. Ich richte mich auf.

»Louis«, sage ich schließlich. »Wenn ich jetzt fünfundzwanzig wäre, würde ich mich bei dir entschuldigen. Ich würde glauben, dass das alles meine Schuld wäre. Aber ich bin dreiundsechzig. Willst du die Wahrheit wissen? Ich bin in Manhattan und arbeite als Hochzeitsplanerin. Und mir ist es völlig gleichgültig, ob du und Isabel mich lächerlich findet. Tatsächlich habe ich entschieden, dass es mich ab jetzt nichts mehr angeht, was andere von mir denken.«

Schwer atmend klemme ich das Handy ans Ohr und benetze ein weiteres Handtuch. Ich ziehe meine Bluse heraus und wische mich unter den Achseln und den Brüsten ab. Dem Himmel sei Dank für die Wechseljahre. So ein bisschen Schweiß kann mich heute nicht mehr schrecken.

»Sylvia«, sagt Louis langsam. »Niemand findet dich lächerlich. Komm einfach nach Florida, dann können wir reden. Ich gebe dir auch dein Geld zurück.«

»Erpresst du mich etwa?«

»Du schuldest mir ein Gespräch.«

»Ich schulde dir überhaupt nichts!« Ich fauche fast. »Als ich meinen Ehemann, mit dem ich seit vierzig Jahren verheiratet bin, mit einer anderen Frau im Bett erwischt habe, habe ich mich weniger verraten gefühlt als jetzt. Wie kannst du es nur wagen, mich zu bestehlen? Das ist alles, was du kannst: nehmen, nehmen, nehmen.«

Jetzt klebt die Bluse an den nassen Stellen. Ach, Mist. Ich ziehe die Bluse aus und stopfe sie in meine Tasche. Hastig wedele ich mich trocken und bewundere dabei unwillkürlich meinen neuen »alten BH«. Ich habe ihn vor drei Jahren bei Saks gekauft, aber erst heute Morgen die Etiketten entfernt. Er ist aus dunkellila Seide, mit bogenförmigen Spitzen an den Trägern und der Büste. Dazu trage ich den passenden Bikinislip. Keinen Stringtanga – ich bin schließlich keine Masochistin –, aber der nahtlose Schnitt sorgt für eine glatte Silhouette unter meinem Rock. Ich kneife die Augen zusammen. Nie wieder werde ich *irgendetwas* Beiges, Formloses tragen.

»Sylvia?«, tönt Louis' Stimme an mein Ohr. »Hallo? Bist du noch dran?«

»Ja«, sage ich – und lege auf, einfach so.

Ich hole tief Luft. Um meine finanzielle Situation muss ich mich später kümmern. Verena, Ashton und Frank warten auf mich. Und so schlüpfe ich in den Blazer und knöpfe ihn über dem BH zu. Hm. Tatsächlich fühlt sich das ziemlich sexy an. Ich drehe mich auf die Seite, um sicherzugehen, dass ich ordentlich angezogen bin. Ich lächele beinahe. Zeit, mich an die Arbeit zu machen. Noch einmal atme ich tief durch, dann öffne ich die Tür – und laufe direkt in Frank hinein.

»Uff!« Ich lasse meine Tasche fallen, als wir mit den Schultern zusammenstoßen. Meine Snacks, meine Brieftasche, das Handy, Make-up … alles ergießt sich auf den Boden. Verlegen gehe ich auf alle viere und fange an, die Sachen in meine Tasche zurückzuräumen.

»Hier«, sagt Frank und reicht mir meine Bluse. Er kniet ebenfalls auf dem Fußboden.

»Danke.« Ich stopfe sie in die Tasche.

Wir stehen auf. Es ist eine peinliche Situation.

»Ich wusste nicht, dass jemand draußen wartet«, sage ich schließlich und versuche, aus seiner Miene schlau zu werden. Hat er etwas gehört, als ich mit Louis telefoniert habe? Nein, unmöglich. Ich war so leise. Aber warum steht er nur da? Und warum kann er mir nicht in die Augen sehen?

Wieder läuft mir Schweiß den Rücken hinunter. Ich will gerade schon den Blazer aufknöpfen, als ich mich glücklicherweise noch bremsen kann. Lieber Himmel, ich kann mir nicht einmal vorstellen … Der Gedanke, mich vor Frank – oder sonst irgendwem – zu entblößen, entlockt mir ein lautes Lachen.

Das weckt Franks Aufmerksamkeit. Endlich sieht er mich an. Ich setze ein Lächeln auf und strecke ihm die Hand entgegen.

»Ich möchte mich für unsere letzte Begegnung entschuldigen. Ich bin Sylvia, Verenas neue Assistentin.«

»Frank, Vater der Braut.« Er schüttelt mir die Hand.

Für jemanden, der so klein und drahtig ist, sind seine Hände ziemlich groß. Seine Nägel sind sauber geschnitten, und er hat eine dieser riesigen Laufuhren umgeschnallt, mit denen man die Herzfrequenz überwachen, die unterstützende Schwerkraft messen und eine Menge anderer Daten erheben kann. Seine Brille ist leicht verschmiert. Beinahe hätte ich die Hand ausgestreckt und sie geputzt, doch ich kann mich gerade noch bremsen.

Ich erröte und mache einen Schritt zur Seite. »Die Toilette gehört ganz Ihnen. Und ich entschuldige mich wegen vorhin. Ich hätte das mit Ihrer Ehe nicht sagen sollen.«

Ich beiße mir auf die Lippe. Mist, Mist, Mist! Ich wollte doch so tun, als wäre das nie geschehen.

Ich warte darauf, dass Frank mich anfährt. Stattdessen schenkt er mir dasselbe schiefe Lächeln, das ich vorhin an Ashton gesehen habe.

»Klingt, als hätten wir beide eine lausige Ehe.« Frank geht um mich herum und betritt die Toilette.

Ich wünsche mir, die Erde würde sich auftun und mich mit einem Happs verschlingen. In meinem Hirn verschwimmen all die persönlichen Informationen, die Frank nun von mir weiß: Ich habe meinen Schmuck verkauft, meine Familie hält mich für lächerlich, ich habe meinen Ehemann beim Sex mit einer anderen Frau erwischt …

»Sylvia!« Verenas Stimme holt mich mit einem Schlag in die Realität zurück. Sie steht am Ende des Flurs und winkt mich zu sich. »Auf geht's. Miku erledigt etwas bei einem Floristen, daher müsstest du für diese Besprechung ein Tablett mit Kaffee und Tee fertig machen.«

Plötzlich fühle ich mich von diesem Tag nur noch erschöpft. Es ist, als hätte jemand den Strom abgestellt. Aber ich habe keine Wahl, also zwinge ich mich weiterzumachen.

12. KAPITEL

Als Isabel vor ihren Abschlussprüfungen immer wieder Panikattacken hatte, weckte sie mich nachts um zwei auf und bat mich, mich zu ihr an den Küchentisch zu setzen und »Worst-Case-Szenario« zu spielen. Arme Izzy. Sie war immer schon so nervös, bereits mit zwölf wurde bei ihr ein Reizdarmsyndrom diagnostiziert. Ich habe immer getan, was ich konnte, um sie zu unterstützen, und so haben wir ziemlich oft »Worst-Case-Szenario« gespielt – ein Spiel, von dem ich ausgerechnet in der *Glamour* gelesen hatte. Es geht darum, dass man sich überlegt, was schlimmstenfalls passieren könnte. Dabei soll man erkennen, dass das, wovor man sich so fürchtet, in Wirklichkeit gar nicht so schlimm ist. Und so stehe ich nun hier in der Büroküche, stelle ein Tablett mit French Press, Kräutertee und vorbereitetem Obst zusammen, das Miku jeden Tag kommen lässt, und probiere es aus.

Schlimme Sache, die passiert ist: Louis hat mir mein ganzes Geld abgenommen.

Schlimmster Fall, der eintreten könnte: Mein Gehaltsscheck von Verena reicht nicht für meine Ausgaben. Evies Geld geht ebenfalls zur Neige, und sie hat noch keinen Job gefunden. Wir verlieren die Wohnung und sind gezwungen, ins Airbnb zurückzukehren. Nachdem wir uns eine Woche lang im Starbucks gewaschen haben, kapitulieren wir schließlich und benutzen den Waschraum des Airbnb. Evie rutscht auf dem nassen Boden aus und schlägt sich den Kopf auf. Sie stirbt. Völlig außer mir, wandere ich durch die Straßen New Yorks, bis ich völlig neben mir stehe. Versehentlich, zugleich aber mit voller Absicht werfe ich mich vor eine U-Bahn und bringe mich um. Eine Mutter und ihre kleine Tochter sehen das mit an. Das Mädchen ist für immer gezeichnet und verfällt den Drogen. Ihre Eltern verkaufen ihr Haus, um den Entzug zahlen zu können, aber …

Kochendes Wasser tropft mir auf die Hand. Ich habe zu viel in die Teekanne gegossen. Ich blase mir auf die Finger. Weiter im Text.

Schlimme Sache, die passiert ist: Ashton ist schwanger, und ich habe versprochen, es keinem zu erzählen.

Schlimmster Fall, der eintreten könnte: Verena findet heraus, dass ich es wusste, und feuert mich, weil ich es ihr nicht gesagt habe. Ich verdiene nichts mehr. Unser Geld geht zur Neige. Wir verlieren die Wohnung und …

Ich beiße in eine Traube. Diesen imaginären Weg zur Hölle werde ich nicht noch einmal gehen. Versuchen wir es mit einem neuen Spiel: Best-Case-Szenario.

Schlimme Sache, die passiert ist: Frank weiß Bescheid über mein schreckliches Privatleben.

Bester Fall, der eintreten könnte: Frank und ich bedauern uns gegenseitig, weil wir betrogen worden sind, und kommen uns näher. Eines Tages, bei einer Tortenverkostung, mache ich eine witzige, aber nicht bittere Bemerkung über Louis, die Frank zum Lachen bringt. Er bietet mir an, mich zum Laufen mitzunehmen. Ich treffe mich mit ihm im Central Park. Ich trage schmeichelnde, mattschwarze Leggings. Irgendwie bin ich unglaublich ausdauernd. Wir joggen und quatschen, und mein Pferdeschwanz tanzt im Wind. Nach zwei Meilen halten wir an und kaufen uns an einem Straßenstand eine dieser Riesenbrezeln. Wir setzen uns auf eine Parkbank, um sie zu essen. Frank wischt mir Salz vom Kinn. Seine Finger streifen meine Lippen, und er beugt sich sanft vor …

Ich esse noch eine Traube. Meine Wangen brennen, und in der Brust verspüre ich leise Erregung. »Best-Case-Szenario« ist ein sehr viel schöneres Spiel. Natürlich begehre ich Frank nicht wirklich, das war nur ein Gedankenexperiment.

Ich nehme das Tablett hoch und gehe Richtung Besprechungsraum. Glücklicherweise steht die Tür gerade so weit offen, dass ich mich durchquetschen kann, ohne das Tablett verlagern zu müssen. Doch sobald ich im Raum bin, verfliegt meine Aufregung.

Auf der einen Seite des Tisches sitzen Ashton und Verena. Ashton hat die Arme auf den Tisch gestützt, wirft einen Blick auf den riesigen Katalog mit Brautkleidern, den Verena vor sie gelegt hat, und macht ein finsteres Gesicht.

»Ich will nicht aussehen wie die verdammte Tortendeko.«

Warum ist die Horrorbraut zurück? Wo ist die andere Ashton geblieben?

Ich will etwas sagen, denke dann aber daran, dass Verena die Leitung innehat. Also stelle ich das Tablett auf dem Tisch ab, setze mich ihnen gegenüber und warte auf ein Stichwort, bevor ich mich dazu äußere.

Ashton sieht kurz zu mir herüber, sagt aber nichts, und Verena hat einzig und allein Ashton im Blick.

»Wir suchen jetzt doch noch kein konkretes Kleid aus, Liebes. Ich will nur ausloten, welche Form und welchen Stil Sie bevorzugen, ehe wir einen neuen Termin vereinbaren.«

Ich lege den Kopf schief. Verena ist der Inbegriff der Geduld. Wenn man sie so sieht und hört, würde man nie auf die Idee kommen, dass die vorigen Termine alle eine Katastrophe gewesen sind. Laut meinen Unterlagen brachte Ashton beim ersten Termin die Beraterin zum Weinen, hatte beim zweiten einen lautstarken Streit mit ihrer Mutter, und beim dritten erschien sie gar nicht erst. Doch Verena ist vollkommen gelassen, als sie durch den Katalog blättert und dann innehält.

»Oooh! Das hier würde an Ihrer schlanken Figur einfach umwerfend aussehen. Findest du nicht auch, Sylvia?«

Verena dreht die Abbildung zu mir herum. Ich blicke auf ein gertenschlankes Model in einem hautengen Godetkleid mit geschnürtem Rücken.

Ich beiße mir auf die Lippe. Auch wenn Ashton im Lauf der nächsten zwei Monate vermutlich noch nicht viel zunehmen wird, braucht sie etwas, was sich nicht nach Bondage anfühlt.

»Vielleicht ein etwas fließenderes Kleid«, schlage ich vor.

»Wollen Sie damit sagen, ich wäre fett?« Ashton funkelt mich wütend an.

Mir bleibt der Mund offen stehen, und ich suche Ashtons Blick.

Sie sind schwanger, versuche ich ihr zu vermitteln, doch sie wendet sich ab.

»Ashton«, sage ich bedeutungsvoll. »Erinnern Sie sich an das, was wir vorhin besprochen haben?«

»Eigentlich nicht«, erwidert sie kühl.

Ich sehe auf den Tisch und weiß nicht, was ich jetzt tun soll.

Verena bemerkt es und greift nach einem Stück Ananas. »Was habt ihr denn besprochen, Sylvia? Bring mich auf den neuesten Stand.« Ihr Ton ist lässig, aber ich höre die unterschwellige Schärfe.

Bevor ich noch etwas sagen kann, geht die Tür auf und Frank kommt herein.

»Tut mir leid, ich hatte noch ein Telefonat«, entschuldigt er sich. »Was habe ich verpasst?«

Ashton verschränkt die Arme. »Sylvia findet, ich bin zu fett, um ein eng anliegendes Kleid zu tragen.«

Frank setzt sich neben Ashton und runzelt die Stirn. »Was?«

»Das finde ich natürlich nicht!«, platze ich heraus.

Verdammt, ich darf jetzt nicht die Beherrschung verlieren. Doch in meinen Ohren rauscht das Blut, während ich hier sitze und in die Gesichter der anderen blicke. Ich komme mir vor wie bei einer Bewährungsanhörung.

»Ich habe nicht im Geringsten angedeutet, dass Sie zu dick wären«, sage ich und sehe Ashton an. »Das wäre ja grotesk. Ich habe nur nahegelegt, dass Sie im Auge behalten sollten, worüber wir vorhin gesprochen haben.«

»Dann bin ich also eine Lügnerin?« Ashton wendet sich an Verena. »Ich spüre hier keine guten Vibes. Ich will nicht, dass Sylvia meine Hochzeit mitorganisiert.«

Ich reiße die Augen auf, doch zum Glück mischt sich Frank ein.

»Süße, ich bin sicher, dass Sylvia eine großartige Hochzeitsplanerin ist«, meint er und legt seiner Tochter eine Hand auf den Arm.

Ashton schüttelt ihn ab. »Woher willst du denn wissen, was eine großartige Hochzeitsplanerin ist? Du bist schließlich nur hier, weil Mom und ich gerade nicht miteinander reden.« Ashtons Augen füllen sich mit Tränen. »Aber selbst wenn du hier bist, bist du gar nicht richtig da.«

»Das ist nicht fair«, sagt Frank ruhig.

»Nun, ich finde es nicht fair, dass du die letzten zwanzig Minuten draußen am Telefon verbracht hast. Und die restliche Zeit wirst du bloß hier sitzen und dauernd auf die Uhr schauen. Die Geschichte meines Lebens, was?« Ashton reibt sich die Augen mit den Fäusten, als wäre sie ein Kind.

Schweigen senkt sich herab. Ich sehe Frank an. Seine Ohren sind knallrot, während er an seiner Uhr herumspielt, doch dann scheint er sich zu fangen.

»Frank, wir haben uns gerade diesen Katalog mit Hochzeitskleidern angesehen«, schaltet sich Verena ein. Sie klingt vollkommen ruhig, als wäre dieses ganze Drama nicht passiert. »Wollen Sie auch mal einen Blick reinwerfen?«

Sie schiebt Frank den Katalog zu. Der ist dankbar, dass er etwas zu tun hat, und blättert ihn durch.

»Die hier sehen wirklich hübsch aus. So weiß und ... raffiniert.« Er klingt sehr eifrig.

»Ich finde sie alle scheußlich«, blafft Ashton.

»Natürlich finden Sie das«, sage ich frustriert.

Frank und Ashton stutzen, und Verena wirft mir einen warnenden Blick zu, aber das ist mir egal. Ich mag Ashton versprochen haben, ihre Schwangerschaft geheim zu halten, aber ich habe nicht versprochen, so zu tun, als gäbe es sie nicht. Außerdem, was habe ich schon zu verlieren? Sie hat mich ja ohnehin bereits gefeuert.

»Ashton«, sage ich fest. »Wir wissen beide, dass Sie sich mit dieser Hochzeit schwertun. Und das hat nichts mit Ihren Eltern und deren Privatleben zu tun.« Ashton öffnet den Mund, doch ich rede einfach weiter. »Ich bin sehr verwirrt. Vor nicht mal einer Stunde hatte ich es mit einer reizenden jungen Frau zu tun, die einen großartigen Sinn für Humor hat. Wo ist sie geblieben? Ich will *deren* Hochzeit planen.«

Ich sehe Ashton vielsagend an, doch ihr Gesicht ist immer noch wie erstarrt. Frank sieht mich ebenfalls mit großen Augen an, und selbst Verena wirkt ratlos.

»Sylvia«, sagt sie langsam. »Noch einmal, wovon redest du?«

Ich strecke die Hand aus und klappe den Katalog zu. »Ein formelles weißes Hochzeitskleid passt einfach nicht. Auf Grundlage dessen, was wir vorhin besprochen haben, bin ich der Ansicht, dass Ashton eine unkonventionelle Braut ist, die sich an einer konventionellen Hochzeit versucht. Daher kommen all die

Probleme und all der Frust.« Ich schlage einen weicheren Ton an und sehe zu Ashton. »Vermutlich glauben Sie, die Hochzeit müsste auf eine bestimmte Weise ablaufen, und haben sich nicht erlaubt, über den Tellerrand zu blicken. Das Plaza Hotel? Wunderbar, passt aber überhaupt nicht zu Ihnen.« Ich sehe Verenas Miene und füge hastig hinzu: »Natürlich können wir den Ballsaal nach unseren Wünschen gestalten. Aber stellen wir sicher, dass die restliche Hochzeit ganz authentisch gerät. Angefangen beim Kleid. Ich weiß, dass Ihre vorigen Termine nicht gut gelaufen sind, deswegen sitzen wir ja mit einem Katalog hier. Versuchen wir es noch mal von vorn. Mein Freund Reese arbeitet im Bergdorf. Ich werde ihn bitten, dass er uns morgen dort empfängt.«

»Sylvia, in Manhattan beträgt die Wartezeit für Brauttermine mindestens zwei Wochen«, unterbricht Verena mich scharf. »Versprechen wir doch lieber nichts, was wir nicht halten können.«

Ich schüttele den Kopf. »Genau darauf will ich hinaus. Ich glaube nicht, dass wir einen Brauttermin vereinbaren sollten. Warum sollten wir Ashton auf ein Hochzeitskleid beschränken, wenn sie doch offensichtlich etwas ganz anderes will?«

Verena schielt ein wenig. Ashton hört auf zu schniefen, und Frank, Gott segne ihn, sieht einfach nur verwirrt aus.

»Was soll das heißen, kein Hochzeitskleid?«, fragt er.

Ich atme tief durch. »Reese ist Leiter der Einkaufsberatung bei Bergdorf Goodman. Er hat Zugang zu den neuesten Designerkleidern. Daher schlage ich vor, dass wir uns die Brautkleider schenken und uns für etwas anderes öffnen. J. Mendel, Azzaro, Tadashi Shoji. Naeem Khan … So viele göttliche Möglichkeiten. Und ein zusätzlicher Bonus: Ashton kann das Kleid auch nach der Hochzeit noch tragen.«

Ashtons Blick hellt sich auf, Verena nickt langsam, und Frank … nun ja, der arme Frank. Er starrt mich an, als spräche ich eine Fremdsprache. Fairerweise muss ich zugeben, dass ich spüre, wie mein Collegefranzösisch in mir aufsteigt, und so kann ich mir nicht verkneifen hinzuzufügen: »Und natürlich werden wir uns auch bei Givenchy, Balmain und Akris umsehen. *Tu seras si belle, Ashton.*« Ich lasse den Blick in die Ferne schweifen wie eine große Filmregisseurin. »Spontan würde ich sagen, Bohème, etwas Künstlerisch-Dramatisches, Seidenchiffon, vielleicht ein wenig Spitze. Blumenapplikationen, wenn sie richtig gemacht sind. Ein wenig Perlenstickerei, ein Stufenrock. Etwas mit Struktur, aber auch, wie ich vorhin schon gesagt habe, etwas *Fließendes*.« Ich achte darauf, dass ich das letzte Wort mit Nachdruck sage, und suche dabei Ashtons Blick.

Diesmal sieht sie mich nicht wütend an. »Das klingt wirklich … schön.« Sie faltet die Hände und sieht auf ihren Schoß. Ihre Miene entspannt sich, und dann ähnelt sie endlich wieder dem Menschen, den ich vorhin kennengelernt habe. Ich schaue zu Verena hinüber und sehe, wie sie zu lächeln beginnt. Sogar Frank atmet erleichtert auf. Auf meinen Unterarmen bildet sich Gänsehaut. Ich habe es geschafft.

Verena lächelt mich an, als wir zum Büro zurückgehen, nachdem wir uns von Frank und Ashton am Aufzug verabschiedet haben.

»Das war Zauberei, Sylvia. Nein, keine Zauberei. Ein Geniestreich.«

Wir betreten ihr privates Büro. Sie setzt sich an den Schreibtisch, und ich nehme auf dem einzelnen Stuhl ihr gegenüber Platz. Selbst im Sitzen habe ich das Gefühl zu schweben.

Ich versuche, bescheiden mit den Schultern zu zucken. »Ach, bitte, das war doch nichts.«

»*Nichts?* Du hast an einem Tag geschafft, was Molly und mir in sechs Monaten nicht gelungen ist.« Verena öffnet eine Flasche

Root Beer und bietet mir auch eine an. »Jetzt wäre der richtige Moment für einen Whiskey. Aber das ist alles, was ich habe.«

»Ist mir auch recht.« Ich nehme einen großen Schluck und unterdrücke den Drang, die Füße auf den Tisch zu legen. Inzwischen verstehe ich Verenas Büroeinrichtung. Nur ein Schreibtisch und die Aussicht. Ein Raum, in dem man nachdenken kann.

»Wie bist du auf die Sache mit der unkonventionellen Braut gekommen? Und sag nicht, das sei nichts gewesen.« Verena stützt sich auf die Ellbogen. »Ich hasse es, wenn Frauen das Lob für ihre Arbeit nicht annehmen. Einen Mann habe ich noch nie sagen hören: ›Ach, dass ich die Kernfusion entdeckt habe, war reiner Zufall.‹«

»Nun ja, die Kernfusion habe ich nicht direkt erfunden.«

»Darum geht es ja auch überhaupt nicht.«

Ich lächele. »Glaub mir, ich bin sehr zufrieden damit, wie das vorhin gelaufen ist. Ich muss mich tatsächlich zusammenreißen, um meine Tochter nicht anzurufen und ihr alles haarklein zu erzählen. Diesen Sieg habe ich wirklich gebraucht.«

Verena legt den Kopf schief.

Ich erröte und räuspere mich. »Es hat mir geholfen, dass ich einen frischen Blick auf das Ganze hatte. So konnte ich Ashton klarer sehen.«

»Und was hast du gesehen?«

Ich habe sie in die Kloschüssel kotzen sehen, nachdem sie Essen gerochen hat, und das hat mir verraten, dass sie schwanger ist.

Das kann ich natürlich nicht sagen. Ich rutsche auf meinem Stuhl herum.

»Alles in Ordnung?« Verena wirft mir einen merkwürdigen Blick zu.

»Ich überlege nur, wie ich darauf antworten soll.«

»Es ist keine Fangfrage. Für mich ist es eine Gelegenheit, etwas zu lernen.«

Ich hätte Verena gern alles erzählt. Aber wenn ich Ashtons Vertrauen missbrauche, werde ich es nie zurückgewinnen. Und ich muss diese Hochzeit über die Bühne bringen. Ohne mein finanzielles Polster leide ich unter enormem Erfolgsdruck. Ich bin darauf angewiesen, dass Verena mich fest anstellt.

»Ich habe ihren Leinenbeutel gesehen«, sage ich schließlich. »Und ihre Haut, die aussieht, als würde sie sich nur mit Wasser und Seife waschen. Ihr Haar, das völlig natürlich wirkt, und die Trainingshose, die sie vermutlich seit dem College trägt.«

»Richtig«, stimmt Verena zu. »Das habe ich auch alles gesehen. Sie ist bodenständig. Deshalb habe ich einmal vorgeschlagen, dass wir uns in einem Secondhandladen nach einem Brautkleid umsehen könnten, aber sie war dagegen.« Verena kräuselt die Nase. »Wirklich absolut dagegen.«

Ich nicke. »Glaube ich gern. Ashton ist kein Secondhandmädchen.«

Verena beugt sich vor. »Genau das meine ich! Woher wusstest du das?«

Ich fange an zu lächeln. »Ashton hätte die Luxuswohnung ihrer Eltern leicht ausschlagen und stattdessen irgendwohin in die Bronx oder nach Queens ziehen können. Irgendwohin, wo die jungen Leute heutzutage eben wohnen. Aber Ashton mag ein angenehmes Leben. Vielleicht ist es ihr auch irgendwo peinlich, aber sie ist keine Märtyrerin. Sie will eine große Hochzeit, gleichzeitig soll sie aber auch originell sein. Mehr noch, sie soll etwas bedeuten. Das ist für sie etwas Besonderes.«

Verena schüttelt den Kopf. »Woher wusstest du, dass sie ein schickes Abendkleid will? Das ist der Teil, der mich so verwirrt. Es ist ja nicht so, als hättest du davon gesprochen, zu irgendeinem New-Age-Designer zu gehen, der Kleider aus recycelten

Autoreifen macht. Übrigens habe ich Molly buchstäblich danach recherchieren lassen.«

Ich kichere. »Recycelte Autoreifen?«

Verena nickt grimmig. »Ich war verzweifelt.«

Mein Kichern wird lauter. »Das ist ja äußerst kreativ. Sie könnte die Sicherheitsgurte als Träger hernehmen.«

Verena fängt ebenfalls an zu lachen. »Ich schwöre bei Gott, Sylvia, ich hätte einen Auspufftopf auf den Schleier gesetzt und Dans und Ashtons Gesicht mit Motoröl beschmiert, wenn das die Hochzeitsplanung vorangebracht hätte. Ich wäre der Presse – und den Müttern – zuvorgekommen, indem ich Hochzeitsfotos als avantgardistisches Statement zur Ehe in einer Welt, die sich immer schneller dreht, veröffentlicht hätte.«

Meine Augen glänzen. »Wie poetisch! ›Unsere gemeinsame Reise beginnt jetzt.‹«

Verena prustet, und ich hätte beinahe mein Root Beer ausgespuckt. Wir lachen beide, als Verenas Handy summt. Sie sieht auf das Display und rollt mit den Augen.

»Ein Typ, den ich auf einer Party kennengelernt habe, fragt an, ob ich mit ihm essen gehen will. Ist es altmodisch, wenn es mir lieber wäre, er würde anrufen?«

»Ich habe mich seit vierzig Jahren nicht mehr verabredet, also solltest du vielleicht nicht ausgerechnet mich fragen. Es hängt wohl davon ab, wie groß dein Hunger ist.«

Verena lacht noch einmal. »Gute Frage. Ich bin ziemlich hungrig.« Sie fängt an zu tippen. »Aber ich habe auch meine Ansprüche. Ich schreibe, dass dies eine einmalige Ausnahme ist. Alle anderen gesellschaftlichen Anfragen müssen via Live-Telefon erfolgen.«

»Oder per Post.« Ich kann mir nicht helfen, ich amüsiere mich.

Verena nickt. »Ja! Tolle Idee!«

Sie tippt rasch, und ich beuge mich vor, um zu sehen, was sie schreibt, bremse mich dann aber. Trotz dieses Mädelsmoments bin ich immer noch ihre Assistentin. Ist das vielleicht sogar mein Stichwort zum Aufbruch? Oder wird sie mich formell für heute entlassen? Unsicher sitze ich da und warte ab.

Verena bekommt beim Tippen rote Wangen, und beim Mitlesen bewegt sie die Lippen. Sie sieht aus wie ein Teenager, was mich zu der Frage bringt: Will ich mich auch wieder verabreden? Könnte ich wieder mit jemandem ausgehen? Natürlich bin ich noch nicht einmal geschieden. Louis hat das allerdings auch nicht von irgendwas abgehalten.

Gerade will ich etwas sagen, als Verena aufsieht. »Tut mir leid, Sylvia. Du kannst für heute gehen. Ich bin schon gespannt, was du mir morgen berichtest.«

»Ich bringe dich auf den neuesten Stand, sobald der Termin gelaufen ist. Eine kurze Frage noch …« Ich zwinge mich zu einem lässigen Tonfall. »Wann werden die Gehaltsschecks ausgegeben?«

Verena legt das Smartphone weg. »Jeden zweiten Freitag. Warum? Brauchst du einen Vorschuss?«

Ich schlucke verblüfft. »Was?«

Verena nimmt ihr Scheckbuch vom Tisch. »Ich weiß, wie es ist, wenn man sich von seinem Mann trennt. Ich habe es viermal getan. Wie viel würde dir über die Runden helfen?«

Ich will schon Einwände erheben, halte dann aber inne und schließe kurz die Augen. »Die ersten beiden Wochen würden wohl ausreichen.«

»Ich gebe dir einen Monat.« Verena nimmt den Stift und fängt an zu schreiben.

»Wirklich, so viel brauche ich …«

»Hast du vor, abzuhauen und mich hängen zu lassen?«

»Natürlich nicht.«

»Dann nimm das Geld. Ich vertraue dir.« Verena reicht mir den Scheck. »Außerdem, nach heute? Ich brauche dich.«

»Danke«, sage ich ruhig.

»Es ist mir ein Vergnügen. Und ich helfe dir auch gerne mit einem Darlehen aus, wenn es wirklich übel wird. Du brauchst nur zu fragen.«

Ich sehe Verena ins Gesicht und weiß sofort, dass es ihr ernst ist. Aber ich habe Grenzen, ich kann nicht alles annehmen.

»Der Vorschuss reicht mir. Noch mal vielen Dank.«

Sie nickt. Ich lächele und bin ihr plötzlich sehr dankbar.

13. KAPITEL

Evie kneift die Augen zusammen und wendet sich von ihrem Schminktisch ab. Sie trägt einen hellrosa Morgenmantel und sprüht sich Darby-Rose-Parfüm auf die Handgelenke.

»Sieh dich vor, Sylvia. Du machst Verena zu einer Heiligen.«

»Sie hat mir einen Job gegeben, einen Vorschuss, und dann hat sie mir ein Darlehen angeboten. Wer macht so etwas schon?«

»Die Mafia.«

Ich lache und bücke mich, um mir einen Fuß zu massieren.

Es ist kurz nach sieben Uhr, und ich bin endlich zu Hause und sitze auf Evies eins fünfzig breitem Bett. Es ist das einzige richtige Schlafzimmer in der Wohnung, und Evie hat gemeint, wenn sie es bekäme, würde sie sechzig Prozent der Miete übernehmen. Ich habe versucht, mit ihr zu diskutieren, aber sie war fest entschlossen. Das Bett hat einen schlichten Metallrahmen, und die Decke darauf ist silberfarben mit hellblauen Streifen. Neben dem Bett steht eine Kommode mit drei Schubladen, die als Nachttisch dient, und auf der anderen Seite des Raums befindet sich ein Kinderschreibtisch, den Evie zu einem Schminktisch umfunktioniert hat. Am Rand des Tisches hat sie einen Kosmetikspiegel platziert. Gerade sitzt sie auf einem Metall-Klappstuhl davor, den wir im Kellerabteil gefunden haben. Sie hat ihren weichsten Paschmina über den Sitz gelegt und als sie sich umdreht, um sich weiter zu schminken, sieht sie aus wie eine Königin auf ihrem Thron.

Ich beobachte sie eine Weile im Spiegel, ehe ich die Beine wechsele und meinen anderen schmerzenden Fuß massiere. Nachdem ich Verenas Büro verlassen hatte, bin ich fast vierzig Häuserblocks gelaufen. Eigentlich hatte ich vor, den Bus zu nehmen, ich wollte aber noch bei meiner Bank anrufen. Ich verziehe das Gesicht, als ich an das Gespräch denke.

»Und wenn er nicht mein Mann wäre?«, habe ich Jerome gefragt, den dritten Manager, mit dem man mich verbunden hat. »Was, wenn er ein Fremder wäre, der sich in mein Konto gehackt und das Geld gestohlen hätte?«

»Das wäre etwas anderes, Mrs. Fisher.« Jeromes englischer Akzent gab mir das Gefühl, ein Schulmädchen zu sein, das in Mathe durchgefallen ist. »Dann würden wir die Polizei benachrichtigen und Ihnen die Summe aus Kulanz erstatten.«

»Aber jetzt können Sie das nicht?«

»Es gab keinen Gesetzesverstoß. Es handelt sich um einen Ehestreit. Ich rate Ihnen dringend, einen Anwalt zu konsultieren.«

Etwas raschelte im Hintergrund.

»Essen Sie gerade?«

»Wie bitte?«

»Ich kann Sie kauen hören.« Meine Stimme war angespannt. Ich stellte mir vor, wie er an seinem Schreibtisch sitzt und irgendetwas Ekelhaftes verzehrt, zum Beispiel Nudelsalat mit zu viel Essig. Ich wäre eine der Anekdoten, die er später zu Hause erzählen würde. Die Geschichte irgendeiner bedauernswerten Frau, die von nichts eine Ahnung hat.

Und so ließ ich das Mobiltelefon in meine Tasche fallen, ohne mich zu verabschieden, und ging den restlichen Weg zu Fuß. Draußen war es grau und kalt. Ich hatte immer noch nicht mehr an als meinen BH und meinen Blazer, aber der kühle Wind an meinem Hals war mir willkommen.

Verena hatte mich gerettet. Ihr Scheck bedeutete nicht nur

Geld für etwas zu essen, sondern er schenkte mir auch Hoffnung. Jemand glaubte so sehr an mich, dass er mir einen Vorschuss gab. Das sagte ich mir immer wieder, während ich lief und lief und dabei die Stadt in mich aufnahm. Ich inhalierte den blumigen Duft aus einer Weinbar an der Ecke und die warme, salzige Luft aus einem Pizzashop. Sobald ich in der Innenstadt angekommen war, bog ich immer wieder in Nebenstraßen ab und versuchte zu zählen, wie viele vegane Bäckereien und Modeboutiquen »Gewaltfreiheit« versprachen. Ich fragte mich, warum wir uns das nicht alle auf die Fahnen schreiben konnten.

Als ich endlich bei unserer Wohnung ankam, summte ich leise vor mich hin, obwohl die Lage immer noch katastrophal war: Mein untreuer Ehemann hatte das Geld gestohlen, das ich zum Überleben brauchte.

»Evie«, sage ich, und meine Stimme klingt ein wenig bedrückter als vorhin, während ich auf ihrem Bett herumrutsche und die Füße auf den Boden stelle. »Vielleicht sollten wir heute nicht ausgehen.«

»Du hast doch einen Job. Wieso sollten wir nicht feiern?«

»Nun ja, wollen mal sehen. Erstens werde ich in einem Monat pleite sein. Zweitens kann ich es mir nicht leisten, Louis zu verklagen, um mir mein Geld zurückzuholen. Drittens ist die Braut, deren Hochzeit ich plane, heimlich schwanger und könnte diese Bombe jederzeit platzen lassen, womit meine Karriere beendet wäre, bevor sie überhaupt angefangen hat. – Klebst du dir falsche Wimpern an?« Ich habe noch nie gesehen, dass Evie sich irgendetwas Falsches anheftet.

»Ich probiere es mal aus.« Beim Sprechen platziert Evie mühsam eine »Wimper« nach der anderen auf dem Augenlid. »Ich war heute bei Sephora. Sie haben gute Angebote, viel bessere als im Kaufhaus. Kopf hoch. Das, was du mir da erzählst, sind lauter Probleme, die eintreten *könnten*. Heute ist alles perfekt.«

»Warum flippst du nicht mehr aus? Du hast doch noch nicht mal einen Job.«

Evie sieht mich an. Sie trägt nur an dem einen Auge falsche Wimpern, und es fällt mir schwer, mich auf das zu konzentrieren, was sie sagt.

»Wir müssen die Siege feiern. Heute war ein guter Tag.«

Ich lasse den Kopf in die Hände sinken. »Morgen früh bitte ich Verena um ein Darlehen.«

»Auf keinen Fall.« Evie zieht die Wimpern wieder ab und blinzelt ein paarmal, ehe sie mir einen stählernen Blick zuwirft. »Sie hat dir ja noch nicht mal eine Vollzeitstelle angeboten.«

»Ich bin auf Probe dort. Sie will wissen, ob ich dem Job gewachsen bin.«

»Sie hätte dich nicht auf eine unmögliche Hochzeit angesetzt, wenn sie nicht glauben würde, dass du dem Ganzen gewachsen bist, Sylvia. Lass es gut sein.«

»Aber sie könnte all meine Probleme lösen.«

»Niemand kann all deine Probleme lösen. Hat dich das nicht erst nach New York geführt?«

Ich weiß, dass Evie recht hat, und lasse die Schultern hängen. »Was mache ich hier eigentlich?«

»Was macht überhaupt irgendwer hier?« Evie hält meinen Blick noch einen Moment fest, ehe sie ein Körbchen mit Lippenstiften hochhebt. Sie nimmt die Kappen ab, um nach der richtigen Farbe zu suchen. »Henry und ich haben unsere ganzen Ersparnisse für Julians Entzugsversuche ausgegeben. Zehn Jahre lang Privatkliniken, Suchttherapeuten, Wellnesskuren. Wir haben gezahlt und gezahlt, und dann ist er gestorben. Er hat seine Familie mit nichts zurückgelassen. Als Henry starb, wollte ich Amanda die Lebensversicherung geben, doch sie hat abgelehnt. Dann habe ich sie gedrängt, das Geld für Olivers Ausbildung anzunehmen, und sie hat nachgegeben. Ich dachte, das würde bedeuten, dass ich an ihrem Leben teilhaben dürfte.« Evie hält kurz inne. »Ich habe seit zweihundertdreiundsiebzig Tagen nichts mehr von ihnen gehört. Geld ist kein Allheilmittel.«

Schließlich entscheidet sich Evie für einen rubinroten Lippenstift. Als sie ihn aufträgt, gehe ich zu meiner Freundin und lege ihr die Hand auf die Schulter.

»Ich kann mir gar nicht ausmalen, wie weh das tun muss.«

Evie tupft sich die Lippen ab. »Mit meiner Sozialversicherung und der kleinen Rente wäre ich in Florida gut über die Runden gekommen. Aber hier in New York? Da reicht es nicht ganz so lässig. Aber ich flippe nicht aus, wie du es ausdrückst, weil ich mich im Moment so lebendig fühle wie schon viel zu lang nicht mehr. Heute habe ich Geld für Miete, Essen und falsche Wimpern, die ich, wenn ich ehrlich bin, wieder zurückgeben werde. Also komm, zieh dich an. Wir müssen deinen ersten Arbeitstag feiern.«

Ich lächele ein wenig. »Aber wir haben doch erst gestern unsere neue Wohnung gefeiert.«

»Da hast du verdammt recht.«

Bis zur West 10th Street sind es zwanzig Minuten. Evie hat darauf bestanden, dass wir noch einmal ins Wild One gehen. Da ich mich einem weiteren Marsch nicht gewachsen fühlte, hat sie mir ihre Hogan-Sneakers geliehen. Die Schuhe hat sie online bei einem Blitzverkauf ergattert, aber ich verstehe jetzt, warum die Leute bereit sind, vierhundert Dollar für Sneakers auszugeben. Ich laufe auf einer Wolke aus schwarzem Lackleder. Ich tausche mein zerknittertes Kostüm gegen eine schwarze Zigarettenhose, einen sandfarbenen Rollkragenpulli aus Kaschmir und Evies schwarz glänzende Daunenjacke. Während ich das Haar zu einer lockeren Banane aufstecke und braunrosa Lipgloss auftrage, komme ich mir sehr cool vor.

Wir biegen um eine Ecke und sehen das Schild des Restaurants. Draußen auf dem Bürgersteig hat sich eine Schlange gebildet. Ich bleibe abrupt stehen und sehe Evie an. Sie trägt rote Hogan-Sneakers, ebenfalls vom Blitzverkauf, weiße Jeans mit einem schmalen roten Gürtel und einen goldfarbenen Pulli. Darüber hat sie einen roten Trenchcoat gezogen, und ihre Ohren schmücken baumelnde Ohrringe. Ungeduldig stößt sie ihren Stock auf den Boden.

»Gehen wir, Sylvia.«

Ich deute auf die wartenden Gäste. »Da kommen wir doch nie rein.«

Doch Evie hört nicht zu, sondern stürmt voran, und mir bleibt nichts anderes übrig, als ihr zu folgen. Die Leute machen Platz, sobald sie ihren Gehstock sehen, und so stehen wir kurz darauf vor dem Empfangspult, wo eine junge Frau mit Clipboard die Gäste erwartet. Sie wirkt wie ein Roboter aus einem dieser Science-Fiction-Filme über einsame Milliardäre, die in dunklen Prachtvillen leben und von künstlich erschaffenen Supermodels bedient werden. Ihr Haar ist zu einem strengen Knoten aufgesteckt, und sie trägt ein Ohrmikrofon. Ich habe jetzt schon Angst vor ihr. Doch sobald sie Evie sieht, flackert in ihren Augen so etwas wie Wärme auf, und sie winkt uns, ihr nach drinnen zu folgen.

Mir bleibt der Mund offen stehen, als sie uns durch das Restaurant führt, das von ähnlichen Leuten wie gestern bevölkert ist: Alle sind jung und schön. Natürlich wirkt auf mich jeder unter fünfzig jung. Aber Evie und ich sind entschieden die ältesten Gäste hier, und zwar um mindestens ein Jahrzehnt. Oder zwei. Trotz allem führt uns die Empfangsdame zu einem Tisch in der Mitte des Restaurants. Es ist der beste Platz im ganzen Haus.

Evie legt den Mantel ab, reicht ihn der Dame und setzt sich.

Wie benebelt tue ich dasselbe. Die Kellnerin eilt mit unseren Mänteln davon und lässt uns mit den Speisekarten zurück.

Ich starre Evie über den kerzenerleuchteten Tisch hinweg an. »Was war das denn gerade?«

»Ich war heute schon mal hier, gleich nachdem du mich angerufen und mir von deinem neuen Job erzählt hast. Ich haben ihnen gesagt, dass wir kommen würden, um zu feiern. Überraschung!« Evie hängt ihren Stock an die Seite des Stuhls und lächelt.

Gerührt erwidere ich das Lächeln und schlage die Speisekarte auf.

»Ich will ja keine Spielverderberin sein«, beginne ich vorsichtig, »aber ich kann keine achtzehn Dollar für einen Cocktail ausgeben. Und bevor du damit anfängst, dass wir feiern müssen: Allein, dass wir hier sind, ist schon ein Erlebnis. Die Luft hier einzuatmen gibt mir das Gefühl, als schlüge ich ein Rad über den Wolken.«

Evie sieht mich einen Augenblick an. Ich befürchte schon, sie könnte Einwände erheben, doch stattdessen greift sie zu ihrem Wasser.

»Wasser spendet viel Feuchtigkeit, das ist viel besser für unsere Haut.«

Ein Kellner tritt an unseren Tisch und stellt diverse Teller darauf ab.

»Toro-Tartar, Kaviar nach Art des Hauses und ein Salat aus Roter Bete, im Ofen gegart, Ziegenkäseschaum und Walnüssen«, erklärt er. »Geht aufs Haus. Guten Appetit.«

Wieder bleibt mir der Mund offen stehen.

Als Evie anfängt zu knabbern, umspielt ein Lächeln ihre Lippen. »Das ist köstlich.«

Ich starre sie an. »Was hast du ihnen denn erzählt, was für einen Job ich hätte?«

»Hochzeitsplanerin.« Evies Lippen zucken ein wenig mehr. »Und dass du immer auf der Suche bist nach Lokalen, die für die Events deiner anspruchsvolleren Klienten das Catering übernehmen können.«

»Evie!« Beinah hätte ich mich verschluckt.

»Ich mache doch nur Spaß.« Evie rollt die Augen. »Ich war spazieren und bin hier vorbeigegangen, um mich nach einer Reservierung zu erkundigen. Zufällig war der Besitzer hier. Wir haben uns sofort prima verstanden und über das Leben geplaudert, über New York, Musik … Hast du die Rote Bete probiert? Göttlich! Und jetzt erzähl mir alles. Fang an bei der kotzenden Braut und wie sie dich in der Toilette in Geiselhaft genommen hat. Diesen Teil der Geschichte finde ich wunderbar.« Sie nimmt einen weiteren Bissen und sieht mich erwartungsvoll an.

»Noch mal zurück«, sage ich, während ich versuche, in ihrem Gesicht zu lesen. »Was soll das heißen, du und der Besitzer, ihr hättet euch sofort prima verstanden? Bahnt sich da eine Romanze an? Und ja, ich habe gerade ein Stück Rote Bete gegessen. Ich glaube jetzt offiziell an Gott.«

Evie lacht. »Oh, bitte. Der Besitzer ist reizend. Er kommt aus Hongkong. Ein Gentleman, der sicher nur etwas mit Frauen zwischen fünfunddreißig und fünfzig anfängt, was zwar nicht ganz daneben ist, aber ganz klar außerhalb meiner Reichweite. Apropos, ich kann nicht fassen, dass Ashtons Mutter etwas mit einem einunddreißigjährigen Poeten hat. Hm, ich habe meine Meinung geändert. *Das* ist mein liebster Teil. Wann lernst du die Mom kennen?«

»Ich glaube nicht, dass sie und Ashton derzeit miteinander reden.« Ich seufze. »Armes Mädchen. Und armer, armer Frank. Ich hab keine Ahnung, was ich tun würde, wenn Louis mit jemandem in Isabels Alter schlafen würde.«

»Würde dich das wirklich so viel mehr aufregen?«

»Hätte es dich etwa nicht aufgeregt, wenn Henry dich mit jemandem in Julians Alter betrogen hätte?«

Ich zucke zusammen. Eigentlich hatte ich Evies Sohn nicht erwähnen wollen.

Doch Evie winkt ab. »Wenn Henry mit einer Frau in Julians Alter geschlafen hätte, hätte ich ihm die Hölle heißgemacht.«

Ich nicke. »Genau.«

Evie hebt die Hand. »Ich bin noch nicht fertig. Wenn Henry mit *irgendjemandem* außer mir geschlafen hätte, hätte ich ihm die Hölle heißgemacht.«

»Das Gefühl kenne ich.«

»Wirklich, Sylvia?« Evie beugt sich vor. »Bitte versteh mich nicht falsch, aber du scheinst dich nicht allzu sehr über Louis und Blanche aufzuregen. Ich bin mir sicher, dass du dich betrogen fühlst, das will ich nicht kleinreden. Und zugegeben, ich kenne dich erst, seit du nach Boca gezogen bist, ich weiß also nicht, wie eure Beziehung früher war. Aber wann hast du denn aufgehört, ihn zu lieben?«

Ich fühle mich, als hätte mich ein Windstoß umgeworfen.

Evie legt ihre Gabel hin und schüttelt den Kopf. »Tut mir leid. Ich hätte es nicht so formulieren sollen.«

»Nein, schon gut. Es ist nur … Bis zu dem Tag, als das mit Blanche war, hätte ich nicht gesagt, dass ich ihn nicht mehr liebe.« Ich blicke in die Ferne und entspanne die Augen, sodass ich alle Gäste nur noch verschwommen sehe. »Aber Duftkerzen hasse ich wirklich.«

»Wie bitte?«

»Irgendwann in den Achtzigern muss Louis von irgendwem gehört haben, dass Frauen sich gern beim Schein von Duftkerzen verführen lassen. Deshalb hat er die Vorräte ständig aufgefüllt. Immer wenn es im Haus nach Apotheke roch, wusste ich, dass er Sex haben wollte. Jasmin, Rosmarin, Sandelholz, ekelhaftes Patschuli …« Ich verziehe das Gesicht. »Das war alles so klischeehaft. Und wenn wir doch einmal angefangen hatten, miteinander zu schlafen, ohne dass uns irgendein honigsüßer Duft die Luft zum Atmen nahm, hat er sofort eine Pause eingelegt und eine Kerze geholt, und dabei hat er sich aufgeführt, als würde er mir damit einen Gefallen tun. Das hat mich immer wahnsinnig gemacht.«

Evie nimmt die Kerze vom Tisch. Die Flamme flackert, und sie bläst sie aus.

Das entlockt mir ein Lachen. »Normale Kerzen sind okay.«

»Ich wollte da kein Risiko eingehen.«

Ich seufze. »Was mich traurig macht, ist der Umstand, dass ich Louis nie gesagt habe, wie sehr ich sie verabscheue. Es hätte ihm wohl nichts ausgemacht, aber ich habe nie irgendwas gesagt. Und das ist meine Schuld.«

Evie nimmt einen Bissen Rote Bete. »Vorsicht. Er ist immer noch ein Mistkerl. Er hat dein Geld geklaut und setzt es nun als Druckmittel ein, um dich nach Florida zurückzuholen.«

Ich runzele die Stirn. »Er hasst es, wenn er nicht bekommt, was er will.«

»Das tue ich auch. Aber ich habe gelernt, damit umzugehen, ohne mich wie ein komplettes Arschloch aufzuführen. Ehrlich. Scheiß auf Louis und seine verdammten Kerzen.«

Ein junges Paar am Nebentisch betrachtet uns mit gerunzelter Stirn. Evie imitiert ihren Gesichtsausdruck. Ich würde gern lachen, kann aber nicht. Erneut kocht Zorn in mir hoch, gerade als der Kellner mit dem nächsten Gang eintrifft.

»Wan-Tan-Tacos mit Mahi-Mahi-Füllung und gegrillter Oktopus, meine Leibspeise.« Er geht wieder.

Ich sehe Evie an. Als ich weiterspreche, ist meine Stimme todernst.

»Wie schön, ich wollte ohnehin gerade etwas aufspießen.« Ich durchbohre ein Stück Oktopus und führe es an die Lippen. Es riecht nach Knoblauch und Holzkohle, auf eine gute Art.

Evie greift nach ihrem Stock. »Lass es dir schmecken. Ich muss mal schnell auf die Toilette.« Sie steht auf und geht.

Während ich Evie nachsehe, wie sie in einem Seitengang verschwindet, kaue ich den Oktopus, schmecke ihn aber kaum. Warum habe ich Louis nicht gesagt, dass ich Duftkerzen hasse? Warum hatte ich überhaupt nie eine Meinung zu irgendetwas? Kein Wunder, dass Louis geglaubt hat, er könne sich einfach mein Geld schnappen, ohne dass ich etwas dagegen unternehme. Ich bebe fast vor Zorn. Und so atme ich tief ein, halte den Atem fünf Sekunden und atme dann langsam wieder aus, während ich bis zehn zähle. Ich habe irgendwo gelesen, dass Scharfschützen diese Atemtechnik vor dem Abdrücken einsetzen, um den Herzschlag zu verlangsamen. Ich wiederhole das Ganze noch zweimal. Als ich die letzte Luft aus mir herauspresse, senken sich meine Schultern, und ich verliere mich in einem Tagtraum:

Ich bin zurück in Boca. Es ist mitten in der Nacht, und ich schleiche mich auf das Gelände der BBG-Anlage. Ich trage eine schwarze Cargohose, ein schwarzes T-Shirt und eine schwarze Weste mit Geheimtaschen für Dinge wie Taschenlampe, diverse Werkzeuge und natürlich Waffen. Ich betrete unsere Wohnung und stehle mich auf Zehenspitzen ins Schlafzimmer. Louis und Blanche liegen im Bett und schlafen. Weil ich nicht weiß, wie ich sie wecken soll, gehe ich zurück auf den Flur, mache die Schlafzimmertür zu und trete hart dagegen.

Sie fliegt auf. Beide schrecken in die Höhe und schnappen nach Luft, als ich in der Tür stehe wie eine perfekte Mischung aus Pam Grier und Angelina Jolie.

»O Gott!«, kreischt Blanche.

»Sylvia?«, ruft Louis aus. »Du siehst unglaublich aus.«

Ich zücke eine Pistole. »Gib mir mein Geld zurück.«

Louis' Blick wandert von der Waffe zu meinem Gesicht, dann nickt er. »Es ist in meiner Golftasche.«

Ich bedeute ihm mit einer Geste, sich zu bewegen. Er gehorcht.

Blanche hat inzwischen die Bettdecke um ihren nackten Leib gerafft.

»Sylvia«, beginnt sie, »es ist nicht das, wonach es aussieht.«

»Ach, halt die Klappe. Du kannst ihn behalten. Alles, was ich will, ist mein Geld.« Ich kehre ihr den Rücken zu und warte, während Louis im Wandschrank nach der Golftasche kramt.

Endlich hat er sie gefunden und holt einen Umschlag heraus. »Es ist alles hier drin.«

Ich reiße ihm den Umschlag aus der Hand und zähle die Scheine.

Er steht stumm da und fährt sich mit der Hand durch die Haare. Gerade will er etwas sagen, als Blanche ihn unterbricht.

»Ich habe die Polizei gerufen.«

Louis und ich sehen sie an. Sie hält ihr Mobiltelefon umklammert. Ich gehe zu ihr hinüber, worauf sie sich unter der Decke versteckt. In der Ferne heulen Sirenen. Ohne ein weiteres Wort fliehe ich durch das Schlafzimmerfenster. In meiner Weste steckt ein langes Seil, das ich nun um das Geländer des kleinen Balkons lege. Anschließend lasse ich mich an der Seite des Gebäudes herab. Unten wartet ein Motorrad mit dem Zündschlüssel im Schloss. Louis beugt sich aus dem Fenster und sieht mit offenem Mund zu, wie ich aufspringe. Gerade als ich den Motor anlasse, perlt das Intro von Gloria Gaynors »I Will Survive« durch die Luft.

Das ist merkwürdig. Bisher habe ich meine Tagträume nie mit Musik unterlegt. Aber ich gehe mit. Tatsächlich fliege ich nun auf meinem Motorrad, rase durch die Nacht. Das Geld steckt in einem Reißverschlussbeutel in meiner Weste, und ich spüre sein Gewicht auf der Brust.

Gott, ist die Musik gut.

Plötzlich erkenne ich, dass sie nicht in meinem Kopf läuft, sondern im Restaurant. Ich blicke mich um und sehe, wie sich die Leute an ihren Tischen zur Musik wiegen. Es ist wie in einem Konzert. Der Gesang fehlt, aber den brauchen wir auch nicht. Die Pianomusik ist kraftvoll, lebendig und voller Gefühl.

Ich recke den Hals. Wo ist Evie? Sie wäre begeistert.

Ich stehe auf und gehe Richtung Toilette, um sie zu holen. Doch als ich an die Bar komme, wo sich die Plattform mit dem Flügel befindet, bleibe ich abrupt stehen.

Mir treten fast die Augen aus dem Kopf. Da sitzt sie. Evie. Am Flügel.

Halt suchend lege ich eine Hand an den Tresen. Gänsehaut läuft mir über den Rücken, als ich zusehe, wie Evies Finger über die Tasten fliegen. Ihr ganzer Körper bewegt sich mit, während sie spielt, ihre Augen sind halb offen, halb geschlossen, als befände sie sich in einer anderen Welt. Es ist, als wäre das dort oben eine Zeitmaschine. Am Flügel ist Evie alterslos.

Als der Song zum Ende kommt, klatschen die Leute.

Evie lächelt und beugt sich zum Mikrofon vor. »Wenn Sie es mir nachsehen würden … heute Abend widme ich alle Songs meiner Mitbewohnerin Sylvia – und mir selbst.« Sie sieht mich und zwinkert. »Offensichtlich haben wir heute beide einen Job gefunden.«

Weiterer Applaus ertönt, dazu freundliches Gelächter. Die Leute widmen sich wieder ihrem Essen, und Evie beginnt, etwas Zeitgenössisches zu spielen. Ich erkenne darin den Coldplay-Song von gestern Abend.

Ehrfürchtig schüttele ich den Kopf. Sie hatte recht – der andere Pianist war wirklich beschissen.

Ich kehre an den Tisch zurück und beobachte Evie beim Spielen. Ich bleibe komplett im Hier und Jetzt, muss weder Pam Grier noch Angelina Jolie oder irgendeine Superheldin in engen Klamotten sein. Ich bin Sylvia Fisher, und vielleicht zum ersten Mal überhaupt bin ich genau dort, wo ich sein will.

14.
KAPITEL

Die Luft am nächsten Morgen ist frisch. Ich ziehe den marineblauen Cabanmantel, den ich mir von Isabel zurückgeborgt habe, enger um mich, als ich die Fifth Avenue hinaufgehe. Ich kann nicht glauben, dass es nicht einmal zwei Wochen her ist, dass ich bei Izzy war. Es fühlt sich an, als lägen Jahre dazwischen. Kurz versetzt mir das einen Stich. Izzy hat in den letzten beiden Tagen dreimal versucht, mich zu erreichen, aber ich habe nicht zurückgerufen. In ihren Voicemails sagte sie, ihr Dad habe ihr erzählt, dass ich in New York einen Job gefunden hätte. Sie klang verwirrt und zornig – nicht gerade meine Lieblingskombination.

Vor allem, wo vor mir ein so großer Tag liegt. Und so atme ich tief durch und schaue auf mein Mobiltelefon. Es ist 10.01 Uhr. Das Bergdorf ragt wie eine Festung vor mir auf. Ich schiebe mich durch die schweren Türen und lächele den Sicherheitsbediensteten an. Der nickt mir zu. Ich treffe mit dem ersten Schwung Kunden ein und drehe mich langsam im Kreis, um die ganze Herrlichkeit dieses Kaufhauses in mich aufzunehmen.

In den kleinen Schaukästen der Handtaschenabteilung sind Clutches aus Schlangenleder und mit edelsteinbesetztem Griff neben federbesetzten Hüten ausgestellt. Eine Damenbüste trägt eine Sonnenbrille von Chloé und eine gesteppte Umhängetasche von Lanvin. Der Duft von luxuriösem Leder dringt mir warm in die Nase. Die Musik ist leicht und luftig, darunter mischen sich

Gesprächsfetzen in verschiedenen Sprachen von den Touristen und Einheimischen, die hier plaudern und shoppen.

Aus der Ferne beobachte ich den Eingang und sehe Ashton durch die Haupttür hereinkommen. Sie sieht aus wie eine Kreuzung aus »obdachlos« und »Promi«. Ihr langes Haar ist vom Wind zerzaust und guckt wild unter ihrer Ballonmütze hervor. Sie trägt weite Jeans und ein Sweatshirt mit Kapuze. Einen Mantel hat sie nicht an, aber fingerlose Handschuhe. Sie hält die Leinentasche der *New York Public Library* so fest an sich gepresst, als wäre ihr gesamtes Leben darin verstaut. Nur ihre Schuhe verraten sie – ein Paar himmelblaue Retrosneakers, das Modell aus der Zusammenarbeit von Madonna und Reebok. Ich mache mir eine geistige Notiz: *Ashton mag Schuhe.*

Sie sieht mich nicht, also beobachte ich sie noch einen Moment. Gerade schlendert sie zu einer Kosmetiktheke. Eine Verkäuferin bietet ihr etwas an, doch sie schüttelt den Kopf. Sie geht zu einer anderen Theke und nimmt einen Lipgloss in die Hand. Ohne ihn zu öffnen, legt sie ihn wieder hin.

»Ashton«, rufe ich schließlich und gehe zu ihr hinüber. Ich will schon die Arme ausbreiten, zügele mich dann aber instinktiv. Stattdessen schlage ich die Hände mit einem leisen Klatschen zusammen. »Ich freue mich so, Sie zu sehen. Wie geht es Ihnen?«

Sie kaut an einem Nagel. »Ich hatte beim Aufwachen einen Riesenhunger, habe einen Bagel gegessen und mich dann übergeben. Ist das normal?«

»Leider ja.« Ich will schon einen Schwangerschaftswitz machen, sehe dann aber die Sorge in ihrem Blick. »Wie weit sind Sie denn, meine Liebe?«

»Vielleicht in der zehnten Woche? Woher soll ich wissen, ob etwas nicht normal ist? Zum Beispiel hatte ich eine winzige Schmierblutung.« Ihre Wangen röten sich. »Tut mir leid. Aber

Sie sind die Einzige, die Bescheid weiß. Nun ja, Sie und Google. Aber Google macht mir Angst.«

Ich runzele die Stirn. »Waren Sie schon beim Frauenarzt?«

Sie schüttelt den Kopf.

Ehe ich antworten kann, werden wir von Reese' musikalischer Stimme unterbrochen. »Sylvia!«

Ich drehe mich um und sehe Reese auf uns zukommen. In dem kupferfarbenen Anzug von Zegna mit dem kaum sichtbaren Karomuster sieht er einfach blendend aus. Obwohl er kleiner ist als Ashton und ich, bringt er es fertig, uns beide in die Arme zu schließen und uns links und rechts Küsschen auf die Wange zu hauchen, sodass ich mir vorkomme wie eine Adelige.

Er tritt einen Schritt zurück und ergreift Ashtons Hand. »Sie sind wunderbar. Hach, wird das ein Spaß.«

Ich schüttele den Kopf. Reese ist kaum dreißig, und doch verfügt er über die Grandezza eines Menschen, der in der Welt herumgekommen ist. Er ist mit neunzehn aus dem Iran geflohen, hat sich dann in der Türkei über einem Friseurladen versteckt gehalten und sich schließlich mit einem amerikanischen Geschäftsmann angefreundet, der die scheinbar unmögliche Aufgabe übernommen hat, ihm legale Papiere für die Einreise in die USA zu besorgen – ein solcher Lebenslauf würde wohl jeden beeindrucken. Ich bin gerade mal aus Boca geflohen und fühle mich bereits wie Wonder Woman.

Reese lächelt. »Ich habe schon mehrere Abendkleider ausgewählt. Wollen wir anfangen?«

Ashton blickt zu Boden. Ihre Miene ist grimmig.

Reese will noch etwas sagen, doch ich lege ihm die Hand auf den Arm. »Reese. Wir sind so dankbar, dass du dir die Zeit für uns nimmst. Aber uns ist leider etwas dazwischengekommen. Wäre es wohl möglich, dass wir heute Nachmittag wiederkommen?«

Das weckt Ashtons Aufmerksamkeit. Verwirrt sieht sie mich

an. Ich hebe die Hand, *einen Moment bitte*, und warte, während Reese seinen ledernen Terminkalender konsultiert, den er aus der Brusttasche gezogen hat. Der Mann hat einfach Klasse.

»Kommt nach ein Uhr wieder, dann stehe ich euch zur Verfügung.«

»Perfekt. Vielen Dank.« Ich fange seinen Blick auf, und er nickt mir unmerklich zu, ehe er kehrtmacht und sich entfernt.

Ashton sieht ihm nach. »Warum haben Sie das gemacht?«

»Weil Sie zu Ihrem Arzt müssen.« Bei meinem Tonfall weiten sich ihre Augen. Sanfter füge ich hinzu: »Bestimmt ist alles in Ordnung, aber keine von uns beiden würde sich beim Shoppen wohlfühlen, bevor das nicht abgeklärt ist. Haben Sie eine Gynäkologin?«

»Ja, Dr. Bickman, ich gehe schon seit Ewigkeiten zu ihr. Ich wollte sie letzte Woche anrufen, aber dann habe ich es doch nicht gemacht. Ich weiß nicht, was mit mir los ist, Sylvia. Bestimmt denken Sie, ich wäre schrecklich dumm.«

»Ach, Liebes. Ich denke nur, dass Sie Angst haben.« Ich blicke in ihr blasses Gesicht. »Möchten Sie, dass ich den Anruf für Sie übernehme?«

Sie nickt dankbar und reicht mir das Mobiltelefon. Ich suche »Bickman« in den Kontakten und wähle die Nummer.

»Praxis Dr. Bickman«, meldet sich eine Arzthelferin.

»Hallo. Ich würde gern einen Termin für Ashton Morris vereinbaren. Sie ist seit Kurzem schwanger und möchte sich vergewissern, dass alles in Ordnung ist.«

»Wie wäre es mit nächstem Dienstag?«

»Wie wäre es mit heute?« Meine Stimme ist fest. »Sie hatte eine Schmierblutung und ist sehr besorgt.«

»Verstehe.« Die Arzthelferin hält einen Moment inne. »Wäre elf Uhr zu früh?«

»Wir werden da sein.« Ich lege auf und gebe Ashton ihr Smartphone zurück. »Gehen wir.«

Mir wird schon beim Zuschauen schwindelig, während Ashton durch das Untersuchungszimmer tigert, das gerade einmal groß genug ist für einen Untersuchungstisch, einen Stuhl, einen Schrank für Praxisbedarf und ein Waschbecken mit Fußpedal. Ashton weigert sich, sich hinzusetzen. Ich habe ihr angeboten, im Wartezimmer zu bleiben, doch sie hat mich gebeten, sie nicht allein zu lassen. Und so sitze ich nun auf dem einsamen Stuhl, während sie hin und her läuft, unablässig. Sie trägt nichts als ein Papierhemd, das sie mit dem minderwertigen Verschluss ziemlich fest zubekommen hat. Ich presse die Finger aneinander und starre auf die graue Wand. Das hier fühlt sich sehr seltsam an. Isabel habe ich zu keiner einzigen Schwangerschaftsvorsorgeuntersuchung begleitet.

Apropos Isabel, mein Mobiltelefon klingelt schon wieder. Ich werfe einen Blick aufs Display, sehe, dass es Isabel ist, und drücke den Anruf weg. Das ist bereits das zweite Mal, dass sie es bei mir versucht, seit ich hier sitze und warte. Ihre Anrufe werden häufiger, aber sie hinterlässt keine Nachricht.

Im Stillen verfluche ich Louis. Wahrscheinlich hat er mich als labil hingestellt. Und er weiß sicher auch, dass Isabel versuchen wird, mir jeden wie auch immer gearteten Job auszureden. Ich kann sie förmlich vor mir sehen, wie sie an ihrem Computer sitzt und eine Litanei verfasst, in der sie darlegt, warum mein neues Leben zum Scheitern verurteilt ist. Vielleicht gibt es sogar Fußnoten.

Mein Handy klingelt schon wieder. Als Ashton mich ansieht, stelle ich es endlich auf Stumm und stecke es in meine Tasche.

Ich schenke ihr ein reuiges Lächeln. »Ich bin immer nur dann so beliebt, wenn wir beide zusammen sind.«

Ashton hebt eine Braue. »Sind Sie sicher, dass Sie nicht drangehen sollten?«

»Nein, es ist nur meine Tochter.«

»Klingt, als würde sie Sie wirklich brauchen.«

»Also bitte. Sie macht sich Sorgen, dass ich sie brauchen könnte.« Ashton blickt mich mit neuem Interesse an, doch ich schüttele den Kopf. »Lassen wir das lieber. Wie geht es Ihnen inzwischen?«

Ashton hüpft auf den Untersuchungstisch und verschränkt die Beine wie ein Kind.

»Ich würde lieber über Ihre Tochter reden. Sie müssen sich sehr nahestehen. Sie haben gesagt, Sie haben vor ihrer Hochzeit gemeinsam die Bäckereien besucht und Pro- und Kontra-Listen zum Brautkleid angelegt.« Ashton rümpft die Nase. »Meine Mom will eine Pro- und Kontra-Liste zu Analsex machen. Ihr Freund ist buchstäblich in meinem Alter, und sie will ›darüber im Bilde sein‹, wie sie sagt, ›was ein junger Mann erwarten könnte.‹ Wieso wollen Sie nicht mit Ihrer Tochter reden? Haben Sie gerade Streit?«

Erwarten junge Männer Analsex? Ist das heutzutage üblich? Erwarten ältere Männer das jetzt auch?

»Tut mir leid«, sage ich schließlich. »Diese Situation mit Ihrer Mom, meine ich. Das muss hart sein.«

Ashton wendet den Blick ab.

Ich beuge mich vor. »In den Unterlagen habe ich nichts über Ihre Hochzeitsfeier entdecken können. Haben Sie Brautjungfern? Ich frage nur, weil ich meine, es könnte hilfreich sein, eine gute Freundin zu haben, mit der man reden kann.«

»Meine beste Freundin Tati lebt in Japan, sie arbeitet dort. Sie ist meine Trauzeugin. Brautjungfern haben wir nicht. Dan und ich wollten das Ganze schlicht halten.«

»Dan gefällt mir«, sage ich.

»Mir auch.« Ashton lächelt ein bisschen.

»Darf ich fragen, warum Sie ihm nicht von dem Baby erzählt haben?«

»Wir haben über Kinder gesprochen, aber er hat sich da nicht sehr enthusiastisch gezeigt. Zumindest vorerst scheint er keine zu wollen. Ich habe Angst, er könnte ausflippen. Und damit käme ich nicht zurecht.«

»Ashton«, sage ich vorsichtig. »Das Ganze ist auch deshalb so beängstigend, *weil* Sie ein Geheimnis daraus machen. Nicht andersherum. Und es ist in Ordnung, wenn Dan nervös ist. Als meine Tochter schwanger war, hat ihr Mann Todd ein Gewehr gekauft. Bis dahin hatte er Waffen noch nicht mal zu Gesicht bekommen. Die Leute tun alles Mögliche, wenn ihnen große Veränderungen bevorstehen.«

»Aber ich will nicht, dass Dan ein Gewehr kauft.« Ihre Stimme bebt.

Beinahe hätte ich gelächelt. »Ich glaube, Sie sollten sich keine Sorgen machen, was Dan tun wird. Geben Sie ihm die Chance, Sie zu überraschen. Und Sie zu unterstützen«, füge ich hinzu.

Sie fährt sich mit der Hand ins Haar und zerrt daran. »Aber ich weiß bereits, dass er sich aufregen wird. Wir haben über Kinder gesprochen. Wir wollten noch ein paar Jahre warten. Und ich kann noch nicht mal ein Hähnchen braten.«

Jetzt muss ich doch lächeln. »Ach Liebes, darüber haben wir doch schon gesprochen. Sie brauchen kein Haushaltsgenie zu sein, um ein Kind zu haben.«

»Aber ich will ein Haushaltsgenie sein! Oder zumindest will ich Käsetoast machen können, ohne die Küche in Brand zu setzen. Das ist tatsächlich passiert. Dan hat in der Küche zwei Feuerlöscher installiert, einen als Backup. Ich bin ein hoffnungsloser Fall. Sie haben übrigens Eindruck bei meinem Dad gemacht. Ihm gefiel Ihre Idee mit dem Kleid. Meine Mom wird es bestimmt hassen, aber egal.«

Mir schwirrt der Kopf. Wie kann man mit einem Käsetoast die Küche in Brand setzen? Ist der Brand auf dem Herd ausgebrochen oder im Toaster? Und was Nina angeht, so habe ich mir schon Gedanken gemacht, wie wir sie für das Unkonventionelle gewinnen können. Ich will Ashton gerade davon berichten, doch in diesem Moment geht die Tür auf, und wir werden unterbrochen.

»Ashton, wie schön, Sie zu sehen. Und was für aufregende Neuigkeiten!« Dr. Bickman betritt lächelnd den Raum und schiebt ein Ultraschallgerät herein. Sie ist Ende vierzig und hat dunkle, intelligente Augen. Über ihrem pfiffigen orangefarbenen Kleid trägt sie einen weißen Arztmantel. »Wie ich sehe, haben Sie Ihre Mom mitgebracht. Hallo.«

Ich erstarre, als Dr. Bickman mich ansieht und mir die Hand reicht. Ich schüttele sie und räuspere mich.

»Eigentlich bin ich Ashtons …«

»Ich wollte meine Mom mitbringen für den Fall, dass etwas nicht in Ordnung ist«, platzt Ashton heraus. Sie wirft mir einen Blick zu.

Okay. Anscheinend bin ich heute »Mom«.

»Natürlich«, sagt Dr. Bickman. »Dann wollen wir mal sehen. Lehnen Sie sich zurück, und stellen Sie die Füße auf die Fußstützen, so wie für Ihren Abstrich.«

Als Ashton sich in Position bringt, nimmt Dr. Bickman die Sonde und rollt ein Kondom darüber. Ich muss wohl verwirrt ausgesehen haben, denn sie lächelt mich an und erklärt: »In einem so frühen Stadium machen wir einen vaginalen Ultraschall. Fertig, Ashton? Eins, zwei, drei.«

Dr. Bickman führt die Sonde ein, und Ashton hält die Luft an, während ich vor mich hin starre und nicht recht weiß, wohin mit mir. Ich hätte nicht gedacht, dass meine Jobbeschreibung etwas so Intimes enthalten könnte. Allerdings habe ich als Hochzeitsplanerin bereits Brandstiftung und öffentliche Bloßstellung erduldet. In einen Ultraschall mit einbezogen zu werden ist dagegen etwas ziemlich Schönes.

Ich höre, wie mein Mobiltelefon vibriert, und mich zwickt das Gewissen, weil ich meine echte Tochter ignoriere, während ich hier mit meiner vorgetäuschten Tochter sitze. Ich sehe zu Ashton hinüber. Sie hat die Augen fest zugekniffen und die Hände zu Fäusten geballt.

Leise stehe ich auf und gehe zu ihr. Ich nehme ihre Hand.

»Ist alles in Ordnung?«, fragt sie mich.

Ich wende mich der Ärztin zu, die lächelt. »Alles perfekt. Der Größe nach zu urteilen, würde ich sagen, zehn Wochen und zwei Tage. Ihr Termin ist der 12. Mai.«

»Und die Schmierblutung?« Ashton klingt angespannt. Sie sieht immer noch mich an.

»Ganz normal«, versichert Dr. Bickman, und ihre Stimme ist wie eine warme Kompresse. »Wenn es zu einer ernsthaften Blutung kommen sollte, rufen Sie mich sofort an. Aber im Moment sieht alles großartig aus. Hier, schauen Sie.«

Langsam richtet Ashton den Blick auf den Bildschirm. Ich tue es ebenfalls. Das Bild ist krisselig, aber ich sehe etwas zucken. »Ist das der Herzschlag?«

Dr. Bickman nickt. »Allerdings.«

Mein Gesicht prickelt. Ich sehe Ashton an, die nun wie gebannt auf den Bildschirm starrt. Dr. Bickman druckt zwei Bilder aus, entfernt die Sonde und steht auf. Sie wirft die Untersuchungshandschuhe beiseite und überreicht Ashton und mir jeweils ein Ultraschallbild.

»Noch einmal herzlichen Glückwunsch. Die Damen am Empfang werden Ihnen einen Termin für die nächste Untersuchung geben.« Sie wendet sich an mich und zwinkert. »Nett, Sie kennenzulernen, Grandma.«

Nachdem sie den Raum verlassen hat, sitzen Ashton und ich schweigend da. Sie starrt auf das Bild in ihrer Hand.

»Tut mir leid, Sylvia. Es war mir zu peinlich zu sagen, dass Sie meine Hochzeitsplanerin sind. Ich kann nicht glauben, dass das ein winziger Mensch ist.«

»*Ihr* winziger Mensch«, sage ich leise, an mein Bild gerichtet. »Ihrer und Dans. Sie haben dieses kleine Wesen zusammen erschaffen.«

Ashton nickt. »Ich werde es ihm sagen. Vielleicht an diesem Wochenende. Ich will es in einem ruhigen, entspannten Moment tun, wenn wir ganz für uns sind.«

»Das klingt gut.« Ich lächele. »Ist Ihnen immer noch nach Shoppen?«

Ashton reckt die Arme über den Kopf. »Ja, allerdings.«

Mein Mobiltelefon vibriert erneut. Plötzlich versetzt es mir einen Stich.

»Ziehen Sie sich in Ruhe an, Liebes«, sage ich. »Ich warte draußen.«

Ashton nickt zustimmend.

Ich verlasse das Zimmer, gehe rasch den Korridor hinunter, durchquere die Rezeption und trete auf den Gang hinaus. Dort stelle ich mich vor die Aufzüge. Ich atme tief durch, sehe mich um, ob ich allein bin, und gehe dann ans Telefon.

»Isabel, ich liebe dich. Aber ich will von dir keinerlei Urteil hören. Ich will nicht, dass du mir all meine Misserfolge aufzählst. Dir mag nicht gefallen, was ich tue, aber ich bin deine Mutter.«

Von mir unbemerkt, haben sich meine Augen mit Tränen gefüllt. Ich umklammere Ashtons Ultraschallbild, und plötzlich überfluten mich Erinnerungen an Isabel als Baby. Ihre winzigen Krabbenfinger. Ihr weicher Bauch. Ihr Gebrüll.

Ich schlucke und sage weicher: »Du warst immer so ehrgeizig, so zielstrebig. Dafür bewundere ich dich, Izzy.«

Schweigen.

»Izzy? Bist du noch dran?« Ich schaue auf das Display. Die Verbindung steht noch.

»Ich bin noch dran.« Isabels Stimme ist ausdruckslos. »Du hast recht. Mir gefällt nicht, was du tust.«

»Warum nicht, um alles in der Welt?« Ich bemühe mich um einen fröhlichen Ton.

»Weil es keinen Sinn ergibt. Du bist zu alt, um so etwas zu tun.«

Es ist, als hätte sie mir einen Schlag verpasst. »Ich bin zu alt, um mein Leben so zu leben, wie ich das möchte?«

»Weißt du, wie es klingt, wenn ich meinen Kollegen erzähle, dass meine Mom nach New York gezogen ist? Dass sie sich mit einer anderen Seniorin eine Wohnung teilt? Zuerst denken sie, ich mache Witze. Dann sagen sie: ›Ach, ist das süß!‹ Es ist aber nicht süß, Mom. Es ist verrückt.«

»Ist es nicht!«, schieße ich zurück. »Ich bekomme ein Gehalt und habe auch schon einen Kunden. Und ich organisiere bereits die erste Hochzeit, vielen Dank.«

»Ich dachte, du wolltest nach New York, um dort eine Freundin zu besuchen, und nicht, um dir dort ein Fantasieleben zu gestalten und einen Nervenzusammenbruch zu erleiden.«

»Warum verkehrst du all meine guten Nachrichten ins Gegenteil? Außerdem habe ich keinen Zusammenbruch! Wenn überhaupt, dann habe ich einen Durchbruch!«

»Lieber Himmel, hörst du dir eigentlich selbst zu?«

»Tust du es denn?«, rufe ich. »Seit ich deinen Vater verlassen habe, verurteilst du mich. Weißt du, was die Leute sagen, wenn ich ihnen das erzähle? Jedenfalls nicht: ›Ach, ist das süß.‹« Meine Stimme zittert. »Isabel, du weißt nicht mal die Hälfte dessen, was dein Vater getan hat. Ich muss jetzt aufhören, ich bin bei der Arbeit.«

Ich lege auf und schiebe das Mobiltelefon in die Tasche, zusammen mit dem Ultraschallbild. Mir ist am ganzen Körper heiß. Ich starre auf mein Bild, das von den verspiegelten Aufzugtüren zurückgeworfen wird. Der Türspalt sägt mich mittendurch. Meine eigene Tochter empfindet keinen Respekt für mich.

Mein Smartphone fängt schon wieder an, zornig zu vibrieren, doch ich ignoriere es und hebe das Kinn. Das, was ich tue, hat nichts Lächerliches an sich. Gut, ich bin mit einer Frau, die ich erst seit gestern kenne, bei der Gynäkologin. Aber so ist nun mal der Job. Eigentlich bin ich ziemlich stolz auf mich.

Meine Hände zittern noch, als ich mir das Haar glatt streiche und den Mantel zuknöpfe. In meiner Brust brennt ein wildes Gefühl, und ich versuche nicht, es zu zähmen. Stattdessen trete ich ein paar Schritte nach rechts, bis ich ein komplettes Spiegelbild habe. Ich kriege das hin. Ich kann eine Hochzeit planen. Ich kann eine *spektakuläre* Hochzeit planen.

15.
KAPITEL

Die nächsten Tage kann mich nichts erschüttern. Seit wir letzten Donnerstag die Arztpraxis verlassen haben, arbeite ich nonstop. Gegen zwei sind Ashton und ich ins Bergdorf zurückgekehrt und hatten einen Riesenspaß, während wir mit Reese die Kleider anprobierten. Schließlich entschieden wir uns für ein Ballkleid von Lela Rose namens »Glitter Firework«. Schon der Name hat uns überzeugt. Ashton sah strahlend aus in den weichen Lagen türkisfarbener Seide, die sich bis zum Boden ergossen und mit Wirbeln aus silbernen und goldenen Perlen bestickt waren. Der tiefe V-Ausschnitt und die kurzen Schleifenärmel würden ihre voller werdenden Brüste schön zur Geltung bringen, und der fließende Rock in A-Linie würde verhindern, dass ihr Bauch eingequetscht wurde. Etwas Eleganteres hätte ich mir im Traum nicht ausdenken können. Dieses Kleid wird Ashton für immer begleiten.

Als wir das Bergdorf verließen, wurde es schon dunkel. Der Himmel spannte sich tiefblau hinter den Gebäuden. Ich lud Ashton ein, unseren Erfolg in einem Café in der Nähe mit einem alkoholfreien prickelnden Getränk zu begießen.

Wir nahmen an der Bar Platz, und ich sah ihr tief in die Augen.

»Ashton. Verzeihen Sie den dramatischen Ton, aber bis zu Ihrer Hochzeit haben wir noch sieben Wochen und drei Tage. Wir müssen jetzt Gas geben.«

Sie nickte und biss sich dann auf die Lippe. »Was meinen Sie, wie sehr wird meine Mom das Kleid hassen?«

»Sie wird es überhaupt nicht hassen. Wie kommen Sie nur darauf?«

Ashton zuckte mit den Schultern. »Bei Hochzeiten steht sie eher auf traditionell.«

Ich steckte mir eine Salzmandel in den Mund. »Das Kleid ist atemberaubend. Klar, es ist kein typisches Brautkleid. Aber es ist auch nicht der Catsuit aus braunem Leder, den Sie anprobiert haben.« Ashton lächelte ein wenig, und ich tätschelte ihr das Bein. »Es ist schon in Ordnung, dass Sie die Zustimmung Ihrer Mutter suchen, auch wenn Sie gerade sauer auf sie sind. Genauso geht es mir mit meiner Tochter.« Ashton sah zu mir auf. Ich wurde rot. »Tut mir leid. Ich bin immer wieder zu mitteilsam.«

Sie schüttelte den Kopf und nahm einen Schluck von ihrem spritzigen Getränk.

»Ich würde das gern hören«, versicherte sie. »Dadurch fühle ich mich normaler. Warum sind Sie und Ihre Tochter sauer aufeinander?«

Ich zuckte mit den Achseln. »Das ist eine sehr lange Geschichte. Familien sind kompliziert. Aber sie ist Ihre Mutter, und Sie haben eine Menge um die Ohren. Wenn Sie mit Dan über das Baby gesprochen haben, könnten Sie vielleicht in Erwägung ziehen, es Ihrer Mutter ebenfalls zu sagen. Sie wird begeistert sein. Und sie könnte sich wieder an der Planung beteiligen. Statt ›unkonventionell‹ nennen wir es eben ›einzigartig‹.« Ich zwinkerte ihr zu.

Ashton sah mich einen Moment an. »Ich weiß, dass Sie recht haben, aber fürs Erste würde ich die Planung gern bei uns beiden belassen. Wie Sie schon sagten, wir müssen Gas geben.«

Ich lächelte. Insgeheim war ich auch ein wenig erleichtert. Vor uns lag eine Menge Arbeit.

Wie versprochen, ließ Ashton mir freie Hand. Am nächsten Tag trafen wir uns im Plaza Hotel, um ein Gefühl für die Location zu bekommen. Weil wir so kurzfristig Bescheid gegeben hatten und gerade andere Veranstaltungen vorbereitet wurden, konnten wir nur eine kleine Runde durch den berühmten Terrace Room machen, wo die Zeremonie und der Empfang stattfinden sollten. Alles war so opulent. Die hohen Decken, der Marmorbrunnen, die vergoldeten Stühle.

»Das alles ist so … groß«, flüsterte Ashton. In ihrem Blick lag der altvertraute Schrecken.

»Keine Sorge. Sie wären überrascht, was man mit Blumen alles ausrichten kann.«

Ich führte Ashton aus dem Hotel und brachte sie zu einem Floristen in der Innenstadt, den ich bei Verenas Kontakten gefunden hatte. Ich erinnerte Ashton noch einmal daran, dass der Saal im Hotel nichts anderes war als genau das: ein Saal. Unsere Aufgabe war es, ihm Wärme zu verleihen, daher wählten wir gelbe Tulpen und karamellfarbene Rosen. Der Florist würde mit dem Koordinator des Hotels zusammenarbeiten, damit an den Wänden ringsum grüne Blumenwände bereitgestellt würden. Ich versprach Ashton, dass das Ganze eine Mischung aus Schweizer Berglandschaft und kalifornischem Weingut werden würde. Ashton lächelte zum ersten Mal an diesem Tag.

Den restlichen Nachmittag verbrachten wir im Besprechungsraum in Verenas Büro und arbeiteten uns durch die Liste. Wir wählten bronzefarbene Tafelaufsätze. Wir engagierten ein Streichquartett für die Zeremonie und für die Feier eine größere Band.

Miku brachte uns einen späten Lunch, aber wir rührten ihn nicht an, weil wir so konzentriert bei der Sache waren. Wir trafen alle Entscheidungen, von der Aufstellung der Tische bis zur Faltung der Servietten. Ich sah, wie Molly uns durch die Scheiben verblüfft musterte.

An einem riesigen Whiteboard befestigte ich Zeitschriftenfotos und Karteikarten. Ich machte Skizzen, Notizen und klebte Listen zusammen. Am Ende des Tages wirkte Ashton leicht benommen, doch sie beschwerte sich kein einziges Mal. Schließlich schickte ich sie nach Hause, damit sie sich ein wenig entspannen konnte. Außerdem versprach sie, Dan von dem Baby zu erzählen.

Wieder einmal hielt sie Wort. Ich ging am Freitag gerade zu Bett, als sie mir ein Video schickte, das zeigte, wie Dan die Nachricht aufnahm. Er schwieg eine volle Minute. Dann blinzelte er, fuhr sich durchs Haar, öffnete den Mund, schloss ihn wieder und nickte schließlich.

»Jetzt ergibt alles einen Sinn«, sagte er schließlich und fing an zu lächeln.

»Wirst du ein Gewehr kaufen?«, platzte Ashton heraus.

Ich musste laut auflachen. Aber dann biss ich mir auf die Lippe und wartete auf Dans Antwort.

»Ashton«, sagte er, »ich fühle mich ja schon unwohl damit, dass wir hier ein Waffeleisen haben. Warum fragst du mich nach Schusswaffen?«

Ich musste lächeln, als ich Ashton kichern und »Ich liebe dich!« sagen hörte.

Und dann war das Video zu Ende, und ich fiel in einen tiefen, herrlichen Schlaf. Keine Geheimnisse mehr.

Es ist ein Uhr mittags am Samstag, und ich bin auf der Suche nach Schuhen. Und eventuell nach glitzernden Sneakers. Isabel ruft mich immer noch ständig an, aber ich habe mich daran gewöhnt, ihre Anrufe wegzudrücken. Ich habe zu tun.

Ashton und ich haben den Morgen wieder in Verenas Büro gesessen und uns Bilder und Webseiten von Schuhen angesehen, bis ich alles heruntergefahren habe.

»Lassen Sie mich auf die Suche gehen, während Sie beim Änderungsservice sind«, schlug ich schließlich vor, und so machten wir uns auf ins Bergdorf zu Ashtons Anprobetermin. Ich übergab sie an Reese, der versprach, darauf zu achten, dass die Näherin beim Kleid genügend Spielraum ließ. Dann fuhr ich mit dem Aufzug hinunter in die Schuhabteilung, und nun schlendere ich an den Auslagen am Rand entlang. Als mein Blick auf eine hochhackige Ledersandalette mit Perlenstickerei fällt, weiten sich meine Augen.

Gerade habe ich sie in die Hand genommen, als ich ein bekanntes Gesicht entdecke. Es ist Frank. Er trägt eine marineblaue Windjacke und eine grau-weiß gestreifte Trainingshose.

»Ich glaube, Sie sind eine Hexe«, sagt er und starrt mich durch leicht beschlagene Brillengläser an.

Ich blinzele, nicht sicher, wie ich darauf reagieren soll. »So eine mit Besen? Und einer riesigen Nase und schrecklichen Falten?«

Er lacht. »Nein, eine gute. Eine von denen, die mit ihrer normalgroßen Nase wackelt, und alles ist wieder in Ordnung.«

»Sprechen Sie von der Serie ›Verliebt in eine Hexe‹ aus den Siebzigern?«

»Der Fairness halber möchte ich anmerken, dass sie dazu einen Kinofilm mit Nicole Kidman gedreht haben.«

»Ich nehme jedes Kompliment, das ich kriegen kann.« Ich drehe den Schuh um. »Wie finden Sie die für Ashton?«

Ich halte ihm die Sandalette hin, doch Frank schüttelt den Kopf.

»Die Perlen gefallen mir nicht. Ernsthaft, was haben Sie gemacht? So glücklich habe ich meine Tochter schon lange nicht mehr gesehen, trotz der morgendlichen Übelkeit.«

Ich stelle den Schuh weg und falte die Hände. »Ich bin so froh, dass sie es Ihnen gesagt hat. Meinen Glückwunsch! Sie müssen überglücklich sein.«

Er grinst. »Ich habe mich schon zum Babysitten angeboten. Aber ich bin mir nicht sicher, ob ich ihren Ansprüchen genüge.« Er grinst noch einmal und wird dann ruhig. »Ashton hat mir von gestern erzählt. Was Sie getan haben. Das ist weit über Ihre Pflichten hinausgegangen. Es war mir ein Bedürfnis, hierherzukommen und mich persönlich bei Ihnen zu bedanken.«

»Sehr gern geschehen.« Ich lächele und fange Franks Blick auf. Ein Augenblick verstreicht. Keiner von uns beiden sagt etwas.

Ich sehe mich im Laden um, spüre jedoch, dass Franks Blick immer noch auf mir ruht. Mir wird heiß im Gesicht. Warum steht er nur da?

Ich streiche meine Bundfaltenhose glatt und denke an meine Unterhose. Ein Hipster aus rosa Spitze, äußerlich schlicht, aber erstaunlich effektiv gegen die Schwerkraft. Ich gebe vor, mir ein Stäubchen von der Schulter zu wischen, damit ich einen verstohlenen Blick auf meinen Po werfen kann. Er wirkt wirklich runder und straffer als je zuvor.

Ich schaue wieder zu Frank. Er sieht mich immer noch an. Mein Gesicht steht mittlerweile in Flammen. Warum um alles in der Welt denke ich jetzt über meinen Körper nach? Es ist ja nicht so, als wäre Frank ein Adonis. Er ist so groß wie ich, wiegt aber vermutlich weniger. Er hat nicht mal einen Hintern.

Ich räuspere mich. »Frank, hätten Sie Lust, mich zu der Suite zu begleiten, wo Ashton gerade ihre Anprobe hat? Damit Sie das Kleid sehen können? Es ist umwerfend.«

»Da bin ich mir sicher.« Er deutet auf einen Auslagetisch in der Mitte der Schuhabteilung. »Die da drüben gefallen mir. Haben Sie Ihren Ehemann wirklich dabei erwischt, wie er mit einer anderen Sex hatte?«

Ich folge Franks Blick und sehe ein schlichtes Paar blassgoldene High Heels. »Die sind wunderschön. Schauen wir sie uns mal näher an. Und ja, ich habe meinen Ehemann mit einer

Frau, die ich nicht ausstehen kann, in der Reverse-Cowgirl-Stellung ertappt.«

Frank folgt mir zu den Schuhen, und wir nehmen auf einem der Sofas Platz. »Ich habe meine Frau erwischt, wie sie mit ihrem dreißigjährigen Liebhaber geduscht hat. Ich weiß nicht genau, welche Stellung es war, aber sie haben definitiv gevögelt.«

Ich verziehe mitfühlend das Gesicht. »Das mit Ihrer Frau tut mir leid. Hatten Sie eine gute Ehe?«

Frank bricht in Gelächter aus. »Ich werde aus Ihnen nicht schlau.«

»Was wollen Sie damit sagen?« Mein Gesicht beginnt zu kribbeln.

»Sie fragen, ob ich eine gute Ehe hatte. Die Antwort ist offenkundig Nein. Meine Frau hat mich betrogen.«

»Das ist mir schon klar. Ich meinte nur, ob die Ehe gut war, bevor das mit der Affäre passiert ist. Denn auch wenn ich mich schrecklich betrogen fühle, frage ich mich, ob sich unsere Beziehung nicht schon vorher totgelaufen hatte, und ich es nur nicht bemerkt habe.«

Franks Miene verfinstert sich. »Ich lasse Nina niemals vom Haken, nur weil ich ihr zu selten Blumen gekauft habe. Haben Sie seither schon mit jemandem geschlafen?«

Mir bleibt der Mund offen stehen.

»Tut mir leid.« Frank seufzt. »Das war wohl etwas aufdringlich.«

Ich versuche mein brennendes Gesicht unter Kontrolle zu bekommen.

»Und Sie?«, frage ich, meine Stimme kaum mehr als ein Flüstern. »Haben Sie es mit jemand anderem getan?«

Frank läuft rot an. »Ich habe es versucht. Ich habe mich von einem meiner geschiedenen Freunde überreden lassen, mit ihm in irgendeine schicke neue Bar zu gehen. Es war schrecklich.«

»In eine Bar zu gehen war schrecklich?«

»Ich bin dort einer von Ashtons Freundinnen aus der Highschool über den Weg gelaufen.«

Ich ziehe scharf die Luft ein. »Das war sicher peinlich.«

»Sie sagen wirklich einfach das, was Ihnen gerade in den Sinn kommt, oder?«

»Wie bitte? Sie sind es doch, der mich nach meinem Sexleben gefragt hat, als wären wir Freundinnen in einer Folge von *Sex and the City*.«

Um seine Lippen zuckt es. »Nun ja, wir shoppen Schuhe im Bergdorf. Also, welche bin ich? Charlotte? Carrie?«

Ich reiße die Augen auf. »Sie mögen die Serie? Louis hat sie gehasst. Und Sie sind Miranda, definitiv.«

Frank hebt eine Braue. »Dieser Louis hat ja überhaupt keinen Geschmack. *Sex and the City?* Ein Klassiker.«

Ich verschränke die Arme vor der Brust. »Machen Sie sich über mich lustig?«

Franks Lächeln erlischt. Seine Miene wird ernst, und er legt mir eine Hand auf den Arm.

»Kein bisschen«, versichert er.

Ich will etwas sagen, doch das Gewicht der Hand auf meinem Unterarm lenkt mich ab. Sie fühlt sich warm an. Ich blicke darauf. Er auch. Wir starren beide auf seine Hand, und ich will gerade etwas sagen, als ich eine elegante, beinahe eins achtzig große und exzentrisch gekleidete Frau auf uns zukommen sehe.

»Hallo, Frank!«, schrillt ihre Stimme durch die Schuhabteilung.

Frank nimmt die Hand von meinem Arm.

»Nina«, flüstert er. Er wirkt benommen.

Mir bleibt der Mund offen stehen. Auf diese Weise hatte ich Ashtons Mutter eigentlich nicht kennenlernen wollen. Ich werfe Frank einen verstohlenen Blick zu, doch seine Augen sind ausdrucksloss. Er nickt Nina knapp zu und verschanzt sich dann hinter seinem Mobiltelefon.

Sie seufzt. Ich stehe auf und stecke mir eine Haarsträhne hinters Ohr. Bevor ich mich auch nur vorstellen kann, mustert Nina mich bereits von Kopf bis Fuß. Also tue ich dasselbe und versuche, nicht blass zu werden, so schockiert bin ich. Ich habe eine kleine, kurvenreiche Frau mit Botoxgesicht und Helmfrisur erwartet, doch Nina ist atemberaubend. Sie ist groß und mager, mit einem strahlenden Lächeln und einem tief gebräunten Gesicht. Sie ist in den Sechzigern und versucht nicht, es zu verbergen. Ihr graues, lockiges Haar fällt ihr bis auf den Rücken hinunter. Sie trägt einen Häkelpulli, den sie in den Hosenbund gesteckt hat, und die enge Reithose bringt ihre umwerfenden Beine zur Geltung. Sie hat das kultivierte Auftreten von jemandem, der als Mädchen im Bogenschießen unterrichtet wurde und heute noch zum Vergnügen auf die Jagd geht. Selbst der Schmutz an ihren kniehohen Lederstiefeln wirkt nicht schmutzig.

Sie streckt die Hand aus. »Verzeihen Sie meine Überraschung, Sie müssen Sylvia sein. Ich habe jemanden im Alter meiner Tochter erwartet, als Verena mir erzählte, dass ihre wunderbare neue Assistentin solche Fortschritte erzielt hat.«

Ich mache ein langes Gesicht.

Nina bemerkt es und lacht. »Wagen Sie es nicht! Ich bin hocherfreut, auf eine reife Frau zu treffen. Ein Kind weniger, mit dem ich mich herumschlagen muss.« Ihr Blick schweift kurz zu Frank. Dann lächelt sie mich wieder an. »Nina Levinson, ist mir ein Vergnügen.«

Ich schüttele Nina die Hand. »Sylvia Fisher. Und ich bin hocherfreut, dass Sie hocherfreut sind. Die Hochzeitsvorbereitungen laufen prima. Ashton ist so eine reizende junge Frau.«

»Ja, das ist sie. Solange man nicht ihre Mutter ist«, sagt Nina und verdreht die Augen.

»Ach, halt doch die Luft an«, brummt Frank.

Nina erstarrt. Ich tue so, als hätte ich nichts gehört, und beuge mich vor.

»Ich habe auch eine Tochter«, sage ich mit gedämpfter Stimme. »Ich kann Sie nur zu gut verstehen.«

Ninas Blick hellt sich auf. »Und, ist sie verheiratet?«

»Ja. Und sie hat Zwillingstöchter.«

»Oh, wie wunderbar. Ich habe mir immer eine große Familie gewünscht.«

Frank schnaubt. »Seit wann?«

Ich spüre praktisch, wie es in ihm brodelt.

Nina beißt sich auf die Lippe und streckt dann das Kinn vor.

»Frank, ich weiß, dass du mich im Moment hasst. Aber hier ist nicht der Ort dafür.«

»Was machst du überhaupt hier?«, fragt er, ohne aufzuschauen.

»Ich habe Verena angerufen, um mich nach den Hochzeitsvorbereitungen zu erkundigen, und sie hat erwähnt, dass Ashton heute zur Anprobe geht«, erklärt Nina mit ruhiger Stimme. »Als ihre Mutter wollte ich dabei sein. Wenn du also eine Spur Selbstkontrolle aufbringen könntest, statt lautstark auf diesen Moment zu scheißen, wäre ich dir sehr dankbar.«

Frank steht auf. »Eine Spur Selbstkontrolle? Und das sagst ausgerechnet du? Das ist ja lustig.«

Nina errötet und deutet auf mich. »Bitte, Frank. Sylvia weiß bestimmt mehr über unser Privatleben, als sie je wissen wollte.«

Mein Lächeln ist viel zu breit. »Warum gehen wir nicht …«, beginne ich, doch Frank unterbricht mich.

»Ja, ich habe ihr erzählt, wie ich dich und den Lyrikknaben in der Dusche beim Vögeln erwischt habe. Von der Sauna, dem Weinkeller und der Bibliothek habe ich ihr allerdings noch nichts erzählt. Da habe ich eine Spur Selbstkontrolle aufgebracht.«

Nina bleibt der Mund offen stehen. »Du bist so ein Arschloch.«

»Und du bist so eine Heuchlerin.« Frank spuckt die Worte beinahe aus.

»Also gut, jetzt reicht es. Alle atmen einmal tief durch und hören auf zu reden.« Meine Stimme wird lauter, und ich fange ein paar erstaunte Blicke von anderen Kunden auf. Ich ignoriere sie jedoch und sehe Frank bedeutungsvoll an.

Er verzieht das Gesicht, holt dann aber tief Luft, und Nina tut es ihm gleich.

Als ich ausatme, frage ich mich unwillkürlich, ob man wirklich gefahrlos Sex in der Sauna haben kann. Was, wenn jemand einen Hitzschlag erleidet? Und die Bibliothek und der Weinkeller? Wir groß ist ihr Haus auf Long Island denn bitte? Sicher, Louis und ich hatten in unserem Haus in Connecticut auch eine Bibliothek, aber eigentlich war es eher ein Wohnzimmer mit einem wirklich hübschen Bücherregal.

Ich blinzele ein paarmal, um mich zu sortieren.

»Nina, ich finde es großartig, dass Sie hier sind«, sage ich schließlich. »Frank, ich verstehe, dass Sie wütend sind, aber konzentrieren wir uns doch lieber auf das Wesentliche. Ihr kleines Mädchen heiratet und bekommt ein Baby. Zwei unglaubliche Meilensteine im Leben.«

Ich lasse den Blick von Frank zu Nina wandern und schenke ihnen ein warmes Lächeln, wie eine freundliche Lehrerin oder Psychotherapeutin. Nina hat gelogen und betrogen, sicher, und Frank steht die Mordlust immer noch ins Gesicht geschrieben. Trotzdem, ein Baby. Wie kann man sich darüber nicht freuen?

Frank schiebt die Hände in die Taschen und nickt. »Also schön.«

Ich warte drauf, dass Nina auch etwas sagt, doch sie reagiert nicht. Ich blicke zu Frank hinüber und sehe, dass auch er sie beobachtet. Seine Augen sind nur noch schmale Schlitze, und um seinen Mund hat sich ein grimmiger Zug festgesetzt.

»Ashton hat es dir nicht gesagt«, stellt er schließlich fest. Er klingt nicht selbstgefällig. Seine Stimme ist neutral, beinahe ausdruckslos.

Ninas Rücken wird steif, und auf ihren Wangen brennen zwei rote Flecken.

»Das hat sie allerdings nicht«, bestätigt sie. »Wenn du mich bitte entschuldigen würdest? Es scheint so, als hätte ich mit meiner Tochter ein paar Dinge auszudiskutieren.«

Sie macht auf dem Absatz kehrt und geht in Richtung der Aufzüge.

Panik explodiert in meinem Magen. Mein gesamtes New Yorker Leben läuft in Zeitlupe vor meinem inneren Auge ab. Ashton wird so wütend darüber sein, dass ich ihrer Mutter die Neuigkeiten verraten habe. Ich kann nicht zulassen, dass Nina als Erste dort ankommt. Während sie sich in Richtung der Aufzüge durch die Menschenmenge kämpft, erhasche ich einen Blick auf ihr wallendes Haar. Ich muss sie aufhalten.

Frank hat mir die Hand auf den Ellbogen gelegt. »Gehen wir.«

Gemeinsam laufen wir los, doch Nina ist schnell. Wie eine Ballerina umrundet sie eine Gruppe Touristen, während Frank und ich in dem Gewühl aus Einkaufstaschen stecken bleiben.

»Verzeihung, Verzeihung«, sage ich, während wir versuchen, uns zu befreien.

Als wir bei den Aufzügen ankommen, ist Nina verschwunden. Frank deutet auf die Treppe. Wir drängen uns durch die Doppeltüren und rennen die Betonstufen hinauf.

»Wohin müssen wir?«, fragt er, da er schneller ist als ich.

»Zwei Treppen hoch, Ebene vier!«

Ich schnaufe und keuche, während Frank zwei Stufen auf einmal nimmt, als wäre er eine Bergziege. Ich muss wirklich mit dem Laufen anfangen. Oben angekommen, klebt mir das verschwitzte Haar im Gesicht.

»Alles in Ordnung?«, fragt Frank.

Ich gebe ihm ein Daumen-hoch-Zeichen, weil das einfacher ist, als etwas zu sagen. Dann schiebe ich mir das Haar aus den Augen und öffne die Tür. Von irgendwoher bekomme ich neuen Schwung und jogge über den Marmorboden zum persönlichen Einkaufsservice. Ich klopfe an die Tür.

Reese öffnet und strahlt Frank und mich an. »Sylvia! Du bist nicht nur brillant und schön, du kannst auch Gedanken lesen. Wir sind gerade fertig geworden. Und dieser attraktive Gentleman? Der Vater der Braut, nehme ich an?«

Frank wirkt ein wenig benommen. »Ich bin Frank«, stellt er sich vor. »Ist alles okay? Wie geht es Ashton? Ist ihre Mutter schon da?«

Frank und ich sehen uns in der luxuriösen Suite um. Das weiche Licht bringt die gekalkten Eichenholzwände zum Leuchten. Im Raum verteilt sind verschiedene Sitzgelegenheiten, alle in Schattierungen von Mauve und Rosa. Auf Art-déco-Beistelltischchen stehen Silberschalen mit Bonbons. Am Ende des Raums befinden sich verspiegelte Schiebetüren, durch die man in den anderen Teil der Suite gelangt.

Ich halte die Luft an und wende mich an Reese. »Ist Ashton da drin? Ist ihre Mom bei ihr? Warum höre ich nichts?«

Reese sieht mich neugierig an. »Nach einem bedauerlichen Zwischenfall mit einem Diplomaten haben wir diese Räume schallisoliert. Aber hier sind keine Mütter. Wenn ich dich recht verstehe, ist das auch gut so?«

Während ich mich mit dem Rücken an die Tür lehne, um sie zu schließen, hätte ich vor Erleichterung beinahe geweint.

»Wir versuchen hier, die Familiendynamik unter Kontrolle zu bekommen«, erkläre ich. »Frank, gehen Sie mit Reese doch schon mal vor, damit Sie Ashton sehen können. Ich komme gleich nach.«

Frank folgt Reese durch den Raum und durch die riesigen Schiebetüren. Sobald sie außer Sichtweite sind, lasse ich die Füße in den üppigen Teppich sinken und wühle in meiner Handtasche nach Puderdose und Bürste. Ich verteile etwas Puder im Gesicht und kämme mir rasch die Haare. Dann laufe ich zu den verspiegelten Türen und schiebe sie auseinander.

Mir bleibt der Mund offen stehen. Ashton steht in voller Pracht auf einem Podest, das Haar zu einem lockeren Knoten aufgesteckt. Ein paar Locken haben sich auf perfekte Art gelöst. Es sieht aus, als hätte Reese eine Windmaschine geholt, um uns glauben zu lassen, Ashton sei wie eine griechische Göttin direkt aus den Wolken herabgestiegen. Ihre Arme wirken lang und zierlich. Ihr Schlüsselbein ist zart, und ihre Haut hebt sich leuchtend von der silbernen und goldenen Feuerwerksstickerei ab.

Ashton strahlt uns an. »Tadaa! Wie findet ihr es?«

»Oh, Ashton, es ist perfekt.« Mir werden die Augen feucht, während Frank sich seine mit dem Ärmel der Windjacke abtupft.

»Ich kann nicht glauben, dass mein kleines Mädchen heiratet.« Frank wendet sich an mich. »Das sagt wohl jeder Dad, was?«

»Nur die besten.« Ich lächele. »Machen Sie ein paar Fotos. Genießen Sie den Moment.«

Frank zückt sein Smartphone. Während er und Ashton ein Selfie machen, kommt Reese zu mir.

»Was ist los?«, fragt er mit gesenkter Stimme. »Soll ich mein Team wegen Ashtons Mutter in Alarmbereitschaft versetzen?«

Ich seufze. »Ja. Ich muss mit Ashton reden, bevor ihre Mutter sie sieht.«

Reese geht zu der gegenüberliegenden Wand, an der ein schwarzes Haustelefon hängt. Er greift zum Hörer und wendet sich diskret ab.

In der Zwischenzeit beiße ich mir auf die Lippe und sehe in Ashtons lachendes Gesicht. Sie nimmt alberne Posen ein, und Frank fotografiert. Die beiden amüsieren sich prächtig. Wie soll ich ihr nur beibringen, dass ich Nina die Neuigkeiten verraten habe?

»Sylvia! Sylvia! Ich brauche dich! Es ist dringend.«

Ich drehe mich um und sehe, wie Reese den Hörer des schwarzen Telefons auflegt. Frank und Ashton sind immer noch in ihrer eigenen Welt. Ich gehe zu Reese. Seine Lippen sind angespannt.

Seiner Miene entnehme ich, was los ist. »Sie ist unterwegs.«

Er nickt. »Hast du hinter dir abgesperrt?«

»Ich dachte, die Tür verriegelt automatisch.« Meine Augen weiten sich.

Oh, Mist. Mist, Mist, Mist!

Reese ist schon unterwegs. Ich laufe ihm nach, doch wir kommen beide zu spät. Die Tür geht auf. Nina tritt ein und überrennt uns beinahe auf dem Weg zu Ashton und Frank, die immer noch Fotos machen.

Ashton sieht ihre Mutter als Erste. »Mom? Was machst du denn hier?«

Frank legt das Mobiltelefon beiseite und sieht mich an. Mir schlägt das Herz bis zum Hals.

»Nina, wie schön, dass Sie uns gefunden haben«, sage ich und versuche, einen munteren Ton anzuschlagen. »Setzen Sie sich doch.«

Ich deute auf die Sofas rings um das Podest, doch Nina ignoriert mich und funkelt Ashton wütend an.

»Ich bin hierhergekommen, um meine Tochter im Brautkleid zu erleben. Doch in der Brautboutique hatten sie keinerlei Aufzeichnungen von dir. Schließlich hat jemand irgendwen angerufen, der mir sagte, ich solle hierherkommen. Was um alles in der Welt hast du da an? Und wann wolltest du mir von dem

Baby erzählen, für das du noch viel zu jung bist? Hast du noch nie von Verhütung gehört?«

Ashton wird bleich.

Frank tritt zwischen die beiden. »Meine Güte, Nina. Es ist doch nicht so, als wäre sie ein schwangerer Teenager. Jetzt atme erst einmal tief durch.«

Ninas Augen blitzen. »Sag du mir nicht, wie ich zu atmen habe. Ashton, zieh das lächerliche Kleid aus. Für eine Hochzeit ist das völlig unangemessen.« Sie fährt zu mir herum. »Ist das ein Witz? Ich dachte, Sie wären so eine Art Hochzeitsguru. In einem so trashigen Kleid wird jedenfalls nicht geheiratet.«

Mir bleibt der Mund offen stehen. Ist das dieselbe Frau, die ich in der Schuhabteilung kennengelernt habe? Ich hätte das gerne gesagt, bemühe mich aber stattdessen um Gelassenheit.

»Ashton wollte etwas Frisches und Modernes. Sie liebt das Kleid. Es ist Haute Couture«, kann ich mir nicht verkneifen hinzuzufügen.

»Es ist der letzte Scheiß.« Nina legt die Hände auf die Hüften.

Selbst Reese wirkt, als hätte er eine Ohrfeige bekommen. Er räuspert sich und tritt einen Schritt vor.

»Madame, Sylvia und ich überlegen, eine Schleppe und einen Schleier hinzuzufügen. Das wird sehr feierlich und elegant aussehen.«

Nina ignoriert ihn und hält den Blick fest auf Ashton gerichtet.

»Und du hast allen von dem Baby erzählt, nur mir nicht?«, zetert sie weiter. »Deine Hochzeitsplanerin weiß vor mir Bescheid? Hast du auch nur irgendeine Ahnung, wie ich mich dabei fühle?«

Ashton wendet einfach den Blick ab. Ich sehe, dass ihre Lippen zittern, doch sie beißt sich darauf.

Frank seufzt. »Komm schon, Nina. Hier geht es nicht um dich. Es geht darum, dass wir ein Enkelchen bekommen.«

Nina wirft die Hände in die Luft. »Weißt du was? Du hast recht. Es ist Ashtons Entscheidung, wen sie in ihrem Leben haben möchte.« Sie streicht sich über den Pulli und zupft an den Ärmeln. »Nachdem ich ja offenbar nicht gebraucht werde, lasse ich Sebastian wissen, dass ich ihn zu seiner Lyrikkonferenz in Europa begleite. Für das Probeessen sind wir wieder da.«

Ashton ist fassungslos. »Das war's dann also? Du reist einfach ab?«

»Ja.« Nina dreht sich um und verlässt den Raum.

Wir alle sehen ihr entgeistert nach. Ist das wirklich gerade passiert?

Reese tritt respektvoll außer Hörweite. Frank ist sprachlos.

Ich blicke Ashton an. Ihre Augen sind trocken, doch ihr Gesichtsausdruck hat sich verfinstert. Es sieht aus, als ob ein schwerer Vorhang die Sonne ausgesperrt hätte.

Ich lege ihr eine Hand auf den Arm. »Ihre Mom lässt nur ein wenig Dampf ab.«

Ashton sieht zu Boden. »Wie hat sie das mit dem Baby herausgefunden?«

Ich verziehe das Gesicht. »Ashton, es tut mir so schrecklich leid. Ich dachte, sie …«

»Ich hab es ihr gesagt, Liebes«, unterbricht Frank mich. »Mir war nicht bewusst, dass sie es nicht weiß. Es tut mir so leid. Kann ich dich trotzdem zum Lunch ausführen? Dich ein wenig aufmuntern?«

Ashtons Stimme klingt, als käme sie von weit weg. »Sie hat nicht mal gefragt, wann mein Termin ist.«

Frank macht ein langes Gesicht.

»Oh, Ashton«, sage ich leise. »Sie war einfach so schockiert. Geben Sie ihr ein wenig Zeit. Und Lunch ist eine prima Idee. Soll ich für Sie und Ihren Vater etwas reservieren?«

Ashton schüttelt den Kopf. »Ich will nach Hause.«

Reese tritt einen Schritt vor und hebt den Saum des Kleides an. »Erlauben Sie, dass ich Sie in die Umkleide bringe, damit wir keine Nadeln verlieren? Wenn Sie fertig sind, nehme ich das Kleid, und unsere Näherinnen werden ihre Wunder wirken.« Er wendet sich an mich. »Sylvia, Frank. Es war mir eine Freude.«

Reese wirft mir einen Luftkuss zu, nickt Frank entschieden zu und hilft Ashton dann durch eine weitere Schiebetür.

Frank und ich verlassen die Suite. Während wir zu den Aufzügen gehen, sagt keiner von uns ein Wort.

Frank drückt auf den Knopf, und der Aufzug geht auf. Ein paar Leute verlassen den Lift, nur Frank und ich steigen zu. Ich drücke auf den Erdgeschossknopf.

Frank bricht das Schweigen. »Diese verdammte Nina«, brummt er.

»Verdammte Nina«, stimme ich ihm leise zu. »Danke, Frank. Dafür, dass Sie mich bei der Sache mit der Schwangerschaft gedeckt haben.«

Er zuckt mit den Schultern. »Keine große Sache. Es liegt doch nahe, dass ich es ihr gesagt habe. Gott, sie hat so verletzt ausgesehen.«

»Es tut mir schrecklich leid. Ich werde dafür sorgen, dass es Ashton gut geht.«

Frank sieht mich an. »Sie machen sich wirklich etwas aus meiner Tochter.«

»Natürlich tue ich das.«

Frank sieht mich immer noch an, aber diesmal führt sein Blick dazu, dass sich meine Atmung verlangsamt. Wieder fällt mir die Intelligenz in seinem Blick auf.

Ich atme langsam ein, als er sich plötzlich vorbeugt und mich küsst. Seine Zunge öffnet meinen Mund, und mich durchzuckt ein Stromstoß.

Die Aufzugtüren öffnen sich mit einem Ping, und Frank rückt von mir ab. Wir steigen beide im Erdgeschoss aus. Halt suchend lehne ich mich an die Wand. Meine Lippen pochen, und mir ist ein wenig schwindelig. Mein Gott! Ich hatte ganz vergessen, wie es ist, jemanden wirklich zu küssen.

Frank räuspert sich. »Hättest du Lust, mal mit mir auszugehen?«

Ich schlucke. »Das wäre wunderbar«, antworte ich, doch meine Stimme kommt mir fremd vor. »Aber ich bin mir ziemlich sicher, dass Verena Verabredungen mit Klienten nicht duldet. Du küsst ganz hervorragend.«

Frank kommt mir ein wenig näher. »Danke. Wie wäre es, wenn wir uns morgen Abend zum Essen träfen, um die Details der Hochzeit zu besprechen?«

Mir wird heiß. »Ich würde sehr gern deine Meinung zur Sitzordnung hören.«

»Sitzordnungen sind mein Lebensinhalt.«

Das entlockt mir ein Lachen.

Frank lächelt. »Dann bis morgen. Ich hole dich um sieben ab.«

16. KAPITEL

Ich habe eine Ashton-Krise, und doch stehe ich hier im »Intimpflege-Gang« bei Walgreens, drei Blocks von Verenas Büro entfernt, um mir Enthaarungswachs für die Bikinizone anzusehen.

Dafür hast du keine Zeit, Sylvia, warnt mich eine Stimme in meinem Kopf.

Ich reibe mir die Stirn. Die Stimme hat recht. Ich habe dafür keine Zeit.

Sobald Frank gegangen war, habe ich Verena angerufen. Ich erklärte ihr kurz, dass wir ein »Nina-Problem« hätten, und sie sagte, ich solle gleich ins Büro kommen.

So also lautete der Plan. Eilig verließ ich das Bergdorf und steuerte halb laufend, halb rennend das Büro an. Ich fühlte mich wie die Heldin in einem Danielle-Steel-Roman. Nie zuvor war ich mir meines Körpers so bewusst gewesen.

Während ich die Häuserblocks entlangeilte, fragte ich mich unwillkürlich: Würde Frank mich noch einmal küssen?

Natürlich würde er das tun. Aber wie lang? Die ganze Nacht? Wie Teenager? Würde ich meine Hand in seine Hose schieben? Er seine in meine?

Sobald ich mir vorstellte, wie Franks Finger in meinen Slip glitten, durchbohrte mich die Furcht wie ein eiskalter Dolch. Sicher, ich habe tolle Slips, wunderschöne Teile aus Spitze und Satin. Aber das spielt keine Rolle.

Wie erstarrt stand ich an der Ecke, und vor meinem geistigen

Auge blitzte Blanches perfekt enthaarte Bikinizone auf. Und dann fiel mir ein, dass auch Bunnys Schritt so glatt war wie der eines Supermodels. Ob Nina sich wohl ebenfalls die Haare entfernte? Wahrscheinlich.

Während vor mir die Taxis vorbeirauschten, sah ich auf meine Füße hinunter. Ich schämte mich, weil ich mich meiner Intimzone schämte. Ich sollte sie nicht wegen eines Mannes enthaaren. Und doch wollte ein kleiner Teil von mir genau das.

Ich erinnerte mich an die Folge von *Sex and the City*, in der Carrie eine Sadistin besuchte, um sich ein Full Brazilian Waxing machen zu lassen. Damals hatte ich mich vor Lachen nicht mehr eingekriegt, aber ich erinnerte mich auch noch, dass ich mir dachte, es könnte Spaß machen, es mal damit zu versuchen.

Natürlich habe ich nie einen Termin vereinbart. Der Sex mit Louis hat mich schon lange zu nichts mehr inspiriert.

Und dann, wie durch ein Zeichen der Götter, fiel mein Blick auf den Schriftzug von *Walgreens*. Ich überquerte die Straße, betrat den Apotheken- und Drogeriemarkt, und nun stehe ich vor Enthaarungsprodukten mit Namen wie »Kobari Coconut Melt Mini« und »Flamingo Body Wax«. Ich entscheide mich für einen Namen, der mir vage bekannt vorkommt: Die »Insta-Wax Strips« für Gesicht und Bikinizone von Sally Hansen.

Schon als ich die glatte, rosa Schachtel in die Hand nehme, fängt mein Unterleib an zu pulsieren. Im grellen Neonlicht des Ladens fange ich an zu blinzeln, vor meinem inneren Auge sehe ich mich auf dem Cover meines eigenen Softpornos. Ich trage ein aufgerissenes Herrenhemd, im Haar habe ich frische Strähnchen, und auf dem Titel steht: *Sylvia in Flammen*.

Mein Mobiltelefon piept.

Ich greife in die Handtasche und sehe die SMS von Verena, die fragt, wo ich bleibe. Mist. Ich eile zur Kasse, zahle das Wachs und packe es ein. Dann laufe ich aus dem Laden und renne den

Block hinunter bis zu Verenas Büro. Allein das Bewusstsein, dass es in meiner Tasche steckt, verleiht mir Flügel.

Doch sobald ich die schweren Türen zum Gebäude aufstoße, vergesse ich alle Gedanken an Frank und Venushügel. Ich habe etwas zu erledigen.

Als ich den Warteraum betrete, serviert Miku gerade einem sehr attraktiven schwulen Paar und deren Müttern Champagner. Ich nicke ihnen kurz zu, schlüpfe durch die Tür und begebe mich schnurstracks zu Verenas Büro. Ich überlege gerade, wie ich sie auf selbstbewusste Weise auf den neuesten Stand bringen kann, als meine Ohren von einer schrillen Stimme attackiert werden.

»Wann kommt sie zurück?«

Seltsam, die Frau klingt wie Isabel. Ich atme tief durch. Ich habe Schlaf wirklich bitter nötig.

»Oh, das ist ja wunderbar! Wie schön für sie!«

Okay, das war definitiv Bunnys Stimme. Ich stolpere vorwärts, öffne Verenas Tür – und mir rutscht das Herz in die Hose. Auf den Stühlen vor Verenas Schreibtisch sitzen Isabel und Bunny.

Sobald ich hereinkomme, steht Isabel auf. Sie trägt eine Skinny Jeans, eine kurze Militärjacke und zerschrammte Ballerinas. Das Haar hat sie zu einem zu strengen Knoten aufgesteckt.

Bunny erhebt sich ebenfalls. Sie trägt Yogaleggings mit Fendi-Logo und dazu das passende schulterfreie Sweatshirt, in dem sie aussieht wie ein Ex-Rugbyspieler. Als sie mir zuwinkt, blitzen ihre French Nails im Licht der Deckenlampe auf.

Verena sitzt an ihrem Schreibtisch und trinkt ein Root Beer.

»Deine Familie ist zu Besuch«, informiert sie mich überflüssigerweise.

Am liebsten würde ich in hysterisches Gelächter ausbrechen.

»Mum? Echt jetzt? Was ist los? Und warum hast du mich nicht zurückgerufen?« Isabel stemmt die Hände in die Hüften. Mir fällt auf, dass an ihrer Militärjacke ein Knopf fehlt. »Ich habe mir solche Sorgen gemacht«, fügt sie anklagend hinzu.

Bunny rollt die Augen. »Isabel, bitte. Deine Mutter ist erwachsen. Syl! Ich bin so froh, dich zu sehen, meine Liebe.« Bunny schließt mich in die Arme und flüstert mir ins Ohr: »Ich bin so stolz auf dich.«

Nachdem sie mich freigegeben hat, stehe ich einen Moment da und starre meine Tochter an.

»Wie hast du mich gefunden?«, will ich wissen.

Isabel knabbert an einem Fingernagel. »Ich habe die ›Meinen Laptop suchen‹-App benutzt. Sie hat mich hergeführt.«

Ich drehe mich um und werfe einen Blick in das Büro, das ich mir mit Molly teile. Der Laptop steht dort auf dem Tisch. Ich wende mich Isabel zu und versuche dann, in Verenas Miene zu lesen.

»Verena, es tut mir so leid, wenn das hier die Tagesplanung durcheinandergebracht hat. Lass mich dir offiziell meine Tochter Isabel vorstellen – und ihre Schwiegermutter Bunny.«

Verena winkt ab. »Sei nicht so förmlich. Das ist schon in Ordnung. Ich freue mich, deine Familie kennenzulernen. Möchtest du erst kurz mit ihnen reden, bevor du mir erzählst, was zwischen Ashton und Nina vorgefallen ist?«

Ich schüttele den Kopf. »Nein, die Angelegenheit ist dringend.« Ich sehe Isabel und Bunny an und schlage meinen professionellsten Ton an. »Tut mir leid, das zu tun, nachdem ihr den weiten Weg auf euch genommen habt, aber ich bin gerade sehr beschäftigt. Können wir uns für später verabreden?«

Isabel seufzt. »Wissen Sie, was das letzte Mal passiert ist, als meine Mom Hochzeitsplanerin war?«, fragt sie dann, an Verena gewandt. »Sie wurde verklagt. Hat sie Ihnen das erzählt?«

Verena lächelt ruhig. »Warum wollen Sie nicht, dass Ihre Mutter Erfolg hat?«

Isabel sieht aus, als hätte sie eine Ohrfeige bekommen. »Wie bitte?«

Verena stellt ihr Root Beer hin. »Es ist doch eine ganz einfache Frage. Warum versuchen Sie, Ihre Mutter zu demütigen? Sie ist ehrlich und anständig und verdammt gut in ihrem Job. Das scheint Sie zu stören. Ich frage mich, warum. Sie fragt sich das sicher auch.«

Isabel funkelt sie an. »Ich versuche nicht, sie zu demütigen! Ich versuche, sie zu retten!« Sie wendet sich an mich. »Man geht nicht einfach so nach New York und ist glücklich, Mom. Das Leben ist kein Märchen, in dem man alles ändern und sich neu erfinden kann.« Ihre Stimme bricht.

Ich verziehe das Gesicht und mustere sie aufmerksam. Ihr Knoten ist in Auflösung begriffen. Ich sehe den Concealer, der unter ihren Augen zu bröseln beginnt. Am Kinn hat sie einen kaum verheilten Pickel, den sie sich blutig gekratzt hat.

»Isabel«, sage ich sanft, und plötzlich bricht mir schier das Herz. »Was ist denn los?«

Sie schüttelt den Kopf. »Ich weiß, dass ich überreagiere. Aber ich werde einfach nicht damit fertig, wenn alle in meinem Leben eine Krise haben.«

»Ich habe keine Krise«, sage ich langsam. »Was meinst du denn mit ›alle in meinem Leben‹?«

Isabel blickt von Bunny zu Verena und dann zu mir. Sie wird rot und greift nach ihrer Tasche.

»Vergiss, dass ich hier war. Du hast ja anscheinend alles unter Kontrolle.« Sie stürmt aus dem Zimmer.

Sobald sie außer Sichtweite ist, setzt Bunny sich wieder hin. Sie ringt die Hände, und ich sehe, dass an einem ihrer Nägel der Lack abgeplatzt ist. Ihr Lippenstift passt nicht zu ihrem Lidschatten, worauf sie sonst immer achtet, und ihr Lächeln ist nicht so strahlend wie sonst. Sie wirkt müde.

Ich blicke zu Verena und weiß nicht recht, was ich tun soll.

Sie schenkt mir ein schwaches Lächeln und nimmt dann ihr Mobiltelefon.

»Sylvia, ich muss einen Anruf tätigen«, erklärt sie. »Rede doch kurz mit Bunny. Ich bin in fünf Minuten wieder da.«

Sie steht auf und verlässt das Büro. Sobald sie draußen ist, setze ich mich neben Bunny.

»Was ist los?«, will ich wissen.

»Todd hat seinen Job verloren«, antwortet Bunny unverblümt, aber ich höre den schmerzlichen Unterton einer besorgten Mutter heraus.

»O Gott, das ist ja schrecklich.« Ich kneife die Augen zusammen, und plötzlich kocht Wut in mir hoch. »Diese Idioten. Todd ist ein Computergenie. Er hat das Unternehmen aus den roten Zahlen gerettet. Die Leute sind so undankbar.«

»Er hat gekündigt.«

Überrascht beuge ich mich vor. »Wann? Was ist passiert?«

»Vor zwei Wochen. Er ist an einem Mittwoch zum Lunch gegangen und nicht zurückgekommen. Sie haben ihn immer wieder auf seinem Mobiltelefon zu erreichen versucht, aber er ist nicht drangegangen. Am Freitagmorgen hat sein Boss Raj schließlich Isabel im Büro angerufen. Izzy ist ausgerastet. Todd hatte ihr erzählt, dass er zu Hause arbeitet, weil sein Büro desinfiziert wird.«

»Oh, Bunny, das ist ja einfach … bizarr. Was hat Todd dazu gesagt?«

»Nichts.« Bunny zuckt mit den Achseln. »Izzy hat Marty und mich angerufen, und wir sind gleich rübergekommen, aber Todd hat nichts gesagt. Er tut so, als wäre es vollkommen normal, die Familie anzulügen und den Job zu kündigen.«

»Hat er eine Midlife-Crisis?«

»Verdammt, er ist fünfunddreißig Jahre alt!«, explodiert Bunny und wirft die Hände in die Luft. »Louis hat eine Midlife-

Crisis. Du hast eine Midlife-Crisis. Todd hat sich noch keine Midlife-Crisis verdient!« Sie atmet scharf ein. »Oh, Scheiße. Tut mir leid, Syl. Das ist jetzt ganz falsch rübergekommen.«

Ich tätschele ihr sanft das Knie. »Ich finde es ziemlich schmeichelhaft, dass du es eine Midlife-Crisis nennst. Da fühle ich mich gleich viel jünger.«

Bunny schüttelt den Kopf, ihr Blick ist leidenschaftlich. »Was du hast, ist keine Krise. Als Izzy sagte, du wärst nach Manhattan gezogen und hättest eine Mitbewohnerin, nun ja, das klang schon nach einer Krise. Aber das hier ist anders.« Sie wies auf Verenas Büro. »Das hier ist real. Du hast einen Job. Ich bin so beeindruckt.«

Ein warmes Strahlen breitet sich in mir aus. »Danke, Bunny. Das bedeutet mir viel. Louis war einfach ... nun ja, furchtbar. Und ich gebe mir hier wirklich Mühe.«

Bunny nickt. »Ich kann mir nicht mal ansatzweise vorstellen, was du durchgemacht hast. Das ist auch der Grund, warum ich wegen Izzy und Todd nicht angerufen habe. Ich wollte dich nicht belasten.«

»Es wäre keine Belastung gewesen.«

»Doch, doch. Himmel, Syl. Bei unseren Kindern läuft es zurzeit richtig beschissen. Todd und Izzy schlafen in getrennten Zimmern. Die Mädchen spüren die Spannung und sind deswegen außer Rand und Band. Ihr neuer Betreuer kommt nicht mehr.«

»Izzy muss ja völlig fertig sein.«

»Das ist sie.« Bunny nickt grimmig. »Und Todd weigert sich, sich einen neuen Job zu suchen. Seit sie zur Partnerin gemacht wurde, verdient Izzy genug Geld, um sie alle zu ernähren, und er hat das Gefühl – wie hat er es ausgedrückt? –, als würde seine ›Seele unter den Energiesparlampen in seinem Büro verdorren‹.«

Ich grinse ein wenig. »Izzy hat Todds poetische Ader immer geliebt.«

»Also, darin sieht sie keine Poesie. Sie ist außer sich vor Wut, und ich mache ihr keinen Vorwurf. Ich habe mich so geschämt. Mein Sohn war nie ein Lügner.«

Ich nicke mitfühlend. »Manchmal ist es aber auch wirklich schwer, mit Izzy zu reden. Sei nicht zu hart zu Todd.«

Bunnys Miene wird einen Moment weich. »Zuerst haben Marty und ich uns Sorgen gemacht. Was ist passiert? Warum hat er seinen Job auf diese verantwortungslose Art hingeschmissen?« Sie schüttelt frustriert den Kopf. »Aber er hat keine Erklärung. Und jetzt, wo die Mädchen den ganzen Tag frei haben, sagt er, es sei Schicksal. Es wäre seine Bestimmung, Hausmann zu sein und wertvolle Zeit mit seinen Töchtern zu verbringen. Aber in Wirklichkeit heißt das, dass er mich anruft und um Hilfe bittet, während er vor dem Fernseher kosmisches Yoga macht. Ich bin müde. Unsere Enkelinnen hören nicht auf herumzutoben. Sie malen nicht, und sie spielen nicht mit Barbies. Stattdessen brettern sie auf ihren Spielzeugautos wie Formel-eins-Fahrer durchs Haus. Und sie nehmen Geräte auseinander. Der neue Dyson ist momentan in siebzehn Einzelteile zerlegt, und ich habe keine Ahnung, wie ich ihn wieder zusammensetzen soll. Und natürlich besitzen Izzy und Todd keinen Besen. Sie sind gar nicht auf die Idee gekommen, sich einen zu kaufen. In was für einer Gesellschaft leben wir eigentlich, wenn junge Leute vergessen, für ihr Haus einen schlichten Besen zu besorgen?«

Ich sehe Bunnys gequälte Miene und muss unwillkürlich kichern. Seit ich sie kenne, hatte sie immer eine ganze Armada von Hausmädchen. Ich kann mir nicht vorstellen, wie sie versprengte Frühstücksflocken aufkehrt.

Anscheinend hat sie erraten, was ich denke, denn sie fängt ebenfalls an zu kichern. »Es hat einen Tag gedauert, dann habe ich eine Putzfirma engagiert.«

»Hat Izzy denn keine eigene Reinigungskraft?«

»Die kündigen alle. Deine Tochter ist eine kleine Tyrannin. Sie sucht überall nach Staub, als wäre sie ein Inspektor beim Gesundheitsamt.«

Ich seufze. »Ach, Bunny, ich wünschte, Isabel hätte nicht das Gefühl, dass alles immer perfekt sein muss. Früher habe ich das gut gefunden. Sie war immer so organisiert und ehrgeizig. Aber ich wünschte, sie würde sich nicht für alles verantwortlich fühlen. Dadurch wirkt sie so kleinlich, dabei ist sie das gar nicht. Nun ja, manchmal vielleicht. Aber ich glaube nicht, dass es in ihrer Absicht liegt.«

Bunny tätschelt mir das Knie. »Ich weiß noch, wie Todd sie das erste Mal zum Essen mitgebracht hat. Sie war komisch – und so lieb.« Sie hielt kurz inne. »Nun ja, nicht direkt lieb, aber gutherzig. Marty und ich konnten sehen, dass ihr andere Menschen wichtig sind.«

»Das stimmt. Zu wichtig.« Ich seufze. »Wahrscheinlich gefällt es ihr nicht, einen arbeitslosen Ehemann zu haben und Kinder, die nicht auf eine Promotion in Oxford vorbereitet werden.«

»Richtig, das gefällt ihr nicht.«

Ich sehe in Bunnys erschöpftes Gesicht und verspüre leise Trauer. Ich vermisse ihren glitzernden Lidschatten und den Showgirl-Puder.

»Du bist eine Heilige, Bunny. Eine großartige Mutter und Großmutter. Ich fühle mich ganz klein, weil ich euch überhaupt nicht unterstütze.«

»Tu das nicht!« Sie richtet sich auf. »Du schöpfst hier dein Potenzial aus. Und bemitleide mich nicht zu sehr. Marty hilft mit. Auf eine masochistische, komplizenhafte Art genießen wir das Ganze.« Ihre Augen fangen an zu funkeln. »Wir spielen unseren Kindern kleine Streiche. Zum Beispiel verstecke ich Izzys Handyladekabel und sehe zu, wie sie wie eine Irre durchs Haus rennt.«

Ich kann nicht anders, ich muss lachen. »Was noch?«

»Marty isst dauernd Todds regional angebaute Mandeln von irgendeiner Farm aus Vermont auf. Ich weiß, es ist albern, aber es macht Todd verrückt. Dabei mag Marty Mandeln noch nicht einmal.«

Ich pruste, Bunny ebenfalls. Dann wischt sie sich über die Augen und schnauft laut.

»Und wir genehmigen uns diesen Frühling eine Reise. Wir haben ein Zimmer in einem Hotel auf Mykonos gebucht, in das wir schon immer mal wollten. Die haben dort ein erstklassiges Restaurant, und die Suiten sind zum Niederknien. Und dann noch die FKK-Strände! Wir können es gar nicht erwarten.«

Die Tür geht auf, und Verena kommt herein.

»Das klingt himmlisch«, sage ich. »Wir brauchen den Namen, damit wir es unseren Klienten anbieten können, die sich eine exotischere Hochzeitsreise wünschen.«

Verena bleibt vor uns stehen und sieht mich an. »Alles geklärt?«

Ich nicke. »Absolut.«

Bunny versteht den Wink. Sie erhebt sich, um sich zu verabschieden. Als ich aufstehe, um sie zu umarmen, werfe ich aus Versehen meine Tasche um. Entsetzt sehe ich zu, wie mein Enthaarungsset Verena vor die Füße fällt.

Sie geht in die Knie und hebt es auf. »Do-it-yourself-Enthaarungsstreifen? Meine Güte, Sylvia. Du bist mutiger, als ich dachte.«

Bunny reißt die Augen auf. »Du hast einen Mann kennengelernt!«

Mir weicht alles Blut aus dem Gesicht. Ich nehme Verena die Schachtel aus der Hand und schiebe sie wieder in meine Tasche.

»Sei nicht albern. Ich will mich nur ein wenig auffrischen.«

Bunny kann nicht aufhören, mich zu mustern.

»Das glaube ich dir nicht. Wie heißt er?«, will sie wissen und setzt sich wieder.

Verena nimmt an ihrem Schreibtisch Platz und beugt sich vor. »Ja, erzähl. Jemand Neues oder eine alte Flamme?«

»Jemand Neues«, stammele ich. Mist, so geht das nicht. Ich räuspere mich. »Also, ich meine, jemand Neues, aber auch alt. Ein alter Freund.«

»Hast du vor, ihn zu vögeln?« Verena schlägt die Beine übereinander.

Bei dem Wort »vögeln« zucke ich zusammen. Ich, Sylvia Fisher, habe eigentlich noch niemanden »gevögelt«. Sogar meine Ohren werden heiß, als ich überlege, was ich sagen soll.

»Du solltest diesen kleinen Body anziehen, den du mir vorgeführt hast«, meint Bunny nachdenklich.

Ich vergehe fast vor Verlegenheit. Was Verena wohl davon hält? Vorsichtig sehe ich zu meiner Chefin hinüber. Doch offenbar findet sie nichts Seltsames daran, dass ich mit Bunny Unterwäsche anprobiere.

»Wie heißt er?«, fragt sie stattdessen. »Diese Stadt kann manchmal ein Dorf sein. Vielleicht kenne ich ihn.«

»Nein, nein. Er wohnt in … New Jersey.« Ich schlucke und rede sehr schnell, in etwa so wie jemand, der soeben einen bewaffneten Raubüberfall begangen hat.

Verena sieht mich an. »Warum bist du so verschlossen? Ist er verheiratet?« Sie fängt an zu lächeln. »Ich hätte es mir denken können. Es ist völlig normal, selbst Ehebruch zu begehen, nachdem man betrogen wurde. Und lüg uns nicht an – es ist herrlich befriedigend, nicht wahr?«

»Er ist geschieden, vielen Dank auch.« Mein Gesicht glüht, und ich vergesse sogar, dass ich lüge. »Ich würde nie Ehebruch begehen«, füge ich hinzu.

»Wenn man Single ist, begeht man keinen Ehebruch, oder?«

Verena sieht zu Bunny hinüber, um sich dort Bestätigung zu holen, doch die schüttelt den Kopf. »In dieser Sache bin ich auf Syls Seite.«

Verena zuckt mit den Schultern. »Ich sage ja nur, dass man keinen Ehebruch begeht, wenn man nicht verheiratet ist.«

»Schläfst du wirklich mit verheirateten Männern?« Ich kann mir nicht helfen. Ich will nicht, dass Verena ein Mensch ist, der so etwas tut.

»Entschuldige bitte, ich wollte nicht so radikal klingen.« Verena räuspert sich. »Sagen wir es so: Ich begebe mich nicht ausdrücklich auf die Suche nach verheirateten Männern. Aber wenn ich jemanden kennenlerne und später stellt sich heraus, dass er verheiratet ist, bin ich nicht diejenige, die ein schlechtes Gewissen hat. Und jetzt hör auf, von dir abzulenken. Ich will mehr über deinen neuen Beau erfahren.«

»Ja«, pflichtet Bunny ihr bei. »Wo habt ihr euch kennengelernt?«

»Meine Mitbewohnerin Evie ist ein Computergenie. Sie hat mich bei Facebook angemeldet und bei Instagram und bei ein paar App-Sachen. Sie hat ihn gefunden. Wir sind zusammen zur Highschool gegangen. Er lebt in Princeton und ist Professor. Mathematik. Irgendwas mit Multivariaten Verfahren.« Das ist das Problem beim Lügen. Wenn ich erst einmal angefangen habe, kann ich nicht mehr damit aufhören. »Er hat mir früher Nachhilfe in Geometrie gegeben.«

Hör auf zu reden, Sylvia. Meine Zunge fühlt sich schwer an.

»Princeton? Wow, beeindruckend.« Verena schaltet ihren Computer an. »Suchen wir ihn mal. Ich bin schon auf der Webseite.«

Verdammt.

Bunny ist aufgestanden und schaut Verena über die Schulter. »Welcher ist es denn, Syl?«

Ich schlucke. »Tatsächlich macht er momentan ein Sabbatjahr. Er hat ein Buch über die mathematische Schönheit natürlicher Weltwunder geschrieben. Wir treffen uns zum Essen. Bestimmt wird überhaupt nichts passieren. Ich wollte mich nur sexy fühlen, deswegen habe ich mir das Enthaarungsset gekauft. Das war dumm. Ich bin überhaupt kein sexy Typ.«

Verena und Bunny sehen mich einen Moment an. Dann kommt Bunny zu mir herüber. Sie nimmt mich bei den Schultern und sieht mir direkt in die Augen.

»Du bist mehr als sexy«, versichert sie mir.

Verena nickt. »Sie hat recht. Du bist umwerfend, Sylvia. Jeder Mann, vor allem irgendein ungelenker Matheprofessor, wäre der glücklichste Kerl der Welt.«

»Ich kann mich nicht erinnern, wann ich das letzte Mal Sex mit Louis hatte. Ist das nicht erbärmlich? Ich kann mich nicht mal erinnern, wann Louis mich zum letzten Mal geküsst hat.«

Verena zwinkert mir zu. »Es ist wie mit dem Fahrradfahren.«

Ich erröte und denke an Frank. Das stimmt. Es war ziemlich leicht.

Ich sehe Bunny an und warte drauf, dass sie irgendetwas Empörendes und gleichzeitig Reizendes sagt, und dann beugt sie sich vor und küsst mich direkt auf den Mund. Nach einem Moment gibt sie mich frei.

»Du bist immer noch heiß, Baby«, sagt sie lächelnd. »Und jetzt gehe ich und kümmere mich um Izzy. Mach dir keine Sorgen. War nett, Sie kennenzulernen, Verena. Ciao.«

Bunny geht hinaus, und ich bleibe benommen zurück. Langsam drehe ich mich zu Verena um. Sie wirkt ebenfalls benommen.

»Also«, sagt sie schließlich. »Deine Familie unterstützt dich ja wirklich sehr.«

17.
KAPITEL

Der Rest der Besprechung drehte sich glücklicherweise nur ums Geschäftliche. Keine von uns erwähnte Bunnys Kuss, was mir sehr recht war. Stattdessen brachte ich Verena auf den neuesten Stand, was Ashton und Nina betraf, und versprach, dass ich mich um alles kümmern würde. Wir stimmten darin überein, dass Ninas Abwesenheit es Ashton und mir erlauben würde, die Planung der Hochzeit ungestört zu Ende zu bringen. Ich musste mich nur um den emotionalen Fallout kümmern, der mit Sicherheit auf Ashton herabgehen würde.

Und so eile ich, nachdem ich Verena gegenüber versichert habe, ich hätte einen Plan – Reese hatte mir bereits »Operation Schuhe läuft« gesimst –, die Park Avenue zu Dans und Ashtons Wohnung hinauf, wo ich von einem uniformierten Portier in die marmorne Vorhalle eingelassen werde. Während ich im Aufzug in den einundzwanzigsten Stock emporsause, muss ich unwillkürlich lachen. Im Vergleich dazu wohnen Evie und ich wie zwei junge Mädels, die gerade das College abgeschlossen haben.

Als Dan die Tür öffnet, sehe ich als Erstes die Schuhschachteln. Im Eingangsbereich türmen sich Berge davon vor den Wänden.

»Dan, wie reizend, Sie zu sehen.« Ich blicke in sein müdes, liebes, attraktives Gesicht. Er trägt Jeans und ein T-Shirt der Chicago Cubs, das mit etwas Braunem, Sirupartigem gesprenkelt ist. »Wie geht's? Ashton ist auch da, ja?«

Dan stößt den Atem aus und fährt sich durchs Haar. An seinen Armen sehe ich weitere braune Sprenkel.

Er nickt. »Sie ist im Schlafzimmer. Als sie von der Anprobe kam, hatte sie ein Schweinefilet dabei. Sie kocht und weint schon den ganzen Nachmittag.«

Ich folge Dans Blick und sehe auf der Arbeitsfläche der Kücheninsel einen Berg von schmutzigem Geschirr. Mir fällt ein, dass Nina Innenarchitektin ist, daher ist diese schöne Wohnung wohl ihr Werk. Nach dem Umbau hat das Apartment nun deckenhohe Fenster und einen offenen Grundriss. Die Küche ist der Traum eines jeden Kochs – zumindest, wenn man mal von der Tatsache absieht, dass dort im Moment komplettes Chaos herrscht. Auf der Arbeitsplatte liegt ein Stück Fleisch, das halbroh wirkt. Überall stehen Saucen und Gewürzdosen herum, der Inhalt verschüttet, dazu ein großer Topf, der randvoll ist mit einer Art braunen, klumpigen Sauce, was die Spritzer auf Dan erklärt. Als ich auf das Durcheinander zugehe, werde ich von einem nicht identifizierbaren scharfen Geruch überwältigt.

Dan sieht, wie ich die Nase rümpfe. »Ashton hat es Fusionsküche genannt.« Er nimmt ein fleckiges Kochbuch in die Hand und liest: »Grillfleisch mit dekonstruierten Algenchips.«

»Das erklärt wohl die hier.« Ich schaue blinzelnd zu einem Backblech mit verbrannten kleinen Bällchen hinüber. »Die sehen ja … interessant aus.«

»Sie sehen aus wie Katzenköttel. Zumindest sagt Ashton das. Ich weiß es nicht, ich hatte nie Haustiere. Nina ist schuld. Jedes Mal, wenn Ashton Streit mit ihr hat, sucht sie sich ein Projekt aus der Kochshow *Iron Chef* aus und fängt an zu kochen.« Dan wirft das Kochbuch auf die Arbeitsfläche.

Ich lächele mitfühlend. »Unsere Familie verleitet uns zu den verrücktesten Dingen. Aber bevor wir noch über andere Themen reden, erst einmal herzlichen Glückwunsch zum Baby. Was für wunderbare Nachrichten! Und jetzt ist mehr als je zuvor der Moment, sich auf die guten Dinge zu konzentrieren.«

Dans Gesicht hellt sich auf. »Sie haben recht. Ich freue mich wirklich wahnsinnig über das Baby. Wahnsinnige Angst habe ich allerdings auch, aber jeder sagt, das wäre normal. Und meine Mom wird uns unterstützen. Sie gehört zu den Leuten, die sich sehr über Enkel freuen.«

Ich räuspere mich. »Hat Ihre Familie ein gutes Verhältnis zu Ashtons Eltern?« Ich kann nicht anders, ich bin neugierig. Außerdem sind das für mich wichtige Informationen.

Dan stellt das Geschirr in das Becken und spritzt Spülmittel darauf. Er wirkt schmerzlich berührt, während er seine Worte sorgfältig wählt.

»Meine Mom hat versucht, sich mit Nina anzufreunden, aber die beiden sind einfach sehr verschieden.«

Ich warte darauf, dass Dan noch mehr sagt, doch er schweigt, und so deute ich auf das Spülbecken. »Nun, Ihre Eltern haben Sie jedenfalls gut erzogen. Mir gefällt es, wenn ein Mann sich am Hausputz beteiligt.« Ich tätschele ihm den Arm. »Und machen Sie sich keine Sorgen wegen Nina. Deswegen bin ich ja da. Sie sagen, Ashton ist im Schlafzimmer?«

Dan nickt und greift nach einem großen Schwamm. »Sie hat geweint und gekocht, und ich war schon drauf und dran, den Feuerlöscher zu holen. Doch dann hat der Portier uns mitgeteilt, dass wir eine große Lieferung bekommen, und kurz darauf kamen zwei Männer mit Sackkarren herauf. Wir müssen fünfundzwanzig Paar Schuhe hier oben haben. Ashtons Stimmung hat sich darauf sehr gebessert.« Dan sieht mich an und grinst ein bisschen. »Nebenbei bemerkt glaube ich, dass Sie meine Verlobte wirklich gut kennen. Sie hat doch tatsächlich gelächelt, als sie die Schachteln gesehen hat.«

Ich bedanke mich im Geiste bei Reese, dass er die Schuhe so

schnell rübergeschickt hat. Ich wusste, dass gutes Zureden beim Schuhkauf helfen könnte, die schlechte Stimmung zu vertreiben. Auch wenn Ashton sich möglicherweise nicht für Kleidung, Handtaschen oder Schmuck interessiert – Schuhe mag sie. Und als ich Reese per SMS bat, mir so viele wie möglich zu schicken, hat er geliefert.

Ich sehe Dan an und lächele. »Macht es Ihnen etwas aus, wenn ich zu ihr gehe? Und machen Sie sich keine Gedanken wegen des Abwaschs. Ich helfe gern, bevor ich gehe.«

Dan wirkt beinahe beleidigt. »Sie können doch nicht in unserer Küche sauber machen!«

Ich zucke mit den Schultern. »Ich bin Hochzeitsplanerin. Ich habe schon Schlimmeres geputzt.«

Er schüttelt den Kopf. »Wenn Sie wieder rauskommen, werden Sie sehen, wie gut ich zaubern kann. Das Schlafzimmer ist den Flur runter links.«

»Danke. Und falls ich später vergessen sollte, es zu sagen: Ashton kann sich glücklich schätzen.«

Dan zieht sich knallrosa Gummihandschuhe über. »Ich gebe mein Bestes.«

Ich lache, gehe zum Schlafzimmer und klopfe an. »Ashton? Ich bin's, Sylvia. Ich komme rein.«

Ich öffne die Tür zu dem riesigen Schlafzimmer, wo Ashton mitten auf dem Fußboden sitzt, umgeben von Schuhen. Sie hat das Haar zu einem Pferdeschwanz zusammengebunden und trägt ein schlichtes weißes T-Shirt, dazu eine dreiviertellange Cargohose. Sie hat die Schuhe kreisförmig um sich aufgebaut und sitzt da wie ein Yogi, während sie Stilettos, Sandaletten, glitzernde Sneakers, Cowboystiefel, ein Paar Springerstiefel – keine Ahnung, warum Reese die mitgeschickt hat –, mit Strass besetzte Flip-Flops, Spangenschuhe und traditionelle Peeptoes betrachtet.

»Wow«, hauche ich, als ich den Blick von der kunterbunten Schuhauswahl zum Schlafzimmer selbst wandern lasse.

Hinter Ashton steht ein niedriges Bett mit einem gepolsterten Kopfteil aus weißem Leder. Zu meiner Linken befindet sich eine kleine Sitzgelegenheit, an der Wand dahinter hängt ein Mark-Rothko-Druck. Rechts bietet eine Reihe von Fenstern einen Blick auf die glitzernde Stadt.

Ich konzentriere mich wieder auf Ashton und betrachte die Schuhe. »Haben Sie schon welche anprobiert?«

Sie sieht zu mir hoch. Ihre Augen sind ein wenig glasig. »Ich wollte sie erst alle anschauen.«

»Guter Plan.« Vorsichtig steige ich über die Schuhe, damit ich mich neben Ashton auf den Boden setzen kann. »Wie geht es Ihnen?«

Sie streckt die Hand aus und streicht über ein Paar Metallicpumps mit Blockabsatz.

»Meine Mutter fände die scheußlich«, meint sie und sieht dann zu mir herüber. »Keine Angst, ich werde die Hochzeit nicht absagen. Das wäre Dan und seiner Familie gegenüber nicht fair. Und unserem Baby gegenüber auch nicht.«

Ich lächele überrascht. »Sie sind in den letzten Tagen sehr viel erwachsener geworden.«

Sie rollt mit den Augen. »So viel nun auch wieder nicht. Haben Sie die Küche gesehen?«

»Möchten Sie, dass ich Ihnen ein paar einfachere Rezepte schicke? Denn ich glaube nicht, dass Ihr Baby dekonstruierte Algenchips braucht. Wir können ganz einfach anfangen. Mit etwas, wozu man nicht mal einen Herd braucht. Zum Beispiel Bananenbrei.«

»Sie meinen Bananenpudding?«

»Ich meine, man nimmt eine Banane und zermatscht sie zu Brei.«

Ashton lacht. Ich auch. Dann greife ich nach einem Paar Sneakers mit Leopardenmuster und glitzernden Sternen.

»Ich hatte keine Ahnung, dass Reese eine so breite Auswahl schicken würde. Wollen wir ein paar aussortieren?«, schlage ich vor. »Ich denke, diese Sneakers scheiden schon mal aus, genau wie die Springerstiefel. Ich kann für die ausgemusterten Schuhe einen Extrastapel machen.«

»Die Springerstiefel können weg, aber die hier finde ich toll.« Ashton reißt mir die Sneakers aus der Hand. »Für die Party.«

Ich ziehe eine Grimasse, und Ashton hebt eine Braue. »Ich dachte, Sie sollten mich in all meinen Entscheidungen unterstützen?«

»Ich bin hier, um Sie zu beraten. Wenn Sie etwas Bequemes wollen, suchen Sie flache Sandalen aus, in die Sie dann zum Tanzen schlüpfen können. Glauben Sie mir, wenn Sie sich in zehn Jahren die Fotos anschauen, wollen Sie unter Ihrem Hochzeitskleid keine Sneakers sehen.« Ich verziehe das Gesicht. »Das ist genau dasselbe, wie wenn eine Braut auf schwarzem Nagellack bestehen würde, weil sie etwas Ausgefallenes will. Aber es ist nicht ausgefallen, es ist hässlich. Das ist ein Unterschied.«

Ashton sieht mich verblüfft an. »Ich dachte, wir haben uns für unkonventionell entschieden.«

»Ja. Trotzdem müssen wir gewisse Standards wahren.« Ich drehe den Kopf und schaue kurz aus dem Fenster. Der Abendhimmel verschwimmt zu einem Tableau mit Sternen, während ich in der Zeit zurückreise. »Meine Tochter wollte auf ihrer Hochzeitsfeier unbedingt Sneakers von Converse tragen. Erst denkt man: *Wie süß!*, aber dann gehen die Schnürsenkel auf, und es sieht einfach falsch aus. Sie wollte nicht auf mich hören. Ich habe ihr gesagt: ›Isabel, die Sneakers kannst du danach jeden Tag anziehen. Genieß dein Leben doch ausnahmsweise ein bisschen. Nimm Cowboystiefel, wenn du anders sein willst als die anderen.‹«

»Und dann war die gesamte Hochzeit ruiniert?«

Ich blicke zu Ashton. Um ihre Lippen zuckt es. Unglaublich, sie macht sich tatsächlich über mich lustig!

Ich verschränke die Arme vor der Brust. »Sie ist gestolpert und in die Hochzeitstorte gefallen.«

Ashton schnappt nach Luft. »O Gott! Hat sie sich etwas getan?«

»Nein, glücklicherweise nicht. Aber es war schrecklich demütigend für sie. Sie hatten die Torte gerade hereingebracht, und die Gäste saßen alle schon. Sie und Todd, ihr Ehemann, wollten nach altem Brauch die Torte anschneiden, und in dem Moment ist sie gestolpert. Sie hat sich an etwas festhalten wollen, und dabei ist die halbe Torte über ihr zusammengestürzt.«

Ashton entschlüpft ein Kichern, und sie schlägt sich hastig die Hand vor den Mund. »Sorry. Eigentlich ist das nicht komisch, sondern schrecklich.«

»Es war wirklich schrecklich. Alle haben angefangen zu lachen, und sie wurde immer wütender.«

»Was ist dann passiert?«

»Bunny, ihre Schwiegermutter, und ich haben sie ins Bad gebracht und ihr geholfen, sich zu säubern. Zum Glück war ihr Kleid schulterfrei und die Torte weiß. Wir mussten ihr also bloß einen Haufen Sahne von den Schultern und dem Rücken wischen. Die übrige Torte ist an dem Mieder aus Satin einfach abgerutscht. Perfekt war es nicht, aber wir kamen zurecht. Ich war sogar ziemlich beeindruckt.« Ich erinnere mich an Izzys grimmige Miene im Spiegel. »Nachdem sie sich mit unserer Hilfe gesäubert hatte, hat sie neues Make-up aufgelegt, sich mit Papiertüchern die Haare abgetupft und dann zu mir und Bunny gesagt, sie ließe sich ihren besonderen Tag doch nicht von einer blöden Torte ruinieren. Außerdem hat sie gemeint, wenn irgendwer noch einmal lachen würde, würde sie ihm oder ihr eine verpassen.«

Ashton riss die Augen auf. »Wow. Isabel klingt furchterregend. Auf eine beeindruckende Art. Haben Sie immer noch Streit?«

Während ich überlege, wie ich darauf antworten soll, reiche ich Ashton ein paar glitzernde High Heels. Sie zieht sie wortlos an, steht auf und geht mit ihnen durchs Zimmer. Selbst in Kombination mit der dreiviertellangen Cargohose sehen sie umwerfend aus.

Ich atme aus. »Die finde ich wunderschön. Probieren Sie jetzt doch mal die goldenen Sandaletten mit Federbesatz von Jimmy Choo. Ich würde eine Knie-OP in Betracht ziehen, um die tragen zu können. Und, ja, Izzy und ich haben immer noch Streit. Nun ja, vielleicht auch nicht. Ich weiß es nicht. Sie ist einfach sehr wütend auf mich.«

Ashton setzt sich und greift nach den Jimmy Choos, zieht sie aber nicht an.

»Warum?«, fragt sie und schaut mich an. »Auf mich wirken Sie wie die beste Mom der Welt. Es sei denn, Sie sind einer dieser Jekyll-und-Hyde-Leute: toll im Beruf, furchtbar zu Hause.«

»Ich habe vor Kurzem meinen Ehemann verlassen, weil ich herausgefunden habe, dass er mich betrügt«, fange ich an.

Ashton nickt. »Das hat Dan mir erzählt. Sie haben ihn nackt mit einer anderen Frau ertappt.«

Meine Wangen brennen. Ich habe ganz vergessen, dass ich Dan an jenem ersten Tag in Verenas Büro zu viel von mir offenbart habe. Allerdings dachte ich damals ja noch, dass ich diese Leute nie wiedersehen würde.

Ich schlucke. »Ach ja. Dann können sie sich ja vorstellen, dass das für Isabel ein ziemlicher Schock war.«

»Natürlich kann ich mir das vorstellen! Ich weiß genau, wie das ist.«

»Nun, Izzy kommt nicht gut damit zurecht. Sie findet, ich sollte zu Louis zurückkehren und mich irgendwie mit ihm versöhnen. Ihr gefällt die Vorstellung nicht, dass ich auf mich allein gestellt bin. Sie findet, ich bin zu alt, um unabhängig zu sein.«

»Das ist doch lächerlich. Sie sind ja nicht einmal alt.«

Am liebsten hätte ich geweint. Stattdessen lächele ich sanft. »Danke, meine Liebe. In den Augen meiner Tochter bin ich allerdings alt und nutzlos.«

Ashton schüttelt vehement den Kopf. »Rufen Sie sie an. Laden Sie sie zu einem Mädelsabend ein. Zeigen Sie ihr, dass Sie nicht nur ihre Mom sind. Ich würde mir so sehr wünschen, dass meine Mom mich wie einen normalen Menschen behandelt.«

Ich lege den Kopf schief. »Wie behandelt Ihre Mom Sie denn jetzt?«

Ashton senkt kurz den Blick. »Wie jemanden, der ihr etwas schuldig ist.«

Es zerreißt mir das Herz. Wie traurig! Ich will schon die Arme nach ihr ausstrecken, um sie zu trösten, doch Ashton dreht sich gerade so schnell zu mir um, dass ich aus dem Gleichgewicht gerate.

»Rufen Sie sie an, Sylvia. Gleich. Jetzt sofort.« Ashton nimmt meine Tasche und reicht sie mir.

Ich sehe sie verblüfft an. »Bin nicht ich diejenige, die *Ihnen* Ratschläge in Sachen Familie gibt?«

»Manchmal bin auch ich gern die Clevere. Rufen Sie sie an, und dann probieren wir weiter Schuhe an.«

Ich zögere einen Augenblick. Wird Ashton dasitzen und zuhören? Sie hält die Jimmy Choos in der Hand und starrt mich an. Vermutlich.

Ich wähle Izzys Nummer und versuche, ruhig zu atmen. Voicemail. Sobald ich den Piepton höre, zwinge ich mich zu einem ruhigen, liebevollen Tonfall.

»Izzy, ich bin's, Mom. Es gefällt mir nicht, wie wir auseinandergegangen sind. Ich weiß, wahrscheinlich bist du schon wieder zurück in Connecticut, aber ich würde gern ein Treffen mit dir planen, nur wir beide. Ruf mich zurück. Ich hab dich lieb.« Ich lege auf und seufze.

Ashton lächelt erfreut und zieht die Jimmy Choos an. »Das sind sie.«

Die hochhackigen Satinsandaletten sind mit goldenen Pailletten verziert. Vom Knöchelriemen hängt vorne eine extravagante Straußenfederquaste herab.

»Das sind definitiv Ihre Schuhe«, hauche ich. »Möchten Sie die anderen zum Spaß auch noch probieren?«

Sie starrt mich an, als hätte ich drei Köpfe. »Ich will jedes einzelne Paar Schuhe anprobieren.« Sie sieht auf ihre Uhr. »Es sei denn, Sie müssen noch irgendwohin.«

Ich blicke in Ashtons süßes Gesicht und verspüre eine Welle der Zuneigung, weil sie überhaupt über meinen Zeitplan nachdenkt.

»Ich muss nirgends hin«, versichere ich lächelnd und setze mich wieder auf den Boden. »Ich freue mich sogar darauf, diese Sneakers an Ihnen zu sehen.«

Ashton zwinkert mir zu. »Ich mache einen Doppelknoten in die Schnürsenkel.«

»Abgemacht.«

Gestern Abend kam ich um elf von Ashton nach Hause. Evie war noch auf der Arbeit, und so nahm ich eine ausgedehnte Dusche, zog mir meinen gemütlichsten Pyjama an und ging zu Bett. Vor dem Einschlafen simste ich Evie noch einen ganzen Roman mit allem, was an diesem Tag vorgefallen war. Tatsächlich war es beruhigend, alles aufzuschreiben: Nina, Franks Kuss, Isabels Wut, Verena anzulügen, Bunnys Kuss, Schuhanprobe mit Ashton, unsere Annäherung … Als ich endlich auf Senden tippte, war es, als hätte ich den ganzen Tag abgestreift, und ich schlief tief und fest.

Als ich heute Morgen aufwache, stehe ich auf und schlüpfe in ein Poloshirt aus Baumwolle und eine Hose mit Tunnelzug. Dann gehe ich ins Wohnzimmer, wo Evie bereits auf dem Sofa sitzt, noch in ihrem Seidenpyjama mit dem Schlangenmuster. Sie ist in ihr Smartphone vertieft, die Stirn über der randlosen Brille gerunzelt. Sie bemerkt mich nicht.

Ich räuspere mich. »Morgen, Evie.«

Sie sieht auf und legt ihr Handy weg. Ihre Stirn glättet sich, und sie nimmt die Brille ab.

»Setz dich«, fordert sie mich auf. »Ich muss unbedingt wissen, wer besser küsst.«

Ich muss lachen und setze mich mit angezogenen Beinen auf den Boden, den Rücken an das Sofa gelehnt, damit Evie sich ausstrecken kann.

»Ich bin mir nicht sicher, ob Bunnys Kuss überhaupt zählt.«

»War er mit Zunge?«

Ich denke kurz nach. »Ich weiß nicht. Vielleicht aus Versehen?«

»Dann zählt er«, erklärt sie sachlich. »Gott, Nina klingt ja total verrückt. Wie kann man nur sein Kind so behandeln? Hat sie keine Angst, aus Ashtons Leben ausgeschlossen zu werden?«

»Ich bin mir nicht sicher, ob Nina das überhaupt in Betracht zieht.«

»Ich habe Oliver auf Instagram gestalkt«, gesteht Evie mit roten Wangen. »Er ist in seinem ersten Jahr an der Pratt.«

»Der Kunsthochschule in Brooklyn? Das ist die beste der Welt. Dann ist es Schicksal, dass ihr beide hier seid.«

»Nun ja, irgendwie.« Evies Augen glänzen, doch sie wird wieder rot. »Vermutlich hätte ich es dir erzählen sollen, aber es war mir ein wenig peinlich. Einer der Gründe, warum ich so erpicht darauf war, mit dir nach New York zu gehen, war, dass ich in derselben Stadt sein wollte wie er. Selbst wenn wir uns nicht sehen, ist es schön zu wissen, dass wir dieselbe Luft atmen.« Sie hält kurz inne. »Das klang jetzt widerlich sentimental.«

»Es klingt, wie eine Großmutter eben klingt. Warum hast du ihm nicht gesagt, dass du hier bist?«

Sie weicht meinem Blick aus. »Ich will ihn nicht belästigen.«

Verwirrt starre ich sie an. »Du folgst ihm auf Instagram. Würde er den Namen Evelyn Neiss unter seinen Followern nicht erkennen?«

»Ich trete unter anderem Namen auf. Ich habe mir ein Fakeprofil angelegt, nur damit ich ihm folgen kann.«

Mir bleibt der Mund offen stehen. »Aber warum?«

Evie faltet die Hände. »Letzten Sommer habe ich mir gelobt, dass ich aufhören würde, nach ihm und Amanda – seiner Mom – zu googeln. Es hat so wehgetan, über ihr Leben Bescheid zu wissen, aber nicht dazuzugehören.« Schließlich sieht sie mich an und schenkt mir ein reuiges Lächeln. »Aber ich bin einfach zu gut in diesem Computerscheiß. Wenn ich vierzig Jahre jünger wäre, wäre ich Hackerin, Sylvia.«

Sie holt tief Luft.

»Jedenfalls habe ich es den ganzen Sommer und bis in den Herbst hinein durchgehalten«, fährt sie dann fort. »Aber eines Tages habe ich es dann nicht mehr ausgehalten. Um es kurz zu machen: Ich bin in die Untiefen des Internets vorgedrungen und habe entdeckt, dass Oliver an der Pratt angefangen hat. Und dann hattest du diese brillante Idee, nach New York zu ziehen. Es hat sich tatsächlich wie Schicksal angefühlt. Und so habe ich eine neue Identität kreiert, um gewissermaßen in Kontakt treten zu können.«

»Evie«, fange ich langsam an. »Ich verstehe das ehrlich nicht. Du machst doch sonst keine halben Sachen. Warum rufst du ihn nicht einfach an? Warum so kompliziert? Du bist hier, er ist hier. Verabredet euch zum Lunch. Oder zu einem schönen Dinner. Studenten lassen sich doch gern zum Essen ausführen. Warum um alles in der Welt sollte er Nein sagen? Zwischen euch ist doch nichts Schlimmes vorgefallen.«

»Nun ja, mein Sohn hat eine Überdosis genommen, und er hat seinen Vater verloren.«

Sie sagt das so unverblümt, dass es mir einen Moment den Atem raubt. »Aber er macht das doch sicherlich nicht dir zum Vorwurf.«

»Seine Mutter schon.«

»Das ist total unfair. Du hast alles getan, um ihn zu retten.«

Evie fährt sich durch die Haare. »Ich weiß, Sylvia«, sagt sie mit matter Stimme. »Aber sie ist die Mutter. Ich muss das respektieren.«

»Was für ein Quatsch. Oliver geht aufs College. Er ist alt genug, um eigene Entscheidungen zu treffen. Schick ihm nur eine Nachricht. Was kann schon passieren? Er kann antworten, dass er dich nicht sehen will. Na schön, dann ist er ein Arsch. Tut mir leid, aber das ist die Wahrheit. Gib ihm Gelegenheit, kein Arsch zu sein. Das Leben ist zu kurz, das hast du mir doch beigebracht.«

Ich spüre, wie das Blut durch meinen Körper pulsiert. Ich will schon mehr sagen, doch Evie tätschelt mir sanft den Arm.

»Ich werde darüber nachdenken«, verspricht sie. »Aber jetzt möchte ich über etwas anderes reden. Zum Beispiel über den heißen Sex, den du heute Nacht haben wirst. Und ich finde, du solltest es beim Sex belassen und keine Beziehung mit diesem

Mann eingehen. – Moment, merk dir, wo wir sind, ich muss pinkeln.«

Evie steht auf und streicht ihren Pyjama glatt. Die Seide schimmert in Wellenbewegungen, als sie ihren Stock nimmt und im Bad verschwindet.

Ich stehe auf und laufe auf und ab. Ich weiß, dass sie nicht weiter über Oliver reden möchte. Und ich weiß auch, dass es mich nichts angeht. Aber als ich auf ihr Mobiltelefon schaue, das auf dem Sofa liegt, werde ich von einer Welle gerechter Empörung erfasst. Ich bin förmlich auf dem Sprung, und bevor ich mich noch bremsen kann, habe ich mir das Telefon auch schon geschnappt und aktiviere es mit einem Wischen.

Ich öffne Evies E-Mail-Postfach und will Amanda und Oliver gerade eine Nachricht schreiben, als ich scharf den Atem einziehe. Vor mir habe ich eine Mail von Amanda, mit dem Datum von vor fünf Tagen. Ohne nachzudenken, öffne ich sie und lese:

»Evelyn, danke für deine Nachricht. Schön, dass es dir in New York so gut geht. Tut mir leid, dich zu enttäuschen, aber bei uns hat sich nichts geändert. Oliver und ich wollen keinen Kontakt. Wir wissen, dass du das verstehst.
Alles Gute – Amanda.«

Tränen steigen mir in die Augen, und ich lasse mich aufs Sofa sinken. Natürlich hat Evie ihnen geschrieben. Ich bin so dumm. Wahrscheinlich war sie voller Hoffnung und hat schon geplant, in welches schicke Restaurant sie gehen möchte. Sicher hat sie sich vorgestellt, wie er sie am Flügel hören würde. Wie er nach Luft schnappt und voller Stolz sagt: »Das ist meine Großmutter.«

Und dann bekam sie diese schreckliche Antwort. Ich kann nicht aufhören, Amandas Worte auseinanderzunehmen. Dieses herablassende »Wir wissen, dass du das verstehst« und das desinteressierte »Alles Gute«. Gott, wie erniedrigend für Evie! Wie kann sie es wagen?

Wie zum Teufel kann sie es wagen?

Ich war noch nie so zornig. Es ist, als würde mir die Comicfigur Hulk in die Brust fahren, und ehe ich mich's versehe, wische ich durch die Kontakte und lande auf Olivers Nummer. Ich will schon wählen, doch dann wird mir glücklicherweise bewusst, dass Evie den Anruf auf dem Display sehen würde, und sie darf nicht erfahren, dass ich herumspioniert habe.

Rasch nehme ich mein Handy und gebe Olivers Nummer ein. Als es klingelt, werfe ich Evies Mobiltelefon auf die Couch zurück und schleiche mich zur Tür hinaus, damit Evie mich nicht hört.

Das Telefon klingelt endlos. Ich starre auf meinen Schatten an der Wand in dem engen Hausflur. Als sich die Voicemail meldet, fällt mir ein, dass ich Isabel gestern Abend eine Nachricht hinterlassen habe. Offenbar geht keiner mehr an sein verdammtes Telefon.

Nun ja, vielleicht ist es ja besser so. Meine Stimme zittert, als ich auf den Piepton warte.

»Oliver, hier ist Sylvia Fisher. Sie kennen mich nicht, aber ich bin eine gute Freundin Ihrer Großmutter Evelyn. Sie weiß nicht, dass ich Sie anrufe, aber ich wollte Ihnen mitteilen, dass …«

Ich halte inne, weiß plötzlich nicht, was ich sagen soll. Wie kann ich ihn dazu bringen, sie zurückzurufen? Ich schweige und spüre, wie die Sekunden verstreichen. Und dann, ohne Vorwarnung, fange ich an zu reden, als wäre ich nicht in der Lage, mich unter Kontrolle zu halten:

»Sehen Sie, sie ist krank, und ich dachte, Sie sollten das wissen, ehe es zu spät ist. Rufen Sie mich bitte an – wie gesagt, sie weiß nicht, dass ich Sie angerufen habe. Meine Nummer ist …«

Während ich den Rest der Nachricht herunterrattere, fühle ich mich wie in einem Dämmerzustand. Als ich endlich auflege, stehe ich einen Moment nur da. Ich kann nicht fassen, was ich da getan habe.

Ich drehe mich um und entdecke Evie.

»Sylvia? Was machst du da? Ist jemand an der Tür?«

Ich schüttele den Kopf und weiß nicht, was ich sagen soll.

»Ich wollte nur nach dem Wetter schauen«, platze ich heraus.

Evie wirft mir einen merkwürdigen Blick zu. »Aber du stehst im Flur. Nicht draußen.«

Ich nicke. »Ach so«, antworte ich wie auf Autopilot. »Das war dumm. Ich wurde abgelenkt. Gehen wir rein und reden wir über den heißen Sex, den ich später haben werde.«

18.
KAPITEL

Evie sitzt neben mir in einem Kosmetiksessel im Nagelstudio um die Ecke. Ich drehe den Kopf und sehe in ihr beglücktes Gesicht. Sie hat die Augen geschlossen, und ich höre ihren leisen Atem, während ihr die Füße massiert werden.

Es ist kurz nach vier Uhr nachmittags, und es ist mir gelungen, jeden Gedanken an Amanda und Oliver zu verdrängen. Es ist, als wäre das Ganze nie passiert. Wir hatten aber auch den ganzen Nachmittag so viel zu tun.

Nachdem wir nach der Episode vorhin in die Wohnung zurückgegangen sind, wollte Evie das Enthaarungsset sehen, das ich mir gekauft habe. Sie las das dünne Anleitungsblatt kaum durch, bevor sie den Kopf schüttelte.

»Sylvia, es kommt überhaupt nicht infrage, dass du dir die Bikinizone hier in unserer Wohnung enthaarst«, sagte sie dann entschieden. »Das erlaube ich einfach nicht. Du gehst in ein richtiges Studio und lässt es dort machen.«

Ich stimme ihr vorbehaltlos zu. Die Sache ist nur die, dass die meisten richtigen Studios am Sonntagnachmittag keine Termine frei haben. Also haben wir das Nächstbeste gemacht und ein Nagelstudio in der Nähe gesucht, das auch Haarentfernung anbietet. Evie bestand darauf, dass wir uns vor dem Waxing eine Maniküre und Pediküre gönnen.

Als ich sehe, wie Evie sich relaxed zurücklehnt, weiß ich, dass es die richtige Entscheidung war. Wir brauchen das jetzt.

Wir sind die einzigen Kundinnen hier. Sanfte Entspannungsmusik tönt aus den Lautsprechern, irgendwelche Trommelrhythmen kombiniert mit einem plätschernden Bach. Vielleicht aus dem Regenwald. Ich kann es nicht genau sagen, aber es ist ja auch egal.

Seufzend lasse ich die Schultern in den weichen Sessel sinken. Das Studio ist klein und hat silberne Wände, von der Decke baumeln Hängeleuchten. Rita – die junge Frau, die mir die Zehennägel lackiert – benutzt einen winzigen Pinsel, um eventuelle Nagellackkleckser zu entfernen. Sie ist höchstens zweiundzwanzig, hat jedoch die Miene einer strengen Schulmeisterin.

»Die Farbe ist perfekt«, sagt sie jetzt.

Ich sehe auf meine rubinroten Zehen- und Fingernägel und lächele. Ich wollte eigentlich ein helles Rosa namens »Innocence« nehmen, doch Rita – und Evie – haben mir nur zwei Alternativen gelassen, Rot oder Rot, und so entschied ich mich für »Pop My Cheery«. Evie war erfreut und suchte sich ein anderes Rot aus, das »Bury the Hatchet« heißt. *Das Kriegsbeil begraben!* Ich frage mich, ob die Leute, die sich diese Namen ausdenken, vielleicht ein wenig mystisch veranlagt sind. Ich will die Frage schon laut stellen, als Evie mir zuvorkommt.

»Sylvia«, sagt sie, die Augen offen und direkt auf mich gerichtet. »Das alles ist doch nur Spaß, oder?«

»Was meinst du?«

»Das Date mit Frank – da geht es doch nur um Sex, nicht um Liebe, richtig?«

Mein Gesicht prickelt, als Rita einen Moment aufschaut. Ich räuspere mich.

»Frank ist ein guter Mann und kann großartig küssen. Wir werden heute Nacht Spaß miteinander haben, und wenn wir uns dazu entschließen sollten, uns öfter zu sehen, dann geht das erst nach der Hochzeit, das habe ich schon klargestellt.

Niemals würde ich meine Karriere für einen Mann aufs Spiel setzen«, füge ich hinzu.

Evie nickt. »Ich wollte mich nur vergewissern.«

»Da kannst du dir absolut sicher sein.« Ich strecke die Zehen aus und lächele. »Diese Farbe ist brillant. Vielleicht sollte ich sie für Ashton vormerken, für die Hochzeit.«

Rita schiebt mir Einweg-Flip-Flops auf die Füße und steht auf. »Bräute sind immer ganz begeistert davon«, behauptet sie. »Klassisch mit einem Hauch flirty. Gehen wir zur Wachsstation.«

Mein Magen spannt sich an, und meine Arme versteifen sich.

Rita bedeutet mir mit einer Geste, dass ich aufstehen soll. »Haben Sie keine Angst. Ich habe das schon … ach, tausendmal gemacht. Vielleicht öfter. Wenn Sie wollen, kann ich Ihnen sogar ein Herz statt eines Landing Strips machen.«

Evie bleibt der Mund offen stehen. »Das ist ja fantastisch.« Sie schwingt die Beine über die Seite ihres Sessels und greift sich ihren Stock. »Ich komme.«

»Ich will kein Herz auf meinen Venushügel gewachst bekommen.« Ich schlucke. »Vielleicht ist das Ganze keine gute Idee.«

Evie hebt eine Augenbraue. »Sei nicht so negativ, Sylvia. Das passt überhaupt nicht zu dir.«

Die Wachsstation entpuppt sich als winziger Raum, der hinter einem Vorhang am Ende des Nagelstudios liegt. Ohne Hose und Unterhose liege ich auf der wackligen Liege. Außer meinen Händen habe ich nichts, womit ich meinen Unterkörper bedecken könnte. Ich sehe auf die kahle Wand zu meiner Linken. Sie ist knallrosa, und ich habe das Gefühl, von Kaugummi umschlossen zu werden. Also blicke ich nach rechts und sehe zu, wie Evie Rita über die Schulter schaut.

Rita steht an einem Tischchen, das übersät ist mit Flaschen, Tuben, Holzspateln, Pinzetten und diversen Utensilien, die ich noch nie gesehen habe, und rührt in einem Topf das Wachs an.

»Soll das wirklich so blubbern?«, fragt Evie.

Rita nickt. »Wir wollen es kochend heiß. Dann ist es leichter, die Haare mit einem einzigen Ruck auszureißen.« Rita macht eine entsprechende Bewegung, und der Bizeps unter ihrem T-Shirt schwillt an.

»Was meinen Sie, wenn Sie sagen ›mit einem einzigen Ruck‹?« Meine Stimme ist heiser.

»Wir benutzen Hartwachs«, erklärt Rita, »keine Vliesstreifen. Ich verteile das Wachs, warte, bis es aushärtet, und dann reiße ich es ab. Kinderleicht. Okay, winkeln Sie die Beine an, legen Sie die Fußsohlen aneinander, und drücken Sie die Knie nach unten.«

Über Ritas Schulter hinweg schaue ich zu Evie hinüber. Sie begegnet meinem Blick.

»Wird schon nicht so schlimm sein. Immerhin hast du ein Kind geboren.«

Das ist wahr. Und so versuche ich die gewünschte Position einzunehmen, doch ich bekomme die Knie nicht auf die Liege.

»Tut mir leid«, sage ich zu Rita. »Ich bin einfach nicht mehr beweglich genug.«

»Wir machen es nacheinander. Hier, strecken Sie das linke Bein aus, und ich lege mir das rechte über die Schulter.« Rita hebt mein rechtes Bein an und drapiert es sich über ihre knochige Schulter. Dann streicht sie heißes, weiches Wachs von meinem Innenschenkel aufwärts über den halben Unterleib. Es fühlt sich warm und zähflüssig an, wie eine kleine Decke aus Lava, die sich über meinen Körper legt.

»Das ist gar nicht so schlimm«, sage ich zu Evie. »Fast wie das Wärmekissen, das ich nehme, wenn meine Arthrose aufflammt.«

Evie nickt. »Das ist gut. Ich mag Wärmekissen.« Sie greift nach meiner Hand und drückt sie schnell.

Rita ist mittlerweile auf Augenhöhe meines Beckens und bläst auf das Wachs. Dann drückt sie es an, bis es eine harte Oberfläche bildet.

»Sind Sie bereit?«, fragt sie mich.

»Sie haben gesagt, dass es nicht wehtut?« Ich versuche zu lächeln.

Sie schüttelt den Kopf und lüpft das Wachs an der Innenseite meines Oberschenkels an.

»Das tut gar nicht weh«, will ich sagen, als Rita ein wenig heftiger zieht und dann mit aller Kraft daran reißt.

Das Wachs löst sich in einem Stück von meinem Oberschenkel bis zu den Schamlippen, und ich fahre kerzengerade in die Höhe.

Tränen strömen mir über die Wangen, und in diesem Moment pulsiert die ganze Welt um mich herum.

Ich sehe Evie an. Sie blickt ebenso wild wie ich.

Rita drückt mich unbeeindruckt auf die Liege zurück. »Die übrig gebliebenen Härchen müssen wir mit der Pinzette ausreißen.« Sie zückt ein Vergrößerungsglas und eine Pinzette. Während sie entlang der Innenseite meiner Oberschenkel Haare zupft, versuche ich mich an meine Notfallatemübung zu erinnern.

»Au!«, schreie ich.

»Sorry. Die auf den Schamlippen können ziemlich schmerzhaft sein.« Rita sieht es sich genauer an. »Es sind nur noch ein paar.«

»Nein. Das war's. Ich kann das nicht.« Ich nehme mein Bein von ihrer Schulter und greife nach meinen Kleidern.

»Aber Sie haben nur ein halbes Waxing bekommen.« Rita legt die Pinzette weg. »Ich hole Ihnen ein Wasser.«

»Sie braucht einen Wodka«, mischt Evie sich ein und fächelt sich Luft zu. »Wir brauchen beide einen Wodka.«

Sobald Evie und ich unsere Wohnung betreten, gehen wir in dieselbe Richtung, ohne uns abzusprechen, wie synchronisierte Tänzerinnen. Sie nimmt die Gläser, ich hole den Wodka aus unserem kleinen Gefrierschrank. Ich gieße uns zwei Shots ein. Evie nimmt ihren mit zum Sofa und setzt sich. Ich stelle mich an die Küchentheke und stürze meinen hinunter. Das Laufen ist immer noch schmerzhaft. Der Schmerz strahlt von meinem Unterleib in alle Richtungen.

Ich greife zum Wodka und schenke mir nach. »Frauen sind vollkommen irrsinnig. Wer tut sich so was einmal im Monat an?«

»Ich glaube, im Lauf der Zeit stumpft man da ab.« Evie nippt an ihrem Drink. »Mach mal etwas langsamer mit dem Wodka. Frank holt dich doch in einer Stunde ab, oder nicht?«

Ich blicke auf eine der zahlreichen Uhren an der Wand. Wir sind noch nicht zum Umdekorieren gekommen, und bei all den Karten und Uhren wird mir immer noch schwindelig, wenn ich nachsehen will, wie spät es ist. Ich überfliege die Uhrzeit in Tokio, Argentinien und Madrid und entdecke schließlich New York. Es ist kurz nach sechs.

Ich seufze und nehme mein Glas mit zur Couch. Vorsichtig nehme ich neben Evie Platz. »Vielleicht sollte ich absagen.«

Evie sieht kurz nach unten. »Vielleicht.«

»Das ist nicht das, was du darauf antworten sollst.«

Evie fängt leise an zu sprechen. Es klingt, als hätte sich das alles eine Weile in ihr aufgestaut.

»Ich habe nachgedacht. Warum verschiebst du dieses Date nicht auf die Zeit nach der Hochzeit? Dann könnte sich das zwischen euch noch entwickeln, und dein Job wäre frei von Dramen. Dein Schamhaar könnte auch nachwachsen.«

Ich stelle das Glas ein wenig heftiger ab als beabsichtigt. »Woher kommt dieser plötzliche Sinneswandel? Du warst engagierter als ich, was den heißen Sex angeht, der mir bevorsteht.«

»Ich weiß, und ich habe deswegen auch ein schlechtes Gewissen. Aber als deine Freundin und Unterstützerin Nummer eins, Sylvia, will ich sichergehen, dass du nichts tust, was deinen Job gefährden könnte. Ich habe so das Gefühl, als hätten wir unseren Fokus verloren. Möglicherweise würde ich es später bedauern, wenn ich jetzt nichts sage.«

Es kommt selten vor, dass Evie reumütig wirkt, doch jetzt hat sie die Augen weit aufgerissen und hält eine meiner Hände fest umklammert.

Ich seufze. »Ich kann jetzt nicht mehr absagen, er kommt in einer Stunde. Aber ich kann dich verstehen. Und selbst wenn ich es nicht verstehen würde, wäre es mir viel zu peinlich, mich mit einem halben Waxing zu zeigen. So abgetörnt war ich in meinem ganzen Leben noch nicht.«

Evie prustet. Hastig schlägt sie sich die Hand vor den Mund, um ihr Lachen zu verbergen, aber es nutzt nichts.

»Tut mir leid, aber es ist so komisch. Mein Gott, wenn ich nur daran denke, wie Rita uns auf der Straße hinterhergejagt ist …«

Es stimmt. Rita war so schockiert, als Evie und ich das Geld auf den Tresen geworfen haben und aus dem Studio gerannt sind. Nun ja, so schnell, wie Evies Stock es eben erlaubte.

Die ganze Sache ist dermaßen absurd, dass ich ebenfalls anfange zu kichern. Evie röchelt praktisch schon.

Ich fange mich wieder und sehe noch einmal auf die Uhren an der Wand.

»Evie, ich kann das Dinner nicht absagen, das wäre unhöflich. Aber ich kann die Sache platonisch halten. Ich werde Frank die Wahrheit sagen. Er weiß, dass ich mir Sorgen mache, ich könnte bei der Arbeit Probleme bekommen. Wir werden einfach eine schöne Mahlzeit genießen und uns ein bisschen besser kennenlernen. Und wer weiß? Vielleicht können wir ja auch ein paar

Details für die Hochzeit klären. Möglich, dass das ein ganz produktiver Abend wird.«

Evie sieht mir lange ins Gesicht, ehe sie nickt. »Das halte ich für eine großartige Idee.«

Erleichtert atme ich auf. Alles, was ich wirklich will, ist, einen schönen Abend zu haben. Der Sex interessiert mich gar nicht. Nun ja, das stimmt nicht ganz. Aber ich kann darauf warten. Vor allem, da ich mich heute nicht noch einmal nackt zeigen möchte.

Ich trage den Wodka zum Spülbecken und schütte ihn in den Ausguss. Dann wende ich mich an Evie.

»Nun, nachdem dieser Abend wohl eher ein legeres Geschäftstreffen wird – reden wir über die Garderobe.«

Evie ist bereits aufgesprungen. »Wie wäre es mit meinem Wildlederrock? Mit deinem Hintern würde das großartig aussehen. Auf würdevolle, professionelle Weise natürlich.«

Endlich stellt sich eine Spur Aufregung ein, und ich lächele.

19.
KAPITEL

Den Rock habe ich mir zwar nicht geliehen, dafür aber Evies elfenbeinfarbene Krepphose mit Gürtel von Veronica Beard. Dazu habe ich ein schwarzes Oberteil und silberne Ballerinas kombiniert. Nun stehe ich vor Evies Schlafzimmerspiegel. Sie sitzt an ihrem Schminktisch und sieht zu, wie ich die letzte Haarnadel in meine Banane stecke. Ich zupfe ein paar Strähnchen rund ums Gesicht aus der Frisur heraus.

Evie pfeift. »Großartig siehst du aus. Deine Taille ist so schmal.«

Ich fasse mir unsicher an die Hüften. »Bemühe ich mich zu sehr?«

»Du siehst perfekt aus.« Evie blickt zu ihrem Handy. »Er wird in ein paar Minuten da sein, aber ich muss jetzt aufbrechen. Ist es okay, wenn ich dich allein warten lasse?«

»Natürlich.« Ich lächele. »Geh nur. Du kannst doch nicht zu spät zur Arbeit kommen.«

Evie lächelt zurück. »Viel Glück.«

Ich gebe ihr ein Daumen-hoch-Zeichen. Sie erwidert es und verlässt den Raum.

Ich bleibe im Schlafzimmer und presse die Hände aneinander. Sobald ich höre, wie Evie die Haustür öffnet und hinter sich abschließt, wird mir flau vor Aufregung. Ich fange an, auf und ab zu gehen.

Entspann dich, Sylvia. Das ist nichts als ein Essen mit einem Klienten.

Sicher, ein Klient, den ich geküsst habe, aber Frank und ich sind erwachsen. Ich höre auf herumzutigern und streiche mir ein letztes Mal die Hose glatt. Meine Taille sieht tatsächlich winzig aus.

Da dies ein platonischer Abend werden soll, habe ich mich für meine reizloseste, aber effektivste Unterwäsche entschieden: einen Bodysuit von Spanx. Im Prinzip handelt es sich dabei um eine Art superelastische Fahrradträgerhose, die jeden Zentimeter Haut von den Knien bis zu den Rippen einsaugt und alles nach oben zieht. Es ist ein wirklich unvorteilhafter Look, der wahrscheinlich als eine Art Verhütungsmittel vermarktet werden sollte, wenn man überlegt, wie unsexy der Anblick ist. Aber ich trage einen tollen BH – einen Demi-Cup aus schwarzem Satin. Frank wird ihn natürlich nicht zu Gesicht bekommen, aber ich habe eine Kleinigkeit für mich gebraucht. Schließlich gehe ich nicht jeden Tag mit einem Mann essen – selbst wenn es ein Geschäftsessen ist.

Wieder werde ich nervös, und so schalte ich mein Mobiltelefon ein, um eine von Reese' inspirierenden Nachrichten zu lesen. Er schickt Evie und mir immer wieder welche aufs Handy. Heute heißt die Botschaft: »Esst Glitzer und strahlt den ganzen Tag!«

Verdammt richtig.

Es klingelt.

Ich habe das Gefühl, als müsste ich mich gleich übergeben, doch ich zwinge meine Beine, mich zur Tür zu tragen, und melde mich an der Sprechanlage.

»Hi«, sage ich in den Lautsprecher. »Ich komm gleich raus.«

Ich öffne die Tür und gehe durch den Flur zur Vordertreppe vor dem Haus. Unten angekommen öffne ich die Haustür und blinzele mehrere Male.

Zuerst hätte ich Frank beinahe nicht erkannt. Statt der üblichen Sportklamotten und Sneakers trägt er eine Wildlederjacke in einem herrlichen Goldbraun über einem gestreiften Jacquardpullover. Seine künstlich gealterte Hose ist perfekt über den Lederstiefeln umgeschlagen. Er trägt keine Brille, und der Effekt ist ein bisschen wie bei Clark Kent, wenn er sich in Superman verwandelt.

»Frank. Meine Güte, du bist ja so schick.«

Im Licht der Straßenlaterne sehe ich, wie sich seine Wangen röten.

»Du klingst überrascht«, stellt er fest. »Zu schick?«

»Überhaupt nicht. Diese Jacke ist unglaublich.«

Er zupft am Ärmel. »Ich hab sie gerade erst gekauft.« Er schüttelt sich ein wenig, als würden ihn all diese nicht atmungsaktiven Stoffe erdrücken. »Ich hab alles gerade erst gekauft, was ich anhabe«, gesteht er. »Ich komme direkt von John Varvatos. Diese Hose mag modisch durchlöchert sein, aber sie zerquetscht meine Oberschenkelmuskeln.«

Ich kichere. »Hast du denn keine normalen nicht-sportlichen Klamotten?«

»Doch. Aber ich wollte dich beeindrucken.«

Ich schlucke. »Nun ja, ich wollte dich auch beeindrucken. Ich trage die hässlichste Unterwäsche der Welt, damit ich eine ganze Größe schlanker wirke.«

Auf Franks Gesicht breitet sich ein Grinsen aus. »Du siehst großartig aus. Damit hätte ich übrigens anfangen sollen. Warum sagen wir beide am Ende immer das, was sich die meisten Leute verkneifen?«

Ich erwidere das Grinsen. »Das ist doch bestimmt etwas Gutes. Endlich können wir einmal sagen, was wir denken, ohne uns deswegen Sorgen zu machen.«

»Allerdings.« Er sieht mir in die Augen, und in seinem Blick liegt so viel Hitze, dass ich erröte. Er tritt auf die Straße, um ein Taxi heranzuwinken. »Wollen wir?«

20.
KAPITEL

Natürlich werde ich keinen Sex haben. Ich denke nicht einmal an Sex. Es ist nur so, dass der Taxifahrer, wenn er abbiegt, das Steuerrad so herumreißt, dass ich praktisch auf Franks Schoß lande.

Frank scheint das jedoch völlig kalt zu lassen. Er hat die Jacke ausgezogen und die Ärmel seines Pullovers hochgerollt. Seine Unterarme sind muskulöser, als ich das bei seiner Statur erwartet hätte.

»Wohin fahren wir?«, frage ich, während wir zur Brooklyn Bridge abbiegen und ich mich auf einen weiteren Zusammenprall gefasst mache.

Seine Augen glitzern. »Das ist eine Überraschung. In ein sehr interessantes Restaurant in Brooklyn.«

»Prima.«

Frank sieht mich an und lacht, währenddessen wir über die Brücke fahren.

»Was denn?«, will ich wissen.

»Nichts. Du bist nur immer so positiv. Immer.«

»Wirklich?« Ich will noch mehr sagen, lasse mich aber von der Aussicht aus dem Fenster ablenken. Unter uns leuchten die Lichter der Stadt. »Das ist so schön.«

»Das meine ich. Nicht jeder sieht im Taxi aus dem Fenster.«

»Nun, das sollte man aber. Schau dir nur diese Aussicht an.«

Frank wirft einen Blick nach draußen. »Seit Nina und ich uns getrennt haben und ich wieder in die City gezogen bin, denke ich daran, wie es war, als ich zum ersten Mal hierherkam. Ich war einundzwanzig. Ich kann nicht glauben, wie viel Zeit seither vergangen ist.«

»Ist das Wohnen in der Stadt heute noch genauso wie damals, als du noch jünger warst?«

Frank wendet sich mir zu. »Mit einundzwanzig habe ich mit drei Mitbewohnern – und einigen Ratten – in einer richtigen Absteige gehaust. Jetzt habe ich mich für sechs Monate im Pierre eingemietet.«

»Ah. Aber ich möchte wetten, dass du die Ratten vermisst.«

Er grinst. »Diese Mistviecher? Keine Sekunde. Aber ich vermisse meine Freunde. Und das Gefühl, glücklich zu sein. Mir etwas aufzubauen. Das vermisse ich.«

Wir schweigen beide für einen Moment.

Ich sehe ihn an. »Sorry, ich kann einfach kein Mitleid mit dir haben. Du hast rund um die Uhr Zimmerservice.«

Er lacht, und in dem Moment hält das Taxi vor einem hell erleuchteten Backsteingebäude. Auf dem Bürgersteig davor hört man Musik und Gelächter. Frank bezahlt den Fahrer und steigt als Erster aus. Ich nehme seine Hand, und er hilft mir galant aus dem Wagen.

Er lässt meine Hand auch nicht los, als wir das Restaurant betreten. Sein Griff ist warm und stark, und ich habe das Gefühl zu schweben, als wir an den Leuten vorbeigehen, die an der Bar ihre Drinks nehmen. Am Empfangspult steht ein Mann mittleren Alters mit Vollbart. Er trägt ein Flanellhemd und klopft Frank kumpelhaft auf den Rücken.

Frank lächelt. »Sylvia, das ist Ray, der Eigentümer dieses angesehenen Etablissements. Ray, Sylvia.«

Ray verbeugt sich leicht. »Wie schön, Sie kennenzulernen, Lady. Darf ich Sie zu Ihrem Tisch führen?«

Es hat etwas Reizendes, von einem Mann »Lady« genannt zu werden, der aussieht, als würde er in einem Baum wohnen. Wir folgen ihm zu einem Tisch. Während wir das Restaurant durchqueren, nehme ich das Dekor in mich auf. Es ist rustikal-schick. Jede Menge Holz. Auf jedem Tisch steht eine kleine Laterne. Die Decke ist hoch, und in der Raummitte entdecke ich eine zweiläufige Treppe, die auf eine Empore führt.

Ray führt uns zu einer behaglichen Ecknische, und wir setzen uns. Frank sieht mich über den Tisch hinweg an. Das Licht aus der Laterne wirft einen bernsteinfarbenen Schimmer auf das Holz.

»Wow«, hauche ich nach einem Blick in die Speisekarte. »Das sieht ja köstlich aus.«

Franks Augen funkeln. »Die Drinks sind großartig, das Maisbrot aus der Pfanne schmeckt unglaublich, und das Axtwerfen ist der ultimative Spaß.«

»Das Axtwerfen?«, wiederhole ich ungläubig.

Frank nickt und deutet zur Empore hoch. Dort stehen Leute an Bahnen an, die mit Netzen voneinander getrennt sind, so ähnlich wie bei Wurfspielen, bei denen man mit einem Ball ein Ziel zu treffen versucht.

Aber die Leute hier werfen keine Bälle – sie schleudern Äxte!

Ich drehe mich zu Frank um. Mir hängt die Kinnlade bis zum Fußboden.

»Das ist legal? Leuten Alkohol servieren und sie dann Waffen durch die Luft schleudern lassen?«

Frank nickt. »Ein neuer Trend. Es ist kathartisch.«

»Glaube ich gern. Ist schon irgendwer verhaftet worden? Oder ermordet?«

Frank lacht.

Ein Kellner kommt an unseren Tisch und lädt einen Krug Bier und zwei geeiste Henkelgläser ab. »Mit besten Grüßen von Ray.«

Frank sieht den Kellner an. »Danke. Können wir Maisbrot und zwei backsteingegrillte Hähnchen bekommen? Und als Vorspeise Rays berühmten Artischockendip. Klingt das gut, Sylvia? Oder möchtest du etwas anderes?«

»Klingt wunderbar«, bringe ich mühsam hervor.

Um ehrlich zu sein, denke ich nicht an Essen. Ich bin immer noch wie gebannt von der Vorstellung, wie es sich anfühlen würde, eine Axt durch die Luft zu schleudern.

Der Kellner schenkt uns beiden Bier ein und geht.

Ich sehe Frank an. »Ist das eine Art nacheheliche Therapie? Stehen du und Ray euch deswegen so nahe?«

»Ray und ich haben uns angefreundet, nachdem er mich überprüft hatte und ich sauber war. Er war etwas nervös, als ich ein Foto von Nina als Ziel mitgebracht habe.«

»Er hat gedacht, du würdest irgendeine Rachefantasie ausleben?«

Frank bricht in Gelächter aus. »Ich mache nur Spaß, Sylvia. Ray und ich haben uns durch einen gemeinsamen Bekannten kennengelernt. Aber ich komme wirklich oft her, vor allem seit ich getrennt lebe. Ein Foto von Nina habe ich allerdings nicht mitgebracht, ich bin doch kein Psycho.«

»Gut zu wissen«, sage ich und nehme einen Schluck Bier. Es ist ein Schuss Zitrone darin, was ich liebe.

Frank beugt sich vor. »Wie war das mit Louis und der Bank?«

Beinah hätte ich mein Bier ausgespuckt. »Wie bitte?«

Er zuckt mit den Schultern. »Wir halten keinen hohlen Small Talk. Du weißt, dass ich dein Telefonat damals auf der Toilette bei Verena mitgehört habe. Ich finde, wir könnten offen zueinander sein. Außerdem weißt du schon von Nina, dem Lyrik-Knaben und der Sauna.«

»Louis hat mein ganzes Geld gestohlen.« Ich spüre, wie mir

wieder einmal Tränen in die Augen steigen. Ich leere mein gesamtes Glas und tupfe mir den Mund mit einer Serviette ab.

Frank legt seine Hand auf meine. »Tut mir leid. Normalerweise gebe ich mir Mühe, die Frauen nicht vor Ende des Dates zum Weinen zu bringen.«

Das entlockt mir ein Lächeln, und ich wische mir über die Augen. »Schon gut. Louis versucht mich dazu zu bringen, wieder nach Florida zu ziehen, indem er mir hier in New York die Lebensgrundlage entzieht. – Kann ich noch etwas Bier bekommen? Außerdem ist das hier kein Date, sondern ein Geschäftsessen. Wir können heute Nacht nicht miteinander schlafen.«

Mir klingen die Ohren. Ich kann nicht fassen, dass ich das laut ausgesprochen habe. Ich starre auf Franks bleiches Gesicht und warte auf eine Reaktion, während er schweigend mein Glas füllt. Nachdem er den Krug wieder hingestellt hat, nimmt er einen großen Schluck von seinem eigenen Bier.

»Sylvia«, fängt er an. »Ich habe überhaupt nicht damit gerechnet, dass wir miteinander schlafen. Ich hatte auf einen zweiten Kuss gehofft.«

Mein Gesicht brennt, doch ich richte mich auf. »Das klingt wunderbar, aber ich darf mir keine Schwierigkeiten mit Verena einhandeln. Die Hochzeit ist in nicht einmal zwei Monaten. Wenn uns dann immer noch nach Küssen zumute ist, bin ich eine freie Frau.«

Frank nickt. »Okay.« Er fängt meinen Blick auf. »Ich bin vollkommen zufrieden damit, mit dir nur Bier zu trinken und Waffen zu werfen. Ich bin wirklich gern mit dir zusammen, und das ist der erste Abend seit Langem, auf den ich mich richtig gefreut habe.«

»Danke«, sage ich leise. »Mir geht es genauso.«

Frank lächelt. »Und ob du es glaubst oder nicht, die Sitzordnung ist mir durchaus wichtig. Wenn du erst einmal meine Mutter kennengelernt hast, wirst du auch wissen, warum.«

Ich beuge mich vor. »Deine Mutter? Erzähl. Stehen Ashton und sie sich nahe?«

Er nickt. »Das ist nicht das Problem. Meine Mutter und ihre Schwester, Tante Janice, sind seit über einem Jahrzehnt verfeindet. Aber ich habe meiner Mutter gesagt, dass wir meine Tante einladen, weil ihr Sohn, mein Cousin, und ich uns sehr nahestehen. Außerdem liebe ich meine Tante. Sie ist eine wunderbare Frau.«

Fasziniert sauge ich das alles in mich auf. »Warum sind sie denn derart zerstritten?«

»Das versteht keiner von uns. Aber sie sind beide sehr resolut. Vor ein paar Jahren hat meine Mutter meiner Tante an Thanksgiving ein Hühnerbein an den Kopf geworfen. Wir müssen die beiden so weit wie möglich voneinander entfernt platzieren.«

Ich hole meinen kleinen Notizblock und einen Stift aus der Tasche. »Sprich weiter. Machen wir doch gleich eine Liste von all den Leuten, die man möglichst weit auseinander setzen sollte.«

Frank trinkt sein Bier aus. »Gute Idee. Bis dahin sind wir dann sicher so weit, ein paar Äxte zu werfen.«

Nach dem Dinner, das über eine Stunde gedauert hat und bei dem ich so köstliche Sachen gegessen habe wie schon lange nicht mehr – ich kann die buttrig-knusprigen Krümel des Maisbrots immer noch schmecken –, wechsele ich von Bier zu Wasser, damit ich einen klaren Kopf behalten und Frank im Axtwerfen schlagen kann.

»Du hast behauptet, du hättest das noch nie gemacht!«, sagt er erstaunt, als ich den nächsten Volltreffer lande.

»Ich verfüge über eine hervorragende Auge-Hand-Koordination.«

Frank macht ein paar Ausfallschritte. »Du steckst voller Überraschungen.« Dann zieht er das Bein zum Po, um seine Oberschenkelmuskeln zu dehnen. »Gott, diese Hose bringt mich um.

Nicht dass das eine Entschuldigung wäre«, fügt er schnell hinzu. »Du bist ganz offensichtlich die geborene Axtschleuderin.«

Ich lache und streiche mir die Strähnen aus dem Gesicht, die sich aus meiner Frisur gelöst haben. »Beim Billard bin ich auch nicht schlecht. Nur dass du vorgewarnt bist.«

Franks Miene ist unbezahlbar. Genau diesen Blick habe ich in Boca immer geerntet, wenn ich wieder mal alle beim Dartspiel besiegte. Louis hat sich jedes Mal gefreut, wenn mich die Leute völlig schockiert angestarrt haben, während ich einen Pfeil nach dem anderen ins Bull's Eye warf.

»Dabei sieht sie gar nicht aus wie eine Athletin, nicht wahr?«, hat er dann immer mit einem süffisanten Grinsen gesagt.

Hm. Jetzt, wo ich darüber nachdenke, ist das eigentlich kein Kompliment.

Meine Miene verfinstert sich kurz, und Frank bemerkt es sofort.

»Ist irgendwas?«

Ich lasse alle Gedanken an Boca los. Im Hier und Jetzt bin ich gerade vollkommen glücklich. Wir stehen an einem Wurfstand in der Mitte, und die Leute ringsum lachen und plaudern. Der Geruch nach Bier und Holzspänen steigt mir warm in die Nase.

Ich sehe Frank an und lächele. »Nein, alles in Ordnung. Du bist dran.«

Ich trete beiseite, als Frank seine Axt aufhebt und sie mit beiden Händen umfasst. Er schwingt sie ein paarmal probeweise und schleudert sie dann, so schnell er kann, auf das Ziel.

Die Axt schlägt gerade noch innerhalb der Vier-Punkte-Markierung in die Zielscheibe ein. Ein sehr respektabler Wurf. Er stößt die Faust in die Luft

»Bravo!«, jubele ich.

»Dazu hast du mich inspiriert. Noch eine Runde?«

Ich lasse die Schultern einen Moment kreisen und schüttele den Kopf. »Ich muss einmal aussetzen. Aber mach ruhig. Ich sehe zu.«

»Schon okay, wir können auch gehen. Vielleicht könnten wir noch einen kurzen Spaziergang um den Block machen, bevor wir ein Taxi nehmen?«

»Das klingt perfekt.«

Wir gehen die Treppe hinunter und bahnen uns einen Weg durch die Menschenmenge nach draußen. Nach der wohligen Wärme der Bar fühlt sich die Abendluft kühl an. Die Straßenlaternen erleuchten den ganzen Bürgersteig. Die Cafés und Biokooperativen scheinen dem Fantasyroman eines Hipsters aus Brooklyn entliehen zu sein.

Ich sehe Frank an und lächele. »Das war ein schöner Abend. Und so produktiv. Die Sitzordnung bedarf zwar noch einiger Planung, aber ich bin zuversichtlich, dass alles klappen wird. Bei dieser Veranstaltung werden keine Hühnerbeine durch die Gegend fliegen!«

»Glaubst du wirklich? Trotz all der Dramen?«

»Jede Hochzeit hat ihre Dramen. Manchmal ist es ›Romeo und Julia‹ – die beiden Familien verabscheuen einander. Ein andermal ist die Schwester der Braut eifersüchtig und kippt versehentlich mit Absicht ein Glas Merlot über den Brautschleier. Irgendwer trinkt immer zu viel Alkohol. Jemand anders weint. Es liegt gewissermaßen in der Natur der Sache.«

Frank ist entsetzt. »Warum, um alles in der Welt, tust du dir das an?«

Ich lache und wedele mit der Hand durch die Luft. »Hinterher denkt man nicht mehr an diese Dinge, aber auf Dinnerpartys geben sie großartige Anekdoten ab. Und für mich ist es wirklich schön, Teil eines so besonderen Ereignisses zu sein. Es ist mir eine Ehre.«

Frank sieht zum Himmel hoch und dann zu mir. »Es fühlt sich komisch an, während meiner eigenen Scheidung die Hochzeit meiner Tochter zu planen. Wie kannst du so optimistisch bleiben, wenn deine eigene Ehe doch gerade den Bach hinuntergegangen ist?«

Ich will gerade antworten, als ich von meinem Handy unterbrochen werde. »Wer um alles in der Welt ruft so spät noch an? Vielleicht Verena?«

»Tut mir leid, aber ich muss da rangehen«, sage ich zu Frank. »Könnte ein Notfall sein.« Ich wühle in meiner Handtasche nach dem Mobiltelefon. Die Nummer auf dem Display kenne ich nicht, aber ich gehe trotzdem ran. »Hallo?«

Am anderen Ende raschelt es.

»Ist da Sylvia?«, fragt eine männliche Stimme.

»Ja. Wer spricht?« Mein Tonfall ist ein bisschen förmlich geworden. Frank legt den Kopf schief und beobachtet mich.

»Hier ist Oliver Neiss. Sie haben mir eine Nachricht hinterlassen, wegen meiner Großmutter, Evie.«

Mir rutscht das Herz bis auf den Bürgersteig. Fast hätte ich das Gleichgewicht verloren, und ich greife Halt suchend nach Franks Arm. Er sieht mich an und fragt lautlos: *Alles okay?*

Ich nicke krampfhaft, während Oliver fortfährt: »Sie sagen, sie ist krank? Was fehlt ihr denn?«

Olivers Stimme stockt. Auf einmal kann ich hören, wie jung er noch ist. Halb Mann, halb Kind.

Ich beiße mir auf die Lippe und lasse Frank los. Mist. Mist, Mist, Mist! Was habe ich da bloß getan? Ich sollte die Sache in Ordnung bringen. Oliver sagen, dass ich ihm einen fürchterlichen, geschmacklosen Telefonstreich gespielt habe.

»Tut mir leid«, fange ich stammelnd an, »ich hätte Ihnen nicht eine solche Nachricht …«

»Wie krank ist sie denn?«

Ich komme geradewegs in die Hölle.

»Warum haben Sie gesagt, ich soll sie nicht anrufen?« Einen Moment versagt ihm die Stimme.

Ich schlucke, und als ich weiterspreche, klinge ich heiser.

»Evie ist ein so stolzer Mensch. Sie wäre wütend, wenn sie wüsste, dass ich sie hintergangen habe.« Zumindest das entspricht der Wahrheit. Ich atme tief durch. »Machen wir es so: Ich rufe Sie morgen an. Wäre das okay?«

»Ja, okay. Tschüss.«

Er legt auf, und ich starre einen Moment auf mein Handy, halte es fest umklammert. Ich hole tief Luft und bemerke, dass Frank mich ansieht.

»Worum ging es denn da?«, fragt er.

Unschlüssig halte ich einen Moment inne. Gebe ich zu, was ich getan habe? Wird er mich für verrückt halten?

Ich seufze. Am besten behalten wir die neue Ehrlichkeit einfach bei.

»Der Sohn meiner Mitbewohnerin Evie ist vor einigen Jahren an einer Überdosis gestorben. Ihre Schwiegertochter Amanda und ihr Enkel Oliver haben Evie daraufhin aus ihrem Leben ausgeschlossen. Oliver lebt jetzt in Brooklyn. Ich habe in Evies Mobiltelefon herumspioniert und entdeckt, dass sie nach unserem Umzug nach Manhattan versucht hat, Kontakt zu ihm aufzunehmen, doch Olivers Mom hat sie sehr rüde abgewiesen. Also habe ich Oliver direkt angerufen und behauptet, Evie sei krank. Ich wollte sehen, ob er sie besuchen kommen würde. Das war er gerade.« Ich senke den Blick. »Ich weiß, das war schrecklich von mir, aber ich hatte keine andere Wahl.«

»Natürlich hattest du eine andere Wahl.« Franks Stimme ist so scharf, dass ich zusammenzucke. »Du hättest einfach nichts tun können. Das Ganze geht dich nichts an.«

Meine Wangen brennen. »Das stimmt wohl. Aber Evie ist meine beste Freundin. Ich habe keine Ahnung, wie es ist, ein Kind zu Grabe zu tragen. Weißt du es?«

Frank zuckt zusammen.

Ich verschränke die Arme. »Evie macht diese private Hölle Tag für Tag durch. War das, was ich getan habe, falsch? Sicher. Aber dass der Enkel angewiesen wurde, sie nicht zu besuchen? Das ist nicht nur falsch, sondern auch grausam. Und ich soll danebenstehen und nichts tun? Ich denk ja gar nicht daran. Das ist einfach nicht mein Stil.«

Ich hole Luft und sehe Frank an. Er nickt langsam, und seine Miene wird weicher.

»Du hast recht«, sagt er schließlich. »Ich hätte es nicht gemacht, aber ich verstehe, was du dir dabei gedacht hast. Tut mir leid, dass ich so vorschnell geurteilt habe. Du bist einfach …«

Er verstummt. Ich warte darauf, dass er den Satz beendet, doch er steht nur da und sieht mich ernst an. Plötzlich wird mir schwindelig.

»Was?« Ich schlucke. »Ich bin einfach *was*?«

»Du bist unglaublich«, sagt er ruhig. Er sieht mir in die Augen, während ich ihn anstarre, und plötzlich durchzuckt mich ein glühender Blitz.

Bevor ich mich noch zurückhalten kann, beuge ich mich vor und küsse ihn.

Zwischen den Küssen hält Frank atemlos inne. »Ich dachte, wir wollten das eigentlich nicht tun?«

Wir sind gerade aus dem Taxi ausgestiegen und stehen vor meiner Wohnung. Ich lege ihm die Arme um den Hals und ziehe ihn zu mir.

»Ich habe es mir anders überlegt«, murmele ich. »Kommst du mit rein? Vor zwei kommt Evie nicht nach Hause. Die Wohnung gehört also uns.«

Ich laufe die Treppe zur Haustür hinauf. Ich spüre Frank hinter mir; er legt mir die Hände um die Taille und küsst mich auf den Nacken. Während er mir in die Wohnung folgt, kann er die Finger nicht von mir lassen.

Sobald wir in der Wohnung sind, fangen wir an zu keuchen.

»Du bist so schön«, sagt er und tupft sanfte Küsse auf meine Wangen, Lippen und die Nase.

Beinahe hätte ich geniest. Ich lenke mich ab, indem ich ihm mit den Händen über die Brust streiche. Gott, er ist so muskulös! Ich versuche den Umstand zu ignorieren, dass er vermutlich weniger wiegt als ich, und denke stattdessen daran, was für einen festen, straffen Körper er hat.

»Willst du einen Drink?«, frage ich.

»Ich will Sex.«

Ich sehe Frank in die Augen. Sein Blick ist dunkel, leidenschaftlich. Ich erschauere.

»Zu meinem Schlafzimmer geht es da lang.«

Frank folgt mir über den winzigen Flur in mein kleines Zimmer. Als ich das Licht anmache, fängt er wieder an, mich zu küssen. Ich mache mich an den Knöpfen seiner Jeans zu schaffen und er sich an meinem Gürtel. Wir sind gerade unterwegs zu meinem Futon, als ich plötzlich erstarre.

Lässig dränge ich ihn Richtung Tür, um das Licht auszuschalten.

Er macht es wieder an.

Ich mache es wieder aus.

Er hört auf, mich zu küssen.

»Sylvia«, sagt er langsam. »Mir ist völlig egal, wie hässlich dein Unterwäscheding ist, mich interessiert nur, wie schnell ich es dir ausziehen kann.«

»Ich bin nur halb epiliert.«

»Was?« Im schwachen Licht, das durch die Vorhänge dringt, sehe ich, wie Frank verwirrt die Stirn runzelt.

Ich seufze. »Ich wollte mir die Bikinizone epilieren lassen, aber es war einfach zu schmerzhaft. Deshalb habe ich nur die Hälfte machen lassen.«

Frank prustet.

Ich schlage nach ihm. »Wage es nicht!«

Er wirft den Kopf in den Nacken und lacht noch lauter. »Ich fühle mich merkwürdig geschmeichelt.«

»Und mir ist das schrecklich peinlich. Halb epiliert darfst du mich nicht sehen. Wir müssen es im Dunkeln machen. Oder mit Augenbinde«, füge ich nachdenklich hinzu.

»Mit einer Augenbinde?« Frank lacht noch mehr. »Oh, Sylvia. Du bist wirklich unglaublich. Schön, lassen wir das Licht aus. Vorerst.«

Er zieht mich an sich und fängt wieder an, mich zu küssen. Seine Hände sind überall, er nimmt mir den Gürtel ab und hakt die Hose auf. Ich trete aus ihr heraus und schiebe ihm die Jeans herunter, damit er dasselbe tun kann. Mein ganzer Körper pocht. Ich ziehe ihm den Pullover aus und stoße Frank dann auf den Futon, um mich auf ihn zu setzen, ohne darauf zu achten, dass ich mit meiner Trägerhose und dem Wonderbra wahrscheinlich aussehe, als gehörte ich irgendeinem perversen Fahrradteam an.

Doch Frank scheint es nicht zu stören, jedenfalls stöhnt er jedes Mal, wenn ich mein Gewicht auf seinem Schoß verlagere. Ich ziehe die Nadeln aus meiner Frisur und spüre, wie mir das Haar auf die Schultern fällt, als wäre ich ein Model von Victoria's Secret.

Ich erschauere, als er mich umdreht. Nun liege ich auf dem Rücken, und er kniet auf dem Fußboden und versucht, mir die Unterwäsche auszuziehen. Ich vergehe fast vor Verzweiflung, während er zieht und zerrt und stöhnt.

Ich hebe die Hüften an, um es ihm leichter zu machen.

»Tut mir leid«, sage ich atemlos. »Die sitzt wirklich eng.«

»Ich kriege das schon hin.« Er hakt die Finger in das Taillenband und zieht entschlossen daran. In diesem Moment klingelt es an der Tür.

Was zum Teufel …?

Ich fahre senkrecht in die Höhe und kicke Frank dabei aus Versehen in den Brustkorb. Er fällt nach hinten, die Spanx in der Hand.

»Scheiße! Tut mir leid!« Ich halte mir die Hände vor den Mund. »Wahrscheinlich die falsche Klingel. Beachten wir es nicht. Bist du okay?«

Frank hustet und setzt sich wieder auf. Dann grinst er.

»Mission erfüllt«, verkündet er und wirft meine Unterwäsche beiseite.

Ich sehe auf meine halb enthaarte Intimzone hinunter. Es ist nicht direkt unauffällig, auch im Dunkeln nicht. Egal.

Ich stehe auf, greife nach Franks Boxershorts und ziehe sie nach unten. Inzwischen bebe ich am ganzen Körper, doch dann klingelt es wieder an der Tür.

Frank sieht auf die Uhr. »Es ist nach Mitternacht. Könnte das ein Notfall sein?«

Am liebsten hätte ich geweint. Aber er hat recht. Ich krame nach meinem Morgenmantel und werfe ihn über. »Bleib hier, und reg dich nicht.«

»Was immer du sagst, meine Königin.«

Frank grinst und macht es sich auf meinem Futon gemütlich. Er legt die Hände hinter den Kopf und kreuzt die Beine. Er ist vollkommen nackt, und ich brauche meine ganze Willenskraft, um mich nicht auf ihn zu werfen.

Ich binde den Morgenrock zusammen und gehe rasch zur Tür. Dort drücke ich auf die Sprechanlage.

»Hallo?«

Erst ist ein Knistern zu hören, dann eine tränenerstickte Stimme.

»Sylvia? Hier ist Ashton. Kann ich reinkommen?«

Ich starre die Sprechanlage an, als hätte sie mich hintergangen. Aber mir bleibt nichts anderes übrig, als Ashton reinzulassen. Sobald ich höre, wie die Haustür aufgeht, sprinte ich in mein Schlafzimmer.

»Frank«, sage ich atemlos. »Deine Tochter steht draußen.« Instinktiv deckt er seinen Penis zu. »Woher weiß sie, dass ich hier bin?«

»Sie ist zu mir gekommen. Es klang, als würde sie weinen.«

Von der Eingangstür ist ein lautes Klopfen zu hören.

Franks Gesicht ist aschfahl.

Ich binde mein Haar zu einem Pferdeschwanz zusammen und zwinge mich, ruhig zu bleiben.

»Frank, alles wird gut. Aber es gibt hier keinen anderen Weg nach draußen als durch die Eingangstür. Das ist also der Plan: Bleib hier sitzen und rühr dich nicht. Ich rede mit ihr.«

Frank nickt. Ich lege den Finger an die Lippen, um ihm Schweigen zu gebieten, und schließe dann fest die Tür hinter mir.

Dann lasse ich Ashton in die Wohnung und führe sie zur Couch. Sie trägt eine Sweathose und einen Kapuzenpulli. Ihr langes Haar ist zerzaust, ihr Gesicht tränenverschmiert.

Ich setze mich zu ihr. »Erzähl, was ist passiert?«

»Ich habe mit meiner Mom gestritten. Ist es okay, dass ich hergekommen bin? Mir ist eingefallen, dass Sie mir nach unserem Besuch bei Dr. Bickman Ihre Adresse gegeben haben. Sie haben gemeint, ich könne Tag und Nacht zu Ihnen kommen, wenn ich Sie brauche.«

Ich nicke beruhigend und tue so, als wäre alles ganz normal. Als läge ihr Vater nicht in drei Metern Entfernung nackt auf meinem Futon.

»Ich bin froh, dass Sie gekommen sind.«

Sie schenkt mir ein wässriges Lächeln. »Ich musste mich entscheiden – entweder hierherkommen oder eine Rundmail verschicken, in der ich die Hochzeit absage.«

Ich mache große Augen. »Dann bin ich froh, dass Sie sich für die erste Möglichkeit entschieden haben. Warum wollten Sie die Hochzeit absagen? Inwiefern hat das mit Ihrer Mutter zu tun? Ich dachte, sie wollte verreisen.«

Ashton lehnt sich auf der Couch zurück und legt den Kopf auf ein Kissen, sodass sie zur Decke schaut.

»Sie ist heute Morgen nach Paris aufgebrochen und hat auf Instagram eine Milliarde Bilder von sich und ihrem Freund gepostet. Von Sebastian. Von ihren Koffern. Von ihnen beiden, wie sie am Flughafen sitzen und Gedichtbände lesen. Auf einem Foto küssen sie sich sogar – bei dem Anblick hätte ich mich beinahe übergeben. Es sieht aus, als würde sie mit ihrem Sohn herumknutschen. Was ist bloß los mit ihr?«

Ich lege den Kopf schief. »Ashton, Liebes, ich verstehe schon, dass es sich merkwürdig anfühlen kann, dass sie mit einem jüngeren Mann zusammen ist. Aber was hat das mit Ihrer Hochzeit zu tun?«

»Es ist, weil sie eine solche Lügnerin ist.« Ashton richtet sich auf und sieht mich an, ihre Augen füllen sich erneut mit Tränen. »In einem Post schreibt sie: ›Meine Tochter braucht mich zur Planung ihrer Hochzeit nicht und hat darauf bestanden, dass ich in die Flitterwochen reise und meiner Leidenschaft für Lyrik nachgehe.‹ Und danach: ›Hashtag: Das Leben genießen.‹«

Ich verziehe das Gesicht. »Das ist ziemlich unsensibel. Aber noch schlimmer wäre es doch gewesen, wenn sie geschrieben hätte: ›Meine Tochter und ich hatten bei der Anprobe des Brautkleids einen Riesenstreit. Ich habe mich wie ein Kind benommen und es versäumt, mich auf mein Enkelkind zu freuen. Nun bin ich mit meinem jugendlichen Liebhaber abgehauen, und zwar in einen schicken Urlaub. Hashtag: egozentrisch.‹«

Ashton sieht mich groß an, und Hitze schießt mir in die Wangen. War ich zu vorlaut? Ich will schon zurückrudern, als sich ein trauriges Lächeln auf ihrem Gesicht abzeichnet.

»Sie wissen wirklich, wie man den Silberstreif am Horizont findet.«

Ich seufze. »Dass sie das getan hat, ist doch irgendwie logisch. Was, wenn eine ihrer Freundinnen herausfindet, dass sie momentan nicht in der Stadt ist? Sie alle wissen, dass es bis zur Hochzeit nur noch wenige Wochen sind. Dass sie nicht hier ist, ist ziemlich seltsam. Vermutlich hat sie sich gedacht, dass die Leute reden werden, und wollte dem zuvorkommen, indem sie aller Welt erzählt, dass alles großartig läuft.«

Ashton schüttelt den Kopf, und ihre Stimme ist bitter, als sie sagt: »Wer hätte gedacht, dass sich meine Mom so gut mit den sozialen Medien auskennt.«

Ich tätschele ihr das Knie. »Ich kann verstehen, dass Sie verletzt sind. Es tut weh, wenn Leute behaupten, die Dinge wären nicht so, wie sie sind, nur um selbst besser dazustehen. Weiß der Himmel, was mein Ehemann den Leuten in Boca erzählt hat. Und es macht mich verrückt, wenn ich nur daran denke, was er zu unserer Tochter gesagt hat.«

»Hassen Sie ihn? Ich hasse ihn. Falls Sie sich damit besser fühlen.«

Ich sehe in ihr ernstes Gesicht und lächele ein wenig. »Ich hasse ihn nicht. Nun ja, ich hasse ihn schon. Aber nur, wenn ich an ihn denke. Und ich gehe nie auf seine Facebook-Seite.«

Ashton begegnet meinem Blick. »Im Grunde sollte ich also aufhören, meiner Mom im Internet zu folgen?«

»Ja, das sollten Sie unbedingt tun. Ihrer eigenen geistigen Gesundheit zuliebe.«

Sie seufzt. »Mit meinem Dad ist es leichter. Er ist nicht in den sozialen Medien. Ich habe keine Ahnung, was er so treibt.«

Ich breche in Gelächter aus.

»Was ist daran so komisch?«

Ich kann nicht anders, ich lache so heftig, dass ich husten muss. Schließlich lege ich mir eine Hand auf die Brust und zwinge mich, mich zu beruhigen.

»Tut mir leid. So spät am Abend habe ich sie manchmal nicht mehr alle beisammen. Und wenn wir schon dabei sind: Gehen Sie doch am besten nach Hause und sehen zu, dass Sie noch etwas Schlaf bekommen. Wir haben morgen Nachmittag die Tortenverkostung. Das ist das Beste an der ganzen Hochzeitsplanung.«

Ich versuche meiner Stimme einen munteren, begeisterten Ton zu verleihen. Dann stehe ich auf und hoffe inständig, dass sie es mir gleichtut, doch sie streckt sich auf meiner Couch aus.

»Hier ist es so gemütlich. Wäre es in Ordnung, wenn ich einfach bis morgen früh bleibe? Ich verspreche, dass Sie nicht mal hören werden, wenn ich gehe.«

Es klingelt an der Tür, und Ashton sieht mich an.

»Wer kommt um die Zeit zu Ihnen? Ich meine, außer einer verrückten Klientin?« Sie rollt mit den Augen.

Wieder klingelt es, ungeduldiger diesmal.

Ich habe allmählich das Gefühl, verrückt zu werden. Ich aktiviere die Sprechanlage.

»Hallo?«

»Mom?«

Du lieber Gott. Während der Türknopf noch unter meinem Finger vibriert, drängt sich mir die Frage auf, ob so wohl die Hölle aussieht.

Ashton hat vermutlich meinen glasigen Blick gesehen, denn sie wirft mir ein tröstendes Lächeln zu.

»Keine Angst. Bestimmt ist alles in Ordnung.«

Aus meinem Zimmer kommt ein dumpfer Schlag.

Ashton fährt herum. »Ist noch jemand hier?«

»Nur meine Mitbewohnerin. Sie schläft sehr unruhig«, sage ich heiser.

Die Anspannung in meiner Brust ist so groß, dass ich kaum atmen kann. Es fühlt sich an wie eine Bombenexplosion in Zeitlupe. Mir bleibt nichts anderes übrig, als immer weiter zu explodieren und so zu tun, als würde ich nicht lichterloh brennen. Also wische ich mir über die Stirn und mache die Tür auf.

»Isabel! Was für eine Überraschung.«

Meine Tochter betritt die Wohnung. Sie hat eine kleine Reisetasche dabei und steht nun in meinem winzigen Flur und starrt Ashton an.

»Ist das deine Klientin? Echt jetzt?«

Ich zucke zusammen, doch Ashton lächelt über das ganze Gesicht und steht auf.

»Schuldig im Sinne der Anklage. Ich bin Ashton, die Braut, die Ihre Mutter betreut und die keine Grenzen kennt und mitten in der Nacht vorbeikommt, weil sie Aufmunterung braucht.«

Ashton schenkt Isabel noch ein entwaffnendes Lächeln und reicht ihr die Hand. Isabel starrt einen Moment darauf, ehe sie sie nimmt und schüttelt.

Ich lehne mich an die Küchentheke, um mich zu sammeln. Isabel trägt eine dieser hoch entwickelten Arctic-Fleecejacken über einer weißen Jeans und einer weißen Bluse. Das Haar hat sie, wie so oft, zum Knoten aufgesteckt. Ihre Augen sind geschwollen, ihre Nase ist rot.

Ich trommele mit den Fingern auf der Küchenarbeitsplatte. »Isabel. Was ist los? Ist das eine Reisetasche? Möchte irgendwer einen Wodka?«

Isabel antwortet nicht gleich. Sie steht nur da und sieht sich in meiner Wohnung um. Als sie die Uhren an der Wand sieht, legt sie den Kopf schief. Sie betrachtet die Einbauregale gegenüber der Couch und den winzigen, aber makellos sauberen Klapptisch in der Küche.

»Das hier ist süß«, sagt sie schließlich. »Ich habe deine Nachricht bekommen. Danke, dass du auf mich zugekommen bist. Ich bin auf ein paar Tage zu Besuch hier. Und Ja zum Wodka.«

Sie stellt die Tasche auf den Boden, zieht ihre Fleecejacke aus und lässt sich auf die Couch fallen.

Ashton setzt sich neben sie. »Wodka klingt großartig, aber ich schaue lieber zu. Ich bin schwanger«, sagt sie mit einem schüchternen Lächeln.

Isabel nickt ihr kurz zu. »Glückwunsch. Wann ist der Termin?«

Ashton schlägt die Beine unter. »Nicht vor Mai. Aber meine Hochzeit ist in ein paar Wochen, daher ist alles ein wenig dramatisch.« Wieder rollt sie mit den Augen.

Isabel zuckt mit den Schultern. »Meine Mom wird Ihnen sagen, dass alle Hochzeiten Drama bedeuten.«

»Verrückt, was? Kommen Sie öfter spätabends bei Ihrer Mom auf eine Übernachtungsparty vorbei?« Ashton wirft ihr noch ein entwaffnendes Lächeln zu.

»Ich wohne in Connecticut. Mein Mann Todd benimmt sich wie ein richtiger Mistkerl, und so bin ich eben hergekommen«, erklärt Izzy mit ausdrucksloser Stimme.

Meine Finger zittern, als ich den Wodka aus dem Eisfach hole und mir mit dem Rücken zu den beiden einen schnellen Schluck genehmige. Die eisige Hitze fährt mir in den Magen. Ich bin mir nicht sicher, was mich verrückter macht: Meine Braut auf der Couch, ihr Vater, der nackt auf meinem Bett liegt, oder die Tatsache, dass meine Tochter sich mit ihren Problemen an mich wendet.

Ich fange wieder an zu lachen.

Ashton und Isabel drehen sich zu mir um. Beide wirken erstaunt.

»Entschuldigung«, sage ich und versuche mich zusammenzureißen.

Schnell schenke ich zwei Gläser Wodka ein und gebe Ashton eine Flasche Wasser. Während ich alles auf den Couchtisch stelle, habe ich das Gefühl, als bliebe mir nichts anderes übrig, als mich in der Nähe der Mädchen auf den Boden zu setzen und so zu tun, als wäre das irgendeine Party.

»Izzy«, fange ich an, »was ist mit Todd los?«

»Warten Sie, Sylvia«, unterbricht mich Ashton. »Setzen Sie sich nicht auf den Boden, nehmen Sie meinen Platz.«

»Schon gut.« Ich winke ab. »Hier unten kann ich die Beine ausstrecken.« Sorgfältig arrangiere ich den Morgenmantel um meinen Körper und winkele die Füße an.

»Tolle Pediküre«, murmelt Izzy.

Ich lächele dankend und warte darauf, dass sie weiterredet. Doch sie blickt zu Ashton, die daraufhin verständnisvoll nickt.

»Möchten Sie etwas Zeit allein mit Ihrer Mom?«

Noch ein dumpfer Schlag aus meinem Schlafzimmer.

Ashton sieht mich an. »Ihre Mitbewohnerin schläft ja wirklich äußerst unruhig.«

Ich springe auf. »Ich sehe mal nach, ob alles in Ordnung ist. Sie ist schon mal aus dem Bett gefallen.«

Ich sprinte praktisch in mein Schlafzimmer und schließe die Tür hinter mir. Als ich das Licht anmache, bleibt mir die Luft weg. Frank ist inzwischen angezogen und versucht sich durch das winzige Fenster zu zwängen. Im Moment hockt er rittlings auf dem Fensterbrett. Meine Lampe und das Nachttischchen sind umgefallen.

»Ich stecke fest!«, flüstert er hilflos.

Ich eile an seine Seite. Meine Stimme ist fieberhaft, als ich erkläre: »Unsere Töchter sind beide hier. Das ist wohl so eine Art kosmischer Scherz. Was soll das heißen, du steckst fest? Müssen wir die Feuerwehr rufen?« Als ich an das Sirenengeheul denke und mir vorstelle, wie die uniformierten Männer in meine Wohnung stürmen, um Frank zu befreien, greife ich mir ans Herz.

Frank schüttelt den Kopf. »Wenn du mir hilfst, schaffe ich es schon. Ich brauche nur einen kleinen Schubs.«

Meine Augen treten hervor. »Du meinst, ich soll dich aus dem Fenster stoßen? Und wenn du dir etwas brichst?«

»Wird schon gut gehen. Zumindest halbwegs gut. Es sind ja nicht mal drei Meter.« Frank dreht sich mühsam zu mir um. »Drück nur meine Schulter nach draußen. Ich brauche da ein wenig Kraft. Wenn mein Oberkörper erst einmal draußen ist, kann ich mich mit den Händen am Sims festhalten und mich dann hinunterfallen lassen.«

Ich nicke. Der Plan klingt aberwitzig, aber ich habe keinen alternativen Vorschlag.

»Auf drei«, sage ich.

Frank macht sich bereit.

Ich lege die Hände an seine rechte Schulter, zähle leise und drücke dann so fest, wie ich kann. Seine Schulter zwängt sich nach draußen.

Irgendwie bringt er es fertig, auch das andere Bein nach draußen zu manövrieren und sich umzudrehen, sodass er sich mit den Füßen zuerst nach unten fallen lassen kann.

Ich lehne mich aus dem Fenster und sehe zu, wie er unten aufkommt. Er reckt den Daumen und geht davon. Er reibt sich den Po, scheint aber ansonsten unverletzt zu sein.

Sich durch Fenster hinein- und hinauszustehlen ist etwas für Teenager, nicht für Senioren. Ich tupfe mir den Schweiß vom Gesicht und kehre ins Wohnzimmer zurück. Meine Geschichte habe ich parat.

»Tut mir leid, Kinder. Meine Mitbewohnerin ist gar nicht zu Hause. Da war ein Waschbär auf der Fensterbank.«

Ashton und Isabel sehen beim Klang meiner Stimme nicht einmal auf. Sie haben die Köpfe zusammengesteckt und sind ins Gespräch vertieft.

»… und er hat Sie angelogen über die Kündigung? Und jetzt macht er den ganzen Tag Yoga? Während Sie sich im Büro *abrackern*?« Ashton steht vor Empörung der Mund offen.

Isabel nickt. Ihre Wangen sind rosa, und sie hat die Haare aus diesem schrecklichen Knoten gelöst. Sie zupft daran wie früher, als sie noch ein kleines Mädchen war.

»Ich weiß«, sagt sie, und ihre Stimme ist heiser vom Weinen. »Er sagt, er findet sich selbst, indem er sich neu zentriert. Was soll das überhaupt bedeuten? Und warum kann er das nicht am Wochenende machen?«

Ich starre Ashton und Isabel an. Ich komme mir vor, als wäre ich in irgendeinem verworrenen Traum gelandet. Meine Braut und meine Tochter schütten sich mitten in der Nacht gegenseitig das Herz aus wie beste Freundinnen, und ich fühle mich plötzlich ausgeschlossen. Bin ich zu alt, um an ihrem Gespräch teilzunehmen? Sollte ich mich leise davonschleichen und schlafen gehen? Ich trete kurz von einem Fuß auf den anderen, und Ashton sieht auf.

»Sylvia!« Sie lächelt. »Ich habe Izzy gerade gesagt, dass sie nicht halb so furchteinflößend ist, wie Sie sie immer darstellen.«

Mein Gesicht wird flammend rot, während ich mich unbeholfen wieder auf dem Fußboden niederlasse.

»Du findest mich furchteinflößend?« Isabel wischt sich über die Augen. »Du kannst hier sitzen, wenn du willst. Ich setze mich auf den Fußboden.«

Das hier ist wirklich verkehrte Welt.

»Nein, schon gut«, versichere ich. »Ich habe gemeint, was ich vorhin gesagt habe: Ich will gern die Beine ausstrecken.«

Unsicher sieht Isabel mich an. Ich erwidere den Blick, und plötzlich erscheint ihr Kindergesicht vor mir. Die großen, dunklen Augen, mit denen sie unter diesen erstaunlichen Wimpern hervorspäht, während sie überlegt, was sie tun soll. Als hätte man ihr eine Landkarte in die Hand gedrückt und sie hätte keine Ahnung, wie sie die halten soll.

»Setz dich, Izzy. Es ist wirklich okay.« Meine Stimme ist ruhig. »Und wieso du in meinen Erzählungen furchteinflößend klingst? Sehen wir uns die Fakten an. Du bist wie ein U.S.-Marshal in meinem Büro aufgetaucht, hast mich vor meiner Chefin gedemütigt und bist dann wie ein mürrischer Teenager abgedampft.«

Isabel setzt sich wieder auf die Couch. Sie zupft an einem Faden ihrer Jeans. »Wenn du so sauer bist, warum hast du mich dann eingeladen?«

»Weil Ashton mich davon überzeugt hat, dass du Mitgefühl brauchst. Und trotz deines grässlichen Benehmens war ich ihrer Meinung.«

Isabel sieht auf, und ich blicke ihr in die Augen. Ashton schaut zwischen uns hin und her. Einen Moment glaube ich, dass sie aufstehen und leise gehen wird. Doch stattdessen verlagert sie das Gewicht und tätschelt Izzy das Bein.

»Ich habe mich viel schlimmer benommen. Zum Beispiel habe ich Ihre Mom mal auf der Toilette von Verenas Büro in Geiselhaft genommen. Und sie erträgt mich immer noch.«

»In der Toilette?« Isabel sieht uns an, als wären wir beide verrückt geworden. »Warum?«

Ashton zuckt mit den Schultern. »Ich hatte einen Aussetzer.«

»Das kann man laut sagen.« Ich seufze. »Izzy, tut mir leid, dass du und Todd Probleme habt. Könntest du dir vorstellen, dass ihr es mit einer Therapie probiert?«

»Das habe ich ihn schon gefragt. Er hat Nein gesagt.«

Mir bleibt der Mund offen stehen.

Sie lächelt schief. »Du glaubst, ich bin nicht der Typ Mensch, der sich in Therapie begeben würde.«

»Als ich dir das letzte Mal geraten habe, einen Therapeuten aufzusuchen, damit du dich nicht so gestresst fühlst, hast du mir erklärt, nur schwache Arschlöcher würden jemanden dafür bezahlen, dass er sich ihr Gejammer anhört.«

Isabel sagt nichts. Stattdessen legt sie den Kopf zurück und starrt an die Decke.

Ashton legt wieder die Hand auf Izzys Arm. »Lieben Sie Todd denn noch?«

Meine Tochter schließt die Augen. »Sie meinen, wenn er gerade kein Yoga macht oder meinen Vierhundertdollarmixer ruiniert, indem er versucht, darin Mandelbutter zu machen?«

»Ja.« Ashton nickt. »Und ich habe auch schon einen Mixer zerstört, aber das ist eine andere Geschichte. Lieben Sie ihn?«

Izzy seufzt. »Ich würde ihn am liebsten umbringen. Ist das Liebe?«

Impulsiv stehe ich auf und nehme sie in die Arme.

»Mom, komm schon!«

Sie versucht, sich freizukämpfen, doch ich halte sie nur noch fester.

»Ich bin froh, dass du da bist«, flüstere ich ihr ins Haar. Nachdem ich sie ein letztes Mal gedrückt habe, lasse ich sie los und richte meinen Morgenrock. »Holen wir dir Laken und eine Decke.«

Ashton ist mittlerweile aufgestanden und sammelt ihre Sachen zusammen.

»Ich besorge mir ein Uber. Sieht aus, als wäre die Couch schon besetzt.«

Bevor ich mich von ihr verabschieden kann, platzt Izzy heraus: »Es ist so spät. Wir können uns die Couch teilen.«

Alle drei schauen wir auf das winzige Sofa.

Ashton nickt nachdenklich. »Vielleicht könnte ich auf dem Boden schlafen? Eine kleine Deckenburg machen?«

»Herrlich! Mom, wo sind die Decken?« Isabel streift bereits durch meine Wohnung und reißt die Schränke auf.

Ich stehe da, völlig überwältigt, während Ashton die Sofakissen neu arrangiert und den Couchtisch verschiebt. Es herrscht ein solcher Tumult, dass ich nicht höre, wie die Tür aufgeht.

»Sylvia, Liebes.« Beim Klang von Evies musikalischer Stimme erstarre ich. Ich drehe mich um und sehe sie in der Tür stehen. Sie klopft mit ihrem Stock leicht auf den Boden und blickt verblüfft auf Ashton und Isabel. »Wann haben wir beschlossen, hier eine Schwesternschaft zu gründen?«

21.
KAPITEL

Glücklicherweise hatte Evie Sinn für Humor, als sie letzte Nacht nach Hause kam. Nachdem alle vorgestellt waren, zogen Evie und ich uns in unsere Schlafzimmer zurück. Ich schlüpfte in einen Pyjama und ging zu Bett. Von dort simste ich Evie in allen Einzelheiten, was vorgefallen war, nachdem Frank und ich in die Wohnung zurückgekehrt waren und versucht hatten, miteinander zu schlafen. Selbst durch die Wand hindurch konnte ich sie schallend lachen hören. In dem Moment habe ich überhaupt nicht daran gedacht, ihr von Oliver zu erzählen.

Erst jetzt, um acht Uhr morgens, als ich gerade die Augen aufgeschlagen habe und nach meinem Handy greife, verspüre ich eine gewisse Untergangsstimmung. Ich finde eine Nachricht von Oliver vor, in der schlicht steht:

> Bitte lassen Sie mich wissen, wann ich meine Großmutter besuchen kann.

Ich bin wie zerschlagen vor Erschöpfung, doch meine Gedanken rasen. Rasch sende ich eine Antwort, dass ich mich heute Nachmittag bei ihm melden werde.

Ich lege das Mobiltelefon weg und versuche, ruhig zu bleiben. Irgendwie muss ich einen Weg finden, Evie zu erklären, was ich da gemacht habe. Sie wird es verstehen. Vielleicht ist sie ja sogar froh darüber.

Einen Augenblick sonne ich mich in der Vorstellung, wie Evie zu strahlen beginnt und in die Hände klatscht. »Danke, Sylvia! Meinen Enkel anzulügen ist eine großartige Methode, wieder mit ihm in Kontakt zu kommen.«

Hm. Ich bin mir nicht sicher, ob sie genau diese Worte wählen wird …

Ich reibe mir die Augen und setze mich auf. Wenigstens habe ich noch bis heute Nachmittag Zeit, um eine Lösung zu finden. Eins nach dem anderen. Erst meine Tochter und meine Braut.

Ich schwinge die Beine aus dem Bett, streiche mir den Pyjama glatt und öffne die Tür. Ein Blick nach rechts zeigt mir, dass Evies Tür geschlossen ist. Vermutlich schläft sie noch.

Leise tappe ich ins Wohnzimmer. Zu meiner Überraschung ist Ashton schon weg. Die Übernachtungsburg ist weggeräumt worden, und Isabel sitzt an meinem Klapptisch, trinkt Tee und arbeitet emsig an ihrem Laptop. Sie trägt eine Yogahose mit schwarzweißem Fischgrätmuster mit dazu passendem bauchfreiem Top. Das Haar hat sie wie üblich zum Knoten aufgesteckt, doch ihr Gesicht wirkt fröhlich, als sie mich kommen hört.

»Morgen, Mom.« Sie sieht von ihrem Computer auf und lächelt.

»Morgen, Süße. Wie ich sehe, hast du dir Tee gekocht. Soll ich dir einen Toast machen?« Die Frage kommt mir ganz instinktiv über die Lippen. Schnell werfe ich einen Blick zur Küchentheke, um mich zu vergewissern, dass ich überhaupt Brot im Haus habe.

Aber sie schüttelt den Kopf. »Ich esse keine Kohlenhydrate mehr. Wie hast du geschlafen?«

Ich setze mich Izzy gegenüber an den Tisch und lächele. »Prima. Wann ist Ashton gegangen?«

»Vor einer Stunde. Sie hat wohl gehört, wie ich meinen Computer rausgeholt habe. Ich habe versucht, leise zu sein, aber die Wohnung ist so klein.«

Ich bemühe mich, nicht beleidigt zu sein. »Die Mieten hier sind horrend.«

»Absolut.« Izzy nickt und deutet auf ihren Laptop. »Aber ich habe mit einem Kollegen in der Kanzlei geredet, und wir können dich wahrscheinlich mit einer minimalen Vertragsstrafe aus deinem Mietvertrag herausbekommen. Außerdem habe ich nach Hochzeitsplanern in Florida gesucht. Ich habe in deinem Namen ein paar Erkundigungen eingezogen, und bestimmt hat Verena auch ein paar Tipps für dich. Wenn du willst, kann ich ihr eine E-Mail schreiben. Der Abschied von Ashton wird sicher nicht leicht, aber sie ist da total cool. Das Beste daran ist, dass ich mit Dad gesprochen habe. Er ist begeistert von der Idee! Außerdem hilft es dir bei deinen finanziellen Problemen.«

Izzys Stimme ist so munter, dass ich einen Augenblick verwirrt bin. Ich schaue ihr in die Augen, weil ich wissen will, ob ich dort irgendwo Verständnis entdecke, aber alles, was ich sehe, ist eine Spur Gereiztheit.

»Mom«, sagt sie langsam. »Hast du mir überhaupt zugehört? Ich habe all deine Probleme gelöst!«

Meine Kehle zieht sich zu, und mir schwirrt der Kopf. »Was um alles in der Welt ist passiert, seit ich gestern Abend zu Bett gegangen bin?«, sage ich langsam und mit bebender Stimme. »Gestern Abend haben wir doch noch *deine* Probleme besprochen. Ich habe keine Probleme. Zumindest keine, die dich irgendetwas angingen.«

»Das kann doch nicht dein Ernst sein! Schau dir die Wohnung an. Das ist doch nicht normal …«

»Was fällt dir ein?« Ich springe auf, und eine Lawine des Zorns bricht sich in mir Bahn. »Was *fällt* dir ein, mein Leben überhaupt irgendwie zu beurteilen? Du bist eine erwachsene Frau, die gestern mit einer Reisetasche bei mir aufgetaucht ist und über ihre Ehe geklagt hat. Vielleicht solltest du dich auf deine eigenen Probleme konzentrieren, statt dich auf das zu stürzen, was du für meine hältst!«

»Vor nicht allzu langer Zeit bist du bei mir aufgetaucht.« Izzys Stimme ist sehr ruhig. Und eiskalt.

Ich zucke zurück, wie betäubt vor Scham, während sie mich kühl betrachtet. Meine Wangen werden heiß, und all der Zorn, der in mir brodelt, erstarrt.

Kein Wunder, dass sie eine gute Anwältin ist.

Ich atme tief durch und versuche meine Stimme unter Kontrolle zu halten. »Du hast recht, das war ein Fehler. Ich hätte nie zu dir kommen sollen, als es mit deinem Vater in die Brüche ging. Inzwischen bereue ich das.«

Isabel erhebt sich ebenfalls. »Ich verstehe einfach nicht, warum du nicht zu Dad zurückkehren kannst. Wieso versuchst du nicht, dich wieder mit ihm zu vertragen? Ja, er hat dich betrogen, und das ist schrecklich. Ich könnte kotzen, wenn ich nur daran denke. Aber es tut ihm leid, das weiß ich. Jedes Mal wenn er mich anruft, erzählt er mir, wie furchtbar er sich fühlt.«

Ich beiße die Zähne zusammen. »Warum hörst du mir nicht zu? Ich bin nicht einmal mehr wütend, weil er mir fremdgegangen ist. Schäme ich mich? Ja. Fühle ich mich hintergangen? Ja. Aber die schlichte Wahrheit ist die, dass ich ihn einfach nicht mehr liebe. Wir lieben uns schon lange nicht mehr. So etwas kommt vor. Abgesehen davon bin ich hier glücklich. Hier und heute. In meiner winzigen Wohnung mit der horrenden Miete.«

»Du bist seit über vierzig Jahren verheiratet. Du würdest das alles wegwerfen, nur wegen dieses blöden Weibsstücks? Ohne auch nur zu versuchen, es wieder zu kitten? Du hast mir doch gesagt, ich soll mit Todd zur Therapie, und dann gehst du nicht mal selbst?«

»Du hörst mir einfach nicht zu. Ich bin schon viele Jahre nicht mehr glücklich. Daran kann auch die längste Therapie nichts ändern. Es gibt nichts zu kitten. Ich will nach vorne schauen. Was kann ich nur sagen, um dir das begreiflich zu machen?«

»Nichts.« Isabel klappt den Laptop zu. »Dad mag ein paar schlimme Dinge getan haben, aber er ist kein schlechter Mensch.«

»Ich will auch nicht, dass du deinen Vater für einen schlechten Menschen hältst. Aber er ist ein schlechter Ehemann, ein fürchterlicher sogar. Und ich will in meinem Leben einfach nicht rückwärtsgehen. Ich hoffe, du auch nicht.«

»Was soll das nun wieder heißen?«

»Wenn du mit Todd nicht glücklich bist, versuche es mit einer Therapie. Aber bleib nicht in einer Beziehung, nur weil du Angst vor einer Trennung hast.«

»Ich gebe nicht so schnell auf.«

Isabel funkelt mich trotzig an, und mir wird klar, dass wir so nicht weiterkommen.

»Izzy«, sage ich schließlich ruhig, aber entschieden. »Ich verstehe ja, dass es hart ist, wenn ein Elternteil plötzlich eine andere Richtung einschlägt. Für dich ist das sicher sehr unbequem. Aber ich habe viel Lebenszeit damit zugebracht, dafür zu sorgen, dass du und dein Vater es bequem habt. Manchmal sogar auf Kosten meines eigenen Glücks. Ich bin nicht nachtragend, aber ich habe etwas gelernt: Für mein Lebensglück bin ich selbst verantwortlich. Und deshalb werde ich dir jetzt in aller Deutlichkeit sagen: Ich werde nicht nach Florida zurückgehen. Das Thema ist für mich ausdiskutiert. Wir können entweder ein paar nette Tage miteinander verbringen, oder du kannst wieder gehen. Es liegt bei dir.«

Isabel starrt mich wütend an. Dann packte sie ohne ein weiteres Wort ihren Laptop ein, zieht die Fleecejacke an und geht mit ihrer Reisetasche zur Tür. Sie öffnet sie und verlässt die Wohnung.

Die Tür fällt hinter ihr ins Schloss. Ich lasse mich wieder auf den Stuhl sinken, bin plötzlich völlig erschöpft.

22.
KAPITEL

Jetzt weiß ich, wie Ashton aussieht, wenn sie einen Orgasmus hat. Ich nehme einen Schluck Wasser und wende diskret den Blick ab. Mir war nie bewusst, wie intim so eine Tortenverkostung sein kann.

Es ist kurz nach zwei, und ich sitze Ashton und Dan an einem großen Marmortisch in Darlene's Cake Shop an der West 118th Street gegenüber. Vor uns stehen vier Stück Schokoladentorte, jedes davon auf einem Porzellanteller mit einem kleinen Kärtchen, auf dem die Geschmacksrichtung angegeben ist.

Ashton nimmt noch einen Bissen von der Orangenblüten-Schokotorte mit chilibestäubten, schokolierten Mangos.

»O Gott«, haucht sie. »Perfekt.« Ashton klopft auf ihren unsichtbaren Babybauch. »Ich dachte ehrlich, dass ich mich auf den Tisch übergeben würde, aber Darlene ist ein Genie.«

»Das ist sie tatsächlich.« Dan nickt mit vollem Mund. »Warum waren wir noch nie hier? Wir sollten jeden Tag herkommen.«

Ashton nickt. »Das stimmt. Wie haben Sie diesen Laden ausfindig gemacht, Sylvia?«

»Das war nicht mein Verdienst«, sage ich lächelnd. »Er stand auf Verenas Liste.«

Ashton steckt sich noch ein Stück schokoladenüberzogene Mango in den Mund. »Wollen Sie nichts?«

»Ich habe spät zu Mittag gegessen«, sage ich lässig und streiche über meine graue Seidenhose und den schwarzen Rollkragenpulli. Zum heutigen Termin hatte ich etwas mit französischem Flair anziehen wollen. Darlene's Cake Shop ist eingerichtet wie eine Patisserie mit Cajun-Touch. Ich sehe hinauf zu der hohen Decke und den blitzblanken Fenstern. An jedem davon hängen kurze orangefarbene Vorhänge. Schwaden von buttriger Süße wehen durch den Raum, vermischen sich mit dem Duft von starkem Kaffee und etwas anderem, was ich nicht identifizieren kann, etwas Würzigem. Laut Verenas Aufzeichnungen stammt Darlene aus New Orleans und kam vor einem Jahrzehnt nach New York. Sie hat das Geschäft selbst aufgebaut und Verena bei einer Networking-Veranstaltung kennengelernt.

Ich schaue auf die Tortenstücke vor uns und sehe, dass sie etwas Besonderes sind. Doch nach meiner Auseinandersetzung mit Isabel vorhin ist mir der Magen wie zugeschnürt. In den letzten Wochen haben sich der Schmerz und der Frust immer weiter aufgebaut, und inzwischen ist der Druck beinahe unerträglich. Dazu kommt, dass Frank mir heute schon dreimal gesimst hat, um zu fragen, wann wir uns wieder treffen können. Allein bei dem Gedanken schaudert es mich. Was habe ich mir nur dabei gedacht? Mit einem Klienten schlafen? Ashton würde sterben, wenn sie davon erfährt, und Verena würde mich feuern.

Ich erschauere noch einmal, nehme aber rasch einen Schluck Wasser, damit Ashton und Dan nichts bemerken. Mühsam ringe ich mir ein weiteres Lächeln ab.

»Man möchte fast meinen, Sie beide haben noch nie einen Nachtisch gegessen.«

Dan sieht mich mit großen, unschuldigen Augen an. »Wir sind zwei junge Leute in New York. Wir essen prätentiöse Sachen wie Sashimi und Olivenölkuchen. Eigentlich traurig, wenn man darüber nachdenkt.«

Ich muss lachen und beobachte Ashton, die sich einen weiteren riesigen Bissen genehmigt. »Nun, ich bin froh, dass dem Baby die Hochzeitstorte schmeckt.«

»Ja, er scheint sie zu mögen«, bestätigt Ashton.

Dan erstarrt und wiederholt: »Er?«

Ashton zuckt mit den Schultern. »Ich habe beschlossen, dass ich einen Jungen bekomme.«

Ich lege den Kopf schief. »Wie meinen Sie das, Sie haben es ›beschlossen‹?«

Ashton legt die Gabel hin. »Nach dem schrecklichen Morgen, den Sie mit Isabel heute hatten – und eingedenk meiner eigenen Mutter –, habe ich beschlossen, dass Dan und ich keine Töchter bekommen«, sagt sie mit ausdrucksloser Miene.

»Woher wollen Sie denn wissen, dass Izzy und ich gestritten haben?«

»Weil ich sie eingeladen habe, heute auch zu kommen, und sie hat gemeint, sie käme sehr gern. Aber Sie sind allein hier«, erklärt sie. »Und als ich vorhin gesagt habe, wie viel Spaß unsere kleine Pyjamaparty doch gemacht hat, haben Sie das Thema gewechselt. Und zu guter Letzt: Keiner kann dieser Torte widerstehen. Selbst wenn Sie vorher eine ganze Pizza gegessen hätten – dafür würden Sie noch Platz finden. Was bedeutet, dass etwas passiert sein muss. Möchten Sie darüber reden?«

»Ashton«, sagt Dan mit bedeutsamem Blick. »Vielleicht möchtest du Sylvia etwas Privatsphäre lassen.«

Ashton erwidert den Blick. Er seufzt, und sie verschränkt die Arme.

»Ashton, bitte machen Sie sich keine Sorgen wegen Izzy und mir. Die Sache kommt schon wieder ins Lot«, versichere ich. »Und wenn Sie am Ende doch ein Mädchen bekommen: Töchter können so viel Spaß machen. Jedes Kind ist ein Segen. Ich bin übrigens sehr froh, dass Sie auf Schokoladentorte bestanden haben. Das passt sehr gut zu unserer unkonventionellen Thematik.«

Wie um zu beweisen, dass alles okay ist und ich nicht im Mindesten gestresst bin, nehme ich eine Gabel voll Torte und schiebe sie mir in den Mund.

»Würden Sie je wieder mit jemandem ausgehen?«, will Ashton wissen.

Das Stück Torte steckt in meiner Kehle fest. Ich nicke, ja, und nehme einen Schluck Wasser. Plötzlich spüre ich den Druck wieder, aber ich ignoriere ihn. Stattdessen richte ich mich auf und schlage meinen professionellsten Ton an.

»So, und jetzt genug von mir. Hier geht es um Sie beide. Welche Geschmacksrichtung ist Ihnen denn nun die liebste?«

»Cookie Crumble«, erklärt Ashton.

»Mandel Mokka«, wirft Dan ein.

»Die scharfe Mango«, erinnert sich Ashton. »Mist. Wie sollen wir uns da entscheiden?«

»Wir nehmen alle drei«, ertönt in dem Moment eine kehlige Stimme. Wir recken den Hals und entdecken Verena, die an unseren Tisch kommt. Sie haucht uns allen Luftküsse zu und setzt sich dann neben mich. »Ich verpasse nie eine Tortenverkostung, wenn es sich vermeiden lässt«, sagt sie grinsend und nimmt eine Gabel.

»Verena«, sage ich ehrlich erfreut. »Wie schön, dass du hier bist. Ich wollte gerade den Unterschied zwischen Etagen und Lagen erklären, damit Dan und Ashton wissen, welche Optionen sie haben. Dreihundert Gäste bieten uns jede Menge Gestaltungsmöglichkeiten für Kuchen.«

»Das stimmt. Da reden wir von mindestens sechs Etagen.« Sie lässt sich einen Bissen Torte schmecken. »Gott, ich liebe Darlene. Diese Schoko-Espresso-Torte könnte ich inhalieren.«

Verena schluckt und knöpft den Blazer ihres klassischen Schneiderkostüms auf. Ihr Haar glänzt teuer, und unwillkürlich bin ich stolz, für so eine Urgewalt von Frau zu arbeiten.

Verena legt die Gabel hin und blickt Dan und Ashton nachdenklich an. »Habe ich irgendwelche Designgespräche verpasst?«

Ashton schüttelt den Kopf. »Wir reden über Sylvias Liebesleben. Wir finden, es wird Zeit, dass sie sich wieder verabredet.«

Verena hebt eine Braue. »Ach ja?«

Ich werde blass. »Die beiden ziehen mich doch nur auf, Verena«, behaupte ich schnell. »Natürlich haben wir nicht über mein Privatleben gesprochen. Tatsächlich haben wir gerade …«

»Dad!«, unterbricht Ashton mich und winkt aufgeregt. »Was machst du denn hier?«

Ein Schweißtropfen rinnt mir in den Nacken, als Verena und ich uns umdrehen und Frank auf uns zukommen sehen. In seiner dunklen Hose, dem Poloshirt und der neuen Wildlederjacke wirkt er sehr elegant.

»Verena hat mich heute Morgen angerufen und darauf bestanden, dass ich mir diesen wichtigen Termin nicht entgehen lasse.« Frank rutscht auf einen Platz neben Ashton und schlüpft aus der neuen Jacke. Er lächelt Verena und mich über den Tisch hinweg an. »Die Damen. Wie schön, Sie wiederzusehen.«

Verena lächelt warm. »Ich bin so froh, dass Sie es einrichten konnten, Frank.«

»Ja, das ist super«, sage ich und füge mit einem Schlucken hinzu: »Du siehst großartig aus.«

Mist. Der Satz ist mir rausgerutscht, ehe ich es verhindern konnte. Ich trinke etwas Wasser. Sieht er großartig aus? Ja. Aber warum habe ich das gesagt, und dann auch noch so vertraulich? Jetzt fühle ich mich seltsam.

Ich blicke mich um, doch niemand scheint zu denken, dass ich etwas Merkwürdiges gesagt habe. Ashton nickt sogar fröhlich.

»Du siehst wirklich großartig aus, Dad«, pflichtet sie mir bei. »Hast du noch etwas Besonderes vor?«

Frank zuckt mit den Schultern. »Ich muss später noch im Büro vorbeischauen.«

Ashton runzelt die Stirn. »Aber im Büro trägst du doch immer deine Laufsachen. Hast du nicht genau aus dem Grund so hart daran gearbeitet, Chef zu werden?«

Frank lacht, aber ich sehe, dass sich seine Wangen leicht röten. Er fängt meinen Blick kurz auf, und ich spüre einen elektrischen Schlag. Schnell vergewissere ich mich, ob Verena irgendetwas bemerkt hat, doch sie lächelt nur lässig und reicht ihm eine Gabel.

»Stehen Sie auf Schokolade?«, erkundigt sie sich.

»Wer täte das nicht?« Frank sieht sich die Tortenauswahl an. »So, bringt mich auf den neuesten Stand.«

Dan grinst. »Ashton hat beschlossen, dass du einen Enkelsohn bekommst, weil sie vor Töchtern Angst hat. Und wir bringen Sylvia in Verlegenheit, indem wir über ihr Privatleben reden.«

Frank sieht mich an und lächelt. »Ach ja? Nun, Sylvia, wie ist es denn derzeit um Ihr Liebesleben bestellt?«

Mein Gesicht brennt. Ich bringe ihn um! Ich werde ihn mit einer Gabel ermorden.

Verena sieht mich an. »Wie ist denn deine Verabredung neulich gelaufen? Mit dem Matheprofessor, nicht wahr?«

Alles kommt quietschend zum Stehen.

Ashton fängt an zu lächeln. »Sie hatten eine Verabredung? Das ist ja cool. Warum haben Sie mir das denn nicht erzählt?«

Ich spüre etwas an meinem Bein. Ein Blick unter den Tisch verrät mir, dass Frank seinen Loafer abgestreift hat und mit dem Fuß an meinem Bein reibt. Ach, Herrgott noch mal. Ich nehme mein Bein zur Seite, und sein Fuß rutscht ab. Er hebt eine Braue, aber ich ignoriere ihn.

»Ernsthaft, wie war's?«, fragt Ashton.

Ich sehe in die neugierigen Gesichter. Verena ist die Einzige, die mich kühl mustert, als wollte sie sehen, wie ich mit dem Druck zurechtkomme.

Ich räuspere mich. »Und jetzt konzentrieren wir uns wieder. Das hier ist eine Tortenverkostung. Mein Liebesleben ist nichtexistent. Das Date habe ich abgesagt. Tatsächlich habe ich beschlossen, mich vor dieser Hochzeit mit überhaupt niemandem zu verabreden. Ich will mich ganz meiner Aufgabe widmen.«

Frank hebt noch einmal die Braue. »Das klingt aber drastisch. Man kann doch sicher beides haben, ein Privat- und ein Berufsleben.«

»Dieser Job ist mir sehr wichtig«, erkläre ich ruhig.

Er nickt einfach, und Verena tätschelt mir den Arm. »Ich weiß dein Engagement zu schätzen. Aber ich würde dich nie davon abhalten, auch ein Privatleben zu führen.«

Ashton nickt heftig. »Ernsthaft. Ich will nicht eine dieser verrückten Bräute sein, die all Ihre Zeit in Anspruch nehmen.«

Dan sieht sie von der Seite an. »Du meinst so eine, die mitten in der Nacht in der Wohnung ihrer Hochzeitsplanerin auftaucht?«

Sie errötet, und einen Moment lang schweigen alle. Dann beginnt Frank, lauthals zu lachen. Dan beginnt ebenfalls zu lachen, und dann stimmt Verena in das Gelächter ein.

Ich tätschele Ashton die Hand. »Sie können jederzeit zu mir kommen.«

Ashton lächelt, und dann scheinen sich alle zu entspannen.

Verena beugt sich zu mir. »Die Hochzeit wird großartig, ich kann es spüren.« Sie drückt mir den Arm.

Ich glühe vor Stolz auf meinen Erfolg. Genau das habe ich gebraucht. Schokolade und ein »Gut gemacht« seitens meiner Chefin.

Das Handy in meiner Handtasche klingelt.

»Das könnte ein Lieferant sein«, sage ich leise zu Verena.

Sie nickt. Ich nehme meine Tasche und entschuldige mich. Mit einer Geste gebe ich den anderen zu verstehen, dass ich nur kurz raus auf den Bürgersteig gehe.

Als ich die Patisserie verlasse, greife ich in die Tasche, nehme das Telefon und sehe, dass es Evie ist. Ich gehe trotzdem dran. Ein wenig frische Luft wird mir guttun.

»Evie«, sage ich munter. »Du brichst ab, wenn ich dir von dieser Verkostung erzähle …«

»Oliver hat mich angerufen«, fällt sie mir ins Wort.

Das Telefon in meiner Hand fühlt sich an wie eine Bombe. »Was soll das heißen?«

Ihre Stimme ist atemlos, aber sie schwärmt: »Ist das nicht wunderbar? Er ist mit Amanda unterwegs zu mir. Ich laufe nur schnell zu der italienischen Bäckerei, um ein paar Kekse zu kaufen. Ich bin so nervös. Wäre es wohl möglich, dass du bald herkommst? Ich könnte etwas Unterstützung gebrauchen.«

Evie hat mich noch nie um irgendetwas gebeten. Ich schlucke und versuche, einen gelassenen Ton anzuschlagen.

»Bin schon unterwegs.«

23.
KAPITEL

Okay, Best-Case-Szenario: Ich gestehe. Oliver, Amanda und Evie sind schockiert, verstehen dann aber, dass ich mit meinen Lügen nur die besten Absichten verfolgt habe. Alle weinen und umarmen sich, und es ist ein wunderbarer Moment für die Familie.

Ich stehe direkt vor meiner Wohnung und habe mich in diesen warmen Tagtraum gehüllt. Nachdem ich das Gespräch mit Evie beendet hatte, habe ich mich unter dem Vorwand, ich müsse mich um ein paar Hochzeitsdetails kümmern, rasch von den anderen verabschiedet. Und auf dem gesamten Weg von Darlene's hierher habe ich Runde um Runde »Best-Case-Szenario« gespielt.

Einen Moment gebe ich mich der Fantasie der Familienwiedervereinigung hin, doch dann lasse ich die Schultern sinken. Wem mache ich hier eigentlich etwas vor? Für das, was ich getan habe, gibt es keinen »Besten Fall«. Mir ist schlecht vor Angst, und ich muss all meine Willenskraft aufbringen, um nach den Schlüsseln zu suchen und die Wohnung zu betreten.

Evie steht in der Küche und schrubbt die bereits makellose Arbeitsfläche. Als ich hereinkomme, sieht sie auf.

»Ach, Gott sei Dank. Sie werden jeden Moment hier sein. Ich befürchte, ich bin nicht schick genug angezogen. Oder zu schick. Ach du Scheiße, ich bin so schrecklich nervös.« Evie wirft den Schwamm beiseite und seufzt.

Ich gehe zu ihr und lege ihr die Hände auf die Schultern.

»Evie. Tief durchatmen. Das Wichtigste zuerst – du siehst großartig aus.«

Und das tut sie tatsächlich. Sie trägt eine smaragdgrüne bestickte Tunika mit langen Ärmeln, eine schwarze Zigarettenhose und schwarze Pantoletten. Ihr Make-up ist perfekt, und an ihren Ohren baumeln goldene Kreolen.

Ich beiße mir auf die Lippe. »Und jetzt erzähl. Was genau hat Oliver gesagt?«

»Dass seine Mom zu seinem Geburtstag in die Stadt kommt und sie mich gern sehen wollen. Natürlich war ich sofort einverstanden und habe für den frühen Abend einen Tisch im Wild One reserviert.«

Das schlechte Gewissen plagt mich so sehr, dass mir der Magen wehtut. Ich suche nach einem Weg, wie ich es am besten beichten könnte, doch in dem Moment platzt Evie heraus: »Ich habe dich angelogen, Sylvia.«

Ich öffne den Mund, um etwas zu erwidern, doch Evie schüttelt den Kopf. »Ich habe ihnen eine Nachricht geschickt und ihnen von meinem Umzug nach New York berichtet. Ich habe gefragt, ob wir uns treffen könnten. Doch Amanda hat mir klar zu verstehen gegeben, dass sie keinen Kontakt wollen.«

Wieder spüre ich den vertrauten gerechten Zorn, und er stärkt mir den Rücken.

»Dieses Miststück«, fauche ich.

Evie sieht mich an. »Es steht ihr frei. Ich muss das respektieren.«

»Ich verstehe nicht, warum du das sagst. Du kannst doch nichts dafür, dass dein Sohn gestorben ist.«

Eine Träne rollt ihr über das Gesicht.

Ich fasse sie bei den Händen. »Hör zu, Evie, ich muss dir etwas sagen. Ich wusste schon, dass du …«

»Ach, verdammt noch mal«, unterbricht Evie mich, während

sie sich das Auge abtupft. »Meine Wimperntusche. Ich werde aussehen wie ein Waschbär.«

»Du siehst gut aus. Hör zu, bevor sie kommen, muss ich dir sagen …«

»Es ergibt keinen Sinn«, unterbricht sie mich wieder. »Irgendetwas stimmt da nicht. Warum wollen sie mich auf einmal doch sehen?«

»Weil sie glauben, du wärst krank«, platze ich heraus.

Einen Moment herrscht verblüfftes Schweigen, dann legt Evie den Kopf schief.

»Das verstehe ich nicht. Wie um alles in der Welt kommen sie denn auf eine solche Idee?«

Ich schlucke. »Es tut mir leid, Evie. Ich habe in deinem Handy herumspioniert, weil ich an Olivers Kontaktdaten kommen wollte. Nachdem du mir erzählt hattest, dass er hier auf die Kunstakademie geht, wollte ich mal schauen, ob er vielleicht offen wäre für ein Treffen. Aber dann habe ich gesehen, dass du dich schon bei ihnen gemeldet hattest. Als ich Amandas Antwort las, war ich wütend, und ehe ich wusste, was ich tat, habe ich Oliver angerufen und behauptet, du wärst krank.«

Ich halte kurz inne. Evies Miene ist ausdruckslos.

Noch einmal hole ich tief Luft. »Es tut mir leid, Evie. Das war übergriffig. Aber bitte lass dir erklären, dass ich es nur aus Liebe getan habe. Ich kann nicht einmal ansatzweise begreifen, wie es für dich gewesen sein muss, Julian zu verlieren und dann nicht mal Kontakt zu deinem Enkel zu haben. Aber mir ist klar, dass ich dich damit in eine verzwickte Lage gebracht habe.«

Ich beiße mir auf die Lippe und warte darauf, dass Evie etwas sagt. Ihre Miene ist immer noch ausdruckslos. Doch langsam, ganz langsam kneift sie die Augen zusammen. Sie spannt die Halsmuskeln an, und eine winzige Vene pulsiert, als sie wiederholt: »Eine verzwickte Lage? Mein Enkel denkt, ich liege im

Sterben, und du nennst das eine verzwickte Situation? Verdammt, bist du jetzt vollkommen verrückt geworden?«

Ich zucke zusammen. »Es tut mir leid. Ich bringe es wieder in Ordnung.«

»Verdammt noch mal, Sylvia!« Sie rammt ihren Stock auf den Boden. »Du kannst nicht einfach hingehen und Geschichten erfinden. Das ist mein Leben. Meine Familie.«

»Ich gestehe es ihnen. Ich sage, du hattest nichts damit zu tun. Auf dich können sie nicht sauer sein.«

»Natürlich können sie das! Sie sind schon seit Jahren sauer auf mich!« Sie schüttelt den Kopf. »Herr im Himmel! Was dachtest du denn, was passieren würde, nachdem du ihnen erzählt hast, dass ich krank bin? Dass sie mich besuchen kommen? Und was dann?«

»So weit habe ich nicht gedacht.« Meine Stimme ist heiser.

»Nun, jetzt sind wir so weit, meine Liebe. Sie werden jeden Moment hier klingeln. Wie also sieht der große Plan aus? Ich bin sterbenskrank, und Oliver fühlt sich so schuldig, dass er verspricht, jeden verdammten Sonntag mit mir zu Abend zu essen? Und jede Woche werde ich ein wenig kränker? Weiß Gott, genau so sieht die Beziehung aus, die ich mit meinem Enkel haben will. Hör auf zu heulen, verdammt! Ich hab jetzt keinen Nerv dafür, dass du dich mies fühlst.« Evie klammert sich an der Arbeitsfläche fest, und ihre Stimme klingt fast schon hysterisch.

Ich wische mir über die Augen. »Was soll ich tun?«

Es klingelt an der Tür; Evie und ich erstarren.

»Ich bring das in Ordnung«, flüstere ich. »Mach dir keine Sorgen.«

Evie funkelt mich an, drückt dann den Türöffner und hält die Tür für unsere Gäste auf.

Während wir zusammen im Flur warten, atme ich langsam ein und zähle bis zwei, dann atme ich aus und zähle bis vier. Das

Licht einlassen, die Dunkelheit hinausdrängen. Meine Schultern entspannen sich allmählich.

Evie sieht mich von der Seite an. »Ich könnte dich umbringen, Sylvia.«

»Das verstehe ich vollkommen. Aber wie gesagt, ich bringe das in Ordnung.«

Amanda und Oliver betreten unsere Wohnung. Oliver hält einen Blumenstrauß umklammert. Bevor irgendwer etwas zur Begrüßung sagen kann, nickt Amanda Evie kurz zu.

»Hallo, Evie. Tut mir leid, dass es dir gesundheitlich nicht gut geht. Und Sie müssen Sylvia sein.« Ohne zu zögern, dreht Amanda sich zu mir um und verschränkt die Arme vor der Brust. »Oliver hat mir die schrecklichen Nachrichten übermittelt und dass Sie von ihm verlangt haben, es geheim zu halten. Wie konnten Sie ihn nur so belasten? Er hat schon genug durchgemacht.«

Ich zucke zurück angesichts von Amandas Feindseligkeit, die trotz ihrer kleinen Statur überwältigend ist. Sie trägt ein schlichtes Jeanswickelkleid und Stiefeletten. Ihr dunkles, welliges Haar hängt ihr in einem langen, trutschigen Zopf, den ich am liebsten abhacken würde, auf den Rücken. Ihr Gesicht ist so verhärmt, dass man ihr jedes ihrer gut vierzig Jahre ansieht.

Oliver steht neben ihr und läuft rot an. »Mom, komm schon. So war das nicht.«

»Genau so war es. Ich hasse Geheimnisse«, sagt sie verärgert. »Dein Vater hatte ständig Geheimnisse.«

Evie zuckt zusammen. Himmel, diese Frau ist ja ein echtes Prachtexemplar!

Aber ich bin hier, um den Frieden zu wahren, und so schenke ich den beiden mein liebenswürdigstes Lächeln.

»Oliver, Amanda, willkommen bei uns. Wir sind so froh, dass Sie hier sind.« Ich wende mich an Oliver. »Ich bedaure zutiefst, was ich getan habe. Wie Sie wissen, hatte Evie keine Ahnung, dass ich mit Ihnen in Kontakt getreten bin. Aber Ihre Mutter hat recht: Wie müssen ehrlich zueinander sein. Lassen Sie mich daher erklären, was hier in Wahrheit …«

»Sind die für mich?«, unterbricht mich Evie und streckt die Hände nach den Blumen aus, die Oliver mitgebracht hat. Dabei wirft sie mir einen Blick zu, der mich zurückweichen lässt.

Er nickt schüchtern. »Ich wusste nicht, welche Blumen dir gefallen, also habe ich einfach den buntesten Strauß genommen.«

Evie betrachtet die Blumen, als wären sie aus reinem Gold. »Du lieber Junge! Du bist so erwachsen geworden. Habe ich dir nicht gesagt, dass er ein schöner Mann ist, Sylvia?«

Ich nicke. Es stimmt. Oliver ist wirklich umwerfend attraktiv. Sein Teint ist – ebenso wie der seiner Mutter – olivfarben, sein Haar fast schwarz. Im Nacken lockt es sich. Aber dieses Gesicht! Die markanten Wangenknochen und die weit auseinanderstehenden Augen. Sogar das winzige Grübchen über den Lippen. Das ist Evies Gesicht. Und stellvertretend wohl auch das Gesicht seines Vaters.

Ich sehe Evie an und frage mich, was sie wohl empfindet.

»Und schick siehst du aus«, fährt sie mit einem Lächeln fort. »Wir müssen mal gemeinsam einkaufen gehen, jetzt, wo ich einen Job habe.«

Oliver zieht an den Manschetten seines hellbeigen Buttondown-Hemds, das er über den Bund der braunen Chinohose hängen lässt. Über dem Hemd trägt er eine marineblaue Weste.

Seine Augen leuchten auf. »Was arbeitest du denn?«

»Ich spiele in einem Lokal in der Nähe ein wenig Klavier«, sagt Evie schlicht.

»Ihre Großmutter ist zu bescheiden. Sie ist die Starmusikerin in einem sehr eleganten Restaurant. Dorthin gehen Sie nachher auch essen, nicht wahr?«

Amanda blickt auf ihre Uhr. »Apropos Essen, können wir aufbrechen? Ich habe für später noch Pläne.«

»Natürlich«, sagt Evie respektvoll. »Ich stelle nur schnell die Blumen in die Vase, dann können wir gehen.«

»Geht das nicht auch später? Ich will mich wirklich nicht lange aufhalten.« Amanda nimmt ihr Handy aus der Tasche und fängt an zu tippen.

Ich würde dieser Frau gern eine verpassen. Ich möchte, dass Evie dieser Frau eine verpasst.

Doch Evie nickt nur. »Ich hole schnell meinen Mantel.«

Sie legt die Blumen auf die Küchentheke und geht in ihr Zimmer. Während Amanda weiter auf ihrem Handy herumtippt, steht Oliver da und blickt ins Leere. Er tut mir leid. Aber wo ist sein Rückgrat? Ich habe das Gefühl, als wäre ich in einen seltsamen Traum geraten.

Ich folge Evie. Leise betrete ich ihr Zimmer, während sie gerade den Gürtel ihres Trenchcoats schließt.

»Evie«, flüstere ich. »Ich kann das in Ordnung bringen. Lass mich einfach beichten. Amanda wird entsetzt sein. Du darfst mich anschreien, tu dir keinen Zwang an, und Amanda kann auch mitmachen. Ihr könnt euch in eurem Hass gegen mich verbünden, das schweißt zusammen.«

Evie setzt sich auf ihr Bett. Ihr Rücken ist leicht gekrümmt. Zum ersten Mal, seit ich sie kenne, sieht meine Freundin alt aus.

»Ich glaube nicht, dass das funktioniert«, sagt sie. »Amanda wird einfach davonstürmen.«

Ich würde Amanda am liebsten die Faust ins Gesicht rammen.

»Warum lässt du dich von ihr so behandeln?«, will ich wissen.

Ich warte darauf, dass Evie noch etwas sagt, doch sie schweigt. Ihre Traurigkeit springt auch auf mich über, ich spüre sie ganz deutlich. Es ist wie ein Schlag auf sonnenverbrannte Haut.

»Evie«, versuche ich es noch einmal. »Amanda benutzt Oliver, um dich für Julians Tod zu bestrafen. Das ist so unfair. Siehst du das nicht?«

»Doch«, sagte sie mit ruhigem Eifer. »Aber ich will nicht, dass du einen Streit mit Amanda vom Zaun brichst, wenn ich meinen Enkel zum ersten Mal wiedersehe. Man muss den größeren Zusammenhang sehen. Du hast keine Ahnung, was Amanda mit meinem Sohn alles durchgemacht hat. Daran versuche ich zu denken. Also hilf mir bitte, oder geh weg.«

Ich schlucke. Evies Mitgefühl für Amanda bewegt mich, und mir wird klar, wie wenig ich eigentlich über die größte Tragödie im Leben meiner Freundin weiß.

Ich lege Evie eine Hand auf den Arm. »Was soll ich tun?«

24.
KAPITEL

Zwanzig Minuten später treffen wir im Wild One ein. Die Happy Hour ist genauso fröhlich und glamourös wie die reguläre Dinnerzeit. Die gewohnte Wärme, das Geplauder und das bernsteinfarbene Licht breiten sich wie eine warme Decke über das Feierabendpublikum.

Ich trage immer noch mein schwarz-graues Outfit, als unsere Supermodel-Empfangsdame Evie, Amanda, Oliver und mir bedeutet, dass wir ihr zu dem Ecktisch folgen sollen, um den Evie gebeten hat. Er liegt etwas abseits von der Bar und der Musik. Hier ist es schön ruhig und gemütlich.

Amandas Feindseligkeit ist allgemeiner Unnahbarkeit gewichen. Sie war die ganze Zeit über mit ihrem Handy beschäftigt, hat wie wild darauf herumgetippt und dabei das Ende ihres Zopfes zwischen den Fingern gezwirbelt. Nun setzt sie sich hin und tippt weiter auf ihrem Smartphone herum.

Ich setze mich neben sie und versuche höflich, ein Gespräch mit ihr zu beginnen.

»Die Arbeit?«, frage ich.

»Ja«, antwortet sie, ohne aufzublicken.

»Amanda arbeitet in der Immobilienbranche«, sagt Evie stolz und setzt sich mir gegenüber. »Sie ist die fleißigste Maklerin, die ich kenne.«

Amanda tippt weiter. »Das Los einer Alleinerziehenden.«

Evie versteift sich. Oliver lässt sich auf seinen Platz sinken.

Das demütigende Schweigen hängt wie eine Gewitterwolke über unserem Tisch. Es wundert mich nicht, dass Evie wollte, dass ich mitkomme.

»Evie! Sie Göttin! Wie geht es Ihnen?« Ein paar Stammgäste, Männer wie Frauen, kommen herüber und küssen Evie nacheinander auf die Wange. Sie sind alle interessant und jung und mondän. Ich bemerke, wie Oliver ihre Tattoos und Gesichtspiercings bewundert und dann seine Großmutter anschaut, als sähe er sie zum ersten Mal. Es ist, als würde man seinen Biologielehrer im Supermarkt treffen und erkennen, dass diese Person tatsächlich auch essen muss.

Evie lächelt Julio an, einen ihrer Lieblinge, wie ich weiß.

»Das ist mein Enkel Oliver. Er ist auch Künstler«, sagt sie und platzt dabei fast vor Stolz.

»Mann, ist ja großartig. Ich bin Fotograf. Womit arbeitest du?«

»Ich bin Bildhauer, und ich illustriere«, antwortet Oliver. »Aber ich studiere noch.«

»Wir studieren alle, sind ein Leben lang Studenten. Ich studiere das Leben, das ist mein Motto.« Julio schlägt sich mit der Faust gegen die Brust. »Schau doch mal bei mir im Studio vorbei. Evie hat meine Adresse.«

Oliver nickt, seine Augen strahlen. Amanda bemerkt es. Ich vermute, dass auch sie beeindruckt ist. Doch so, wie sie die Augen verdreht, vermute ich auch, dass sie wohl lieber in einem türkischen Gefangenenlager wäre.

Ich hab in meinem ganzen Leben noch nie so dringend einen Drink gebraucht.

Zum Glück kommt Rachel, unsere Bedienung, mit zwei Cosmopolitans an den Tisch und stellt sie vor Evie und mich.

»Wie immer, Ladys. Sylvia, wieder einmal sehr schick. Und Evie, Sie sehen heute besonders granatenmäßig aus. Wer ist Ihr junger Freund?«, erkundigt sie sich mit einem Zwinkern.

Evie lacht. »Rachel, das sind mein Enkel Oliver und seine Mutter Amanda.«

»Sie haben Ihre Familie mitgebracht, wie schön.« Rachel lächelt. »Was kann ich Ihnen allen zu trinken bringen? Ihnen, Oliver, gebe ich außerdem meine Telefonnummer.«

Oliver läuft tiefrot an, beinahe scharlachrot.

Amanda sieht endlich von ihrem Mobiltelefon auf und mustert Rachel mit hartem Blick, ehe sie sich an Evie wendet.

»Solltest du bei deiner körperlichen Verfassung überhaupt trinken, Evelyn?«

Evie erstarrt.

Rachel wendet sich ihr zu, plötzlich besorgt. »Welche körperliche Verfassung?«

Oliver versetzt seiner Mutter einen Stoß in die Seite. Amanda sieht aus, als wollte sie noch etwas sagen, doch ich mische mich rasch ein.

»Sie ist bloß ein bisschen müde. Und über fünfzig.«

Amanda bleibt der Mund offen stehen. »Evelyn ist über siebzig, fast achtzig. Und ihr habt uns immer noch nicht gesagt, was genau eigentlich mit …«

Ich unterbreche sie erneut. »Amanda, nehmen Sie einen Cosmo. Die sind großartig.«

»Das möchte ich auch hoffen, für achtzehn Dollar«, sagt sie schnippisch, nachdem sie einen Blick in die Speisekarte geworfen hat.

»Ich lade euch ein«, sagt Evie rasch und lächelt. »Es geht alles auf mich.«

»Ihr Geld wird hier nicht angenommen«, sagt Rachel. Sie blickt Evie ein letztes Mal besorgt an und wendet sich dann an Oliver. »Sie sehen aus wie ein Mann, der Wodka trinkt. Stark und anziehend. Darf ich Ihnen den Burning Mandarin empfehlen?«

»Klar«, sagt Oliver schüchtern. Er sieht zu Rachel auf, und eine dunkle Locke fällt ihm in die Stirn.

»Er nimmt eine Sprite«, fährt Amanda dazwischen. »Er ist noch keine einundzwanzig. Und hören Sie auf, mit meinem Sohn zu flirten. Sie sind nicht so süß, wie Sie vielleicht glauben.«

Rachel bleibt der Mund offen stehen. Doch da sie erfahren im Umgang mit schwierigen Kunden ist, schluckt sie nur und sagt: »Verzeihung. Eine Sprite und ein Cosmo. *Pronto.*« Sie entfernt sich.

»Das wäre nicht nötig gewesen, Mom«, sagt Oliver empört. Zum ersten Mal sehe ich, dass Leben in ihm steckt. »Du hast mich in Verlegenheit gebracht, und du hast Grandma in Verlegenheit gebracht. Uns ist auch so allen klar, dass du nicht hier sein willst. Könntest du also bitte aufhören, dich wie ein Biest zu benehmen?«

Amanda reißt die Augen auf. Ich versuche, mir etwas einfallen zu lassen, doch Evie schaltet sich als Erste ein.

»Oliver«, sagt sie und legt ihm die Hand auf den Arm. »Sprich nicht so mit deiner Mutter. Ich weiß, dass ihr das alles schwerfällt.«

»Hör auf, meinen Sohn zu maßregeln.« Amanda funkelt Evie wütend an, dann wendet sie sich an Oliver. »Was willst du von mir?«

»Ich will, dass du dich so benimmst wie sonst auch. Du bist wie ausgewechselt, wenn wir bei Grandma sind. Das ist nicht fair, sie hat doch nichts getan.« Oliver verschränkt die Arme und sieht seine Mutter wütend an.

Amandas Augen füllen sich mit Tränen. Evie bemerkt es und sieht mich an. Ich nicke und nehme einen großen Schluck von meinem Cosmo.

»Hat Evie schon erzählt, wie es kommt, dass wir in Manhattan gelandet sind?«, frage ich.

Alle wenden sich mir zu, ihre Mienen sind ausdruckslos. Amandas Augen sind immer noch feucht. Doch ich lächele und beuge mich vor, als wären wir alle die besten Freunde und als wäre dies die schönste Mahlzeit unseres Lebens.

»Als ich noch in Boca gelebt habe, habe ich meinen Ehemann dabei erwischt, wie er mich mit einer Frau mit spektakulärem Silikonbusen betrogen hat. Ich fühlte mich zutiefst gedemütigt und verloren. Doch Evie hat mich davon überzeugt, dass Blanche mit ihren Möpsen das Beste war, was mir je passiert ist. Sie hat mich dazu gebracht, darüber nachzudenken, was wirklich wichtig ist im Leben. Ich dachte, mit Mitte sechzig könnte ich mein Leben nicht mehr groß verändern, aber ich habe mich geirrt. Und so habe ich beschlossen, meinen Lebenstraum zu verwirklichen und Hochzeitsplanerin hier in Manhattan zu werden. Evie, mutig wie immer, hat mich begleitet. Ohne sie hätte ich es nicht tun können. Und nun haben wir eine Wohnung, Jobs, und – eine Randnotiz, aber doch erwähnenswert – neulich hatte ich mein erstes Bikini-Waxing.«

Ich strahle in die Runde. Alle starren mich an.

Rachel kommt an den Tisch und serviert schweigend eine Sprite und einen Cosmo.

Oliver und Amanda greifen beide nach ihren Getränken und nehmen einen großen Schluck. Evie trinkt ebenfalls eine ordentliche Menge. Dann tupft sie sich mit der Serviette den Mund ab und wirft mir einen Blick zu, doch ich lächele einfach weiter.

»Worauf ich hinauswill: Morgen ist Olivers Geburtstag«, fahre ich ungerührt fort. »Trinken wir auf die Jugend, ob sie nun biologischer Natur ist oder nur ein Geisteszustand. Trinken wir auf die Familie, Möpse und Bikini-Waxings und alles, was uns dran erinnert, dass wir mitten im Leben stehen.«

Ich hebe das Glas. Evie sieht mich nur groß an, und Oliver,

dessen Gesicht inzwischen die Farbe einer Aubergine angenommen hat, starrt auf den Tisch.

Nur Amanda sieht mir in die Augen. »Möpse und Bikini-Waxings?«, wiederholt sie. Und dann beginnt sie ohne Vorwarnung zu lachen. Das Geräusch ist im ersten Moment so schockierend, dass niemand etwas sagt. Beinahe hätte sie sogar gelächelt. »Sie sind echt komisch, Sylvia.«

Ich räuspere mich. »Vor allem ist komisch, Amanda, dass ich nie komisch sein will.«

Evie hebt ihr Glas. »Auf Oliver.«

Wir alle stoßen an, und just in diesem Augenblick kommt das Essen.

Rachel stellt die Teller hin. »Erste Runde: Tatar vom Blauflossenthunfisch, frittierter Butternutkürbis und Lachs-Sashimi mit Trüffeln. Guten Appetit.«

Die Gerichte sehen fast zu schön aus, um sie zu essen. Doch Evie nimmt einen kleinen Teller und fängt an aufzuladen. Oliver nimmt den Teller freudig entgegen und steckt sich ein Stück Thunfisch in den Mund.

»Das ist unglaublich«, sagt er.

»Neunzehn Jahre lang weist du alles zurück, was nicht mit Käse überbacken ist, und dann kommst du nach New York und isst rohen Fisch.«

»Ich werde eben reifer«, erklärt Oliver und isst noch ein Stück.

Amanda sieht ihn so liebevoll an. Ihr Kinn wirkt weicher, ihr Rücken entspannter.

»Du spielst hier Klavier. Wie bist du denn an den Job gekommen?«, fragt sie an Evie gewandt, und ihr Interesse wirkt aufrichtig.

Evie lächelt bescheiden. »Ich habe darum gebeten, vorspielen zu dürfen.«

»Was hast du denn gespielt?«, erkundigt sich Oliver.

»Coldplay und ein Stück von Gloria Gaynor. Und natürlich etwas von Lady Gaga.«

Oliver ist fassungslos. »Lady Gaga?«

Amanda trinkt ihren Cosmo aus und steckt sich ein Stück frittierten Butternut in den Mund. »Deine Großmutter kann fast alles spielen. Auf unserer Hochzeit hat sie die Beatles gespielt.«

Evies Miene wird weich. »Julian wollte, dass ihr zu ›When I'm Sixtyfour‹ zum Altar schreitet.«

»Ja, er war wirklich komisch.« Amanda seufzt. Dann verfinstert sich ihre Miene. »Außer wenn er das gerade nicht war.«

»Du meinst, außer wenn er high war«, sagt Evie.

»Ich meine, außer als er tot war.«

Oliver murmelt etwas in sich hinein, was wie *Scheiße* klingt. Er starrt auf den Tisch.

Ich versuche Evies Blick aufzufangen. Was wird sie jetzt tun?

Doch Evie seufzt nur. »Schon als Julian sechzehn war, wusste ich, dass er ein Drogenproblem hat. Wir haben ihm Hilfe besorgt, aber es war nie genug. Dann hat er dich kennengelernt, Amanda, und ist clean geworden. Ihr wart so glücklich. Nach Olivers Geburt rief Julian aus dem Krankenhaus an und erzählte mir, dass er jetzt endlich den Sinn des Lebens erkannt habe. ›Schönheit ist die Elektrizität des Schmerzes‹ – das waren seine Worte. Es war fünf Uhr morgens, und ich drehte mich zu Henry um und sagte: ›Er wird wieder anfangen mit den Drogen.‹«

Evie hält inne, um einen Schluck Wasser zu nehmen.

»Er machte eine Entziehungskur, bevor Oliver drei Monate alt war. Ich habe mich so geschämt. Wie konnte er seiner Familie das nur antun? Doch er wurde wieder clean, ging nach Hause und hatte zwei gute Jahre. Und dann ging alles wieder von vorne los. Und noch einmal, und noch einmal. Und dann war er tot.« Evie sagt das so nüchtern-sachlich, dass ich den Atem anhalte.

Ich strecke die Hand über den Tisch, um ihre Hand zu drücken, aber sie reißt sie zurück. »Ich wusste nicht, wie ich ihm helfen sollte.«

»Du kannst nicht so streng zu dir sein«, sage ich.

Evies Augen sind hart. »Klar kann ich das.«

Ich muss an Isabel denken. Wie würde ich mich fühlen, wenn sie tot wäre? Mir bleibt die Luft weg. Es ist eine elementare Angst. Es geht um meine Tochter. Manchmal würde ich sie zwar am liebsten umbringen, aber ich würde nie wollen, dass sie stirbt.

Evie wendet sich nun an Amanda. »Ich weiß, dass du mich für Julians Tod verantwortlich machst.«

Amanda hebt das Kinn. »Das tue ich nicht.«

»Doch«, sagt Oliver. Seine Stimme ist ausdruckslos.

Evie wendet einen Moment den Blick ab. »Ich war auf allen Sitzungen, wo gesagt wird, dass mich keine Schuld trifft. Dass nicht einmal er Schuld hat. Dass er krank war. Ich glaube das nicht, und gleichzeitig weiß ich, dass es stimmt. Ist das nicht seltsam? Etwas nicht zu glauben, obwohl man weiß, dass es die Wahrheit ist?«

»Oh, Evie.« Ich kann nicht anders, meine Augen füllen sich mit Tränen. »Du quälst dich so.«

Sie sieht mich an. »Ich glaube, es wird Zeit, dass wir die Wahrheit sagen.«

Ich erröte. Amanda sieht zwischen uns hin und her. »Was für eine Wahrheit?«

Evies Stimme ist ruhig. »Ich bin nicht krank.«

Oliver und Amanda blinzeln beide.

»Das verstehe ich nicht«, sagt Oliver.

Evie wendet sich ihm zu. »Sylvia hat dich angelogen. Sie dachte, sie tut mir einen Gefallen. Ich bin vollkommen gesund. Nun ja, für eine Frau, die auf die achtzig zugeht«, fügt sie hinzu und sieht dabei Amanda an.

Oliver starrt mich an. »Sie haben mich angelogen? Meine Großmutter ist gar nicht krank?« Er sieht aus, als wäre ihm übel.

Ich schlucke. »Es tut mir leid. Evie und ich haben über Familie gesprochen, und ich war so wütend, dass Sie sie einfach aus Ihrem Leben ausgeschlossen haben. Ich wollte etwas tun, um Sie dazu zu bringen, sie zu besuchen. Aber ich bin zu weit gegangen. Viel zu weit.«

Amanda kneift die Augen zusammen. »Und du wusstest von dieser Farce, Evelyn?«

»Nein«, antworte ich an ihrer Stelle. »Kurz bevor Sie bei uns ankamen, habe ich Evie erzählt, was ich getan habe. Sie wollte Ihnen die Wahrheit sagen, wusste aber nicht, was sie sagen soll. Es ist meine Schuld. Zu hundert Prozent meine Schuld.«

»Aber warum hast du uns in dem Glauben gelassen, Grandma?«

Amanda wirft ihre Serviette auf den Tisch und steht auf. »Weil sie wollten, dass wir sie besuchen. Selbst wenn es unter dem Deckmantel der Täuschung war. Gehen wir, Oliver. Diese Frauen sind irre, und wir sollten nicht …«

»Verdammt noch mal, Amanda, setz dich gefälligst wieder hin!« Evies Stimme ist so entschieden, dass Amanda sich tatsächlich wieder hinsetzt. Sie ist so erschrocken, dass ihr alle Farbe aus dem Gesicht weicht, und Oliver reißt den Mund auf.

Ich lächele und hätte beinahe applaudiert, denn das hier ist die Evie, die ich kenne.

Doch Evie bemerkt mein Lächeln und sieht mich wütend an. »Das ist kein glücklicher Moment, Sylvia. Ich bin stinkwütend auf dich.«

Ich schlucke. »Natürlich, Evie, ich weiß. Ich habe dir doch schon gesagt, wie leid es mir tut.«

»Und ich habe dir schon gesagt, dass dies meine Familie ist.

Es stand dir nicht zu, dich da einzumischen. Kein Wunder, dass Isabel dich nicht versteht. Die Hälfte von dem, was du tust, ist total lächerlich.«

Ich zucke so heftig zusammen, als wäre ich geschlagen worden. Etwas so Grausames hat Evie noch nie zu mir gesagt.

Evie wendet sich von mir ab und sieht Oliver an. »Als du angerufen und gesagt hast, du wolltest mich sehen, habe ich mich schon gefragt, was passiert ist. Vielleicht dein bevorstehender Geburtstag, dachte ich. Vielleicht ein Song im Radio. Oder vielleicht hattest du einen Jungen mit seiner Großmutter in der U-Bahn gesehen. Ich war so glücklich. Ich war absolut bereit, all die Male zu vergessen, in denen du meine Einladungen zum Dinner, mich zu besuchen oder zu einem Chat abgelehnt hast. Aber als ich herausgefunden habe, dass du mich nur besuchen willst, weil du denkst, dass ich im Sterben liege, kam ich mir so erbärmlich vor.« Sie holt tief Luft. »So wurde ich noch nie verletzt. Ich habe es nicht verdient, aus deinem Leben ausgeschlossen zu werden. Zuerst warst du noch ein Kind, aber jetzt bist du ein Mann. Und ich hoffe sehr, dass du endlich anfängst, dich wie einer zu verhalten.«

Evie wirft ihre Serviette auf den Tisch und steht auf. Dann strafft sie die Schultern, nimmt ihren Stock und geht davon.

Kurz herrscht Schweigen am Tisch, als Amanda, Oliver und ich ihr nachsehen. Dann springt Oliver auf.

»Grandma!«, ruft er.

Evie bleibt stehen. Sie dreht sich nicht um, aber sie wartet. Er läuft, um sie einzuholen. Er flüstert ihr etwas ins Ohr, und sie sieht zu ihm auf. Dann nickt sie, und die beiden verlassen gemeinsam das Restaurant.

Ich rutsche auf meinem Platz herum. Ich habe den Atem angehalten und so still dagesessen, dass mir nun alle Gelenke wehtun. Ich zittere, als ich den Cosmo hochhebe. Das Glas ist leer.

Ich setze es trotzdem an und versuche, die letzten Tropfen herauszubekommen.

Amanda tut dasselbe. Wir starren beide in unsere leeren Gläser.

»Also«, sagt sie schließlich. »Ich bin mir nicht sicher, ob ich Sie nun hasse oder nicht.«

»Mir geht es mit Ihnen ähnlich, meine Liebe.«

Sie nickt. »Wollen wir noch einen Drink?«

Ich lehne mich zurück. »Das will ich doch meinen!«

25. KAPITEL

Als ich nach Hause zurückkehre, ist es halb elf. Ich schalte das Licht an und rechne fest damit, Evie wie ein zorniges Elternteil auf der Couch sitzen zu sehen, aber das Wohnzimmer ist leer. Ich schleiche mich auf Zehenspitzen zu ihrem Schlafzimmer, doch auch dort ist niemand. Wo könnte sie sein?

Ich lasse meine Tasche aufs Sofa fallen und reibe mir die Schläfen. Es ist spät, und ich bin betrunken. Nachdem Evie und Oliver gegangen waren, haben Amanda und ich noch zwei Runden Cosmos getrunken.

Die Hälfte von dem, was du tust, ist total lächerlich.

Allein wenn ich an diese Worte denke, winde ich mich innerlich. Mir ist heiß, und ich fühle mich schmutzig. Ich laufe ins Bad und mache die Dusche an. Der Dampf bauscht sich in der Luft wie eine Daunendecke. Ich hole tief Luft und sauge den blumigen Duft des sündhaft teuren Shampoos ein, das Reese Ashton und mir bei der Anprobe geschenkt hat. Dann stelle ich die Dusche aus und greife nach meinem Bademantel. In dem beschlagenen Spiegel starre ich auf mein Gesicht. Meine Züge sind verschwommen, und so fühle ich mich auch.

Ich öffne den Arzneischrank und nehme zwei Ibuprofen. Gerade als ich den Schrank zumachen will, fällt mein Blick auf die goldene Folienverpackung eines anderen sündhaft teuren Produkts, das Reese mir geschenkt hat – eine Gesichtsmaske, die mehr als nur ein Facelifting verspricht. Ich bin versucht, sie zu benutzen, habe aber das Gefühl, einen solchen Luxus im Moment nicht zu verdienen.

Mir brummt der Schädel. Ich frage mich, ob es Amanda besser geht. Sie war noch betrunkener als ich. Ich muss fast lachen, wenn ich daran denke, wie rosa ihr Gesicht war, als sie ihren letzten Cosmo austrank und einen kräftigen Rülpser ausstieß.

»Meine Güte, Sylvia«, lallte sie. »Sie haben einen schrecklichen Einfluss auf mich.«

Aus irgendeinem Grund fanden wir das beide zum Schreien komisch und brüllten vor Lachen. Dabei klammerten wir uns Halt suchend am Tisch fest, um wieder zu Atem zu kommen.

Als wir uns wieder beruhigt hatten, sah ich Amanda an und seufzte.

»Sie haben nicht ganz unrecht. Was ich getan habe, war schrecklich.«

»Ich habe auch etwas Schreckliches getan«, entgegnete Amanda schulterzuckend. »Dass ich noch etwas vorhätte, war gelogen, ich wollte das Treffen nur schnell hinter mich bringen.«

»Das habe ich mir schon gedacht. Aber Sie sind nicht die Erste, die diese Lüge erzählt.«

»Ja. Aber normalerweise tun die Leute das, um sich aus einem fürchterlichen Date herauszuwinden. Nicht um ein sterbendes Familienmitglied abzuservieren.«

»Wenigstens ist sie gar nicht krank«, meinte ich schwach.

»Jeder von uns könnte jederzeit sterben«, beharrte Amanda und gestikulierte dabei so ausladend, wie es nur Betrunkene tun. »Ich habe nicht erwartet, dass Julian stirbt. Und ich hätte nie gedacht, dass ich mich dadurch so verändern würde. Ich habe Evelyn geliebt. Sie war die wunderbarste Schwiegermutter, die man sich wünschen konnte. Aber ich fand es furchtbar, dass sie so traurig war. Dadurch hatte ich das Gefühl, ich würde nicht genug trauern. Ist das nicht schrecklich? Gott, bin ich betrunken. Sind Sie auch betrunken?«

»Total betrunken«, hauchte ich.

Wir sahen uns beide im Restaurant um. Das Happy-Hour-Publikum hatte den Dinnergästen Platz gemacht. Die Lichter waren gedämpft, die Leute lachten und aßen. Mir gefiel, wie sich die modernen brünierten Tische und die schwarzen Stühle vom Betonboden abhoben.

»Ich könnte mir gut vorstellen, dass Carrie Bradshaw an einem dieser Tische Hof hält«, sagte ich mit einem Seufzen.

»Oder wie Samantha mit einem Kellner auf der Toilette Analsex hat.« Amanda grinste. »Ich liebe die Serie.«

»Meine Tochter lacht mich aus, weil ich mir das anschaue. Sie sagt, es wäre eine dumme Traumwelt für alte Ladys wie mich.«

»Ist das dieselbe Tochter, die Sie nicht versteht?«

Ich zuckte zusammen, und Amanda bemerkte es.

»Tut mir leid. Klingt, als wäre das Verhältnis zwischen Ihnen und Ihrer Tochter ziemlich kompliziert.«

»Eigentlich ist alles ganz einfach«, erwiderte ich. »Ich bin an allem schuld.«

Inzwischen ist es nach elf, und ich bin diejenige, die wie ein besorgter Elternteil auf dem Sofa im Wohnzimmer sitzt. Ich ziehe den Morgenmantel enger um mich, fahre mir mit der Hand durch das feuchte Haar und greife nach der Fernbedienung. Es fühlt sich wie Verrat an, wenn ich jetzt *Sex and the City* anschalte, wo ich doch weiß, dass Evie so wütend auf mich ist. Ich entscheide mich für QVC und bin sofort fasziniert von dem Nachtlicht für die Toilette, das dort gerade verkauft wird. Die Moderatorin der Sendung ist eine Frau namens Moira, die aussieht wie die fürsorglichste Großmutter der Welt.

»Sie werden nie wieder in die Toilette plumpsen, selbst wenn Ihr Mann die Brille oben gelassen hat«, verspricht sie. »Drücken Sie einfach den Knopf, und suchen Sie sich aus der Auswahl wunderschöner, nachtleuchtender Farben Ihren Favoriten aus.« Sie führt ein Knallblau vor. »Und für Partys«, fährt sie fort und greift zu einem Martini, »peppen Sie die Deko in Ihrer Toilette mit einem Discolicht auf!«

Sie drückt auf einen anderen Knopf, worauf ein Regenbogen von Lichtern über den Toilettensitz huscht.

»Wahnsinn«, flüstere ich laut.

Ich greife nach meinem Handy, um Ashton rasch per E-Mail zu fragen, was sie von bunten Toilettenlichtern im Plaza halten würde, als ich Evies Stimme höre.

»Sylvia. Leg das Handy weg. Mach den Fernseher aus. Dein Hirn wurde von QVC gekapert.«

Ich sehe zu Evie hoch. Wortlos schalte ich den Fernseher aus und stehe auf.

»Danke«, sage ich.

Sie nickt und macht sich auf den Weg in ihr Schlafzimmer. Vorsichtig folge ich ihr. Zumindest knallt sie mir die Tür nicht vor der Nase zu, als ich hinter ihr das Zimmer betrete, was ich als gutes Zeichen werte. Stattdessen wirft sie ihren Mantel und ihre Tasche aufs Bett, setzt sich an ihren Schminktisch und fängt an, sich Cold Cream ins Gesicht zu schmieren.

Ich bleibe stehen und weiß nicht recht, was ich jetzt tun soll.

»Ich war mir nicht sicher, ob du wieder herkommen würdest«, sage ich schließlich.

»Wohin hätte ich denn gehen sollen, deiner Meinung nach?«

»Zu Oliver.« Ich trete von einem Fuß auf den anderen.

»Nach unserer Internierung in diesem Airbnb habe ich nicht die Absicht, je wieder in irgendetwas zu übernachten, was einem Studentenwohnheim auch nur im Geringsten ähnelt.«

Ich nicke. Das leuchtet mir ein. Ich sehe zu, wie Evie einen Waschlappen nimmt und sanft das Make-up entfernt. Im Spiegel begegnet sie meinem Blick und hält kurz inne.

»Ich hatte einen sehr schönen Abend mit Oliver. Mehr als das, es war wunderbar.«

Meine Miene hellt sich auf. »Das ist großartig!«

»Ja. Wir sind nach Little Italy gegangen und haben dort hervorragend gegessen, mit köstlichem Nachtisch. Wir haben stundenlang geredet und beschlossen, dass sich ab jetzt niemand mehr in unsere Beziehung einmischen wird.«

Ich klatsche in die Hände. »Oh, Evie, ich freue mich so für dich. Und ich glaube, mit Amanda wird auch noch alles gut. Wir hatten einige Drinks zusammen. Mein Eindruck war, dass sie dich ziemlich vermisst.«

Evie dreht sich um und sieht mir direkt ins Gesicht.

»Du hattest Drinks mit Amanda?«, wiederholt sie ungläubig.

Ich beiße mir auf die Lippe. »Hätte ich das nicht tun sollen? Auf einer Skala von eins bis zehn, wie wütend bist du noch auf mich? Ich muss das wirklich wissen.«

Evie seufzt.

Bitte, lass sie sagen, dass sie nicht mehr wütend ist, bete ich still.

»Ich bin nicht mehr wütend.«

Ich schlucke und sehe hoffnungsvoll auf, während Evie sich den letzten Rest Cold Cream vom Gesicht wischt. Sie lässt den Waschlappen auf den Schminktisch fallen und seufzt.

»Ich bewundere dich, Sylvia.«

»Habt ihr beide sehr viel getrunken?«

»Ich wollte Amandas Wünsche respektieren. Wir haben Sprite getrunken.« Ich muss sehr verblüfft aussehen, denn Evie steht auf und kommt zu mir. »Ich war wütend auf dich. Was du getan hast, war einfach unmöglich.«

»Und lächerlich«, platze ich heraus.

»Ja, das auch.« Evie nickt. »Ich werde mich nicht dafür entschuldigen, dass ich außer mir war, aber es tut mir leid, dass ich Isabel da mit hineingezogen habe. Das war unter der Gürtellinie.«

»Dann kann ich wohl von Glück reden, dass ich kein Mann bin.« Ich wische mir über die Augen. »Bewunderst du mich wirklich?«

»Mehr als jeden anderen Menschen, dem ich in meinem Leben begegnet bin.« Evie ergreift meine Hände. »Ich hätte nie getan, was du getan hast. Aber manchmal wünsche ich mir, ich könnte es. Du bist ein guter Mensch, der manchmal das Falsche tut, aber immer aus dem richtigen Grund.«

»Lass uns nie wieder streiten«, rufe ich und schlinge die Arme um Evie.

Sie erwidert die Umarmung. Eng umschlungen stehen wir da, bis ich etwas Warmes spüre, etwas Pulsierendes.

»Sylvia. Dein Handy vibriert.« Evie rückt von mir ab.

Ich erröte und lasse sie los. Ich greife in die Tasche meines Morgenrocks und hole mein Mobiltelefon heraus.

Mir bleibt schier das Herz stehen. Es ist Louis.

Evie linst auf den Namen auf dem Display und sieht dann mich an. Ich schüttele den Kopf, und diesmal drücke ich den Anruf weg.

26. KAPITEL

Louis hat keine Nachricht hinterlassen, und so überstehe ich den Rest der Woche ohne größere Probleme. Zumindest keine, die mit einer verpfuschten Körperenthaarung oder Lügenmärchen über todkranke Großmütter zu tun haben. Allerdings gab es am Mittwoch das Fiasko mit der Sitzordnung. Dans Mutter hatte sich mit ihrem Bruder gestritten und entwickelte dezidierte Vorstellungen, wo er sitzen sollte. Sibirien wäre ihre erste Wahl gewesen, doch wir überredeten sie, ihn an einem weit entfernten Tisch in der Nähe der Küche Platz nehmen zu lassen. Und so überarbeitete ich wie ein Drei-Sterne-General unsere ursprüngliche Sitzordnung unter Zuhilfenahme der Notizen, die ich während des Essens mit Frank gemacht hatte, und farbcodierter Pins, mit denen ich Problem- und Sicherheitszonen markierte. Ashton war sehr beeindruckt.

Dann war da noch der Fotograf. Eigentlich hätte ich merken müssen, dass er zu anstrengend ist, als er anfing, von sich in der dritten Person zu sprechen. Und gestern kam es dann noch zu dem Drama mit den Blumenmädchen. Alle Verwandten, die kleine Töchter hatten, traten gegeneinander an, als handelte es sich um einen Debütantinnenball. Ich schaudere immer noch, wenn ich an die Fotos denke, die ich von stark geschminkten dreijährigen Mädchen und einem Jungen erhalten habe, und schließlich schlug ich Dan und Ashton vor, statt der traditionellen Blumenmädchen doch lieber Blumenfrauen zu nehmen.

Ihre Großmütter leben noch und würden sich sicher freuen, wenn sie bei der Zeremonie eine Rolle spielen könnten.

Jetzt ist Samstagabend, und ich stehe im Bad und reibe Gesicht, Hals und Brüste mit Schneckenschleim und Bienengift ein. Es handelt sich um die luxuriöse Gesichts- und Körpermaske aus Korea, die Reese für mich besorgt hat. Anscheinend schwören alle darauf, von Cindy Crawford bis Elton John. Evie arbeitet an diesem Abend, weswegen ich mich dazu entschlossen habe, oben ohne zu gehen. Ich betrachte mich im Badezimmerspiegel. Die Maske fühlt sich an wie Götterspeise, die Farbe erinnert an Beton, und sie riecht wie ein Regentag am Strand. Ich trage eine schicke Unterhose, die ich mir vor Jahren gekauft habe – eine unglaublich sexy rote Seidenshorts mit Zugband. Ich habe das Haar zu einem Knoten aufgesteckt, und als ich ins Wohnzimmer schwebe, mich auf dem Sofa niederlasse und die neueste Ausgabe von *Luxury Brides* aufschlage, fühle ich mich wie eine Königin.

Der heutige Abend ist eine Mischung aus Entspannung und Arbeit. Ich lege die Beine auf den Couchtisch und vertiefe mich in einen Artikel darüber, welche Vor- und Nachteile es hat, für eine Hochzeit einen für die Gäste kostenlosen Tattookünstler zu engagieren.

»Faszinierend«, sage ich, während ich mich darüber informiere, wie man während der Cocktailstunde eine sterile Tattoostation aufbaut.

Es klingelt an der Tür.

Inzwischen ist es beinahe acht Uhr. Ich weiß, dass es Ashton ist. Ich versuche meine Gereiztheit abzuschütteln. So ist der Job nun mal, und außerdem bin ich ja gern mit ihr zusammen.

Ich setze ein Lächeln auf, gehe zur Tür und aktiviere die Sprechanlage.

»Ashton?«, frage ich.

»Ich bin's, Frank.«

Sofort beginnen in meinem Magen die Schmetterlinge zu tanzen. »Ist alles in Ordnung?«

»Hast du zu tun?«

Ich atme tief durch. Eigentlich sollte ich ihm sagen, dass ich gerade beschäftigt bin. Oder dass ich Besuch habe. Doch stattdessen ist es, als hätte eine fremde Kraft Besitz von mir ergriffen, und ich drücke auf den Türöffner. Dann blicke ich auf meine schleimigen nackten Brüste und renne ins Bad. Ich schnappe mir einen Waschlappen und schrubbe mir, so gut es geht, die Maske von Brust, Hals und Gesicht.

Anschließend werfe ich mir meinen hübschesten Morgenrock über – einen schwarzen japanischen Kimono mit rosa und grünen Schmetterlingen – und löse mein Haar. Ich schüttelte es aus und springe dann zurück zur Tür. Außer Atem mache ich auf.

Frank steht in schwarzen Leggings und einem engen High-Tech-Laufshirt mit kleinen Reflektoren davor.

»Du siehst umwerfend aus in dem Kimono. Darf ich reinkommen?«

Ich trete beiseite. Er kommt herein, und ich fühle mich sofort in die Highschool zurückversetzt. Er riecht wie ein Teenager, der eben aus dem Sportunterricht kommt. Dieser verschwitzte, animalische Geruch. Normalerweise würde ich die Nase rümpfen, doch stattdessen spüre ich, wie ich heiß werde.

Ich räuspere mich.

»Ich kann dir ein Glas Wasser anbieten, aber du kannst nicht bleiben«, sage ich fest entschlossen.

Er starrt mich an. »Weil es kompliziert ist?«

»Weil ich meinen Job verlieren könnte.«

Er nickt. »Tut mir leid. Ich war draußen, und der Abendhimmel war so schön. Bevor ich mir noch darüber im Klaren war, bin ich schon bis nach Downtown gelaufen. Aber weißt du was? Ich bin nicht enttäuscht. Schon dein schönes Gesicht zu sehen war mir die Sache wert.«

Ich öffne meinen Kimono und lasse ihn zu Boden fallen.

Frank öffnet den Mund, um etwas zu sagen, doch ich lege ihm die Hand auf die Lippen.

»Sag jetzt nichts«, flüstere ich. »Sonst könnte ich es mir anders überlegen.«

Sofort streicht er mir über die seidigen Shorts, während ich ihm das Laufshirt ausziehe. Er zieht mich an sich und küsst mich ins Gesicht, auf den Hals, die Brüste.

»Deine Haut ist so weich«, murmelt er.

»Das ist der Schneckenschleim«, murmele ich zurück.

Frank legt den Kopf schief, hört aber nicht auf, mir langsam über den Körper zu streichen. Er liebkost meine Nippel.

»Schneckenschleim?«, wiederholt er.

»Ist gerade sehr en vogue.« Ich schiebe die Hände in seine Leggings. Um ehrlich zu sein, Männer in Elasthan sind nicht gerade mein liebster Anblick. Doch Franks Schenkel sind hart und muskulös, und während er mir ins Ohr stöhnt, kann ich spüren, wie sehr er mich begehrt.

Und wieder klingelt es an der Tür.

Ich erstarre. Das ist vollkommen absurd!

Frank stöhnt noch einmal. »Beachte es gar nicht«, sagt er.

»Es könnte deine Tochter sein«, entgegne ich heiser.

»Noch ein Grund mehr, es nicht zu beachten.«

Es klingelt noch einmal.

Ich schlucke und löse mich langsam von ihm. »Das geht nicht, sie ist meine Klientin. Aber ich verspreche dir, heute gibt es keine Übernachtungsparty. Du wirst dich nicht durchs Fenster davonstehlen müssen.«

Frank nickt zustimmend und hebt seine Kleider auf, während

ich den Knopf der Sprechanlage drücke und meinen beruhigenden Tonfall anschlage.

»Ashton? Ist alles in Ordnung?«

Ich höre, wie sich jemand räuspert.

»Sylvia?«, fragt eine Männerstimme.

Ich erstarre von Kopf bis Fuß. Dann reiße ich den Finger von der Sprechanlage, als hätte ich mich verbrannt. Mir ist, als müsste ich mich übergeben. Das kann nicht sein. Das kann einfach nicht sein!

Frank sieht in mein entsetztes Gesicht. »Wer ist es denn?«

Ich antworte nicht. Stattdessen drücke ich noch einmal auf den Knopf.

»Louis? Was machst du hier?«

Franks Augen weiten sich, als Louis antwortet: »Wir müssen reden.«

»Gerade passt es mir nicht«, sage ich, und meine Stimme wird kräftiger. »Ruf mich an, dann machen wir einen richtigen …«

»Bis gleich, Syl«, unterbricht Louis mich aufgeregt. »Hier lässt mich jemand rein.«

Ich wende mich Frank zu. Er ist komplett nackt und hat seine Kleider und Laufschuhe in der Hand.

»Wolltest du mich vorstellen?«, fragt er, und um seinen Mund zuckt es.

»Das ist nicht komisch«, sage ich wütend.

»Doch, ist es.«

»Geh dich im Schlafzimmer verstecken«, befehle ich. Mir schwirrt der Kopf, als ich meinen Morgenmantel aufhebe, mich darin einwickle und ihn fest zuschnüre. »Du darfst unter keinen Umständen rauskommen. Das ist mein Ernst, Frank«, füge ich ruhig hinzu.

»Du hast mein Wort.« Frank tappt in mein Zimmer und schließt die Tür.

»Unglaublich«, sage ich zu mir selbst.

Ich mache mir nicht mal die Mühe, mein Erscheinungsbild zu überprüfen. Tatsächlich fühle ich mich, während ich darauf warte, dass Louis an die Tür klopft, als würde ich gleich jemanden aus einem vergangenen Leben treffen. Einen Geist vielleicht, aber ganz sicher nicht jemanden, der eigentlich – von Rechts wegen – noch mein Ehemann ist.

Sobald Louis klopft, öffne ich die Tür. Ich sehe ihn an, als hätte ich ein altes Foto vor mir. Er ist groß und schlank. Sein dichtes Haar ist länger geworden, und er ist braun gebrannt wie eh und je. Ich versuche mich zu erinnern, ob er immer schon diese kleinen Tränensäcke unter den Augen hatte. Oder sieht er einfach nur älter aus? Er trägt Jeans und einen blauen Kaschmirpulli, den ich ihm, wie ich mich erinnere, zu seinem letzten Geburtstag gekauft habe. Jeder außer mir würde Louis attraktiv nennen, aber ich bin vollkommen immun gegen seine Reize.

»Du hättest anrufen sollen«, sage ich ausdruckslos.

»Habe ich doch letzte Woche. Du bist nicht rangegangen. Hattest du diesen Morgenrock schon immer? Er ist fantastisch.« Er mustert mich von Kopf bis Fuß, und seine Augen werden dunkel. »*Du* bist fantastisch. Gott, ich war so ein Idiot.«

»Danke.«

»Kann ich reinkommen?«

Ich stehe in der Tür und denke nach.

»Ich bin direkt vom Flughafen hierhergefahren«, sagt Louis rasch. »Ich denke schon so lang über diesen Augenblick nach.«

»Wo ist dein Koffer?«, frage ich und trete widerstrebend beiseite, damit er reinkommen kann.

»Ich habe keinen dabei.«

Ich schließe die Tür und drehe mich zu ihm um. »Du bist ohne irgendetwas gekommen?«

Er seufzt. »Ich habe durch die Kanäle gezappt und bin bei

einer Episode von *Sex and the City* hängengeblieben. Und ehe ich mich's versah, war ich unterwegs zum Flughafen. Ich habe Izzy angerufen und sie gebeten, online zu gehen und mir ein Ticket zu kaufen, damit ich dich von Angesicht zu Angesicht sehen kann.«

»Und sie hat es getan? Einfach so? Ohne mich vorher anzurufen?« Ich kann es nicht fassen.

»Sie wollte nicht«, räumt Louis ein. »Aber ich habe sie überredet.«

»Verstehe«, sage ich langsam. »Dir ist klar, dass du nicht hierbleiben kannst, ja?«

Louis errötet. »Nur für die Nacht? Damit wir reden können? Ich schlafe auf dem Boden«, bietet er an.

Das Blut rauscht mir in den Ohren. Als ich weiterspreche, klingt meine Stimme leise und rau. »Du bist absolut unglaublich.«

Louis wird blass. »Sylvia, bitte. Das sollte eine romantische Geste sein. Ich bin den ganzen Weg von Florida ...«

»Du hast keinerlei Respekt vor mir«, fahre ich fort, als hätte er nichts gesagt. »Du musst meine Wohnung sofort verlassen. Du kannst Izzy anrufen, oder schlaf von mir aus unter einer Brücke. Es ist mir egal.«

Ich drehe mich um, reiße die Tür auf ... und laufe direkt in Isabel hinein.

»Oh, Mist. Dad ist als Erster eingetroffen.« Isabel seufzt und geht um mich herum, um in die Wohnung zu gelangen.

Ich verziehe das Gesicht, bringe jedoch keinen Ton über die Lippen. Ich bin so schockiert, dass ich mich vollkommen machtlos fühle, und mir fällt kaum auf, dass sie völlig untypisch gekleidet ist: Sie trägt uralte Jeans und einen Hoodie, den ich noch aus ihrer Collegezeit kenne. Das Haar hat sie zu einem unordentlichen Pferdeschwanz zusammengebunden.

Sie stellt eine größere Tragetasche auf dem Boden ab und lässt sich auf die Couch fallen. Sie will schon die Füße unterschlagen, überlegt es sich dann jedoch anders. Stattdessen setzt sie sich aufrecht hin und faltet die Hände im Schoß.

Louis folgt ihr wortlos aufs Sofa.

Ich starre meinen Mann und meine Tochter an, wie sie nebeneinander auf meiner winzigen Couch sitzen, und fühle mich, als wäre ich völlig verrückt.

»Mom«, sagt Isabel leise. »Können wir bitte einfach reden?«

»Worüber?« Ich stehe immer noch im Flur neben der Tür zu unserer Küche. Während ich mir den Gürtel des Kimonos noch fester um die Taille wickele, funkele ich die beiden wütend an. »Darüber, dass keiner von euch es für nötig befunden hat, mich anzurufen, bevor ihr mich an einem Samstagabend in meiner Wohnung überfallt? Ohne Rücksicht auf meine Pläne?«

Louis sieht sich um. »Was für Pläne?«

Er sagt das so ernst, dass ich ihm am liebsten eine verpasst hätte.

Doch Isabel wirft ihm einen Blick zu und wendet sich dann wieder an mich.

»Tut mir leid. Ich hätte anrufen sollen, als ich losgefahren bin«, räumt sie ein. »Ich wollte vor Dad hier eintreffen und dir persönlich sagen, dass ich ihm ein Ticket besorgt habe. Ich weiß nicht, warum ich es nicht telefonisch getan habe. Das war dumm.«

»Warum hättest du deine Mutter anrufen sollen?«, fragt Louis. »Es sollte doch eine Überraschung sein. Du fandest die Idee doch toll.«

Isabel wird rot. »Im ersten Moment. Aber dann habe ich meinen Therapeuten angerufen und erkannt, dass es eine schreckliche Idee ist.«

Alle Luft weicht aus dem Raum. Louis und ich werfen uns unwillkürlich einen Blick zu.

»Schau nicht so schockiert. Ich habe dir doch erzählt, dass ich Todd gebeten habe, einen Therapeuten aufzusuchen«, sagt Isabel zu mir.

»Aber ich dachte, er wollte nicht«, erwidere ich.

»Ich bin trotzdem gegangen.«

»Oh, Izzy, ich bin so froh, dass du dir endlich Unterstützung geholt hast. Aber du hast recht: Hierherzukommen war eine schreckliche Idee.«

»Ich habe auch eine Therapeutin«, wirft Louis ein und beugt sich vor. »Ich verstehe jetzt, warum ich mich so verhalten habe. Rebecca ermutigt mich, Mitgefühl mit mir selbst zu haben.«

»Wie rührend«, ätze ich und verdrehe die Augen. »Weiß sie, dass du unangekündigt hier hereingeschneit bist? Weiß sie, dass du mein ganzes Geld von meinem neuen Konto geräumt hast?«

»Das war eine spontane Entscheidung«, sagt er ein wenig defensiv und fügt hinzu: »Die Hälfte des Geldes gehört ohnehin mir.«

Neue Wut kocht in mir hoch, doch Isabel ergreift als Erste das Wort.

Mit schockierter Miene wendet sie sich an Louis. »Du hast Moms Geld genommen? Wovon redest du?«

»Die Hälfte davon gehört mir«, wiederholt er.

»Das war mein Schmuck. Nichts davon hat dir gehört«, schäume ich.

»Himmel, Dad.« Isabel sieht ganz krank aus. Wenigstens besitzt Louis den Anstand zu erröten. »Wie konntest du ihr das nur antun?«, fragt sie, und ihre Stimme klingt, als käme sie aus weiter Ferne.

Louis verzieht den Mund – offenbar sucht er nach einer Antwort –, aber mir reicht es.

»Isabel, Louis. Es freut mich, dass ihr beide in Therapie seid.

Darüber und über alles andere können wir uns ein andermal unterhalten, wenn es mir besser passt.«

Isabel nimmt ihre Tasche. »Es tut mir wirklich leid, Mom. Gehen wir, Dad. Du und ich können im Wagen reden.« Ihre Stimme ist scharf.

Louis wirkt ein wenig ängstlich. Er wendet sich an mich. »Du willst, dass Isabel uns die ganze Strecke nach Connecticut fährt? Und dass wir dann an einem anderen Tag nach New York zurückkehren?«

»Genau«, sage ich.

»Das ist Blödsinn!«, ruft Louis laut. »Warum können wir nicht jetzt reden?«

»Weil ich zu tun habe!«, schreie ich zurück.

»Was denn?«, will er wissen.

»Dad, hör auf«, fährt Isabel ihn an. »Wir sind unhöflich.«

Vor Schreck wäre ich beinahe in Ohnmacht gefallen.

Selbst Louis wirkt verblüfft. »Hat dir dein Therapeut Medikamente verschrieben, Süße?«

Isabel ignoriert ihn und wendet sich an mich. »Als ich zu meinem Therapeuten gegangen bin, dachte ich, wir würden über meine Ehe sprechen … oder darüber, wie gestresst ich bin. Aber wir reden über dich.«

Ich blinzele sprachlos.

»Ich bin eifersüchtig«, fährt Izzy fort, und die Worte strömen ihr nur so über die Lippen. »Ich will nach New York ziehen und ein neues Leben beginnen, aber ich kann nicht. Ich habe Kinder, die verhaltensgestört sind, was vermutlich meine Schuld ist, weil ich versucht habe, ihnen jeden möglichen Vorteil im Leben zu sichern. Und dann kündigt mein Ehemann seinen Job, ohne das mit mir zu besprechen, und verbringt den ganzen Tag damit, in unserem Wohnzimmer seinen Herabschauenden Hund zu vervollkommnen. Vermutlich ist das auch meine Schuld.

Anscheinend habe ich ihm nicht genügend ›zugehört‹ und nicht ›bemerkt‹, dass er unglücklich ist, weil ich nie zu Hause bin. Todd hat mich wahrhaftig beschuldigt, eine Affäre zu haben. Ist das zu fassen? Ich habe ihm gesagt, dass ich meine freie Zeit niemals dazu nutzen würde, etwas mit einem anderen Mann anzufangen. Ich betrüge ihn mit Hobbys. Wenn ich nicht gerade dreitausend Stunden die Woche arbeite, gehe ich zum Soul Cycle und in den Strickkurs, damit ich nicht nach Hause muss. Ist das nicht erbärmlich? Manchmal sitze ich einfach im Auto auf dem Safeway-Parkplatz, esse Twix-Riegel und schaue auf meinem Mobiltelefon fern.«

Endlich holt Isabel Luft. Tränen strömen ihr die Wange hinunter.

Sofort nehme ich sie in die Arme. »Meinst du den Safeway an der Helmdale Road? Auf dem Parkplatz habe ich auch immer gesessen und M&Ms gegessen, als du klein warst, weil ich nicht nach Hause wollte.«

Sie weint noch heftiger.

Ich suche Isabels Blick. »Es klingt, als wärst du momentan in einer wirklich schwierigen Lage, und das tut mir leid. Aber ich bin sehr froh, dass du mit jemandem redest. Ich persönlich glaube – und damit will ich sein Verhalten auf keinen Fall entschuldigen –, dass Todd versucht, deine Aufmerksamkeit zu bekommen. Ich hoffe, ihr beiden findet einen Weg, miteinander zu reden. Und ich bin immer für dich da. Nur nicht gerade jetzt«, füge ich hinzu und wickele den Kimono noch fester um mich.

Isabel nickt und holt tief Luft. »Komm, Dad.«

»Na schön.« Louis steht auf. »Aber, Sylvia, Rebecca und ich haben darüber gesprochen, wie ungesund es ist, dass du dauernd vor deinen Problemen davonläufst. Wie heißt es so schön? ›Wohin du auch gehst, deine Probleme nimmst du immer mit.‹«

»Danke für diese Perle der Weisheit, Louis. Ich bringe euch jetzt zur Tür.«

Ich mache mich gerade auf den Weg, als in meinem Schlafzimmer irgendetwas lärmend zu Boden geht. Der Krach dröhnt durch die ganze Wohnung, und ich erstarre.

Verdammt noch mal, Frank.

»Was ist los?«, fragt Louis und reckt den Hals, um die Quelle des Lärms zu lokalisieren.

»Waschbären«, sage ich schnell. »In der Gasse stehen Mülleimer. Okay. Raus mit euch.«

Ich bin gerade dabei, die Haustür zu öffnen, als die Luft vom unverwechselbaren Klirren zersplitternden Glases zerrissen wird.

»Du lieber Himmel, Sylvia!«, ruft Louis. »Das sind keine Waschbären, du hast einen Einbrecher in der Wohnung!«

»O Gott!«, kreischt Isabel. »Ruft die 911! Hast du einen Baseballschläger?«

»Warum sollte ich einen Baseballschläger haben? Und das ist kein Einbrecher. Gehen wir.« Ich zerre buchstäblich an ihren Armen, doch sie schütteln mich beide ab.

»Ich nehme das hier«, sagt Louis und nimmt eine der Uhren im Wohnzimmer von der Wand. Sie ist ungefähr einen Meter hoch und aus Stahl. Er rennt zu meinem Schlafzimmer.

»Louis! Halt!«, rufe ich verzweifelt und laufe ihm nach.

»Dad! Warte doch auf die Polizei!« Isabel ist direkt hinter mir.

Aber er ist zu schnell, hat die Hand schon auf dem Knauf. Er drückt die Tür auf und hält die Uhr hoch über seinem Kopf, während wir zu dritt ins Zimmer platzen, wo Frank versucht, die Scherben meiner Nachttischlampe aufzusammeln. Nackt.

Isabel kreischt aus vollem Hals.

Louis schwingt die Uhr und stürzt sich auf ihn. »Ich reiß dir die Kehle raus, du Perversling!«

Nun kreischt Frank aus vollem Hals.

Ich werfe mich zwischen Louis und Frank.

»Sylvia! Was machst du da?« Louis will sich an mir vorbeidrängen, doch ich lasse ihn nicht.

»Das ist Frank!«, platze ich heraus. »Er ist kein Perverser. Und auch kein Einbrecher.«

Isabel kreischt noch einmal.

»Was soll das heißen: ›Das ist Frank‹?« Louis sieht mich so fertig an, als hätte ich gerade erklärt, die Erde sei eine Scheibe.

»Hi«, sagt Frank mit bebender Stimme. »Tut mir wirklich leid, Sylvia. Ich wollte es mir auf dem Bett bequem machen, und dabei habe ich die Lampe umgestoßen.«

Auf dem Boden liegen Glasscherben, direkt unter Franks Füßen.

»Moment mal, Frank. Ich muss die Scherben aus dem Weg räumen.«

Ich knie mich hin und sammle die großen Stücke auf, während Frank sich, äußerst beschämt, ein Kissen vor den Penis hält.

»Isabel«, rufe ich über die Schulter, während ich eine Scherbe in den Mülleimer lege. »Hol bitte den Handstaubsauger aus der Küche. Er hängt dort an der Wand. Ich will nicht, dass sich irgendwer an diesen winzigen Splittern schneidet.«

Isabel regt sich nicht, sondern starrt Frank unverwandt an.

Also wende ich mich an Louis, aber auch das hat keinen Zweck. Er läuft im Kreis herum und murmelt vor sich hin.

Seufzend sehe ich Frank an. »Bleib einen Moment hier stehen, während ich meinen Mann und meine Tochter nach draußen bringe.«

»Soll ich mich anziehen?«, fragt Frank ruhig. Dann sieht er Louis und Isabel an. »Tut mir leid, dass ich Sie so erschreckt habe. Ich hoffe, wir können uns eines Tages unter günstigeren Umständen kennenlernen.«

Louis reißt den Kopf hoch. Sein Blick ist wild.

»*Unter günstigeren Umständen?* Du Arschloch stehst nackt im Schlafzimmer meiner Frau!« Wie ein Löwe stürzt er sich auf Frank und wirft ihn zu Boden.

Franks Kissen rutscht beiseite, während sie sich auf dem Boden wälzen, miteinander ringen, sich anbrüllen, boxen und vielleicht auch beißen.

Während Isabel kreischt, sehe ich hilflos zu. Gleichzeitig fühle ich mich ein wenig geschmeichelt. Wie Kleopatra. Oder die schöne Helena.

Natürlich wäre das alles noch viel erfreulicher, wenn Frank und Louis Don Juans Mitte zwanzig wären statt Großväter – beziehungsweise werdende Großväter – in den Sechzigern.

Ich sorge mich um Louis' Sehnenscheidenentzündung, als er Frank den Ellbogen ins Gesicht rammt. Und ich weiß, dass Franks das Kreuz wehtun muss, als er den Oberkörper durchbiegt, um Louis die Daumen in die Augen zu drücken.

Isabel versucht, Louis von Frank wegzuzerren.

»Hören Sie auf, meinen Vater zu schlagen!«, schreit sie.

»Er ist es doch, der mich schlängt!«, schreit Frank zurück.

Ich mache das Licht aus. Alles wird schwarz.

»Es reicht!«, sage ich atemlos. »Jetzt wird nicht mehr gerauft. Das ist doch lächerlich. Isabel, Louis. Tut mir leid, dass ihr Frank auf diese Weise kennengelernt habt. Aber ihr hättet eben anrufen sollen, bevor ihr herkommt. Und ohne noch weitere Worte zu verlieren, möchte ich, dass ihr beide aufsteht und mir zur Tür folgt.«

Ich knipse das Licht wieder an. Louis blinzelt ein paarmal. Dann lässt er wie auf Autopilot von Frank ab, steht auf und richtet seine Kleidung.

Er starrt mich einen Moment lang an.

»Wie konntest du nur?«, fragt er schließlich mit waidwundem Blick.

Ich rolle mit den Augen. »Ach, Herrgott noch mal.«

Louis sieht aus, als wollte er noch etwas sagen, doch stattdessen wendet er sich an Izzy und meint: »Ich warte draußen auf dich.« Dann marschiert er aus dem Zimmer, und ich höre, wie die Tür aufgeht und wieder geschlossen wird.

Ich bedeute Frank zu bleiben und Isabel, mir zu folgen.

Wir gehen hinaus ins Wohnzimmer. Sie nimmt ihre Tasche. Vor der Haustür bleiben wir stehen.

»Ich weiß nicht, was schlimmer ist«, sagt sie und wirkt dabei etwas benommen. »Dass ich gerade einen Kampf zwischen zwei alten Männern gesehen habe oder dass ich wieder ein bisschen eifersüchtig bin.«

Ich sehe ihr einen Moment nach, wie sie über den Hausgang zur Tür geht, dann schließe ich die Wohnungstür und sperre ab – hoffentlich zum letzten Mal an diesem Abend.

Als ich einen Moment dort stehe, kommt Frank ins Zimmer. Er hat sich meine Decke umgewickelt. Seine Brille sitzt schief, und ich sehe, wie sich unter seinem Auge ein Bluterguss bildet. Vorsichtig reibt er sich das Kinn.

»Sylvia, ich weiß nicht, wo ich anfangen soll. So habe ich mir den Abend nicht vorgestellt. Du musst so wütend sein.«

Ich blinzele. »Zwei Männer, die um mich kämpfen? Es war … berauschend. Brauchst du Eis?«

Frank hört auf, sich das Gesicht zu reiben.

»Berauschend?«, fragt er, und sein Blick wird dunkel. »Das ist gut, oder?«

»Sehr gut sogar.« Ich trete einen Schritt näher, und wir sehen uns tief in die Augen.

Sein Blick wandert an meinem Kimono entlang. Ich spüre, wie sich meine Brust hebt und senkt.

Frank lässt die Decke fallen. Er ist von oben bis unten zerkratzt, und am Oberarm hat er ein paar Bissspuren. Sanft streiche ich ihm über eine besonders schlimme Schramme am Brustkorb.

»Bist du sicher, dass mit dir alles in Ordnung ist?«, vergewissere ich mich.

»Mir ging es nie besser«, sagt er und zieht am Knoten meines Kimonogürtels.

Der Kimono gleitet mir über den Rücken und landet wie eine weiche Welle zu meinen Füßen. Frank beugt sich vor und umfasst meine Brüste. Dann fährt er mit der Zunge über meine Nippel. Ich keuche vor Lust, als er mich sanft auf den Boden zieht und sich auf mich legt.

O Gott, das geht alles so schnell.

Ich schließe die Augen, wölbe den Rücken, um ihm entgegenzukommen, und umklammere ihn mit den Schenkeln.

Ich wusste gar nicht, dass ich den Rücken noch wölben kann. Oder etwas mit den Schenkeln umklammern.

O Gott. O Gott. O GOTT.

Das ist etwas ganz anderes als mit Louis. Ich bin schweißnass. Frank ist ganz in mir, und ich will immer noch mehr und mehr und mehr. Unsere Körper schaukeln vor und zurück. Ich schreie laut auf, und Frank stöhnt an meinem Hals.

Ich habe keine Ahnung, wie viel Zeit vergeht, während ich hier liege, schockiert von meinem Höhepunkt. Schließlich rollt sich Frank von mir herunter. Wir liegen nebeneinander und starren zur Decke hinauf.

Frank nimmt meine Hand und hält sie sich über den Kopf.

»Das war unglaublich«, sagt er und küsst mich auf die Handfläche.

Ich nicke, während ich immer noch die Decke anstarre und die Geschehnisse dieses Abends noch einmal Revue passieren lasse.

»Absolut unglaublich«, stimme ich ihm zu. »Wie lang dauert es, bis wir es wieder tun können?«

Frank dreht den Kopf zu mir. »Was hältst du von zwanzig Minuten?«

Ich kletterte auf ihn und fange an, ihn auf den Hals zu küssen, sorgfältig darauf bedacht, die wunden Stellen zu meiden.

»Zwanzig ist meine Glückszahl.«

27. KAPITEL

Ich versuche nicht, hier irgendeinen Rekord aufzustellen, aber Frank und ich haben in den letzten fünf Wochen jeden Tag miteinander geschlafen. Manchmal zweimal am Tag. Und natürlich ist zwischen den einzelnen Akten noch Raum für anderes, was offiziell nicht als Sex zählt. Heute Morgen haben wir zum Beispiel … Also, ich weiß gar nicht genau, wie es heißt. Aber es war schön. Sehr schön, denke ich und sehe über den Tisch zu Frank, der seinen Kaffee trinkt und die Zeitung liest.

Es ist Sonntag, später Vormittag. Frank und ich brunchen im Perrine, dem Restaurant des Pierre. Es ist sehr elegant, mit weißen Tischdecken und Spiegeln an den Wänden, aber es hat auch eine gewisse Alt-New-Yorker-Atmosphäre. Nicht altmodisch, sondern eher zeitlos. Eine wiederhergestellte Eleganz. So ähnlich wie bei Frank und mir, denke ich, während wir uns über den Tisch hinweg anlächeln.

»Mir gefällt dein Notizblock. Er ist eine brillante Tarnung.« Er nimmt einen Bissen von seinem Proteinrührei und reicht mir den Reiseteil der *Sunday Times*.

»Was, wenn Ashton vorbeikommt?« Ich beiße von meinem Toast ab und lege meinen Notizblock an den Rand des Tisches. »Dann brauchen wir ein Alibi. So können wir sagen, wir sind bei der Arbeit.«

»Genau. Äußerst gerissen.«

Ich weiß, dass er mich aufzieht, doch es gibt mir ein Gefühl der Freiheit, meinen Notizblock mitzunehmen, wenn wir zusammen ausgehen. Außerdem fühle ich mich damit professionell. Wenn der Block nicht auf dem Tisch liegt, stecke ich ihn in meine Tasche, die dafür fünf Zentimeter zu kurz ist, sodass der Block oben herausragt.

Frank sieht mich über seinen Kaffee hinweg an. »Nina und ich waren nie beim Brunch. Sie schläft gern aus. Du und ich, wir sind vom selben Schlag. Tagmenschen.«

»Das stimmt. Wir passen gut zusammen«, pflichte ich ihm bei, während ich das Obst von seinem Teller klaue, von dem ich weiß, dass er es nicht isst.

Er stellt die Tasse ab. »Ich meine es ernst. Mir ist in meinem Leben noch keine Frau begegnet, die so gut zu mir passt wie du. Ich muss meine Familie nicht vor dir verstecken, weil du all unsere schmutzigen Geheimnisse kennst. Du verstehst dich mit meiner Tochter. Mein Gott, du bist viel eher wie eine Mutter zu ihr als diese verdammte Nina. Und ich freue mich schon, Isabel kennenzulernen, wenn ich bekleidet bin. Ob sie mich wohl mögen wird, was meinst du?«

»Nun ja«, sage ich nachdenklich. »Dich nackt bei einer Rauferei mit ihrem Vater zu sehen war vermutlich der schlimmste Fall, der hätte eintreten können. Danach kann es ja nur aufwärtsgehen.«

Frank grinst. »Deswegen liebe ich dich, Sylvia Fisher. Wegen deines unverwüstlichen Optimismus.«

Mir bleibt ein wenig Waldhonig in der Kehle stecken. Ich huste und schlage mir auf die Brust, um ihn nach unten zu befördern. Danach trinke ich Unmengen Wasser, während Frank mich mit großen Augen anschaut.

»Ich weiß. Ich habe gesagt, dass ich dich liebe.« Er nimmt die Brille ab und sieht mir in die Augen. »Lässt dich das ausflippen? Eigentlich hatte ich gehofft, du würdest ebenso empfinden.«

Hilflos sehe ich ihn an. »Ich glaube schon. Ich meine, du bist wunderbar. Absolut wunderbar. Tut mir leid. Ich bin einfach nur … überfordert.«

Ich verziehe das Gesicht, als Franks Temperament aufflammt. »Was ist es dann für dich? Ein netter Zeitvertreib? Eine praktische Einrichtung, während du die Hochzeit meiner Tochter planst?«

»Machst du Witze? Das alles ist unglaublich *unpraktisch*. Ich riskiere meinen Job, Frank. Aber ich tue es, weil wir etwas Besonderes haben. Mir liegt etwas an dir. Sehr viel sogar. Das hier ist nicht nur ein netter Zeitvertreib.«

Wir sehen uns lange an. Dann setzt Frank die Brille wieder auf und sagt ruhig: »Wirst du mich verlassen, wenn die Hochzeit vorbei ist?«

»Wie kannst du so etwas auch nur fragen?«

»Ich versuche bloß, mir darüber klar zu werden – gehen wir in dieselbe Richtung? Haben wir eine echte Beziehung?«

Ich nehme seine Hände. »Frank. Ich bin furchtbar gern mit dir zusammen. Ich liebe es, wie du deine Brille mit einem speziellen Desinfektionstuch säuberst. Ich liebe es, dass du mir vierzehntausend Schreibblöcke besorgt hast, als ich dir sagte, dass sie mir ein Gefühl von Sicherheit geben. Ich liebe es, dass du süchtig nach Sneakers bist. Das gibt mir ein besseres Gefühl, was meine eigenen Kaufgewohnheiten angeht. Ich bin nur einfach noch nicht so weit zu sagen, dass ich dich liebe, oder überhaupt zu viel über die Zukunft nachzudenken, weil wir beide derzeit in ziemlich unangenehmen Scheidungen stecken. Und schließlich arbeite ich sowohl für dich als auch für deine Frau. Die Dinge sind also kompliziert. Aber ich gebe mir Mühe, meine Ängste unter Kontrolle zu halten und nicht zu viel über alles nachzudenken, weil unsere Beziehung so besonders ist.«

Er sucht meinen Blick, und dann sehen wir uns in die Augen, während meine Finger mit seinen verflochten sind.

»Ist alles in Ordnung mit uns?«, frage ich.

»Ja«, sagt er, lässt meine Hände los und nimmt einen Schluck Wasser. »Alles in Ordnung. Ich musste mich nur vergewissern, dass es dir mit unserer Beziehung ernst ist. Denn ich bin Manns genug zuzugeben, dass ich wieder heiraten möchte. Manche Leute würden sogar sagen, dass ich eine gute Partie bin.«

Er zwinkert mir zu, und ich muss lachen. Und nach einem raschen Blick in die Runde – nur um sicherzugehen, dass die Luft rein ist – beuge ich mich über den Tisch und küsse ihn.

Er erwidert den Kuss.

Alles ist gut.

28. KAPITEL

»Ach du heilige Scheiße«, sagt Evie atemlos, während sie einen Panamahut von Janessa Leone in die Hand nimmt und ihn aufsetzt. »Er hat dir praktisch einen Heiratsantrag gemacht.«

»Hat er nicht! Er wollte nur sichergehen, dass es mir ernst ist.« Ich sehe denselben Kleiderständer zum fünften Mal durch, kann mich aber trotz des fantastischen Angebots nicht konzentrieren.

Evie und ich sind in einem Pop-up-Store für gebrauchte Designerklamotten in einem Loft an der Spring Street. Reese hat uns die Adresse geschickt und dazu einen QR-Code, mit dem wir eingelassen werden. Sehr exklusiv. Und so bin ich nach dem Brunch, einigen weiteren Küssen und einem Quickie in Franks Hotelzimmer in den Bus gesprungen und habe mich mit Evie in SoHo getroffen, einem meiner Lieblingsviertel in New York. Ich liebe die gepflasterten Straßen und die zickzackförmigen Feuerleitern außen an den Gebäuden.

Als wir das Loft betraten, war es, als kämen wir in ein riesiges privates Ankleidezimmer. Offenliegende Backsteinmauern und hohe Decken, die Klamotten werden alle auf diversen Kleiderständern oder in antiken Truhen präsentiert, und auf kleinen Seitentischchen stehen Vintagehandtaschen in klaren Acrylregalen. Wir sind seit etwa einer halben Stunde hier, und außer uns waren nicht mehr als ein Dutzend andere Kunden hier. Alle sehen sich ruhig um und gehen durch den Raum, ohne sich im

Kampf um irgendeinen Schatz die Ellbogen in die Seite zu rammen. Es ist ganz anders als bei diesen Sample Sales, von denen ich gehört habe, Muster- und Einzelstückverkäufe, bei denen sich Frauen – und Männer – bei dem Versuch, irgendein heiß begehrtes Kleid von Ulla Johnson in die Finger zu bekommen, das um siebzig Prozent herabgesetzt ist, praktisch gegenseitig zerfleischen. Ich finde es toll, dass Reese sich mit diesen geheimen Verkäufen so gut auskennt. Er weiß, dass ich mir für die Hochzeit unbedingt etwas Neues kaufen will. Ich gehe noch einen Kleiderständer durch und versuche mich zu konzentrieren.

Evie nimmt den Hut ab. »Dann hat er dir also keinen Antrag gemacht. Aber er hat gesagt, dass er dich liebt.«

»Ja.«

»Liebst du ihn?«, fragt sie und hält ein graues A-Linien-Kleid aus Seide hoch. »Was hältst du davon? Für die Hochzeit?«

Ich schüttele den Kopf. »Ich brauche etwas mit mehr Struktur, auf dem Schweißflecken nicht so zu sehen sind. Und ich weiß nicht, ob ich ihn liebe. Es ist noch zu früh.«

»Zu früh, oder er ist nicht der Richtige.«

»Ach, Evie, das ist doch absurd. Wie soll er mich lieben können? Dazu kennt er mich doch noch gar nicht gut genug. Man kann nicht herumgehen und den Leuten sagen, dass man sie liebt. Es ist sehr verwirrend. – Ist das von CELINE?«

Evie hält einen Rock hoch. »Von Ungaro. Und er kostet siebenhundert Dollar. Ich hänge ihn wieder zurück. Und ich gebe dir recht: Man kann nicht einfach herumgehen und den Leuten sagen, dass man sie liebt. Es sei denn, man liebt sie.«

Ich werfe ihr einen Blick zu und versuche es mit Vernunft. »Ich verstehe gar nicht, warum wir uns so zwanghaft damit beschäftigen. Alles ist gut. Er hat verstanden, dass ich es langsamer angehen lassen will. Ich bin gern mit ihm zusammen, aber ich habe gerade erst eine Beziehung hinter mir. Das gilt für uns beide. Es ist nicht gesund, gleich wieder ans Heiraten zu denken … oder auch nur ans Zusammenziehen. Ich habe eben erst meine eigene Wohnung bezogen. Und ich liebe *unser* gemeinsames Leben – deins und meins, Evie.«

Evie setzt den Hut wieder auf und betrachtet sich in einem Mosaikspiegel an der Wand. »Das weiß ich zu schätzen, Sylvia. Aber du solltest wissen, wenn du zu Frank ins Pierre ziehst, komme ich mit. Und jetzt konzentrier dich. Ohne ein perfektes Outfit für die Hochzeit gehen wir hier nicht weg.«

29. KAPITEL

Das perfekte Outfit haben wir nicht gefunden. Alles, was geeignet gewesen wäre, war immer noch außerhalb unseres Budgets. Aber dann kam ein paar Tage später wie durch Zauberhand ein Paket in unserer Wohnung an. Es war an mich adressiert. Ich riss es auf. Auf der Karte stand: »Viel Glück, berufstätige Frau. Kuss, Isabel.« Dann holte ich ein Hemdblusenkleid mit Gürtel in einem atemberaubenden Marineblau aus dem Karton. Es war beinahe dasselbe Modell – nur in einer moderneren Version – wie das, an dem ich vor Jahren auf einer Shoppingtour mit Isabel vorbeigegangen war.

Unfassbar, dass sie sich daran noch erinnerte! Ich rief sie an und weinte.

Sie wurde leicht verlegen. »Entspann dich, Mom. Es ist doch nur ein Kleid.«

»Es ist mehr als ein Kleid. Es ist Armani.«

Als wir das Telefonat beendeten, fühlte ich mich so gut. Nicht nur, weil ich jetzt für meinen ersten Hochzeitsauftrag ein schönes Kleid hatte, sondern auch, weil meine Tochter mich wahrgenommen hatte.

Evie und ich besuchten weiterhin jeden Pop-up-Store, zu dem Reese uns die Einladungen schickte. Jetzt im Dezember gibt es jede Menge spezielle Feiertagssonderangebote, und ich fand einen fantastischen Teddymantel, an dem zwei Knöpfe fehlten und der deswegen sehr günstig war. Dem Himmel sei Dank für den altmodischen Hauswirtschaftsunterricht, der für Mädchen einst Pflichtfach war!

Als ich jetzt in den winterlichen Dezemberwind hinaustrete und zur U-Bahn gehe, stelle ich den Kragen auf. Es ist Freitagmorgen – der Tag vor der Hochzeit –, und ich habe gerade mit Frank im Bett gefrühstückt. Ich verlasse das Pierre und gehe direkt zum BarUp Lounge & Game Room, um mich zu vergewissern, dass für das Probeessen am heutigen Abend alles perfekt ist. Mein Magen zieht sich nervös zusammen. Ich kann nicht glauben, dass die Hochzeitsfeierlichkeiten nun tatsächlich beginnen sollen, und bin ehrlich erleichtert. Zum einen, weil ich mir wünsche, dass meine Probezeit als Verenas Assistentin ein Triumph wird und ich eine Vollzeitstelle bekomme, zum anderen aber auch, weil es so viel leichter sein wird, wenn es zwischen Frank und meinem Job keine Verbindung mehr gibt und ich ihn unabhängig von der Arbeit treffen kann. Glücklicherweise wurde es nach dem Brunch damals zwischen Frank und mir nicht unbehaglich. Seitdem sagt er zwar nicht mehr direkt, dass er mich liebt, aber er tut kleine Dinge, um mich zu necken. Zum Beispiel sagt er: »Ich liebe … einfach alles an dir, Sylvia«, und ich erwidere lächelnd: »Und ich liebe alles an dir.« Es ist unser kleiner privater Scherz. Evie meint, dass sie das eher zum Kotzen findet, aber ich nehme es als Kompliment, weil sie es mit solcher Zuneigung sagt.

Frank und Evie sind gute Freunde geworden. Letzte Woche ist er mit ins Wild One gekommen, um Evie bei einer speziellen Weihnachtsveranstaltung Klavier spielen zu hören. Er war völlig überwältigt. Es war dann auch seine Idee, sie in letzter Minute als Ergänzung der Band für die Hochzeit zu engagieren. Evie war begeistert von der Idee. Auf diese Weise kann sie Geld verdienen und gleichzeitig an dem Ereignis teilhaben, an dessen Verwirklichung ich Tag und Nacht mit aller Kraft gearbeitet habe. Und ich bin sehr froh, dass sie bei meinem ersten Manhattan-Auftrag an meiner Seite sein wird.

Ich ziehe den Mantel noch einmal enger, verlasse die U-Bahn-Station und bewege mich durch Manhattans Modeviertel. Ich habe vergessen, wie sehr ich die Weihnachtszeit an der Ostküste vermisst habe. In einem Schaufenster erhasche ich einen Blick auf mein Spiegelbild und erkenne mich kaum wieder. Teilweise ist das darauf zurückzuführen, dass Verena mich zu ihrem fantastischen, aber sündhaft teuren Friseur mitgenommen hat, der meine blondierten Strähnchen zwar »süß« fand, sie mir dann aber karamell- und zimtfarben eingefärbt hat. Zuerst habe ich gezögert, aber inzwischen ist mir klar, dass Brünett meine Haarfarbe ist.

Es ist ein kalter Tag, doch der Himmel strahlt in einem herrlichen Blau. Die Luft ist frisch, und es riecht nach Ingwerplätzchen, und ich gehe in ein Café, um mir und Verena Biscotti und Kaffee zu kaufen. Wir sind in dem Restaurant verabredet, in dem das Probeessen stattfinden soll, und obwohl sie mich selten bittet, ihr etwas zu essen oder zu trinken zu besorgen – die typische Routineaufgabe einer Assistentin –, tue ich es trotzdem. Im Lauf der letzten Wochen ist sie für mich eine Mentorin und Freundin geworden. Manchmal bleiben wir länger im Büro und plaudern über das Leben und die Liebe. Sie ist so stark und selbstsicher, dass ich sprachlos war, als sie vor ein paar Abenden anfing zu weinen.

»Ich werde allein sterben«, erklärte sie, während wir im Besprechungszimmer unser Take-away-Sushi aßen. Ihre Miene war düster, und sie wischte sich ein paar Tränen ab, die ihr die Wangen hinuntergelaufen waren.

»Das ist doch nicht wahr«, erwiderte ich.

»Mark und ich haben uns getrennt. Er will seine Frau nicht verlassen.«

Sie hatte Mark schon davor erwähnt, doch dies war das erste Mal, dass ich etwas von einer Ehefrau hörte. Ich legte meine Stäbchen hin und sah sie an.

»Hast du gewusst, dass er verheiratet ist?« Doch sowie ich die Frage gestellt hatte, kannte ich die Antwort.

Verena begegnete meinem Blick. »Ich betrachte uns inzwischen als Freundinnen, Sylvia, daher werde ich ehrlich sein. Ich wusste nicht nur, dass er verheiratet ist, es war mir sogar lieber. Es hat als Affäre angefangen, aber am Ende habe ich ihn wirklich gemocht. So sehr, wie ich schon lang niemanden mehr gemocht habe.«

Ich spürte, wie ich mich versteife.

»Tut mir leid«, sagte ich vorsichtig. »Das muss sehr enttäuschend sein.«

»Sei doch bitte nicht so verdammt förmlich. Du darfst deine ehrliche Meinung sagen. Ich habe es verdient, unglücklich zu sein, wenn ich mich auf verheiratete Männer einlasse, das denkst du doch, oder?«

Ich seufzte. »Ich verurteile dich nicht. Ich bin nur überrascht. Du bist schließlich ein guter Mensch.«

»Ich bin eine gute Hochzeitsplanerin, und ich bin eine gute Chefin. Aber ich bin kein guter Mensch.« Verena wandte den Blick ab.

Ich wusste nicht, was ich darauf antworten sollte. Und so sagte ich nichts, während sie sich ein Stück Sushi in den Mund steckte und weiter an die Decke starrte.

»Ich hasse es, allein zu reisen. Ich hasse die mitleidigen Blicke der Hotelangestellten. Als ich vor zwei Wochen zu einer Hochzeit auf die Bermudas geflogen bin, habe ich den Angestellten beim Check-in im Hotel angelogen.«

Ich runzelte die Stirn. »Wussten die denn nicht, dass du die Hochzeitsplanerin bist?«

»Natürlich. Aber ich habe trotzdem gesagt, dass mein Lebensgefährte so gerne mitgekommen wäre, aber zu viel Arbeit hat. Mark hätte eigentlich dabei sein sollen, aber er konnte sich an diesem Wochenende nicht freimachen. Er hat was von einem Cousin seiner Frau gesagt, der zu Besuch wäre. Ich bin erbärmlich, ich weiß schon.«

Ich schüttelte den Kopf. »Du bist nicht erbärmlich, Verena. Aber wenn ich ehrlich sein soll, dann glaube ich, dass du dich unter Wert verkaufst. Du bist zu gut, um irgendjemandes Geliebte zu sein.«

»Das musst du ja sagen, schließlich bist du bei mir angestellt.«

»Du kennst mich gut genug, um zu wissen, dass ich nie Dinge sage, die ich nicht auch meine. Du bist eine tolle Frau und hast eine richtige Beziehung verdient.«

Sie sah mich einen Moment lang an und nickte dann. »Erzähl mir mehr.«

Ich lächelte. »Du bist großzügig und amüsant und klug. Es macht Spaß, mit dir zusammen zu sein, deine Nähe ist einfach angenehm. Du kannst es so viel besser haben als mit einem verheirateten Mann, der lügt und betrügt. Er ist erbärmlich, Verena, nicht du.«

Verenas Stimme war ungewöhnlich ruhig. »Denkst du wirklich all diese Dinge über mich?«

Ich sah sie überrascht an. »Verena, ich halte große Stücke auf dich.«

Angesichts dieses Kompliments röteten sich ihre Wangen.

Die Erinnerung an diesen Moment entlockt mir ein Lächeln, während ich nun, beladen mit Kaffee und Biscotti, zum Restaurant gehe. In Wirklichkeit bin ich zu aufgeregt, um Hunger zu verspüren, aber eine der goldenen Regeln der Hochzeitsplanung lautet, den Blutzuckerspiegel konstant zu halten. Das gilt sowohl für die Braut als auch für die Planenden.

Ich muss aufmerksam und gelassen bleiben. Ich habe mir meine Mantras vorgesagt und mir den *Rocky*-Soundtrack auf mein Handy heruntergeladen. Ich höre ihn mir jeden Tag an, und mein Atem geht schneller, wenn ich mir ausmale, wie ich mich fühlen werde, wenn die Hochzeit ein Erfolg wird. Ich habe keinen Zweifel daran, dass Verena Wort hält und mich Vollzeit anstellt. Und auch wenn ich Isabel oder Louis nichts mehr beweisen muss, will ich mir selbst etwas beweisen. Und natürlich meine Rechnungen bezahlen. Vor einem halben Jahr habe ich in Florida in einer Seniorenwohnanlage gelebt, heute habe ich einen Job in Manhattan. Das hat etwas zu bedeuten.

Das hat etwas zu bedeuten, wiederhole ich, als ich das BarUp betrete und mich freue, einen so interessanten Veranstaltungsort gefunden zu haben. Es ist ein ehemaliges Industriegebäude, das man bis auf die tragende Struktur entkernt und in einen luftigen, aber intimen Raum mit prachtvollem dunklem Holz und in die Wände eingelassenen Aquarien verwandelt hat, in denen exotische Fische herumflitzen. Für das Dinner an diesem Abend haben wir zwei rechteckige Tische in die Mitte des Raums stellen lassen, an denen jeweils vierzig Gäste Platz haben. Außen herum sind kleine Nischen und Cocktailtischchen für die Leute eingerichtet, die nach der Mahlzeit lieber sitzen und plaudern wollen, statt in die Spielarkaden im Keller zu gehen, wo sich Vintage-Spielautomaten, Flipper und Bowlingbahnen befinden.

Obwohl Dans Familie in Chicago wohnt, wollte sie dieses Event ausrichten. Als es daran ging, einen Veranstaltungsort auszuwählen und die Pläne zu koordinieren, fragte ich sie, ob sie offen seien für etwas nicht ganz so Traditionelles. Anfangs waren sie misstrauisch.

»Was ist denn an einem netten französischen Restaurant auszusetzen?«, fragte Dans Mutter Kathy, als wir zum ersten Mal telefonierten.

»Wir wollen nicht billig wirken«, fügte ihr Mann Tim hinzu. »Mit den Leuten aus New York können wir allemal mithalten.«

»In Manhattan ist nichts billig«, versicherte ich ihm. »Und Ashton und Dan wollen diesen Abend einfach nur genießen und sich ein wenig entspannen. Das Plaza wird wunderschön, aber es ist so formell, so traditionell. Warum also nicht ein wenig Spaß haben? Haben Sie irgendwelche Vorlieben beim Essen oder bei der Musik? Singt irgendwer von Ihnen Karaoke? Wirft Äxte?«

Nach einem verblüfften Moment, in dem ich ihnen die Sache mit den Axtwurfkneipen erklärte – und rasch wieder Abstand nahm von der Idee, einen Trupp Verwandter mit tödlichen Waffen auszustatten –, erfuhr ich, dass Dan und seine Familie begeisterte Bowlingspieler waren. Das war Schicksal, denn just in der Woche zuvor hatte ich im Wartezimmer von Ashtons Gynäkologin eine Rezension über das BarUp im *New York Magazine* gelesen.

Dans Eltern konnten nicht glauben, dass es möglich sein sollte, Bowling mit einem exklusiven Dinner zu kombinieren. Doch sobald ich ihnen erklärte, dass Dinge wie Nachos mit Wagyū-Rind und Drinks mit Schwarzem Wodka und Chili-Tequila auf der Speisekarte standen, waren sie mit an Bord. Dan war vor allem begeistert von den Bowlingshirts, die wir als Partygeschenke verteilen wollten.

Ich sehe zur Garderobe und lächele, als ich eine Putzfrau die Kleiderbügel polieren sehe. Der Restaurantmanager Devon ist wunderbar. Er ist neunundzwanzig. Seine Eltern sind beide hochrangige Militärs und haben ihm eingebläut, auf Details zu achten. Tatsächlich entdecke ich ihn im Speiseraum, wo er mit dem Lineal die Abstände zwischen den bereits aufgedeckten Vorspeisetellern misst.

»Hi, Devon!«, rufe ich.

Er nickt, ohne aufzusehen. »Die Schachteln mit den Bowlingshirts sind unten. Lassen Sie mich wissen, wie sie an unsere Gäste verteilt werden sollen.«

»Natürlich«, sage ich und gehe nach unten in die riesigen Arkaden. Als ich mir die Spielautomaten ansehe – Flipper, Pac-Man, sogar Skee-Ball –, lächele ich und fühle mich in der Zeit zurückversetzt.

Ich stelle meine Tasche, den Kaffee und die Biscotti auf dem Tresen ab und schlüpfe aus dem Mantel. Dann krempele ich die Ärmel auf. Es müssen mindestens acht Versandkartons geöffnet werden. Ich muss die Shirts auspacken und nach Größen sortieren. Gerade als ich mich an den ersten Karton machen will, piept mein Handy.

Ich sehe die Nachricht und schnappe nach Luft: Es ist eine Nahaufnahme von einem Penis.

Natürlich ist es Franks Penis, aber ich komme nicht über den Schock hinweg, Sex-Pics zu bekommen – oder wie auch immer junge Leute dazu sagen. Zuerst war ich zu schüchtern, auch welche zu verschicken, aber dann wurde mir klar, dass keiner Nacktbilder von mir an die Boulevardpresse weiterreichen würde. Schließlich bin ich Großmutter. Und so fand ich allmählich Spaß daran, Frank zu antworten.

Jetzt kann ich das natürlich nicht tun, aber ich werfe noch einen Blick auf das Penisfoto und bewundere Franks Kreativität. Heute zum Beispiel schwebt eine Sprechblase über der Eichel: »Ich vermisse dich, meine Königin.« Ich liebe es, wenn Frank mich so nennt. Dann fühle ich mich so majestätisch. Sogar jetzt habe ich die Schultern gestrafft und stehe aufrechter.

Ich seufze. Ich kann es gar nicht erwarten, dass Frank und ich ganz offiziell miteinander ausgehen können. Es war schwer, die Beziehung geheim zu halten. So herumzuschleichen macht mir keine Freude, ich bin einfach kein diskreter Mensch.

Als ich Schritte höre, zucke ich zusammen und lasse das Handy fallen. Es schlittert über den Boden bis vor Verenas Füße. Sie ist eben heruntergekommen, sehr elegant, in einem marineblauen Kostüm und flachen Schuhen von CELINE. Sie hebt mein Mobiltelefon auf und schaut auf das Display.

Am liebsten wäre ich tot. Gott sei Dank weiß sie nicht, wessen Penis das ist.

»Kein Wunder, dass du mit Frank ins Bett gehst. Für einen so mageren Typen ist er sehr gut bestückt.« Verena gibt mir das Telefon zurück.

Wie in Zeitlupe schiebe ich es in meine Tasche. »Wie meinst du das?« Meine Stimme ist hoch, und die Frage klingt dümmlich.

»Lass doch den Mist, Sylvia. Ich weiß von dir und Frank.« Verena nimmt den Cutter und schlitzt einen Karton mit Bowlingshirts auf. »Ich bin ein bisschen beleidigt, dass du es mir nicht erzählt hast, aber ich habe es mitbekommen.«

Mir rauscht das Blut in den Ohren. »Wie?«

»Durch die Blicke, die ihr euch bei der Tortenverkostung zugeworfen habt? Den Umstand, dass Frank überhaupt zur Tortenverkostung gekommen ist? Der Typ läuft Marathons und hat wahrscheinlich seit den Neunzigern keine Kohlehydrate mehr gesehen. Und plötzlich sitzt er da und stopft sich einen Haufen Schokomousse in den Mund? Diese Bowlingshirts sind übrigens prima.«

Verena hat mittlerweile fast ein Dutzend Shirts ausgepackt. Sie hält eines in die Höhe. Es ist reizend. Schwarz mit goldenem Aufdruck – *Dan & Ashton, forever*.

Ich nicke schwach und suche nach den richtigen Worten. »Verena, es tut mir leid. Du weißt hoffentlich, dass ich mich, was meine Arbeit angeht, niemals durch meine persönliche Beziehung zu Frank beeinflussen lassen würde.«

»Natürlich«, sagt Verena und zieht eine Augenbraue hoch. »Sonst hätte ich dich längst rausgeworfen.«

»Aber warum hast du dann nicht gesagt, dass ich mich nicht mehr mit ihm treffen soll?«

»Weil ich keinen Furz darauf gebe, was du in deinem Privatleben machst. Und Frank ist ein großartiger Fang. Ich beneide dich«, sagt sie mit einem Zwinkern.

»Wirklich?« Ich fühle mich sowohl eingeschüchtert als auch geschmeichelt – und ein bisschen schlecht, wegen ihrer Trennung kürzlich.

Als hätte sie meine Gedanken gelesen, lächelt sie. »Na ja, eher fast. Ich könnte nie was mit einem Mann anfangen, der weniger wiegt als ich. Ich brauche jemanden, der mit einem Fettkloß zurechtkommt.«

»Sag doch nicht so was!«, erwidere ich heftig.

»Noch mal, lass doch den Mist. Ich bin übergewichtig. Aber ich bin reich und kann mir die besten Schneider leisten. Außerdem bekommen fette Leute nicht so schnell Falten.«

Ich breche in Gelächter aus. »Du bist unglaublich. Außerdem bist du nicht fett«, füge ich hinzu und meine es auch so. »Mollig vielleicht, was sehr sexy ist. Wie geht es dir wegen Mark? Bunny hat neulich am Telefon nach dir gefragt.«

»Über Mark und seine Ehe bin ich vollkommen hinweg. Inzwischen tut mir nur noch seine Frau leid. Du hattest absolut recht: Ich bekomme etwas Besseres als ihn. Und jetzt zu Wichtigerem – die Bunny mit dem Zungenkuss?«, fragt Verena, und ihre Miene hellt sich auf.

»Ja. Sie möchte dich zu einem besonderen Dinner mit ihr und ihrem Ehemann einladen, wollte aber vorher meine Zustimmung einholen.«

»Und was hast du gesagt?«

»Ich habe ihr klargemacht, dass sie dich nur aus einem einzigen Grund kontaktieren darf: Wenn sie deine Dienste für eine Zeremonie zur Erneuerung ihres Eheversprechens in Anspruch nehmen will.«

Verena grinst. »Sehr gut. Jetzt machst du auch schon Geschäfte.«

Ich lächele stolz und fange an, die Shirts auszupacken. Verena tut dasselbe. Schweigend arbeiten wir ein paar Minuten, bis mein Handy wieder klingelt.

Die Nummer ist mir unbekannt, aber ich gehe trotzdem dran.

»Hier Sylvia«, melde ich mich in meinem professionellsten Tonfall.

Eine raue Frauenstimme dringt an mein Ohr. »Sylvia, Darling, hier ist Nina. Ich versuche gerade, im Plaza einzuchecken, aber für mich gibt es kein Zimmer. Bestimmt ist das ein Versehen, schließlich bin ich die Mutter der Braut. Seien Sie doch so lieb und rufen Sie den Manager an. Ich gehe einen Latte trinken, während Sie das in Ordnung bringen.«

»Nina!« Ich schnappe nach Luft. »Ich wusste ja nicht mal, dass Sie zurück sind. Da muss irgendwo ein Fehler …«

Nina legt auf.

Verena starrt mich an.

Ich schlucke. »Nina ist zurück und versucht im Plaza einzuchecken«, erkläre ich. »Sie haben keine Reservierung für sie.«

»Hast du denn keine gemacht?«

»Doch, natürlich. Sie hat gemeint, dass sie zur Hochzeit wieder da wäre und dass sich eine Frau wie sie ein gesellschaftliches Ereignis niemals entgehen lassen würde.«

Verena deutet auf mein Handy. »Warum hast du Frederick dann nicht schon längst im Plaza angerufen?«

Ich nicke, bin ja schon dabei. Ich wähle die Nummer des Plaza.

Die Vermittlung geht ran. »Plaza Hotel. Mit wem darf ich Sie verbinden?«

Ich fange an, auf und ab zu gehen. »Fredrick Watts, bitte, den Manager. Hier ist Sylvia.«

Ich lande in der Warteschleife. Sanfte Hintergrundmusik dringt an mein Ohr. Ich blende sie aus und stelle mir vor, stattdessen die einleitenden Glockenklänge von Bill Contis »Going the Distance« zu hören. Ich wappne mich. Das ist mein Job. Natürlich ist etwas schiefgegangen. Deswegen mache ich diesen Job ja. Für diese Momente.

Eine tiefe Männerstimme dringt an mein Ohr. »Hier ist Fredrick.«

»Sylvia hier.« Ich springe ins kalte Wasser, meine Stimme ist scharf. »Ashtons Mutter hat eben angerufen, und anscheinend wurde für sie kein Zimmer reserviert. Was ist da los?«

Fredrick seufzt. »Mrs. Morris hat ein Zimmer, sogar eine schöne Suite. Aber sie verlangt eine mit einer anderen Aussicht. Leider ist die im Moment nicht frei.«

Ich beiße die Zähne zusammen, furchtbar wütend, weil Nina sich wie eine Diva aufführt. Verena sieht mich an. Ich rolle mit den Augen, um anzuzeigen, dass es sich nicht um einen Notfall handelt. Dann hole ich tief Luft.

»Fredrick, es tut mir leid. Aber ist es irgendwie möglich, ihr doch das Zimmer zu geben, das sie haben will?«

»Es ist das Zimmer, in dem ihr Ehemann untergebracht ist«, sagt er in neutralem Tonfall.

»Ihr Exmann«, wende ich rasch ein. Zu rasch. Verena hebt eine Braue. Ich werde rot, während ich das Gespräch mit Fredrick beende. »Tut mir leid, es wird sich wohl um irgendwelche ehelichen Streitigkeiten handeln. Tauschen Sie einfach die Zimmer, wenn es nicht zu viel Mühe bereitet. Ich glaube nicht, dass Frank sich daran stört.«

»Sehr schön«, sagt Fredrick energisch. »Ich tausche die Zimmer und wende mich dann selbst an Mrs. Morris. Ich habe ihre Mobilnummer.«

»Danke, Fredrick. Sie sind ein Schatz.« Ich lege auf und schnaufe.

Verena beißt in einen der italienischen Kekse. »Nina wollte also Franks Zimmer?«

Ich nicke und verdrehe die Augen.

Verena lacht. »Ist ja herrlich. Ein Eins-a-Hochzeitsdrama. Ich betrachte so etwas gern als Versicherung für meinen Job.«

Ich schüttele energisch den Kopf. »Die Dienstleistung, die wir anbieten, hängt nicht davon ab, dass sich die Leute schlecht benehmen.«

Sie nimmt noch einen Bissen. »Ich konnte beruflich so richtig durchstarten, nachdem eine Braut deinen Rasen angezündet hat.«

Mir wird die Kehle eng. *Lara Poll.* Ich spüre Verenas Blick auf mir ruhen und richte mich auf.

»Du hättest es auch so geschafft. Rechne das nicht Lara an.«

»Ich rechne es dir an.« Verena legt mir eine Hand auf den Arm. »Ich danke dir für meine Karriere, Sylvia. Und bitte versteh das als Ausdruck meiner guten Absichten: Möge dir Ashtons Hochzeit schrecklichen Kummer und wahnsinnigen Erfolg bescheren.«

Das entlockt mir ein Lachen. »Danke, Verena. Ich weiß es zu schätzen. Aber Ashtons Hochzeit hat mir bereits Schmerz und Drama gebracht. Sie hat mich gefeuert, in einer Toilette eingesperrt und nimmt mich regelmäßig mit zu ihrer Frauenärztin. Nina macht mir keine Angst. Sie ist ja nicht mal die Braut. Was kann sie denn schlimmstenfalls anrichten?«

30.
KAPITEL

Schlimmstenfalls kann Nina eine spektakulär unangemessene Rede beim Probeessen halten. Was sie auch tut. In diesem Moment.

Ich versuche mir keine Sorgen zu machen. Es sind doch nur *Worte*. Sie müssen nichts weiter bedeuten.

Doch mein Mund ist trocken, als ich hinten im Speisesaal des BarUp stehe und auf all die Leute blicke, die um die Esstische sitzen. Das Probeessen ist in vollem Gang, doch jetzt sind alle Gespräche verstummt, und die Gäste hängen an Ninas Lippen. Ich muss zugeben, dass sie fabelhaft aussieht, in ihrem bohèmehaften Ensemble aus karamellfarbener Lederhose und Bluse mit Blumenmuster. Plötzlich komme ich mir in meinem Blazer und der Hose ziemlich spießig vor.

Ihre Augen glitzern gefühlvoll, als sie Frank ansieht. »Ich war so dumm, Frankie. Selbstsüchtig und unehrlich. Geschwächt durch meine Sehnsüchte.« Sie hält einen Moment inne, um ihr Publikum zu betrachten, das ihr wie gebannt zuhört, und legt Ashton dann eine Hand auf die Schulter. »Meine geliebte Tochter. Als ich gestern Morgen in Paris aufgewacht bin, hatte ich das Gefühl, aus einem Traum erwacht zu sein. Auf dem Rückflug schrieb ich diese Rede. Es ist das schönste Hochzeitsgeschenk, das ich dir machen kann: Dein Vater und ich werden wieder zusammenkommen. Deine Vereinigung soll unsere Wiedervereinigung sein. Deine Hochzeit soll die Erneuerung unseres Eheversprechens sein.«

Nina beugt sich herab und küsst Ashton auf die Haare, die zu einem hohen Pferdeschwanz zusammengebunden sind. Ein paar Strähnchen haben sich gelöst und umrahmen ihr Gesicht.

Ashton steckt sich eine dieser Strähnen hinters Ohr und sieht zu ihrer Mutter auf. Sie will etwas sagen, doch Nina hebt bereits ihren Martini und schwenkt ihn mit großer Geste durch die Luft.

»Auf die Liebe!«, ruft sie. »Auf die Familie! Auf die Ehe!«

Alle applaudieren, und Nina nippt strahlend an ihrem Drink. Dann geht sie um den Tisch herum, bis sie direkt neben Franks Stuhl steht.

Frank wirkt völlig verstört, während er sich im Raum umsieht. Ich bin mir sicher, dass er nach mir Ausschau hält, aber ich stehe mit dem Rücken an der hinteren Wand neben der Küche – vollkommen außer Sichtweite – und schlucke die Tränen hinunter. Nina hat Ashtons Hochzeit gekapert. Das ist abscheulich. Und gleichzeitig überrollt mich eine brennende Woge der Demütigung, weil meine persönlichen Gefühle in all das verstrickt sind.

Ich reibe mir die Schläfen und hole mehrmals tief Luft. Ich sehe in den Raum hinaus und versuche, das alles aus einer rein objektiven Perspektive zu beurteilen: Die Gäste klatschen. Die Stimmung ist gut. Und was am wichtigsten ist: Ashton funkelt ihre narzisstische Mutter nicht mit offenem Hass an. Tatsächlich tupft sie sich die Augen ab, Dan reibt ihr den Rücken, und beide lächeln, als Nina sich neben Frank stellt und ihm spielerisch auf die Schulter klopft.

»Fra-ank«, trällert sie. »Ich warte.«

Franks Gesicht ist puterrot, während er sich die Brille am Saum seines schwarzen Poloshirts abwischt. Er trägt graue Jeans und seine neuen Bowlingschuhe und sieht aus, als würde er am liebsten unter den Tisch kriechen. Doch nachdem er zu Ashton hinübergesehen hat, steht er langsam auf und dreht sich zu Nina um, die ihn in ihren Stilettos um beinahe einen Kopf überragt.

Sie starren sich ein paar Sekunden lang an, ehe Nina ihm liebkosend über die Wange streicht. Es ist eine vertrauliche, warme Geste. Ihr Ehering funkelt im Licht. Dann legt sie Frank die Arme um den Hals und küsst ihn leidenschaftlich auf die Lippen.

Der Raum bricht in Johlen und Jubeln aus.

Ich stütze mich mit einer Hand an der Wand ab, bemerke dann aber, wie Devon, der Manager, vom Tresen zu mir hinübersieht. Sofort richte ich mich auf und hake das Walkie-Talkie vom Gürtel.

»Devon, erster Gang«, stoße ich hervor. »Auf geht's!«

»Verstanden, Chefin.«

Ich klipse das Walkie-Talkie wieder an und lasse die Luft aus mir herausströmen. Verdammt richtig. Ich bin die Chefin, die Kapitänin dieses Schiffes, die Generalin dieser Brigade. Die militärischen Metaphern erweisen sich als sehr hilfreich. Ich spüre, wie mein Blutdruck sinkt. Ich nehme Kontakt zu meinem inneren General Patton auf und dirigiere die Kellner mit Handzeichen, als sie den ersten Gang auftragen: große Platten mit Wagyū-Rind, Nachos, Butternutkürbis mit brauner Butter und zartem grünem Salat. In der Luft hängt der Duft von geröstetem Knoblauch mit einem Hauch Limette, und die Gäste greifen unter munterem Geplauder zu den Gabeln.

Ich sehe zu Ashton hinüber, die immer noch mit Dan flüstert. Ich sollte hingehen und schauen, wie sie sich fühlt. Und Frank und Nina gratulieren. Das wäre professionell. Und so ziehe ich meinen Blazer nach unten, kneife die Augen zusammen und bewege mich in Richtung der glücklichen Familie.

Es ist einfach. Ich werde so tun, als wäre Frank kaum mehr als ein Fremder. Ich habe ihn nie nackt gesehen, und ich habe auch kein Foto von seinem Penis mit Sonnenbrille auf meinem Handy gespeichert.

Kurz bevor ich bei ihnen ankomme, höre ich Ninas Stimme durch die Luft klimpern. »Das wird ein Spaß! Ich habe in einem

Pariser Atelier ein kleines weißes Kleid aufgetan. Wir können unser Gelübde zur selben Zeit ablegen wie Ashton und Dan. Und dann müssen wir darüber reden, wie du ins Haus zurückziehst. Meine Assistentin kann deine Sachen aus dem Hotel holen. Und dann werden wir …«

Ich schaffe es nicht, zu ihnen zu gehen. Stattdessen biege ich scharf rechts ab und laufe den Korridor hinunter Richtung Damentoilette. Ich drücke die Tür auf. Überall Strukturtapete und Betonfußboden. Ich gehe direkt in eine Kabine und schließe mich dort ein, bevor ich mich auf die Toilettenschüssel sinken lasse. Ich knöpfe den Blazer auf und stecke den Kopf zwischen die Knie. Unwillkürlich bewundere ich dabei meine schwarzen Pumps. Sie sind aus glattem, schwarzem Leder. Italienisch. Auch aus einem Pop-up für gebrauchte Designerware. Während ich den Kopf zwischen den Knien habe, sehe ich nach, ob sich sonst noch jemand in der Toilette aufhält. Keiner da. Ich seufze, doch dann geht wie auf ein Stichwort die Tür auf. Kurz ist die fröhliche Menge zu hören, ehe sich die Tür mit einem schleifenden Geräusch wieder schließt.

Einen Moment herrscht Stille. Dann ruft jemand: »Sylvia? Sind Sie da drin?«

Es ist Ashton.

Ich schlucke und stehe auf. »Moment!«

Ich betätige die Spülung und verlasse die Kabine. Ashton steht vor dem Waschbecken. Ich versuche zu lächeln.

»Na, das war ja was. Wie ist das Essen?«

»Ich will meine Hochzeit nicht mit ihr teilen!« Ashton bricht in Tränen aus und wirft mir die Arme um den Hals.

»Schon gut«, sage ich beruhigend, »das müssen Sie ja nicht.«

»Aber sie glaubt es! Und es war mir zu peinlich, vor allen anderen etwas zu sagen. Sie hat mich manipuliert!« Ashton gibt mich frei und wischt sich über die Augen, die mittlerweile vor

Zorn blitzen. »Und mein Dad sollte sie nicht zurücknehmen. Nach allem, was sie ihm angetan hat? Ich meine, würden Sie Louis zurücknehmen?«

»Das ist eine andere Situation.«

»Nein, ist es nicht.« Ashton verschränkt die Arme. »Louis hat Sie betrogen, meine Mom hat meinen Dad betrogen. Warum sollte irgendwer einen Lügner und Betrüger zurücknehmen?« Sie spricht so wütend, dass sie beinahe spuckt.

»Ich würde Louis nicht zurücknehmen. Nicht weil er mich betrogen hat, sondern weil ich ihn nicht mehr liebe. Verstehen Sie den Unterschied?«

»Nicht wirklich.«

»Vielleicht liebt Ihr Dad Ihre Mom so sehr, dass er sie zurücknimmt.« Ich schlucke etwas hinunter, was sich wie ein Messer in meiner Kehle anfühlt. »Nur er weiß, wie er wirklich empfindet. Aber es ist okay, die Hochzeit nicht teilen zu wollen.«

Nina kommt in die Toilette. Sie schaut in Ashtons tränenverschmiertes, zorniges Gesicht und verdreht die Augen. Einen Moment starren sie einander an – es fühlt sich an wie der längste, unbehaglichste Moment der Welt.

Ich räuspere mich und wähle meine Worte mit Bedacht. »Nina, ich finde es durchaus nachvollziehbar, dass Ashton diesen Tag sich und Dan vorbehalten möchte.«

Nina ignoriert mich. Sie geht zum Spiegel und kramt einen Lippenstift aus ihrer Tasche. Während sie ihn aufträgt, hat sie nur Augen für sich selbst.

»Ehrlich, Ashton, warum kannst du dich nicht für deinen Vater und mich freuen?«

Ashton sieht zur Decke.

Ich versuche es noch einmal. »Nina, vielleicht könnten wir uns unter vier Augen unterhalten? Einen alternativen Plan aushecken für …«

»Das hier ist eine Familienangelegenheit«, unterbricht Nina mich. »Seien Sie so lieb und holen Sie mir noch einen Martini. Ich fühle mich wie ausgedörrt.«

Als ich mich rückwärts zur Tür bewegen will, hebt Ashton die Hand, um mich zu stoppen. »Lassen Sie sich bloß nicht einfallen, auf Sie zu hören.«

»Ashton! Pass auf, was du da sagst!«, tadelt Nina sie.

Plötzlich kreischt Ashton so laut, das sowohl Nina als auch ich zusammenfahren.

Dann blickt Nina auf Ashtons Babybauch. »Die Hormone?«

Ashton kreischt noch einmal. »Ich HASSE dich!«

Nina fällt die Kinnlade herunter, und sogar ich zucke zurück.

»Ashton«, sage ich ruhig. »Gehen wir an die frische Luft.«

Ich will ihren Arm nehmen, doch in diesem Moment geht die Tür erneut auf. Dan und Frank kommen hereingestürzt.

Dan sieht Ashton an. »Hast du eben so geschrien?«

»Ja«, sagt sie.

Ich nehme mein Walkie-Talkie. »Devon«, sage ich leise. »Die Damentoilette im Hauptgeschoss ist tabu. Schicken Sie die Gäste zur Ausweichmöglichkeit im Keller. Alarmstufe rot.«

Alle sehen mich an.

Ich hake mein Walkie-Talkie ein und sage dabei: »Ich will nicht, dass irgendwer in diesen privaten Moment hereinplatzt. Vielleicht sollte ich auch gehen.«

»Nein!«, ruft Ashton. »Ich brauche Sie!« Sie wendet sich an ihre Familie. »Ich habe so geschrien, weil Worte anscheinend keine Wirkung haben. Ihr beiden könnt euer Eheversprechen nicht auf unserer Hochzeit erneuern – oder wovon sonst sie da faselt. Das ist so widerlich, dass ich nicht mal darüber nachdenken kann.«

Frank sieht Nina kopfschüttelnd an. »Du hast ja Nerven, mich damit vor aller Augen zu überfallen.« Er wendet sich an Ashton.

»Ich habe nur nichts gesagt, weil du so glücklich ausgesehen hast. Ich wollte den Abend nicht kaputt machen.«

Ashton nickt. »Genau wie ich! Dans Eltern haben sich zusammen mit Sylvia wirklich angestrengt, dieses Dinner zu etwas Besonderem zu machen. Ich wollte nicht zulassen, dass Mom es ruiniert.«

Ninas Gesicht ist dunkelrot angelaufen.

»Dann ist das also entschieden«, schaltet Dan sich ein. »Unsere Hochzeit wird gefeiert wie geplant. Komm, Liebling.«

Hand in Hand verlassen sie die Toilette, als Paar, vereint.

Frank, Nina und ich bleiben zurück.

»Ehrlich, Nina«, fängt er an, und er klingt nicht länger angespannt, sondern offen und direkt. »Du kannst nicht einfach zurückkommen und beschließen, dass alles wieder in Ordnung ist. Was passiert ist, ist passiert. Ich bin darüber hinweg. Und ich bin jetzt glücklich.«

Nina sieht ihn ungläubig an. »Du hast jemanden kennengelernt?«

Mir bleibt die Luft weg. Ich wage es nicht, einen von beiden anzusehen. Das Blut rauscht mir in den Ohren, als Frank erwidert: »Ja, und sie ist großartig. Sie hat mir gezeigt, wie es ist, wieder Freude zu empfinden. Und sie hat mir auch gezeigt, dass ich dich nicht mehr hassen will. Wir haben eine gemeinsame Tochter, bald ein Enkelkind. Wenn du also aufhören könntest, dich so narzisstisch aufzuführen, könnten wir ein paar wirklich schöne gemeinsame Familienmomente erleben. Wie diese Hochzeit. Das ist Ashtons Tag. Könntest du also bitte zuerst an ihr Glück denken? Das wäre sehr wichtig.«

Frank wartet die Antwort nicht ab. Er dreht sich um und geht aus der Toilette.

Nun sind nur noch Nina und ich da.

Sie starrt auf die Wand. Nach der Rede, die Frank über mich

gehalten hat, ist mir schwindelig, und ich möchte so unauffällig wie möglich von hier verschwinden.

»Sebastian hat mich verlassen«, flüstert Nina.

Ich erstarre.

Nina wendet sich mir zu. »Er hat es sich anders überlegt, er will jetzt Kinder«, fährt sie fort, als wäre das ein vollkommen angemessenes Gespräch. »Damit kann ich natürlich nicht dienen. Ich bin nicht eitel, Sylvia. Ich habe meine Macken, aber ich habe mich kein einziges Mal unters Messer gelegt. Ich färbe mir nicht die Haare. Ich lege Wert darauf, in Würde zu altern«, sagt sie, und in ihrer Stimme schwingt Stolz mit.

»Das ist wunderbar«, sage ich und versuche die Stimmung aufzulockern. »Ich hingegen profitiere sehr von einer kleinen Intervention im Schönheitssalon.«

»Das ist bestimmt nicht wahr«, erklärt Nina großzügig.

»Oh doch. Und es ist auch okay.«

Nina wendet kurz den Blick ab. »Wie soll ich je aus dieser Toilette hinausgehen und all den Leuten gegenübertreten? Sie glauben, dass Frank und ich noch einmal heiraten.«

»Ich würde Ihnen raten, so zu tun, als wäre nichts geschehen, und einfach weiterzumachen.«

Nina starrt ein paar Sekunden lang in den Spiegel, dann nickt sie. »Das bekomme ich hin.«

31.
KAPITEL

Der restliche Abend verlief glücklicherweise ereignislos. Inzwischen ist es kurz vor elf Uhr, und ich habe Ashton eben mit Tati, ihrer besten Freundin und Trauzeugin, in der Brautsuite des Plaza abgesetzt. Tati ist erst gegen Ende des Probeessens eingetroffen, sie kam direkt vom Flughafen. Ashton war so aufgeregt, dass sie Dan gesagt hat, er solle in seinem eigenen Zimmer übernachten, wobei es ihr wohl weniger um die Aufrechterhaltung der Traditionen ging als vielmehr darum, von ihrer Freundin ein wenig dringend benötigten Beistand zu bekommen. Das kann ich sehr gut verstehen, denn ich selbst renne gerade über die stillen Hotelflure zu meinem Zimmer, wo Evie auf mich wartet.

Wenn der Veranstaltungsort ein Hotel ist, besteht Verena darauf, dass ihre Hochzeitsplaner am Vorabend kommen und dort übernachten – nur für den Fall, dass irgendetwas schiefgehen sollte. Natürlich habe ich Evie eingeladen, mich zu einer kostenlosen Nacht im Plaza zu begleiten. Wir haben schon vor Tagen gepackt. Selbst die günstigsten Hotelzimmer sind in die Kategorie »King« eingestuft. Es ist komisch – in unserem früheren Leben sind sowohl Evie als auch ich schon öfter in Luxushotels abgestiegen, und ich habe nun auch schon etliche Male im Pierre übernachtet, aber irgendwie ist es etwas anderes, wenn ein schickes Hotelzimmer auf meinen eigenen Namen läuft.

»Hallo?«, rufe ich, als meine Füße in den weichen Teppich einsinken.

»Mach mich gerade frisch!«, kommt Evies Stimme aus dem Bad.

Ich ziehe den Mantel aus und lege ihn über den Stuhl an dem antiken Schreibtisch. Wie ich sehe, steht mein Koffer bereits auf der Gepäckablage. Ich öffne eine bereitstehende Flasche Mineralwasser und nehme mir von dem Tablett auf dem Couchtisch ein Macaron. Auf einem kleinen Kärtchen steht: »Mit den besten Empfehlungen der Hotelleitung«.

»Sind die so gut, wie sie aussehen?«, fragt Evie, als sie aus dem Bad kommt, in den flauschigsten Bademantel gehüllt, den ich je gesehen habe. Sie deutet auf ihr Haar unter der Duschhaube und erklärt: »Ich habe eine Kurpackung drauf. Die Pflegeprodukte kommen aus Paris.«

Ich grinse und begebe mich ins Bad, während Evie ein Macaron nimmt, es sich auf dem Sofa bequem macht und eine Zeitschrift in die Hand nimmt.

Vierzig Minuten später komme ich in meinem eigenen flauschigen Bademantel ins Zimmer. Ich habe zuerst ein Bad genommen und mich dann geduscht. Ich habe ein Peeling gemacht, mich eingeseift, in der Wanne geaalt und eingecremt. Evie liegt inzwischen auf dem Bett und sieht fern. Sie ist immer noch in Bademantel und Duschhaube. Ich lege mich neben sie und lasse den Kopf in das Daunenkissen sinken.

Evie seufzt. »Das ist weit entfernt vom Airbnb.«

»Und doch sind es vermutlich nicht weiter als fünfzehn Minuten mit dem Taxi«, sage ich mit einem Grinsen.

»Ernsthaft, Sylvia, wir sind weit gekommen: Vor Kurzem haben wir uns noch die Achselhöhlen auf der Toilette des *Starbucks* gewaschen, und nun baden wir in einem Raum mit Designerfliesen und goldenen Wasserhähnen.«

Ich breche in Lachen aus.

Evie hebt eine Braue und schaltet den Fernseher aus. »Ich

weiß, schöne Bäder sind nichts Neues. Wir haben beide ein Leben voller Privilegien geführt. Wir haben unsere Kinder in schönen Häusern großgezogen und in traumhaften Hotels Urlaub gemacht. Aber das hier, das ist anders. Wir haben es in so vielerlei Hinsicht weit gebracht. Und handgefertigte Waschtische aus massivem weißem Marmor werde ich nie wieder für selbstverständlich erachten.« Sie sieht meinen Gesichtsausdruck und grinst. »Genau. Während du im Bad warst, habe ich mir die Beschreibung des Hotels im Internet von vorn bis hinten durchgelesen.«

Ich lache noch einmal. »Erzähl mir mehr. Mach eine Gutenachtgeschichte daraus.«

»Es waren einmal«, beginnt sie, und in ihrer Stimme schwingt Musik, »zwei nicht mehr ganz junge Ladys, die in einem Zimmer übernachteten, das über einen großen, holzgetäfelten Luxuseinbauschrank mit Schubladen und Stauraum verfügte. Auf Wunsch konnten sie sich einen Butler mit weißen Handschuhen kommen lassen. Dazu musste man nur ein magisches Telefon bedienen, die Nummer 0 drücken und um alles bitten, was das Herz begehrt …«

Ich schlafe ein zum Geräusch von Evie beruhigender Stimme, die mir alles über den kostenlosen Schuhputzservice erzählt. Als ich am nächsten Morgen um sechs Uhr aufwache, schläft Evie noch, ihre Brust hebt und senkt sich unter den Laken aus italienischem Perkal. Ich schleiche mich auf Zehenspitzen ins Bad, um mich fertig zu machen. Diesmal brauche ich nicht lang.

Ich lege Make-up auf und schlüpfe in ein schmeichelhaftes, aber bequemes Set aus Slip und BH, knöpfe mein neues Kleid zu und drehe mich vor dem Spiegel im Kreis. Noch nie habe ich mich so fantastisch gefühlt. Ich stecke mir eine extra Haarklemme ins Haar, damit mein Knoten hält, der inzwischen meine Lieblingsfrisur ist, und vergewissere mich, dass mein Ohrmikrofon aufgeladen ist.

Befriedigt verlasse ich das Bad, schleiche mit den Pumps und einer kleinen Reisetasche in der Hand durch das Hotelzimmer und öffne die Tür. Draußen schlüpfe ich in die Schuhe, schließe die Augen und gehe in Gedanken noch einmal alles durch: Ohrmikrofon, Zimmerschlüssel, Tasche mit Nähzeug, Klebeband, farblosem Nagellack, Sekundenkleber, zweihundert Dollar in bar, einer elastischen Binde, antibiotischer Salbe, Sicherheitsnadeln, Feuchttüchern, einer Rolle Lutschbonbons, einer Dose Haarspray in Reisegröße, einem Klappmesser, einer Miniflasche Jack Daniels und einem Lorazepam-Arzneifläschchen, gefüllt mit Tic Tacs.

Ich gehe hinunter ins Foyer, wo ich einen halben Muffin esse und eine Tasse Kaffee hinunterstürze, bevor ich mich mit dem hauseigenen Koordinator treffe, um sicherzugehen, dass jedes Detail perfekt ausgeführt wurde. Ich bin völlig überwältigt. Der Florist hat den vergoldeten Terrace Room in ein ländliches Idyll verwandelt, komplett mit weichem Licht und Blumenbögen. Ringsum an den Wänden stehen halbhohe Nadelbäume, und es wirkt alles sehr frisch und heiter.

Dann fahre ich im Aufzug zum Grand Ballroom, der ein wahres Meisterwerk geworden ist. Überall sind Bäume und Blumen verteilt, um einen botanischen Garten nachzubilden. Für eine Hochzeit drinnen fühlt sich das so draußen an, wie es nur irgend möglich ist. Die bronzefarbenen Tafelaufsätze lassen den opulenten Raum ein wenig moderner wirken, und die fröhlichen Lichterketten verleihen ihm einen gewissen augenzwinkernden Humor.

Ich bin vor Erwartung ganz atemlos, als ich zu den Aufzügen zurückkehre und mich in Ashtons Suite begebe. Vor der Tür atme ich noch einmal tief durch, dann klopfe ich. Tati, noch in ihrem roten Flanellpyjama, macht mir auf und umarmt mich.

»Ashton hat mir erzählt, was Sie alles für sie getan haben«, sagt sie, während sie mich drückt. »Ich liebe Sie schon jetzt.«

Ich erröte und erwidere die Umarmung. »Ashton ist so froh, dass Sie kommen konnten«, sage ich mit einem Lächeln.

»Ich hätte mir das niemals entgehen lassen!«

»Wo ist Ashton?«, frage ich und sehe mich in der Suite um.

Das Zimmer ist perfekt. Es gibt einen großzügigen Sitzbereich mit einer taubenblauen Couch und mehreren Sesseln. Daneben befindet sich eine separate Essecke und am Ende des Ganges eine gemütlich Bibliothek, in die man sich zurückziehen kann.

»Sie lässt sich die Nägel machen, bestimmt kommt sie bald zurück. Ihre Mom wollte mit ihr zusammen zur Maniküre. Kann ich irgendwie helfen?« Tati deutet auf die Hotelangestellten, die eben eingetreten sind und Tische und Stühle zur Seite rücken, um Platz zu machen für die Frisur- und Make-up-Stationen.

»Ich glaube, sie kommen zurecht«, sage ich, während ein weiterer Trupp Wägen hereinrollt, um auf dem riesigen Esstisch Bagels, Aufstriche, Muffins, Obst und Fingersandwiches aufzubauen, dazu Kaffee, Tee, Wasser und Flaschen mit prickelnden Fruchtsaftschorlen.

»Dann ist Ashton mit Nina dort?«, wiederhole ich.

»Keine Sorge«, sagt sie, als sie meinen Gesichtsausdruck sieht. »Nina schien nicht zu glauben, dass sie heute ebenfalls heiratet.«

Ich seufze. »Dann hat Ashton Ihnen die ganze Geschichte erzählt?«

Tati nickt und kichert dann. »Tut mir leid. Ich weiß, dass es nicht lustig war.«

Um meine Lippen zuckt es. In dem Moment klopft es an der Tür.

Wir drehen uns um und sehen Reese und zwei Assistenten, die etwas hereintragen, bei dem es sich nur um das Brautkleid handeln kann.

»Sylvia, Liebes! Der große Tag ist da!« Reese haucht mir Luftküsschen zu und führt seine Leute ins Schlafzimmer. Rasch mache ich ihnen die Tür auf und öffne dann den großen Wandschrank. Reese hängt das Kleid auf, das noch in einem Kleidersack steckt.

Sowie er das Kleid weggeräumt hat, gibt Reese zuerst mir und dann Tati einen richtigen Kuss. »Ich bin so wahnsinnig gespannt darauf, wie alles klappt. Du wirst mir die Fotos doch bestimmt zeigen, oder?«

»Natürlich. Reese, ich weiß gar nicht, wie ich dir danken soll. Du bist mein Held.« Ich umarme ihn.

Er erwidert die Umarmung, und wir verabreden uns für die kommende Woche zum Lunch. Dann führt er sein Team aus dem Zimmer. Unwillkürlich muss ich lachen – seine beiden Assistenten, eine junge Frau, ein junger Mann – folgen ihm wie Entenküken ihrer Mama.

Ich wende mich gerade wieder Tati zu, als die Tür erneut aufgeht. Diesmal kommen Nina und Ashton herein. Ashton ist ein wenig blass, doch Nina strahlt.

»Sylvia!«, ruft sie, als wären wir beste Freundinnen, die endlich wieder vereint sind. »Wie schön, Sie zu sehen. Wäre es wohl möglich, dass Sie mir einen Chai Latte mit Kokosmilch bestellen?«

Nina lässt sich auf das Sofa fallen und legt ihre großen, eleganten Füße, die immer noch in den Einwegflipflops stecken, auf den Couchtisch. Sie hat dunkellila, fast schwarzen Nagellack gewählt und trägt einen kurzen, kaugummirosa Seidenmorgenmantel, der kaum über ihren Po reicht.

Ashton trägt einen ebensolchen Morgenmantel und versucht

dauernd, ihn weiter herunterzuziehen. Sie reicht Tati ein drittes Exemplar.

»Meine Mom hat uns die gekauft«, sagt sie, ohne eine Miene zu verziehen.

Ich sehe, dass Ashton sich glücklicherweise für einen zartrosa Nagellack entschieden hat.

»Ist es nicht das, was die Mädels heutzutage alle machen?«, wirft Nina ein und wackelt mit ihren verführerischen Zehen, sodass der Morgenmantel noch weiter nach oben rutscht. »Nuttige Morgenröcke tragen und über Jungs sprechen, während sie ihr Make-up machen lassen? Apropos«, haucht sie und zieht ihr Smartphone heraus. »Sebastian schickt mir ständig Nachrichten. Erst trennt er sich von mir, und jetzt merkt er, dass er mich vermisst. Was meint ihr, Mädels? Soll ich ihn behalten? Er hat einen so schönen Körper. Und mit seiner Zunge kann er ganz unglaubliche Dinge anstellen.«

Meine Wangen brennen, während ich den Hörer des Haustelefons abnehme und den Chai für Nina bestelle.

Ashton sieht ganz krank aus und sagt nichts. Stattdessen nimmt sie einen Bagel und beißt ein großes Stück ab.

Nur Tati geht auf die Frage ein. »So etwas wie eine lose Exbeziehung gibt es nicht. Den können Sie abschreiben.«

Nina nickt und lehnt sich auf der Couch zurück. »Sehr weise, Tati. Ashton, Liebling. Könntest du mir einen Obstteller zurechtmachen? Die Ananas sieht göttlich aus.«

Ashton schaut Tati an, die eine Braue hebt und mit den Schultern zuckt. Dann wendet sie sich an ihre Mutter.

»Du möchtest, dass ich dir einen Obstteller zurechtmache?«, wiederholt sie mit dünner Stimme.

»Das wäre wunderbar, Süße.« Nina lächelt.

»Solltest du nicht anbieten, *mir* einen Obstteller zu machen, Mom?«, fragt Ashton, und ihre Stimme beginnt zu beben.

Nina runzelt die Stirn. »Du stehst doch direkt beim Essen, Liebes. Ist alles in Ordnung?«

»Alles ist ganz wunderbar«, sagt Ashton langsam. »Meine Mutter hat mich am Tag meiner Hochzeit geweckt und ist mit mir ins Nagelstudio gegangen, wo sie eine Stunde nur von sich geredet hat. Nun liegt sie auf einer Couch und bittet mich, sie zu bedienen. Und sie hat *immer noch* nicht gefragt, wann ihr Enkelkind auf die Welt kommen soll.«

Ashtons Stimme nähert sich dem Bereich der Hysterie. Tati wirft mir einen Blick zu.

Ich räuspere mich und lege den Telefonhörer auf. »Nina, Ihr Chai ist auf dem Weg. Und in einer halben Stunde kommt das Frisuren- und Make-up-Team. Ich bringe Ihnen gern ein paar Erfrischungen. Ananas, sagten Sie?«

»Danke, Sylvia, aber mir ist der Appetit vergangen«, erwidert Nina kühl. »Ich gehe jetzt meditieren.« Sie verlässt den Raum Richtung Bibliothek.

Glücklicherweise gelingt es mir für den Rest des Vormittags, Nina von ihrer Tochter fernzuhalten. Sie hielt es für eine großartige Idee, als ich ihr vorschlug, sich in der Bibliothek von den Stylisten frisieren und schminken zu lassen, die ich eigens für sie engagiert habe. Ich hatte bereits damit gerechnet, dass es nötig werden würde, sie auf Abstand zu halten.

»Auf die Art können Sie uns mit Ihrem Auftritt überraschen«, sagte ich, als wäre sie der Star des Tages.

»Tolle Idee, Sylvia.«

Das war vor zwei Stunden. Seitdem ist Nina nicht einmal aufgetaucht. Sie hat sich von der Make-up-Stylistin noch einmal Chai bringen lassen, doch davon abgesehen war von ihr nichts zu hören und nichts zu sehen.

Ashton und Tati hatten großen Spaß dabei, sich herauszuputzen. Ihre Frisuren und ihr Make-up sind fertig, doch Ashton ist schon wieder im Bad. Sie ist in dem Stadium der Schwangerschaft, wo man alle halbe Stunde pinkeln muss, deshalb will sie bis zum letzten Moment abwarten, bis sie ihr Kleid anzieht.

Tati ist fertig. Sie trägt ein schulterfreies silbernes Cocktailkleid. Sie ist elegant und bildet den perfekten Hintergrund für Ashton, die nun aus dem Bad kommt, einen geflochtenen Kranz auf dem Kopf. Das lange Haar fließt ihr offen über den Rücken, und trotz des scheußlichen rosa Morgenrocks sieht sie umwerfend aus.

Mir wird bewusst, dass ich Ashton zum ersten Mal Make-up tragen sehe. Wir haben den Look gewählt, den die Stylistin »Braut hat an einem einsamen Strand einen Orgasmus« nannte. Dazu hat sie verschiedene Töne Cremerouge, Bronzer und dunkelgrauen Eyeliner kombiniert.

Unsicher fasst Ashton sich an die Lippen. »Ist das Lipgloss zu glänzend?«

»Nein«, sage ich entschieden.

Tati stimmt mir zu. »Du siehst unglaublich aus. Kommt jetzt endlich das Kleid? Ich bin schon so gespannt.«

Aufgeregt klatscht sie in die Hände, doch Ashton schüttelt den Kopf. »Ich glaube, ich muss noch ein letztes Mal pinkeln.«

»Sie haben noch Zeit. Keine Sorge«, sage ich beruhigend.

In dem Moment klopft es an die Tür.

Ich mache auf. Es ist Frank. Wir sehen uns in die Augen. In seinem Smoking sieht er so attraktiv aus, dass ich den überwältigenden Drang verspüre, ihn an mich zu ziehen und zu küssen. Doch stattdessen begrüße ich ihn mit einem höflichen Lächeln und trete beiseite, damit er hereinkommen und seine Tochter sehen kann.

Er geht ins Wohnzimmer und bleibt abrupt stehen.

»Ashton, hast du dir das mit dem Kleid schon wieder anders überlegt?«, witzelt er.

Ich kann mir das Lachen nicht verkneifen, als er seine Tochter anstarrt, die fertig geschminkt ist, mit Kranz im Haar, und dazu diesen lächerlichen Morgenrock trägt.

»Gefällt er dir nicht? Ich fand ihn sehr brautmäßig.« Ashton wirft sich in Pose.

Wir alle lächeln, und Ashton will gerade noch etwas sagen, als wir hören, wie die Tür zur Bibliothek aufgerissen wird. Nina kommt ins Wohnzimmer stolziert. Sie trägt ein weißes Etuikleid, das ungefähr ein Viertel ihres schlanken Körpers umschließt. Sie hat das Haar zu einer Lockenfrisur hochgesteckt und sich verschwenderisch mit Smaragden behängt. Ihre Nägel und der dunkellila Lippenstift sind umwerfend und sexy – und gänzlich unpassend für die Mutter der Braut.

Uns allen verschlägt es eine ganze Minute lang die Sprache.

Nina strafft die Schultern. »Nun?«, fragt sie und dreht sich einmal im Kreis.

Ich schlucke. Im Geist gehe ich fieberhaft den Ständer mit Ersatzkleidern durch, die ich für Nina mitgebracht habe – nur für den Fall, dass genau das passiert, was gerade passiert. Ich zermartere mir noch den Kopf darüber, welches davon ich ihr wohl anbieten soll, als Ashtons Stimme das Schweigen durchbricht.

»Nun ja«, sagte sie ganz ruhig. »Irgendwer sollte auf dieser Hochzeit wohl Weiß tragen.«

Wir alle erstarren.

Und dann beginnt Frank zu lachen.

Tati kichert, und Ashton lächelt boshaft.

Nina dreht sich noch einmal langsam um die eigene Achse. Ihre Miene ist ein wenig ratlos. »Macht ihr euch über mich lustig?«

»Mom. Du kommst praktisch halbnackt zu meiner Hochzeit. Natürlich machen wir uns über dich lustig. Aber mach nur. Hauptsache, du fühlst dich gut dabei. Mir ist es inzwischen wirklich egal. Der Geburtstermin ist der 12. Mai, und jetzt muss ich wieder pinkeln.«

Ashton geht aus dem Zimmer. Frank und Tati versuchen das Gelächter zu unterdrücken, während Nina tatsächlich verwirrt dreinblickt.

»Habe ich etwas falsch gemacht?«, fragt sie mich.

Ich schüttele den Kopf. »Alles perfekt. Sie drei könnten schon mal vorgehen, in den Terrace Room.«

»Ohne Ashton?«, fragt Frank.

Ich nicke und klopfe an mein Ohrmikrofon, damit ich mit der Crew in Kontakt treten kann, die vor Dans Hotelzimmer wartet.

»Der Zug verlässt den Bahnhof«, sage ich und wende mich wieder Frank, Nina und Tati zu. »Gehen Sie alle zum Aufzug. Dan, sein Trauzeuge und seine Eltern werden dort auf Sie warten. Ich bringe Ashton in fünf Minuten zum Terrace Room.«

Die Stimmung wandelt sich. Sogar Nina folgt meinen Anweisungen. Ich überreiche ihr und Tati ihre Sträuße, und dann schicke ich alle aus dem Zimmer. Ich sehe ihnen kurz nach, wie sie, von Frank angeführt, den Hotelflur hinuntergehen, und schließe dann die Tür. Ich höre, wie im Bad die Toilettenspülung geht, und klatsche in die Hände. Es ist so weit.

32. KAPITEL

Ich war noch nie so stolz. Ich kann gar nicht glauben, dass wir es bis hierhin geschafft haben. Ashton steht in ihrem Brautkleid vor mir. Ihr kleiner Babybauch wirkt so entzückend feminin: Das Oberteil ist unterhalb der Brust gerafft und umfließt ihre neuen Kurven mit genau dem richtigen Maß sinnlichen Glamours. Wie sie da so am Fenster des Hotelzimmers steht und auf die Fifth Avenue hinunterblickt, sieht sie aus wie ein lebendiges Porträt.

»Es ist komisch«, sagt sie und bricht das lange Schweigen.

»Was ist komisch, Liebes?«

»All die Leute da unten.« Sie presst die Hand ans Fenster. »Sie alle haben ein Leben. Keiner von ihnen weiß oder interessiert sich dafür, dass ich jetzt gleich heirate. Für sie ist es ein ganz normaler Tag. Klingt das verrückt?«

Ich lächele. »Eher existenzialistisch.«

»Ist das merkwürdig?«

»Vielleicht schon. Aber Sie waren ja auch eine etwas merkwürdige Braut«, necke ich sie.

»Sie meinen, eine Monsterbraut?«

»Überhaupt nicht«, sage ich entschieden. »Na ja, anfangs natürlich schon, aber danach waren Sie traumhaft. Wirklich, Ashton, Sie haben mich so beeindruckt.«

»Obwohl ich immer noch keinen Bananenbrei machen kann?«

»Ich habe Ihnen einen Bananenstampfer gekauft.«

»Ha, ha«, sagt sie und verdreht die Augen.

»Ernsthaft.« Meine Augen glitzern. »Ich habe ihn schon bestellt. Sie bekommen ihn zur Geburt Ihres Babys.«

»Man kann Bananenstampfer kaufen?«

»Es gibt Stampfer, Süße«, erkläre ich. »Man kann sie für Bananen, Avocados oder Süßkartoffeln verwenden. Ich kann nicht glauben, dass wir uns jetzt darüber unterhalten.«

Ashton nimmt meine Hände und drückt sie. »Danke, Sylvia. Für alles.«

»Das habe ich sehr gern gemacht«, erwidere ich.

Einen Augenblick stehen wir dort Hand in Hand, dann knistert mein Ohrmikrofon.

»Alles bereit. Grün, grün, grün.«

»Verstanden. Die Braut ist unterwegs. Ich wiederhole, die Braut ist unterwegs.«

Ashton schüttelt den Kopf. »Sie haben dieses Ohrmikrofon richtig gern, was?«

»Das stimmt, ich könnte es den ganzen Tag tragen. Sind Sie so weit?«

Ashton atmet tief durch und streicht sich über das Oberteil ihres Kleids. »Ja.«

Ich bedeute Ashton mit einer Geste voranzugehen, während ich den bodenlangen Rock anhebe. Wir gehen an Gästen und Hotelangestellten vorbei. Ich sehe, wie Ashton an den Armen Gänsehaut bekommt, wenn die Leute lächeln und sagen, wie schön sie aussieht. Schüchtern erwidert sie das Lächeln.

Wir steigen in den Aufzug und fahren schweigend nach unten. Dort angekommen, gehen wir bis zum Eingang des Terrace Room. Von hier aus können wir Evie eine Sonate von Beethoven spielen hören. Die Musik ist romantisch und voller Gefühl, und meine Augen füllen sich zum hundertsten Mal mit Tränen. Da kommt Verena mit Ashtons Brautstrauß. Sie ist modischer gekleidet als sonst, trägt ein Chanelkostüm aus lila Tweed, das ihre

Kurven betont, und eine dazu passende Bluse. Im Stillen danke ich Isabel für mein Armanikleid, denn darin fühle ich mich professionell und kühn. Vielleicht auch ein wenig konservativ, aber angesichts der Tatsache, dass ich mit dem Vater der Braut ins Bett gehe, ist ein wenig Diskretion wohl durchaus angesagt.

»Sie sehen atemberaubend aus«, flüstert Verena Ashton zu.

Ashton bedankt sich mit einem Lächeln und nimmt das Bouquet aus stufenförmig angeordneten Orchideen, Gartenrosen, Flieder und Tulpen entgegen. Die Farben reichen von Hellrosa bis zum tiefsten Magenta, und der Ombré-Effekt ist bezaubernd. Ich helfe ihr in die Jimmy Choos und winke ihr, kurz zu warten, während ich durch die Türen spähe.

Ich sehe zu, wie Frank und Nina gemeinsam durch den Mittelgang gehen. Irgendwie ist es Nina trotz allem gelungen, der strahlende Mittelpunkt zu sein. Sie hat sich bei Frank eingehängt und lächelt in die Reihen gut gekleideter Freunde und Verwandter und winkt ihnen zu, als wäre sie Lady Di. Und genau wie eine strahlende Prominente geht sie über ihr lächerliches Kleid hinaus und wirkt irgendwie großartig, wie eine seltene und schöne Kreatur, die man auf einer Safari bewundern kann.

Als ich Franks stoische Miene sehe, hätte ich beinahe gelacht. Ich kann beinahe spüren, wie die Vene an seinem Hals pulsiert, während er Nina über den endlos langen, von Kerzen erhellten und von Ashtons und Dans »Blumenmädchen«-Großmüttern mit Rosenblättern bestreuten Mittelgang hinunterführt. Als sie dann endlich bei ihren Plätzen angekommen sind, entreißt Frank Nina seinen Arm und taucht beinahe in seinen Stuhl hinab. Nina hingegen winkt der Menge noch einmal anmutig zu und lässt sich dann langsam neben Frank nieder.

Ich atme tief durch und mustere den Saal. Alle sind an ihrem Platz: Dan steht am Altar, neben ihm sein Trauzeuge, ein gelehrt wirkender junger Mann namens Milan. Tati hat sich auf der anderen Seite positioniert. Die Offiziantin – Dans Schwester Annie – steht erwartungsvoll bereit. Sie ist ein lesbischer Rabbi. Nicht dass ihre sexuelle Orientierung relevant wäre. Mir gefällt nur, dass die ganze Sache eine Familienangelegenheit geworden ist.

Ich blicke nach links und sehe, wie Evie die Hände in den Schoß legt. Einen Moment herrscht vollkommenes Schweigen, während die Gäste auf ihren Stühlen herumrutschen.

Ich berühre mein Ohrmikrofon und sage leise: »Operation ›Wir wollen heiraten‹ kann beginnen.«

Evie fasst an ihr eigenes Ohrmikrofon und sagt leise: »Verstanden, Captain.«

Sie gibt dem Streichquartett, das ihr gegenüber platziert ist, ein Zeichen. Die Musiker heben die Instrumente. Evie biegt die Handflächen durch, und dann beginnen sie, die Anfangsakkorde von »All You Need Is Love« von den Beatles zu spielen.

Ashton beginnt zu strahlen, und dann geht sie los. Sie hat darauf bestanden, den Weg zum Altar allein zurückzulegen. Anscheinend gefällt vielen jungen Leuten dieser Tage die Vorstellung nicht, dass die Braut dem Bräutigam zugeführt wird. Das kann ich respektieren.

Ich lächele, als ich sehe, wie ihr Blick zum ersten Mal Dans Blick begegnet und wie der Bräutigam daraufhin über das ganze Gesicht zu strahlen beginnt. Das ist der schönste Moment. Mir geht das Herz auf, als Ashton ihre ersten Schritte zum Altar macht. Zuerst geht sie langsam, doch dann wird sie vom Schwung der Musik erfasst und steigert das Tempo. Alle lächeln, und nicht wenige drücken sich ein Taschentuch auf die Augen.

Ich schleiche mich in den hinteren Gang und beobachte, wie Ashton endlich bei Dan ankommt. Sie sehen sich einen Moment lang an, dann tritt Annie vor und beginnt mit der Zeremonie.

»Heute sind wir hier versammelt, um die Liebe, die Hingabe

und die Freundschaft von Ashton und Dan zu feiern. Wir kommen als Freunde und Verwandte zusammen, um Zeuge ihrer Zuneigung zu werden.«

Während Annie fortfährt, fange ich an, mich zu entspannen. Unwillkürlich muss ich an meine eigene Hochzeit denken.

Louis und ich haben im Freien geheiratet. Es war im Sommer 1980. Seine Großeltern besaßen ein Strandhaus in Delaware mit einem wunderschönen Garten. Nichts als sanfte Hügel und endlose Wiese. Es war ein höchst romantischer Rahmen. Bis auf die Moskitos natürlich. Und die Hitze. Das Thermometer zeigte fast vierzig Grad, die Luft war schwer und feucht. Mich schaudert, wenn ich an mein Barbiekleid denke, an den erdrückenden Reifrock und die langen Ärmel, die sich wie Wurstpellen anfühlten. Ich hatte etwas Leichteres, Strandtauglicheres gewollt, doch meine Eltern waren sehr konservativ und wären gestorben, wenn ich etwas getragen hätte, bei dem auch nur ein Stückchen Haut zu sehen gewesen wäre.

Nachdem ich es irgendwie zum Altar geschafft hatte, ohne in Ohnmacht zu fallen, habe ich die gesamte Ansprache des Rabbi verpasst, weil ich zu sehr damit beschäftigt war, Louis in Gedanken dafür zu verfluchen, dass er unter dem schattigen Teil der Chuppa stand. Später am Abend, als die Sonne unterging und die Temperatur auf erträglichere dreiunddreißig Grad sank, haben wir darüber gelacht. Ich war wie besoffen vor Hitze und vollkommen dehydriert. Ich erinnere mich, dass ich an einem Tisch saß und Eis kaute, während Louis wie John Travolta tanzte. Dauernd erzählten mir die Leute, was für ein Glück ich hätte, einen so attraktiven, charmanten Prinzen abbekommen zu haben. Ich nickte dazu, klar, sie hatten recht. Ich kam gar nicht auf die Idee, deswegen beleidigt zu sein. Jetzt wünsche ich mir, dass ich diesen Leuten in die Augen gesehen und gesagt hätte: »Eigentlich ist er der Glückspilz. Und lasst mich erklären, warum …«

Ein lauter Akkord reißt mich aus meinen Erinnerungen. Evie hat wieder angefangen, die Beatles zu spielen. Die fröhliche Musik holt mich in die Gegenwart zurück, und ich sehe, dass die Zeremonie vorbei ist. Dan und Ashton wurden getraut und gehen nun zusammen den Mittelgang hinauf. Die Gäste sind aufgestanden und bewegen sich zur Musik. Das Streichquartett ist mit eingefallen, und jetzt ist es ein richtiges Konzert. Mir ist fast schwindelig vor Freude und Erleichterung, und auch ich stehe auf und klatsche mit, als …

Das ist seltsam. Die junge Frau auf der anderen Seite des Gangs kann nicht Isabel sein.

Puh. Die Reise in die Vergangenheit hat mich offenbar wirklich erschüttert.

Ich reibe mir die Schläfen und stimme in den Gesang der anderen mit ein. Das alles läuft so gut.

Ich würde mir wirklich wünschen, dass dieses Isabel-Double aufhören würde, mich anzusehen.

Und warum bewegen sich ihre Lippen, als würde sie »Mom?« sagen?

Schockwellen überlaufen mich, doch ich singe weiter, als Dan und Ashton an mir vorbeikommen. Danach kommen Tati und Mark, Dans Eltern und schließlich Frank und Nina.

Sobald Frank und Nina durch die Tür sind, wendet Isabel sich zu mir um und huscht über den Mittelgang. Sie nimmt meine Hand.

»Das war so schön«, flüstert sie. Sie trägt ein schlichtes schwarzes Kleid und sieht aus wie ein Gast.

Sie lächelt mich so strahlend an, dass ich nicht anders kann, als ihr die Hand zu drücken, obwohl ich völlig von der Rolle bin. Als Evie und das Streichquartett eine Zugabe für die Gäste spielen, verlasse ich rasch den Raum und gehe in einen Seitengang. Isabel folgt mir.

»Sylvia«, tönt Verenas Stimme knisternd durch mein Ohrmikrofon. »Die Hochzeitsgesellschaft ist unterwegs zum Fototermin. Der Fotograf steht bereit. Wir wollen ein paar Bilder draußen machen.«

»Hervorragend«, erwidere ich und versuche, nicht allzu benommen zu klingen, während ich den Blick auf Isabels strahlendes Gesicht richte. »Ich habe am Nordeingang schon Heizstrahler aufstellen lassen.«

»Verstanden. Wenn wir fertig sind, begleite ich sie zur Cocktailstunde und treffe dich dann dort.«

Sobald ich auf Standby gehe, klatscht Isabel leicht in die Hände.

»Bravo, Mom. Du hast es geschafft. Und du siehst toll aus.«

Ich straffe die Schultern. »Ja, ich habe es geschafft. Und noch mal danke für dieses Kleid. Aber, Isabel, was *um alles in der Welt* machst du hier?«

Sie errötet. »Ashton hat gesagt, es wäre okay, wenn ich hier reinplatze – ich wollte dich überraschen. Dich in Aktion erleben.«

Ich atme tief durch. »Nun ja, das ist wohl sehr lieb.«

Isabel sieht zu Boden. »Ich dachte, dass du nervös werden würdest, wenn ich dir vorher sage, dass ich komme. Ich wollte dich unterstützen und dir sagen, wie großartig du das alles hier gehandelt hast. Und ich wollte dir das hier geben.«

Sie öffnet ihre Tasche und nimmt einen Umschlag heraus. Ich nehme ihn entgegen und spähe hinein. Darin liegt ein Scheck über sechstausendfünfhundert Dollar.

»Das ist das Geld, das Dad dir schuldet«, erklärt Isabel ruhig. »Er hat mir erzählt, was er getan hat. Ich gebe dir das in seinem Namen.«

»Izzy, du musst dich da nicht reinziehen lassen.«

»Dad schuldet dir das. Er hat es verstanden, und er entschuldigt sich.«

»Das tut er bestimmt nicht.«

Izzy sieht mich reuig an. »Also gut. Er hat sich nicht entschuldigt. Aber er weiß, dass ihm gar nichts anderes übrigbleibt, als dir das Geld zurückzugeben. Und ich verspreche dir, weiter mische ich mich nicht ein. Ich muss mich auf mein eigenes Leben konzentrieren. Dabei zuzuschauen, wie Dad mit deinem nackten Freund rauft, war für mich ein echter Wendepunkt. Todd hat es den Tiefpunkt genannt.«

»Und wie geht es Todd?«

»Er sagt, für ihn war das auch der Tiefpunkt. Bunny hat gehört, wie wir uns darüber unterhalten haben, und hat uns viel zu viele Fragen zu euren Körpern gestellt, bevor sie dann vorgeschlagen hat, wir sollten doch eine Prostituierte engagieren, um unsere Ehe in Ordnung zu bringen. Sobald sie gegangen war, hat Todd gemeint, er geht mit mir zur Therapie. Es kann doch nicht sein, dass unsere Eltern ein besseres Liebesleben haben als wir.«

Ich sehe Isabel einen Moment lang an. Ihr Gesicht ist weicher geworden, ihr Ton weniger streng.

»Sieht aus, als würde dir die Therapie gut bekommen«, sage ich schließlich.

»Es ist hart, aber gut. Und Todd arbeitet wieder. Nun ja, gewissermaßen. Er hat eine Beratungsfirma gegründet und arbeitet von zu Hause aus, was eigentlich sehr nett ist. Einen Klienten hat er schon. Morgens machen wir zusammen Yoga, und er kümmert sich um mein Frühstück. Den Mädchen zeigt er, wie man kocht, und das ist eine wirklich interessante Methode, ihnen die Mathematik näherzubringen.«

Das bringt mich zum Lachen.

Izzy errötet und senkt den Blick. »Hör zu, Mom, es tut mir leid, dass ich an dir gezweifelt habe. Du bist eine großartige Hochzeitsplanerin. Und ein großartiger Mensch.«

Ich öffne den Mund, um etwas zu sagen, doch es kommt

nichts heraus. Stattdessen löst sich etwas in mir. So etwas wie ein Felsbrocken, von dem ich nicht wusste, dass ich ihn auf dem Rücken trug, ist eben heruntergefallen. Ich atme tief durch und sehe in Izzys vertrautes Gesicht. Dann hebe ich ihr Kinn an, damit ich ihr in die Augen sehen kann.

»Du weißt ja gar nicht, wie viel es mir bedeutet, das zu hören. Und du sollst wissen, dass du ebenfalls eine großartige Frau bist. Und ich sehe dich auch. Du steckst gerade mittendrin – hast kleine Kinder, musst mit deiner Arbeit und deiner Ehe jonglieren. Das Leben ist hart, aber du meisterst es.«

Ich schlinge die Arme um sie, und sie erwidert die Umarmung. Einen Moment stehen wir noch so da, dann meldet sich Verena.

»Die Fotos draußen sind fertig. Wir gehen jetzt rein, zur Cocktailstunde. Bitte kommen.«

Ich fasse an mein Mikrofon und erwidere: »Verstanden.«

Isabel beobachtet mich und lächelt. »Du bist wirklich ein Profi.«

Ich erwidere das Lächeln. »Allerdings. Sehen wir uns demnächst?«

Sie nickt. »Auf jeden Fall.«

Dann drehen wir uns um und gehen in verschiedene Richtungen davon.

33.
KAPITEL

Wenn ich etwas davon gehalten hätte, während der Arbeit zu trinken, hätte ich einen der Barkeeper gebeten, mir zur Feier des Tages einen Drink zu mixen. Während ich mir einen Weg durch die Menge fröhlicher Gäste mache, schwelge ich gedanklich noch in meinem Zusammentreffen mit Isabel. Die Gäste trinken Wodka mit Himbeeraroma und Martini mit Goldsprenkeln. Ich atme tief durch. Jeder liebt die Cocktailstunde. Mir läuft das Wasser im Mund zusammen, als die Servicekräfte Tabletts mit Taquitos, Risottobällchen und frische Langflossenthun-Sashimi mit knusprigen Zwiebeln hereintragen.

Ich sehe, wie Ashton sich ein Stück Bruschetta in den Mund steckt und sehnsüchtig auf ein Glas Rosé-Champagner schielt, das ein Gast in der Hand hält. Dan reibt ihr den Rücken und schenkt ihr sofort eine schwangerschaftsgerechte Saftschorle in den besonderen Kelch, den er ihr für den heutigen Tag gekauft hat. Für sich nimmt er eine Flasche Mineralwasser und zwinkert. Sie lacht. Ich lächele, als ich zusehe, wie er ihre Hand nimmt. Sie schweben förmlich durch den Raum und sehen dabei einfach überglücklich aus.

Selbst Frank lächelt, obwohl Nina nicht aufhört, ihn von Gast zu Gast zu zerren. Als Gastgeber dieser Hochzeit weiß sie wahrscheinlich, dass es ihre Aufgabe ist, den Leuten das Gefühl zu geben, willkommen zu sein. Und ich muss sagen, es inspiriert mich, sie zu beobachten. So, wie ich Frank kenne, wird er außerdem erleichtert sein, dass sie das Reden übernimmt.

Verena kommt zu mir und deutet auf Nina. »Diese Frau ist ein harter Brocken, aber du hast es geschickt angestellt. Ich muss zugeben, dass ich mir Sorgen gemacht habe.«

»Worüber?«

»Dass sie einen Wutanfall kriegt und wir sie hinausführen lassen müssen.«

»Der Abend ist noch nicht vorbei.«

Verena hebt eine Braue. »Du meinst, sie bekommt noch einen Anfall?«

»Ich glaube, sie wird jemand total Unpassenden verführen.«

Verena lacht. »Noch einen jungen Hengst?«

»Nicht unbedingt. Nur jemanden, mit dem sie ein Drama heraufbeschwört.« Ich kneife die Augen zusammen und beobachte Nina. »Sie trinkt nicht viel, was mich angenehm überrascht. Vielleicht bin ich ja paranoid. Ich muss sie jedenfalls im Auge behalten.«

Ich greife in die Tasche und hole eine Karteikarte heraus. Ich habe mir ein paar Namen notiert – die Leute aus Franks Familie, die untereinander zerstritten sind, und ein paar Verwandte von Dan, auf die Ashton mich aufmerksam gemacht hat.

Verena legt mir eine Hand auf die Schulter. »Eigentlich wollte ich bis nach der Feier warten, aber ich war noch nie gut darin, Belohnungen aufzuschieben. Willkommen in der Profiliga, Sylvia. Ich möchte dir einen Vollzeitjob in meinem Unternehmen anbieten, ab sofort und mit allem Drum und Dran: Krankenversicherung, Spesen und ein Gehalt, das mindestens ausreicht, um deinen Futon durch ein richtiges Bett zu ersetzen.«

Mir schwirrt der Kopf, und beinahe wäre ich in Tränen ausgebrochen. Stattdessen straffe ich die Schultern und setze ein ruhiges Lächeln auf.

»Danke, Verena. Ich nehme die Stelle an.«

Sie lächelt und drückt meinen Arm. »Ich freue mich auf unsere Zusammenarbeit. Wir werden so viel Spaß haben! Und jetzt sehen wir zu, dass wir diese Hochzeit abschließen.«

Sie geht davon und mischt sich unter die Gäste. Dabei achtet sie auf kleinste Details und weist die Hilfskellner mit einem kaum wahrnehmbaren Nicken an, leere Gläser oder Teller zu entfernen.

Ich bleibe einen Moment stehen. Ich habe es geschafft. Scheiße, ich hab es wirklich geschafft!

34. KAPITEL

Ich lag falsch und Ashton richtig. Die knöchelhohen Sneakers von Golden Goose, die sie unbedingt anziehen wollte, sind perfekt. Im Ballsaal hielt sie gerade einmal eine halbe Stunde durch, ehe sie mich bat, die Schuhe tauschen zu können. Und so kniete ich an ihrem Tisch neben ihr nieder und entfernte diskret die Jimmy Choos. Zu dem Zeitpunkt war die Feier bereits in vollem Gang.

Das war vor beinahe vier Stunden. Meine eigenen Füße sind geschwollen und fühlen sich schwer an in meinen Pumps, während ich noch auf meinem Posten an der rückwärtigen Wand des Ballsaals in der Nähe des Serviceeingangs stehe. Ich verlagere mein Gewicht. Glücklicherweise bin ich so adrenalingeladen, dass ich kaum spüre, wie meine Füße pochen. Ich darf nicht vergessen, mir bei der nächsten Hochzeit Evies Hogans auszuleihen.

Bei der nächsten Hochzeit.

Mein Herz weitet sich bei dem Gedanken. Ich werde eine weitere Hochzeit organisieren. Und noch eine. Und noch eine. Ich habe einen Beruf.

Ich gestatte mir ein breites Grinsen, ehe ich mich wieder auf die Gegenwart konzentriere. Die Hochzeit ist ja noch nicht vorbei, aber es läuft so gut, wie ich es mir erträumt habe. Den Gästen haben die Gurkenröllchen mit Gemüsefüllung, die Hummerravioli und das Schweinefilet geschmeckt, und ich habe gehört, wie die Leute von der Hochzeitstorte schwärmen. Ashton und Dan haben vier verschiedene Teller mit Torte auf ihrem Tisch stehen, und ich habe strenge Order, sie nicht abtragen zu lassen. Beide sind satt vor Schokolade und Glück, und ich muss lächeln, als ich die beiden zu »You're the Nearest Thing to Heaven« von Johnny Cash tanzen sehe – ein Song, der mich immer zum Weinen bringt.

Evie und die Band sind wunderbar. Ich merke, wie ich automatisch mit den Hüften kreise und den Text lautlos mitsinge, während ich den Saal nach Frank absuche. Er sitzt noch an seinem Tisch. Die Plätze neben ihm sind frei, doch Nina befindet sich ganz in der Nähe. Es scheint, als sei sie tief in ein Gespräch mit Dans Schwester Annie versunken. Gerade beugt Nina sich vor und legt Annie die Hand auf den Unterarm. Hm. Vielleicht geht es um ein theologisches Thema. Allerdings erröten Rabbis normalerweise nicht, wenn sie die jüdische Geschichte erörtern.

Ich überlege, ob ich einschreiten soll. Doch inzwischen spielt es keine Rolle mehr, ob Nina mit Ashtons Schwägerin ins Bett geht. Die Hochzeit war ein Erfolg. Jetzt kann kein Schaden mehr angerichtet werden. Während ich sie noch einen Moment beobachte, frage ich mich sogar, ob sie nicht vielleicht ein nettes Paar abgäben, dann richte ich meine Aufmerksamkeit wieder auf Frank.

Ich sehe, dass er sie ebenfalls beobachtet, mit amüsierter Miene. Er schüttelt den Kopf. Gott, er ist so ganz anders als Louis. Er ist längst nicht so breitschultrig und konventionell attraktiv, aber ich liebe seine Hände. Seine Finger sind kräftig und männlich, seine Handflächen immer warm.

Ich stehe nur da und betrachte ihn. Ich kann es nicht erwarten, ihm mit den Lippen über den Nacken zu streichen.

Als spürte er, dass ich ihn beobachte, dreht er den Kopf. Seine

Augen weiten sich. Er zwinkert mir von der anderen Seite des Raums aus zu und nimmt sein Handy heraus.

Kurz darauf piept das Handy in meiner Tasche. Ich lese die Nachricht.

Beinahe frei.

Ich antworte mit einem Herz-Emoji.

Er schickt zwei Herzen zurück und einen Cartoon von zwei Katzen beim Sex.

Ich lache laut auf.

Er ist gerade dabei, mir etwas anderes zu simsen, als Verena zu ihm tritt. Sie tippt ihn leicht auf die Schulter. Er legt das Mobiltelefon weg und steht auf. Ich kann nicht erkennen, worüber sie reden, doch Verena lächelt warm und sieht immer wieder in meine Richtung. Ich verspüre ein warmes Kribbeln. Sie müssen wohl über mich reden, da bin ich mir ziemlich sicher. Verena schüttelt Frank die Hand, unterbricht Nina und Annie und schüttelt auch ihnen die Hand. Dann kommt sie zu mir.

»Sylvia«, sagt sie mit einem warmen Lächeln. »Ich denke, du kannst diesen herrlichen Abend auch allein abschließen. Ich verschwinde jetzt.«

»Klingt gut«, erwidere ich. »Ich wünsch dir einen schönen Abend.«

Sie drückt noch einmal meine Schulter und verlässt den Saal dann durch den Serviceeingang.

Ich lehne mich an die Wand und versuche den Erfolg auszukosten. Alles ist perfekt.

35. KAPITEL

Es ist immer noch alles perfekt. Dan und Ashton sind als Letzte gegangen. Ich wollte sie nicht drängen – selbst dann nicht, als das Reinigungspersonal mit den Staubsaugern hereinkam –, aber irgendwann haben sie die Hinweise dann doch verstanden. Evie und die Band hatten bereits zusammengepackt. Meine Freundin bot an, auf mich zu warten, damit wir uns ein Taxi nach Hause teilen könnten, aber ich habe ihr gesagt, dass ich Frank im Bett überraschen möchte.

Und so wandere ich nun durch die prächtigen Korridore und fühle mich schwindelig. Es ist beinahe Mitternacht, aber ich bin überhaupt nicht müde. Tatsächlich würde ich zu Franks Zimmer sprinten, wenn mir die Füße nicht so wehtäten.

Als ich um die Ecke biege, verspüre ich leise Aufregung. Frank schläft wahrscheinlich schon tief und fest. Die letzten Nachrichten haben wir uns vor über einer Stunde geschrieben. Er war schon auf sein Zimmer hinaufgegangen und schrieb, dass wir morgen einen besonderen Abend miteinander verbringen würden. Aber ich habe einen zweiten Zimmerschlüssel. Und mir gefällt die Vorstellung, ihn zu überraschen. Ich stelle mir schon vor, was ich alles mit ihm machen will, als ich zu seinem Zimmer humpele und die Schlüsselkarte ins Kartenlesegerät stecke. Ich drücke die Tür auf und wäre beinahe über ein Paar Schuhe gestolpert.

Ich verdrehe die Augen. Frank ist so unordentlich! Ich nehme seine Loafer und stelle sie zusammen mit meiner Reisetasche und der Handtasche in den geräumigen Flurschrank, ehe ich ins Wohnzimmer gehe.

Ich sehe zur Schlafzimmertür hinüber und stelle fest, dass sie geschlossen ist. Es brennt kein Licht. Ein Schauer überläuft mich. Ich stelle mich neben die Couch und schlüpfe aus meinen Pumps. Meine Füße versinken in dem dicken Teppich, und mein gesamter Körper seufzt auf. Hm, vielleicht sollte ich mich schon hier draußen ausziehen und Frank im Bett überraschen, indem ich mich an ihn schmiege und ihn mit zarten Schmetterlingsküssen aufwecke …

Ich fange an, mein Kleid aufzuknöpfen, und bewege mich dabei in Richtung Schlafzimmer, als ich über ein weiteres Paar Schuhe stolpere.

Ich sehe nach unten und entdecke ein Paar High Heels.

Wie in Zeitlupe bücke ich mich und hebe die Stilettos auf. Es handelt sich um einen klassischen schwarzen Wildlederschuh von Christian Louboutin, leicht erkennbar an den typischen blutroten Sohlen. Die Absatzspitze ist silbern und sieht wie ein Dolch aus. Ich drehe mich langsam im Kreis, nehme jeden Zentimeter des Wohnzimmers in mich auf. Es ist wie ein schlechter Traum, eine Wiederholung dessen, was ich mit Blanche und Louis in Boca erlebt habe. Nur dass ich diesmal gleich alles sehe: Franks Socken, die bei den Vorhängen liegen. Ninas BH über dem antiken Schreibtischstuhl. Eine große, halb leere Flasche Acqua Panna auf dem Couchtisch, daneben leere Gläser.

Ich schließe die Augen. Was bin ich nur für eine Idiotin. Wie konnte ich nur glauben, dass sie nicht wieder zusammenkämen?

Von der anderen Seite der geschlossenen Schlafzimmertür höre ich eine Frau stöhnen.

»Oh, Frank …«

Frank ächzt, und ich möchte sterben.

Ich muss raus hier. Rasch knöpfe ich mein Kleid zu.

Ich hebe meine Schuhe auf und will gerade meine Sachen aus dem Flurschrank holen, als ich Franks Stimme höre.

»Das war unglaublich, meine Königin.«

Ich erstarre.

Hat er sie gerade tatsächlich *seine Königin* genannt? So, wie er auch mich nennt? Zorn schießt durch meine Adern, und beinah hätte ich kehrtgemacht und wäre ins Schlafzimmer marschiert.

Aber ich tue es nicht. Stattdessen lasse ich die Schultern hängen, als mir klar wird, dass Nina sehr viel länger seine Königin war als ich.

Ich muss hier raus.

Ich bin gerade dabei, die Sachen aus dem Flurschrank zu holen, als ich höre, wie die Schlafzimmertür aufgeht.

»Ich brauche nur etwas Wasser«, sagt Frank.

Mist!

Mir bleibt keine Zeit, zur Tür zu laufen, also springe ich in blinder Panik in den Wandschrank und ziehe die Tür hinter mir zu. Sie klickt.

»Hallo?«, ruft Frank.

Ich halte den Atem an, während mir die Tränen in den Augen brennen. Dieser Tag war einfach zu schön. Er hätte nicht damit enden sollen, dass ich mich wie das schlimmste aller Klischees im Hotelzimmer meines Geliebten im Wandschrank verstecke, während er mit seiner entfremdeten Ehefrau Versöhnung feiert.

Ich halte immer noch meine Handtasche und meine Reisetasche fest, kann die Tränen aber nicht länger unterdrücken. Sie laufen mir nun hemmungslos über das Gesicht. Ich höre, wie Frank durchs Zimmer tappt, bis er die Flasche Acqua Panna entdeckt hat.

»Hab sie«, ruft er, summt vor sich hin und nimmt einen Schluck.

Er ist glücklich. Der Gedanke trifft mich wie ein Schlag. Natürlich ist er das. Nina ist seine Frau. Auf mich mag sie ja wie eine Verrückte wirken, aber er kennt sie seit beinahe vierzig Jahren. Sie haben zusammen eine Familie gegründet.

Meine Tränen versiegen, und ich fange wieder an zu atmen. Ich spüre einen anderen Stich in der Brust, aber diesmal ist es kein Zorn. Es ist schiere, reine Traurigkeit.

Ihre Tochter hat heute geheiratet.

Ich erinnere mich an den Abend, an dem Izzy geheiratet hatte. Louis und ich sind ins Bett gekrochen und haben beide geschluchzt wie die Babys. Unser kleines Mädchen lebte nun im Haus eines anderen, und plötzlich fühlte sich das alles so endgültig an. Allerdings haben sie und Todd ein Haus gekauft, das nur drei Blocks entfernt lag. Aber trotzdem. Ich habe mich so leer gefühlt. Als hätte ich mein ganzes Leben in einen anderen Menschen investiert, nur um dann zuzusehen, wie der mich verlässt.

So nah wie damals habe ich mich Louis nie wieder gefühlt. In jener Nacht haben wir miteinander geschlafen, uns aneinandergeklammert. Louis entzündete eine Kerze, die nach Oregano roch.

Ich atme schnaufend aus. Im Wandschrank wird es mir allmählich ein wenig eng, und ich kann mich ja nicht die ganze Nacht hier verstecken. Vorsichtig spähe ich durch die Holzlamellen. Frank sitzt mittlerweile auf der Couch, komplett nackt.

Geh wieder ins Schlafzimmer, befehle ich ihm im Geiste.

Er stellt die Wasserflasche hin, nimmt dann jedoch die Fernbedienung in die Hand und stellt den Fernseher an. Ach, Herrgott noch mal. Ich hasse Männer!

»Hast du Hunger?«, ruft er, während er durch die Kanäle zappt. »Ich schon, einen Bärenhunger.«

»Soll ich den Zimmerservice rufen? Worauf hättest du denn Lust?«

Das ist nicht Ninas Stimme.

Das Blut rauscht mir in den Ohren, und die ganze Welt scheint ins Wanken zu geraten, als ich wieder durch die Lamellen linse und sehe, wie Verena das Wohnzimmer betritt. Sie trägt einen der hoteleigenen Bademäntel und hält das schnurlose Zimmertelefon in der Hand. Ihr sonst so glatter Bob ist zu einem wilden Nest sexzerzausten Haar aufgetürmt.

Sie hockt sich auf die Rückenlehne der Couch und streichelt Franks Hals.

»Sag mir nur, was du möchtest. Burger mit Pommes? Oder etwas Leichteres?«

Er schließt die Augen, während sie anfängt, ihn mit der freien Hand zu massieren.

»Ach, tut das gut!« Er seufzt.

»Wie könnt ihr es wagen!« Ich platze aus dem Wandschrank und schleudere meine Reisetasche auf sie. Sie landet mit einem Plumps auf dem Couchtisch und stößt das Acqua Panna auf den Teppichboden. Nichts zerbricht. Allerdings läuft das überteuerte Mineralwasser aus.

»Himmel!« Frank wird bleich.

»Oh, Scheiße.« Verena schließt die Augen. »Sylvia.«

Frank bückt sich, um die Flasche aufzuheben.

»Sylvia«, stammelt er heiser. »Ich dachte, wir hätten vereinbart, uns morgen zu treffen. Was machst du hier? Warum warst du im Schrank?«

»Ich bin hergekommen, um dich zu überraschen. Dann habe ich gehört …« Ich werde rot und räuspere mich. »Ich dachte, du wärst mit Nina zusammen, und …«

Ich verstumme wieder und sehe mich um. Ich weiß nicht recht, was ich jetzt tun soll.

Verena scheint das als ihr Stichwort aufzufassen, im Schlafzimmer zu verschwinden.

Nun sind nur noch Frank und ich im Raum.

Er nimmt sich eine Decke von der Couch und wickelt sie sich um die Hüfte. Dann kommt er auf mich zu.

»Himmel, Sylvia. Ich weiß nicht, was ich sagen soll.«

Wie benommen sehe ich ihn an und muss unwillkürlich an all die Male denken, in denen er ohne Kleider erwischt worden ist. Beinahe hätte ich gelacht. Aber das alles ist nicht lustig.

Endlich finde ich meine Stimme wieder. »Nun, vielen Dank, dass du nicht sagst: ›Es ist nicht das, wonach es aussieht‹, oder: ›Ich liebe dich‹«, erkläre ich.

»Tue ich aber«, antwortet er leise. »Dich lieben, meine ich. Und in Anbetracht unserer Bemühungen, immer viel zu ehrlich zueinander zu sein, muss ich sagen, ich wünschte, ich täte es nicht. Weil ich weiß, dass du meine Liebe nicht erwiderst.«

»Ist das deine Entschuldigung?«

»Ja. Aber sie taugt nichts. Wie dieser abgedroschene Song, den man im Radio hört. ›Verletz die, die du liebst, bevor sie dich zuerst verletzt‹«, sagt er traurig.

Er wirkt so bekümmert, dass ich einen Moment brauche, bis mir wieder einfällt, dass er mich gerade betrogen hat. Und zwar episch. Beinahe hätte ich versucht, ihn zu trösten.

Aber ich tue es nicht. Stattdessen nehme ich meine Tasche.

»Ich mag dich, Frank. Wir hatten viel Spaß miteinander. Aber auf so etwas habe ich einfach keine Lust. Ich bin eine Frau von dreiundsechzig Jahren, und ich habe noch mein ganzes Leben vor mir.«

Er schenkt mir ein kleines Lächeln. »Ich werde dich vermissen, Sylvia.«

»Darauf kannst du einen lassen.«

Ich wende mich schon zum Gehen, als Verena wieder hereinkommt, inzwischen angezogen. Sie stellt sich zu mir und Frank und schüttelt den Kopf, sowohl bewundernd als auch reuig.

»Ich bin begeistert, wie verdammt zivilisiert ihr beide seid.« Direkt an mich gerichtet, fügt sie hinzu: »Sylvia, es tut mir leid. Ich weiß, das ist keine Entschuldigung, aber ich habe genügend Zeit auf Meetings der Anonymen Alkoholiker und bei Therapeuten zugebracht, um zu wissen, dass ich immer das will, was andere Leute haben. Es ist beinahe eine eigene Sucht. Und dabei habe ich dir weiß Gott schon genug weggenommen. Ich schäme mich so.«

Ich sehe sie an und widerstehe dem Drang, die Augen zu verdrehen. »Danke für diese schöne und selbsterkenntnisreiche Rede, Verena. Ich glaube dir jedes Wort. Ich glaube aber auch, dass du eine lupenreine Narzisstin bist. Ich kündige, und zwar mit sofortiger Wirkung.«

»Ernsthaft, Sylvia? Du wirfst das alles weg, nur wegen irgendeines Typen? Nichts für ungut, Frank.«

»Schon okay.« Frank stellt sich zu ihr und sieht mich an. »Sie hat recht, Sylvia. Gib deinen Job – deinen Traum – nicht auf, nur weil ich es vermasselt habe.«

Ich sehe zwischen den beiden hin und her. Frank hat immer noch die Decke um die Hüfte gewickelt. Verena ist zwar vollständig bekleidet, hat aber immer noch die wilde Sexfrisur.

»Ich weiß nicht, ob ich euch beiden eine verpassen oder euch umarmen soll. Aber das ist wohl mein Problem.« Ich wende mich an Frank. »Frank, wir haben uns bereits verabschiedet. Ich wünsche dir das Beste. Ich werde versuchen, den Kontakt zu Ashton aufrechtzuerhalten und ein Bild von diesem schönen Baby zu sehen, wenn es auf die Welt kommt.« Dann sehe ich Verena an. »Verena, wie du so schön sagst: Hör mit dem Mist auf. Du behauptest, ein schlechter Mensch zu sein, und ich glaube nicht, dass du einer bist. Aber ich glaube, dass du es glaubst. Und daher begebe ich mich aus der Schusslinie. Du hast mir eine Chance gegeben, und dafür werde ich dir auf ewig dankbar sein. Aber ich muss jetzt wirklich gehen, ohne dass ihr noch ein weiteres Wort sagt oder wieder alles auf euch selbst bezieht. Ich bin erschöpft. Wir alle hier sind erwachsen. Belassen wir es dabei.«

Ich mache kehrt und gehe zur Tür hinaus. Mit einem Rumms fällt sie hinter mir ins Schloss. Auf dem Weg zum Aufzug wage ich es nicht, mich noch einmal umzusehen. Ich will jetzt nur noch nach Hause.

36.
KAPITEL

Ich bin wie betäubt. Es ist kurz nach sechs Uhr morgens, und ich sitze auf dem kleinen Sofa in unserem Wohnzimmer. Evie macht in der Küche Tee und redet nonstop, seit sie aufgewacht ist und mich auf der Couch vorfand, wo ich, noch angezogen, geschlafen habe.

Nachdem ich Frank und Verena verlassen hatte, bin ich direkt in die Wohnung zurückgekehrt. Sobald ich die Eingangstreppe hinaufgegangen war und die Wohnungstür geöffnet hatte, war es, als hätten meine Beine den Dienst versagt. Der Weg in mein Schlafzimmer war einfach zu weit, und so habe ich mich aufs Sofa fallen lassen. Als Evie hereinkam, bin ich aufgewacht und habe ihr haarklein erzählt, was passiert war. Es hat sich komisch angefühlt – ich habe nicht mal geweint. Selbst als sie mich umarmte und ich die Wange an ihrem roten Seidenpyjama barg, hatte ich keine Tränen. Und auch nicht viel zu sagen.

Evie hingegen hatte eine ganze Menge zu sagen.

»Diese verdammten Scheißarschlöcher! Ich bring sie um!«, brüllte sie, und dann legte sie los mit einer Schimpfkanonade über Verena und Frank, einem Feuerwerk an Flüchen. Seit mindestens fünf Minuten schimpft sie nun schon vor sich hin, ich höre nicht mal alles, was sie sagt. Ihre Tirade ist zu einer sanften Hintergrundmusik geworden.

Vielleicht bin ich gar nicht betäubt. Vielleicht bin ich nur unglaublich Zen. Ich spüre diese Ruhe, als überspülte mich warmes

Wasser aus einer tiefblauen Lagune, während ich dasitze und zusehen, wie Evie in der Küche herumpoltert und aus vollem Herzen flucht.

»... dieser blöde Frank und sein blöder ›Ich liebe dich‹-Quatsch! Ich wusste gleich, dass der Typ mental nicht auf der Höhe ist. Und Verena? Was für eine lausige Entschuldigung! Ich gehe online und zerreiße ihr Geschäft in der Luft. Diese Ziege hat sich mit der falschen Frau angelegt!«

Ich kann nicht anders, ich breche in Gelächter aus.

Evie stellt den Wasserkocher hin und sieht mich besorgt an. »Sylvia, Liebes, bist du in Ordnung?«

Darauf werfe ich den Kopf in den Nacken und lache noch lauter.

Sie eilt an meine Seite und packt mich an den Schultern, die Augen weit aufgerissen. »Du stehst unter Schock, meine Liebe.«

Ich atme den Duft von Evies teurer Feuchtigkeitscreme ein. »Oh, Evie, ich stehe nicht unter Schock. Ich habe mich komplett unter Kontrolle. Übrigens fand ich deine Ansprache sehr beruhigend.«

Evie lässt mich los und greift zu ihrem Mobiltelefon. »Ich rufe einen Arzt.«

Lächelnd halte ich sie auf. »Evie, hör doch zu. In Lauf der letzten Monate bin ich mit meiner besten Freundin in eine neue Stadt gezogen, habe eine Wohnung gefunden, einen Job, ich hatte herausragenden Sex und habe eine fantastische Hochzeit organisiert. Und ich habe eine neue Beziehung zu meiner Tochter aufgebaut. Deshalb will ich einfach nicht glauben, dass dies jetzt das Ende ist. Mein Leben wurde schon einmal auf den Kopf gestellt, aber diesmal versetzt es mich nicht mehr so leicht in Angst und Schrecken.«

Evie nickt. »Du hast viel erreicht.«

»Genau wie du, liebe Evie. Lassen wir nicht zu, dass Verena und Frank das Ende bedeuten. Wir fangen gerade erst an!«

Nun lächelt Evie. »Gestern war wirklich ein Triumph. Ich kam richtig gut an. Immer wieder wurde ich nach meinen Kontaktdaten gefragt.«

»Evie! Das ist ja aufregend!«

Sie legt den Kopf schief. »Und weißt du was? Ich habe ihnen gesagt, dass ich exklusiv für Sylvia Fisher Weddings arbeite.«

»Nein!«

»Doch, natürlich. Wenn ich es mir so recht überlege, war das ziemlich vorausschauend von mir.«

Ich fange wieder an zu lachen, und Evie stimmt mit ein. Wir lachen und grinsen, und es fühlt sich fast so an, als würden wir gleich anfangen zu tanzen, doch in diesem Augenblick klingelt mein Handy.

Ein Blick auf das Display verrät mir, dass es sich um eine ausländische Nummer handelt.

»Wer ruft denn so früh am Tag an?«, fragt Evie, als ich das Mobiltelefon in die Hand nehme.

Ich zucke nur mit den Schultern und gehe ran. »Hallo?«

Der Mann am anderen Ende atmet sichtlich erleichtert auf.

»Guten Morgen. Spreche ich da mit Sylvia Fishers Assistentin?«, fragt er mit italienischem Akzent.

Ich räuspere mich und will schon Ja sagen, doch dann seufze ich. »Nein. Hier ist Sylvia. Ich meine, ich bin es selbst.«

»Ah, ich bin so froh, dass ich Sie erreiche. Mein Name ist Lorenzo Cascio. Es tut mir leid, dass ich zu so unpassend früher Stunde anrufe, aber ich bin verzweifelt. Meine Verlobte Elena und ich sind gerade dabei, in das Flugzeug zu steigen, das uns nach Italien zurückbringt. Wir waren auf Ashtons und Dans Hochzeit. Elena hat mich angefleht, Sie anzurufen. Wir wollen diesen Sommer in der Toskana heiraten, aber irgendwie läuft alles schief. Unsere Eltern wollten unsere Hochzeit planen, sind darüber aber in Streit geraten, wie Sie sich vielleicht vorstellen können. Jetzt ist alles ein einziges Chaos. Ashton hat gesagt, Sie wären der einzige Mensch auf der Welt, der uns helfen könnte.«

Mein Herz schlägt so laut, dass ich mich zwinge, erst einmal tief Luft zu holen.

»Tut mir leid«, bringe ich schließlich hervor. »Sagten Sie Toskana? Die Toskana in Italien?«

»Ja. Hätten Sie Zeit? Und wären Sie bereit zu reisen? Die Kosten würden wir natürlich übernehmen.«

Inzwischen steht Evie neben mir. Sie hat jedes Wort mitgehört. Nun packt sie meine Hand und drückt sie.

Ich erwidere den Druck und räuspere mich. »Ich wäre sehr gern bereit zu reisen. Und zufällig rufen Sie gerade zur rechten Zeit an, Mr. Cascio. Mein Terminkalender hat sich gerade gelichtet.«

»Sie haben keine Ahnung, wie froh ich bin, das zu hören. Und, bitte, nennen sie mich Enzo. Wo wir doch schon Freunde sind.« Seine Stimme ist warm und musikalisch.

»Ich freue mich sehr darauf, Sie kennenzulernen, Enzo. Und Elena. Bitte rufen Sie mich an, sobald Sie gelandet sind, dann können wir alles arrangieren.«

Nach einer Fülle von *Grazie* und einem letzten *Ciao* beendet Enzo das Gespräch.

Ich presse mir das Handy an die Brust und sehe Evie an, deren Augen ebenso weit aufgerissen sind wie meine.

»Italien«, haucht sie.

»Italien«, bestätige ich. »Dazu brauche ich natürlich meine beste Pianistin.«

Ich bin mir nicht sicher, wer als Erste kreischt. Doch es dauert nicht lange, da klammern wir uns aneinander und tanzen, weinend und lachend zugleich, durchs Zimmer.

ZWEI MONATE SPÄTER …

37. KAPITEL

Nichts ist so blau wie das Mittelmeer. Die Türkis- und Aquamarintöne, die sich mit dunklerem Saphirblau mischen, reichen aus, um mich davon zu überzeugen, dass der Himmel wirklich ein Königreich ist, das hier auf Erden zu finden ist. Zumindest behauptet das Gabriella, die beste Freundin meiner neuen Braut Elena und Cycling-Instructor. Sie sagt auch: »Atme dahin, wo es brennt«, was ich nicht annähernd so inspirierend finde. Vor allem, weil mich unsere »Tour de France«-Ausflüge, bei denen wir regelmäßig die steilen italienischen Hügel hinaufkeuchen, einem Herzstillstand gefährlich nahe bringen.

Aber ich will mich nicht beschweren. Es ist schockierend, wie anders ich mich dieser Tage fühle. Nicht nur, dass ich einen wunderbaren Muskeltonus entwickelt habe, ich fühle mich auch entspannter und stärker, außerdem habe ich mein Leben fester im Griff. Evie und ich sind in ein Häuschen auf dem Gelände des Castello di Vicaro gezogen, einem großartigen Landsitz, der seit Generationen im Besitz von Elenas Familie ist. Hier soll auch die Hochzeit stattfinden. Es gibt Olivenhaine, Weinberge und einen Garten an der Steilküste mit Blick auf das glitzernde Meer. Unser Häuschen befindet sich am Rand des Anwesens, sodass wir leicht in die Stadt fahren können. Es ist ein Steinhaus mit weiß gekalkten Wänden. Wenn wir morgens in unserem kleinen Patio sitzen und den Kaffee genießen, duftet die Luft nach salzigem Brot und Trauben.

Alles fühlt sich wunderbar an. Jetzt, wo die Aufgabe der Hochzeitsplanung an mich delegiert wurde, kommen Enzos und Elenas Eltern wieder prima miteinander klar. Und Elena ist eine Traumbraut. Fröhlich, unbeschwert, kein bisschen gestresst. Selbst ihr ausuferndes Sportprogramm hat sich als Segen erwiesen. So fit war ich noch nie im Leben, und es ist eine schöne Methode, um eine Beziehung aufzubauen und gleichzeitig ein paar Dinge zu erledigen.

Die Hochzeit soll erst in drei Monaten stattfinden, aber es wird die größte und üppigste Veranstaltung, die ich je organisiert habe. Die Familien des Paares sind riesig, deshalb besteht die Hochzeit nicht aus einer einzigen Feier, sondern ist eher ein einwöchiges Festival, das von einer Sonnenuntergangsparty auf einer Jacht bis zu einer Tagesradtour mit Besuch der umliegenden Weingüter alles umfasst.

Jeden Morgen wache ich energiegeladen auf, so auch heute. Es ist noch nicht mal sieben Uhr, und ich sitze schon im Patio mit meinem bewährten Notizblock und mache eine Liste der Lieferanten, die wir für die verschiedenen Feiern brauchen werden. Ich habe so viel zu tun, dass es mir schwerfällt, mit meinem alten Leben in Verbindung zu bleiben. Aber ich spreche hin und wieder mit Louis – hauptsächlich über praktische Themen wie unsere Scheidung –, und Isabel und ich chatten mindestens dreimal die Woche. Sie freut sich über die neuesten Nachrichten aus meinem Berufsleben, und ich freue mich, von den Mädchen zu hören. Sie und Todd scheinen ihre Differenzen überwunden zu haben, was mich sehr froh macht.

Ich vermisse Bunny. Kürzlich hat sie mir ein Foto aus Mykonos geschickt, auf dem sie und Marty sehr glücklich aussahen. Natürlich wäre es nett gewesen, wenn sie etwas angehabt hätten, aber ich habe versucht, nur in ihre strahlenden Gesichter zu schauen.

Frank und Verena sind aus meiner Welt verschwunden wie Rauchschwaden nach einem Feuer.

Natürlich habe ich immer noch Tagträume, aber ich betrachte sie nicht mehr als Träume. Es sind eher Visionen, die noch umgesetzt werden können. Wenn ich eine Liste meiner aktuellen Visionen machen wollte, würden mir die folgenden einfallen:

Luxury Brides bringt eine Doppelseite über Enzos und Elenas Hochzeit. Darin berichten sie auf gefühlvolle, herzerwärmende Weise von meinem großen Comeback, und der Artikel fällt einem Produzenten von *60 Minutes* ins Auge. Das folgende Interview sehe ich schon vor mir. Ich trage ein seriöses, aber elegantes Kostüm und spreche darüber, wie es ist, sich spät im Leben neu zu erfinden, sich eben nie zu alt für irgendetwas fühlen, auch wenn man manchmal gern glaubt, bestimmte Dinge hinter sich gelassen zu haben.

Und natürlich denke ich darüber nach, wie es wäre, im Ausland zu bleiben. Ich dachte, New York wäre meine neue Heimat, aber vielleicht bin ich dazu bestimmt, Weltbürgerin zu sein. Jetzt lebe ich jedenfalls in Italien, und danach geht es nach London. Und dann … Nun, wie heißt es so schön? Fortsetzung folgt.

Hm, das gefällt mir. Ich will es in meinem Tagebuch notieren, das ich begonnen habe, nur für den Fall, dass das *60-Minutes*-Interview tatsächlich stattfindet. Ich bin gerade dabei, noch ein paar Gedanken aufzuschreiben, als ich höre, wie mein Name gerufen wird. Ich sehe auf und entdecke Elena, die den Hügel zu mir heruntergelaufen kommt. Sie wirkt ungewöhnlich verstört.

»Sylvia! Ich brauche Sie!«, sagt sie atemlos im Näherkommen und fährt sich durch das dunkle, glänzende Haar. »Ich weiß nicht, was ich tun soll!«

»Was ist los?«, frage ich.

Elena lässt sich auf den Stuhl gegenüber fallen.

»Als ich nach unten kam, habe ich sie gesehen«, sagt sie, und ihre Stimme ist kaum mehr als ein Flüstern. »Sie ist gerade aus einem Taxi gestiegen. Mit Gepäck!«

»Wer?«, frage ich verwirrt.

Elena, deren sonst so freundliches Gesicht finster geworden ist, stößt einen Schwall italienischer Flüche aus, ehe sie meine Hände umklammert.

»Luciana«, sagt sie schließlich.

Mein Magen krampft sich zusammen. Luciana. »Sie meinen Enzos Exfreundin?«

»Ja. Und sie ist nicht allein.«

»Sie hat einen Mann mitgebracht?«

»Sie hat ein Baby mitgebracht.«

Elena bricht in Tränen aus. Sofort stehe ich auf und fange an, ihr den Rücken zu reiben. Ich sehe Evie weiter rechts in der Tür stehen. Sie hat alles gehört und fängt meinen Blick auf. Ich hebe die Augenbrauen und atme vernehmlich aus. Hochzeiten. Sie werden nie langweilig.

Nun, so ist das Leben. Oder *la vita,* wie ich jetzt sage.